특공황비

초교전

特工皇妃

楚喬傳

1

특공황비 초교전 1

ⓒ소상동아 2018

초판1쇄 인쇄	2018년 6월 26일
초판2쇄 발행	2019년 8월 8일

지은이	소상동아瀟湘冬兒
옮긴이	이소정

펴낸이	박대일
편집	이문영 · 임유리 · 신지연 · 박현주 · 전보라
교정	김미영
마케팅	송재진 · 임유미
디자인	김은희

펴낸곳	파란미디어
출판등록	2004년 9월 14일 제313-2004-00214호

주소	03992 서울시 마포구 동교로23길 14, 국제빌딩 6층
전화	02.3141.5589 영업부 070.4616.2012 편집부
팩스	02.3141.5590
전자우편	paranbook@gmail.com
카페	http://cafe.naver.com/paranmedia
페이스북	http://www.facebook.com/paranbook

ISBN	978-89-6371-520-9(04820)
	978-89-6371-519-3(전6권)

특공황비

초교전

特工皇妃

楚喬傳

1

소상동아 장편소설
이소정 옮김

파란

2부 대하

제1장 군사 법정

신력 116년 5월 12일 새벽 2시, 제국 X시 외곽 황량한 교외.

검은 승용차 일곱 대가 황량한 들판을 빠른 속도로 질주하고 있었다. 중앙에 있는 검은 승용차를 앞에서 두 대, 뒤에서 두 대, 양옆에서 한 대씩 사방에서 호위한 채였다. 군용으로 제작된 고성능 엔진이 거침없이 소리 내며 달렸다. 고성능 합금으로 제조된 차체며 윈드실드 유리 위로 은은하게 보이는 나선형의 방탄 처리 흔적 등 자동차의 외관 역시 예사롭지 않았다. 게다가 번호판도 달려 있지 않고, 특수한 표식도 없었다. 이런 차량 행렬이 어떻게 삼엄한 경비를 뚫고 성문을 빠져나올 수 있었는지, 누가 보아도 의심스러운 상황이었다.

한 시간 후, 차량 행렬은 변두리에 위치한 황갈색 건물 안으로 들어섰다. 위장복을 입고 있던 병사 네 명이 검문을 위해 달려 나왔다.

맨 앞에 있던 차의 문이 열리더니 검은 양복을 입은 젊은 남자가 내려 진홍빛 패를 건넸다. 병사는 한참 동안 패를 살피더니 가라앉은 목소리로 말했다.

"상부에 보고해 지시를 받아야 합니다."

검은 양복을 입은 남자가 눈썹 끝을 치켜세우더니 얼굴에 희미하게 노기를 띤 채 억누른 듯한 목소리로 물었다.

"여기 김金 상장上將*의 서명이 있는데, 대체 누구에게 보고해 지시를 받겠다는 것인가?"

병사는 무표정한 얼굴로 말을 이었다.

"소교少校**님, 상부에서 방금 지시가 내려왔습니다. 원수님께서 직접 오시는 경우가 아니라면, 군사 금지 구역에 들어가기 위해서는 김 상장님과 장 참모장님 두 분의 서명이 모두 필요합니다. 그렇지 않다면 어떤 경우라도 통과할 수 없습니다."

"너……."

"이양李陽."

갑자기 뒤에 있던 차 안에서 나지막한 목소리가 들려왔다. 검은색 승용차가 서서히 앞으로 미끄러져 나오더니, 차창이 내려갔다. 그 안으로 피곤해 보이는 늙은 얼굴이 드러나자 병사가 깜짝 놀라 재빠르게 경례했다.

---

* 군대의 계급으로 중장보다 높고 대장보다 낮다.
** 군대의 계급으로 소령에 해당한다.

"장군님!"

김 상장은 담담하게 고개를 끄덕였다.

"이제 들어가도 되겠는가?"

병사가 잠시 망설이다가 대답했다.

"장군님께 보고드립니다. 장 참모장님께서 군사 금지 구역 내의 차량 통행을 금지하고, 전원 보행할 것을 명하셨습니다."

김 상장은 미간을 가볍게 찡그리더니 자신의 다리를 두드렸다.

"나도 걸어야만 하는가?"

병사의 표정이 점점 더, 보기 힘들 정도로 일그러졌다. 그는 김 상장의 부상 입은 다리를 계속 주시하면서도, 결국 나무토막처럼 답했다.

"죄송합니다, 장군님. 상부에서 누구라도 차량 통행을 불허하고 전원 보행을 하라고 지시했습니다!"

그 말에 안색이 변한 이양이 분노를 터뜨리려 했다. 그러나 김 상장이 가볍게 손을 내젓고는 그에게 말했다.

"이양, 서류를 줄 테니 네가 직접 다녀오너라. 반드시 005를 온전한 상태로 데려와야만 한다. 우린 더 이상 003 때와 같은 손실을 감당할 수 없다. 그녀들 모두 제국의 자산임을 명심하도록."

이양은 감동한 얼굴로, 피로한 안색의 백발노인에게 존경의 뜻을 담아 경례하며 결연하게 답했다.

"장군님, 안심하십시오. 반드시 임무를 수행하겠습니다!"

그러나 바로 이때, 거대한 폭발음 소리가 울렸다. 눈을 찌를 듯한 불빛이 비치더니 새까만 버섯구름이 솟아올라 검은 밤하늘로 퍼져 나갔다. 이양은 두 눈을 휘둥그렇게 뜨더니, 이마에 푸른 힘줄을 세운 채 한 마디 말도 없이 군사 금지 구역으로 달려 들어갔다.

X시의 시민들이 여전히 깊은 잠에 빠져 있는 고요한 밤이었다. 그러나 성 밖 제4군사감옥 안에서는 세계를 경악시킬 거대한 폭발이 발생하고 있었다. 어둠 속에 숨어 있는 주변 각국의 시선은 이 감옥 안을 주시하며, 그저 날이 밝기만을 기다리고 있었다.

네 시간 전.

군장을 차려입은 고위 군관 일곱 명이 국가 제4군사감옥 재판정에 단정히 앉아 있었다. 계급장에 빛나는 별들을 보면 이들이 매우 높은 계급임을 알 수 있었다. 판사석에 앉은 다섯 명의 군사법관들은 각기 다른 군사 지역에서 왔을 뿐 아니라, 모두 다른 계통에 속한 사람들이었다. 판사석 아래에는 콜트 MOD 733형 5.56구경 돌격용 소총을 든 국가 일급 특수병 스물 정도가 경계하는 표정으로 정렬해 있었다.

엄숙한 분위기 속에, 재판정 안 모든 이들의 눈길이 피고인에게 쏠려 있었다. 군장을 입은 재판장이 목소리를 가다듬더니 낮은 목소리로 말했다.

"성명."

"초교楚喬입니다."

담담하고도 침착한 목소리였다. 조금 쉬어 있기는 했지만, 이 목소리만으로도 말한 사람의 성별을 바로 판단할 수 있었다.

과연, 피고인석에 앉아 있는 사람은 옅은 녹색 군복 바지에 흰 셔츠를 입은 아름다운 여자였다. 걷어 올린 소매 아래로 보이는 팔은 희고 깨끗했다. 여자는 긴장한 기색 없이 침착한 표정을 짓고 있었다.

재판장이 지루한 질문을 계속 던졌다.

"성별은?"

"여자입니다."

"출생 일자는?"

"신력 90년 10월 8일생입니다."

"출생지는?"

"운도雲圖주 낙洛시입니다."

"종군 경력은?"

"신력 109년 제도 군사학교에 입학했고, 111년 제도 군사지휘소 제5정보처에서 수학하도록 선발되었습니다. 같은 해 하반기에 독수리조 제7부대에서 훈련받았습니다. 112년 8월 27일, 정식으로 제5정보처에 들어가게 되었고, 제2조에 편성되어 군사정보 분석과 배치 업무를 맡았습니다. 113년 12월 Y성 정보과로 전입하여 군사정보국 9처와 협력하여 HL 계획을 집행하였습니다. 다음 해 6월에 출국하여 잠복근무를 진행했고, 114년 1월 귀국하여 11처 지휘소에 들어가 부지휘관을 맡아 지금까지 일해 왔습니다."

"재임 기간 동안 어떤 임무를 수행했지?"

"11처에서 공동으로 수행한 임무가 아흔일곱 건, 그중 제 손을 거쳐 간 것이 모두 스물아홉 건입니다. 1성급 열한 건, 2성급 아홉 건, 3성급 다섯 건, 4성급 네 건이 있고, 5성급은 없습니다."

"4성급 임무에 대해 설명하라."

"신력 114년 8월 군정 7처가 제공한 정보에 따라 군정 9처가 행동에 나섰습니다. 저와 9처의 이 상교上校*가 공동으로 '해염 프로젝트'를 기획했고, 300톤의 우라늄을 획득하는 데 성공하였습니다. 같은 해 11월, 11처는 경외 6처와 협력하여 유인 체포 계획을 집행하였는데, 미카 하프마우스로 알려져 있는 반역자를 체포했고, F국의 원자로를 폭파했습니다. 115년 4월, E국의 초능력자들을 선동하여 중앙은행에서 새어 나간 패스워드를 되찾았습니다. 같은 해 6월, X국의 도움하에, 11처에서 계획한 대로 초능력자들의 협조를 얻어 9처의 특공 003을 중심으로 '서막 프로젝트'를 실행하여, HK-47의 설계 도면을 입수하는 데 성공하였습니다."

재판장은 안경을 밀어 올리고 여자의 증언과 문서의 내용을 대조했다.

"군정 9처 특공 003과의 관계를 자세히 설명하라."

---

* 군대의 계급으로 중령보다 높고 대령보다 낮다.

그러자 여자가 희미하게 눈썹을 치켜세웠고, 계속 담담하던 표정에 조금은 차가운 빛이 감돌았다. 그녀는 배심원석에 앉은 일곱 군관들을 하나하나 훑어본 후 마침내 입을 열었다.

"제7부대에서 훈련받던 기간 동안, 저와 특공 003, 11처의 참모관 황민예黃敏銳 소교가 같은 방에 거주하였습니다. 115년, 003과 협력하여 서막 프로젝트를 집행하였습니다."

재판장이 낮은 목소리로 물었다.

"두 사람의 관계는 어떠했지? 전우인가, 아니면 동료인가. 그도 아니라면 그저 인사 정도 주고받는 관계였나?"

여자는 고요한 표정으로 살짝 눈가만 움직이더니 한참 후에 겨우 가라앉은 목소리로 답했다.

"우리는 친구입니다."

갑자기 배심관들 쪽에 한바탕 가벼운 소란이 일었다. 초교의 날카로운 눈길은 그중 두 사람의 입가에 채 사라지지 않은 미소를 잡아냈다.

"다시 말하자면, 자네와 003은 아주 가까운 사이였고, 대화를 나누지 않더라도 서로의 마음을 알 만한 지기였다는 것이군?"

검푸른 군장을 입은 마흔 정도로 보이는 여법관이 물었다.

초교는 일견 온화해 보이는 여법관의 얼굴을 한번 훑어본 후 답했다.

"법관님, 저와 003은 국가의 전문적인 훈련을 받은 뛰어난 군인입니다. 우리는 해도 되는 말과 해서는 안 될 말이 무엇인지 명백하게 알고 있습니다. 그러므로 저를 심문하시는 과정에서 '대화를 나누지 않더라도'라는 표현을 쓰는 것은 저희의 전문적인 자질을 무시하는 것이며, 또한 이미 국가를 위해 장렬하게 희생한 열사에게 있어 불경한 행위라고 생각합니다."

여법관은 새하얗게 질린 채 입술을 꽉 깨물고 더 이상 아무 말도 하지 않았다. 법정의 분위기가 약간 어색해졌다.

재판장이 심문을 계속했다.

"초교, M1N1호 행동에 대해 간단한 진술과 변호를 하라."

이제야 본론에 들어간 셈이었다. 재판장의 말이 떨어지자마자 쉰 정도로 보이는 두 배심관이 몸을 앞으로 내밀고 집중했다.

초교는 고개를 숙였다. 그러더니 한참 후에야 고개를 들고 한 글자 한 글자 또렷하게 말했다.

"제 상급자를 만나게 해 주십시오. 혹은 최고 군사 법정에서 공개 심판을 받게 해 주십시오. 그러기 전에는 M1N1 행동에 관해서는 어떤 진술도 하지 않겠습니다."

초교의 말을 들은 재판관은 이맛살을 찌푸리며 노기가 확연한 목소리로 물었다.

"오방 군사 구역에서 공동으로 파견하고, 최고 법률 전문가로 구성된 군사 법정의 권위를 의심하는 것인가?"

"아닙니다."

초교는 고개를 든 채 다시 말했다.

"그저 제 상급자를 만나게 해 달라고 요청하는 것뿐입니다. 김 상장님의 친필 서명이 있는 기밀 해제 문서를 받기 전에는 제가 M1N1 행동의 자료와 내용을 밝힐 수 없다는 점을 이해해 주시기 바랍니다."

재판장은 미간을 좁힌 채로 계속 심문했다.

"그렇다면, 총무부 건물을 폭파하여 각국 인질 스물세 명을 죽음에 이르도록 명령한 점에 대하여 스스로 변호하고 진술하라."

"그들은 결코 인질이 아니었습니다."

초교는 고개를 들고 대답했다.

"제가 내린 명령은 군부의 조령 각 항 지침과 전혀 어긋나지 않습니다. 억울하게 죽은 사람은 단 한 명도 없습니다. 제 상급자인 김 상장님의 친필 서명이 있는 문서만 있다면, 저는 모든 것을 진술할 수 있습니다. 그러나 문서를 보기 전에는 어떤 심리도 받아들일 수 없습니다."

이쯤 되니 재판은 교착 국면에 접어들었다. 초교를 내려보낸 후, 법관들과 장령들이 잇달아 홀을 빠져나갔다. 법정에서 영상을 찍는 것은 엄격하게 통제당하고 있었지만, 방금까지 군부의 고급 장령들이 앉아 있던 긴 의자 아래에 작은 장치 하나가 붉은 빛을 반짝이고 있었고, 장치의 스크린에 나타난 숫자는 조용히 올라가고 있었다.

시간은 이미 얼마 남아 있지 않았다.

초교는 고개를 숙인 채 말없이 침상 위에 앉아 있었다. 그녀가 갇혀 있는 감방의 사면은 특수한 강화 유리로, 바깥에서는 안의 상황을 훤히 볼 수 있지만 안에 있는 사람은 밖의 동정을 전혀 알 수 없었다. 그야말로 사생활이라고 할 만한 것은 전혀 없는 상태였다. 강화 유리는 대구경 기관 단총으로 하루 종일 쏴 댄다 해도 아주 작은 구멍 하나 겨우 낼 수 있을 정도로 단단했다. 이 유리 감방을 깨고 도망치려면 아마 원자탄 정도는 필요할 것이다.

아무것도 볼 수도 들을 수도 없었지만, 초교는 국가의 최고 기밀 정보처의 고급 지휘관이었기에 바깥의 상황을 전부 꿰뚫고 있었다. 그녀는 손목의 맥박을 짚어 조용히 시간을 계산했다. 곧 식사 시간이었다.

과연, 찰칵 하는 소리와 함께 유리 벽 아래의 작은 문이 열리고, 쟁반을 든 손 하나가 모습을 드러냈다.

초교는 여전히 고개를 숙인 채 침상에 앉아 미동도 하지 않았다. 그러나 바로 그 순간, 아주 작은 돌멩이 하나가 날아가더니 식사를 가져온 사병의 손목시계를 정확하고도 소리 없이 맞혔다. 툭 하는 소리와 함께, 손목시계는 감방 안으로 떨어지고 말았다.

문밖의 병사는 깜짝 놀라 팔을 안으로 밀어 넣고 더듬거렸지만, 시계에 손이 닿지 않았다. 초교는 마치 아무 생각 없는 것처럼 소리를 따라 고개를 돌리고 살짝 눈가를 찌푸렸다. 그녀는 지금 시계를 찾고 있는 병사 외에 다른 사람이 하나 더 바깥에서 자신을 엄격하게 감시하고 있다는 사실을 알고 있었다.

상례에 따른다면, 감방에 갇힌 사람은 배식 때 문 가까이에 접근할 수 없었다. 그러나 초교는 자신을 가리켜 보였다. 문밖의 병사는 그 손짓을 보고, 두 팔을 다 뻗어도 여전히 시계에 손이 닿지 않자 주먹으로 땅을 두어 번 내리쳐 동의했다.

초교는 침상에서 내려와 바닥의 시계를 주워 병사의 손에 건네준 후, 자신은 볼 수 없는 강화 유리 밖을 향해 가볍게 미소 지었다. 그리고 식사를 들고 다시 침상으로 돌아왔다.

유리 밖은 곧 조용해졌다. 모든 것은 자연스러웠고, 이상한 점이라고는 하나도 없었다.

식사를 끝낸 초교는 방 안에 설치된 간이 화장실로 다가가 문을 열었다. 당국은 인도적인 처사로 화장실은 사적인 공간으로 쓸 수 있도록 배려하고 있었다. 화장실은 사람의 어깨 높이까지 오는 불투명한 플라스틱으로 제작되어 안이 보이지 않았다. 초교는 변기에 앉아 살짝 고개를 숙였다. 밖에서 여전히 누군가가 감시하고 있으니, 화장실에 있는 시간이 결코 20분이 넘어서는 안 된다는 사실을 그녀는 잘 알고 있었다.

타인의 시선이 차단된 화장실 안에서, 초교는 말없이 새하얀 손바닥을 펼쳤다. 방금 사병의 손가락과 닿았던 초교의 손가락 끝에 투명하고도 얇은 막이 하나 있었다. 상대가 부주의한 틈을 타서 초교가 채취한 지문이 그 얇은 막 위에 선명하게 새겨져 있었다. 초교는 남은 시간이 얼마 되지 않는다는 것을 알고 있었다. 행동을 시작해야 했다.

제2장 비바람이 오려는데*

새벽 1시 20분, 초교는 화장실의 문을 닫고 세면대로 다가가 손을 씻었다.

감방 안은 쥐 죽은 듯 고요하고, 아무 소리도 들리지 않았다. 지금은 바로 사람이 하루를 보내면서 가장 피곤해하는 시간이었다. 엄격한 훈련을 받은 특수병이라 해도 경각심이나 체력이 어느 정도는 떨어져 있을 터였다.

초교는 침착한 표정으로 손을 씻은 후 수건으로 세심하게 손을 닦았다. 수세식 변기에서 물이 콸콸 내려가는 소리가 들렸다. 초교는 자신의 맥박을 짚은 채 조용히 시간을 계산했다.

'10, 9, 8, 7, 6, 5, 4······.'

---

* 원문은 風雨欲來로, 허혼許渾의 《함양성동루咸陽城東樓》의 한 구절을 변형함.

시간이 되었다. 초교는 냉정하게 몸을 돌리고 침상으로 걸어갔다.

갑자기 쾅 하는 소리와 함께 거대한 물보라가 맹렬하게 터져 나왔다. 하수도 안에서는 희미한 불빛까지 흘러나왔다. 그곳에서 멀지도 가깝지도 않은 곳에 있던 초교는 터져 나온 물보라를 직격으로 맞고 튕겨 오르더니, 바닥에 쓰러지고 말았다.

유리 감방 밖에 있던 교도관들은 화들짝 놀랐다. 감방 안에서 수도관이 폭발하여, 초교가 그 충격으로 생사를 알 수 없게 된 것처럼 보였던 것이다. 두 교도관은 허둥거리다가 재빨리 비밀번호를 누르고, 한 손에는 기관 단총을, 다른 한 손에는 무전기를 든 채 감방 안으로 들어갔다. 수도관이 폭발하면서 신호 전송 체계에도 문제가 생긴 듯, 무전기에서는 그저 불명확한 신호음만 들렸다.

한 번 기회를 잃으면 다시는 잡을 수 없는 법. 교도관들이 화장실에서 폭발의 원인을 살피는 동안 의식을 잃고 쓰러져 있던 초교가 갑자기 눈을 또렷하게 뜨더니, 마치 살쾡이처럼 재빨리 감방 문 쪽으로 뛰어갔다. 교도관들은 깜짝 놀랐지만, 비명을 지르기도 전에 감방의 대문이 쾅 소리와 함께 빈틈없이 잠기고 말았다.

초교는 유리 감방 안에서 분노하고 있는 두 사람을 보는 둥 마는 둥, 쏜살같이 CCTV 제어실로 뛰어갔다. 그러고는 이전 영상 중 한 시간 정도 분량을 빠르게 카피하여 소형 DV로 전송하고 간단하게 편집한 다음, 감방 밖 캠코더 앞으로 의자를 끌고 가서 그 위로 올라갔다. 초교는 DV에 저장된 영상을 캠코더로 다시 전송한 다음, 그 영상을 송출하기 시작했다. 그리고 다시 제어실로 돌아와 무전기 신호 전파를 끊어 버렸다.

시간이 딱 들어맞았다. 5초가 막 지나자, 계속 그녀의 머리카락 속에 숨겨 두었던 소형 폭파기가 자가 수리와 복원을 시작했다. 하수도에서 물이 새는 곳도 액화물질과 신속하게 융합되고 있었다. 완벽하게 폐쇄된 감방 안에서 교도관들이 분노의 포효를 내지르고 있었지만, 마치 모기가 앵앵거리는 것처럼, 밀봉 상태나 마찬가지인 감방을 뚫을 수는 없었다. 감시 카메라도 정상을 회복했고, 스크린마다 한 시간 전의 영상이 재생되고 있었다. 바로 여자 죄수가 침상 위에 조용히 앉아 있고, 교도관 두 명이 유리 감방 밖에서 순찰을 돌고 있는 영상이었다. 아주 평온하고 또 정상적으로 보였다.

초교는 날카로운 눈길로 사방을 둘러보았다. 안전했다.

제어실로 돌아온 그녀는 교도관의 캐비닛을 열고 젖은 옷을 갈아입었다. 제4감옥 교도관의 제복을 입은 그녀는 모자까지 제대로 쓴 다음, AK74U에 소음기를 장착해서 허리에 차고는 몸을 돌려 밖으로 나갔다.

교도관들이 감옥 문을 열어 준 셈이었지만, 계속 무모하게 행동해도 되는 것은 아니었다. 제4감옥은 수도에 인접해 있었지만, 외진 곳에 비밀스럽게 위치해 있었다. 이곳에 갇혀 있는 사람들은 모두 국가의 고급 군사 법정에서 재판을 받는 중범들이었으니, 중요성이야 두말할 필요도 없었다. 감방 방어 체계는 물샐틈없이 엄밀했고, 감방은 각각 분리되어 있었으며 최첨단 무기가 비치되어 있었다. 또한 완벽하게 감시하기 위해 감방마다 각각 특수병 세 명이 배치되어 있었다. 문은 안팎 두 곳에 있었는데, 안쪽 문은 초교가 갇혀 있던 감방의 문으로 비밀번호만 알면 열 수 있었지만 외부의 문은 최근 문을 잠근 자의 지문이 있어야만 열 수 있었다.

감시를 담당하는 특수병 세 명은 순서를 정해 교대하게 되어 있는데, 지금 그중 두 명이 이미 감방 안에 있었다. 초교는 교도관의 지문이 찍힌 막을 들어 지문 인식기에 가져다 댔다. 찰칵 하는 소리가 들리며 문이 열렸고, 초교는 유리 감방 안에서 분노를 표출하고 있는 두 명의 교도관에게는 눈길도 주지 않은 채 당당하게 밖으로 나섰다.

문밖으로는 긴 복도였다. 그녀는 지금 지하 감옥의 4층에 있었다. 목표를 달성하기 위해서는 상당히 먼 길을 가야 했다. 감시 카메라에 옮겨 둔 영상은 한 시간 분량에 지나지 않으니, 서둘러야만 했다.

4층에 갇혀 있는 사람들은 모두 군사 법정의 판결을 기다리는 고위급 군인들과 특공부대원들이었다. 3층에는 중범죄를 저지른 흉악범들이 수용되어 있고, 1층에는 제4감옥을 관리하는 직원들이 일하는 사무실이 있었다. 초교의 목적지는 바로 2층이었다. 외부에서 온 손님들과 면회하는 외빈부.

대략 2분 정도 걷자, 감방들이 밀집한 곳을 지나 그 주위를 둘러싼 복도의 끝이 보였다. 40명 정도의 군인들이 완전 군장을 한 채 기관총을 들고 있었다. 제4감옥에는 에어컨 파이프를 위한 공간도 없고 비어 있는 하수도 없으니, 이 복도를 통과하고 싶지 않다면 콘크리트를 파내 도망칠 구멍을 뚫는 수밖에 없었다. 그러나 아무리 봐도 다치지 않고 무사하게 이 복도를 도망칠 확률은 거의 0에 가까웠다.

감옥을 지키던 병사들은 초교의 낯선 얼굴을 보고 즉시 긴장하여 일어났다. 그중 우두머리인 듯한 병사가 검은 총부리를 들이대며 외쳤다.

"멈춰라! 누구냐? 암호!"

초교는 등을 쭉 펴고 손에는 두툼한 서류 뭉치를 든 채, 진지한 태도로 그들을 향해 걸어갔다.

"나는 군법처의 유사유劉思維 상교다. 12685호 문건에 따라 무기 밀수 사건을 조사 중이지. 즉시 담종명譚宗明 중교에게 연락을 넣도록. 그에게 전달할 중요한 서류가 있다."

병사는 멈칫하더니, 곧 의심스럽다는 듯 눈가를 찌푸렸다.

"보고드립니다. 담종명 중교는 오늘 밤 당직이 아니고, 그의 전화번호는 개인 기밀에 속합니다. 일단 증명서를 보여 주십시오."

"군법처는 제4감옥에서 증명서를 제시할 필요가 없다. 나는 제4감옥 이李 소장의 요청을 받아 협조하기 위해 왔고, 사흘 전 여방호呂方浩 상교가 나를 직접 감옥 내 심문소로 안내해 주었는데, 그것도 모르는 것인가?"

초교는 이맛살을 찌푸리며 앞에 서 있는 병사를 위아래로 훑어보고는 이어 말했다.

"어느 부대 소속이지? 군사 수칙은 외우고 있나? 소속 부대의 편호와 군번을 대라."

이 말을 들은 병사는 깜짝 놀랐다. 군대에서 계급이란 아주 명확한 것인데, 초교의 말투도 평범하지 않고, 또한 담 중교와 이 교도소장을 모두 친근하게 부르는 것을 보니 자신도 모르게 경외감마저 들었다. 사병은 가라앉은 목소리로 답했다.

"보고드립니다. 군번은 0475이며, 남방 제8군 309군단의 571여단 특수 파견조 소속입니다. 정규군 편제하에 있지 않고, 이틀 전 이곳으로 배치받았기 때문에 여방호 상교께서 상교를 직접 안내하셨던 사실을 몰랐습니다."

보고를 들은 초교는 얼굴을 펴고 고개를 끄덕였다.

"남방 제8군이라고? 유劉 부군장께서는 안녕하시겠지? 너희 모두 그분이 파견한 것인가? 이번에 수도에서 맡은 임무는 시일이 좀 걸리겠군?"

병사는 갑자기 존경심을 담아 숙연한 표정을 지었다. 과연 군법처 운운할 때와는 확연하게 다른 반응이었다.

"보고드립니다. 유 군단장님께서는 안녕하십니다. 저희 팀은 염閻 참모님을 따라왔기 때문에, 군단장님을 따라 남방으로 돌아가지 않았습니다."

"오."

초교는 고개를 끄덕였다.

"나도 제8군 출신이다. 예전에 제8군 정보 심사 여단에서 임

무를 맡은 적이 있지. 그러니까 우리 모두 전우인 셈이군. 군단
장님을 뵙게 되면 나 대신 안부를 전해 드리도록. 좋다, 나는 아
직 중요한 일이 남아 있으니, 네가 대신 가서 이 문건을 팩스로
전송하면 좋겠군. 복사본까지 모두 두 부를 보내도록. 그리고
장 참모총장님과 화 사령관님의 비서실에 군법처의 유 상교가
내일 아침 6시에 방문할 예정이라고 통지하라."

병사는 그만 굳어 버리고 말았다. '절대 기밀'이라고 표기된
서류 한 뭉치를 받은 손은 심지어 조금 떨리고 있었다.

장 참모총장……. 화 사령관…….

감옥의 4층을 빠져나올 때, 초교의 등은 이미 식은땀으로 흠
뻑 젖어 있었다. 그녀는 벽에 기댄 채 천천히 숨을 내쉬었다.
손목의 시계를 보니 이미 10분이 지나 있었다. 그녀는 다시 깊
이 숨을 들이쉰 후, 몸을 곧추세우고 계속 앞으로 걸어 나갔다.

층층이 설치된 검색 시스템이며 감시 시스템을 지나, 초교
는 마침내 2층의 외빈부에 도착했다. 군법처라고 적힌 팻말을
보자 초교의 입꼬리가 가볍게 올라갔다. 아주 좋아. 복수를 하
려면 원수를 찾아야 하고, 빚을 받으려면 빚쟁이를 찾아야 한
다고 했지.

그녀는 마침내 제대로 찾은 셈이었다.

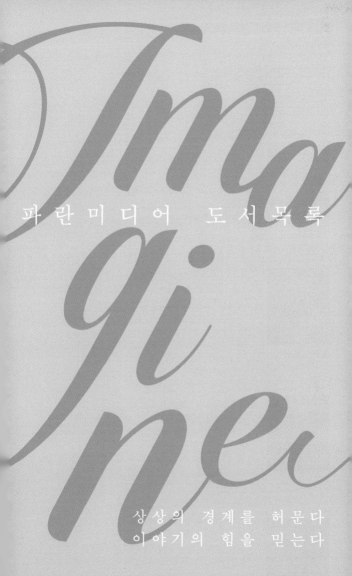

Imagine

파란미디어 도서목록

상상의 경계를 허문다
이야기의 힘을 믿는다

새파란
상상

e-mail paranbook@gmail.com
cafe cafe.naver.com/paranmedia
facebook facebook.com/paranbook
tel 02. 3141. 5589 fax 02. 3141. 5590

SF의 대가 래리 니븐 컬렉션

링월드 프리퀄 1 **세계 선단**
래리 니븐 & 에드워드 M. 러너 공저 | 고호관 옮김 | 값 14,000원

우주적 규모의 적자생존 서사시, 세계 선단 시리즈의 서막!

《링월드》에 숨어 있던 이야기들,
파란만장 흥미진진한 미스터리의 시작

링월드 프리퀄 2 **세계의 배후자**
래리 니븐 & 에드워드 M. 러너 공저 | 고호관 옮김 | 값 15,000원

은폐되고 삭제되고 망각된 진실을 찾아서

십팔 세에 무제한 출산권을 획득한 천재 물리학자 카를로스 우,
은하핵의 붕괴를 촬영한 전설의 조종사 베어울프 섀퍼,
모든 것을 의심하는 편집증 수사관 지그문트 아우스폴러,
세 사람의 진실을 향한 대도약이 시작된다!

링월드 프리퀄 3 **세계의 파괴자**
래리 니븐 & 에드워드 M. 러너 공저 | 고호관 옮김 | 값 15,000원

영원한 적도 영원한 아군도 없다!
아주 다른 무대의 전혀 새로운 이야기

어디 있는지도 모를 고향 지구와 새로 찾은 고향 뉴 테라, 지켜야
할 모든 사람들을 위하여! 낯선 우주의 한복판에서 치밀하고도
집요한 지그문트의 작전이 펼쳐진다.

링월드 프리퀄 4 **세계의 배신자**
래리 니븐 & 에드워드 M. 러너 공저 | 김성훈 옮김 | 값 15,000원

《링월드》는 루이스 우의 첫 모험이 아니었다!
이번 위기에는 세계 선단 일조 퍼페티어의 운명이 걸려 있다!

이름을 잃고 자기 정체도 모르는 채 백삼십 년을 망명자처럼 떠
돌던 루이스 우. 분더란트 내전의 포로로 약물중독의 나락에 빠
져 있던 그에게 퍼페티어 정찰대원 네서스가 던진 거부할 수 없
는 제안!

브레인 임플란트 이혜원 지음 | 값 10,000원

백두산 폭발로 벌어진 아비규환!
거대한 음모 속에 숨겨진 살인극

"이젠 학습법이 아니라 뇌를 바꿔야 합니다!"
우리의 삶을 바꾸는 브레인 임플란트의 세계에 오신 것을 환영
합니다.

초인은 지금 김이환 지음 | 값 10,000원

우리 시대의 모순을 안은 초인이 온다!

하늘을 날고 모든 것을 듣고 모든 것을 보는 초인이
시민들을 지켜준다.
초인은 무엇 때문에 사람들을 위해 봉사하는 것일까?
그를 믿어도 되는 것일까? 초인은 선한 사람인가?

킬러에게 키스를 김상현 지음 | 값 11,000원

그동안 고마웠어. 그 말을 끝으로 이메일 주소 하나 남기지 않고
깨끗이 사라졌던 여자 친구가 실은 킬러였다!

그녀에게 묻고 싶은 말이 있어 국가정보부의 작전에 동참한
평범한 한 남자의 슬프고도 웃긴 이야기.

고스트 에이전트 김상현 지음 | 값 12,000원

《킬러에게 키스를》 두 번째 작품.

당인리 화력발전소를 노린 폭탄 테러, 서울 전역에서
테러리스트가 출몰하고 급기야 국가정보부가 공격당한다!
그 누구도 절대 막을 수 없다!

이순신의 나라 임영대 지음 | 각 권 12,000원 (전2권)

이순신이 살아남은 조선!
새로운 바람이 분다, 새로운 나라가 온다!

임진왜란이라는 절체절명의 국난에서 우리 민족을 구원한
이순신 장군. 그런 이순신 장군이 만일 죽지 않고 살아남았다면
과연 무슨 일이 벌어졌을까?

태릉좀비촌 임태운 지음 | 각 권 13,000원 (전3권)

대한민국 최강 좀비 군단이 몰려온다!
네이버 화제의 연재작 – 영화화 결정

올림픽을 대비로 맹훈련 중인 태릉선수촌에 좀비 바이러스가 발생했다. 운동으로 단련된 역대 최강의 좀비들이 몰려온다. 사랑하던 동료들에 맞서 사랑하는 사람들을 지켜야 하는 이야기!

체탐인 – 조선스파이 정명섭 지음 | 값 11,000원

얼굴도 이름도 바뀐 복수의 화신이 돌아오다

아무 것도 할 줄 모르는 백면서생에서 난데없이 야생의 현장에 떨어진 병조판서의 아들 조유경. 하지만 이대로 죽을 수는 없다. 자신의 모든 것과 사랑하는 약혼녀까지 앗아가버린 원수들에게 복수를 해야만 한다.

붉은 말 백성민 이야기그림집 | 값 22,000원

네이버 한국만화 거장전 제1호 작가 백성민의 새로운 만화 모음집.
〈장길산〉, 〈싸울아비〉, 〈광대의 노래〉 등 역사만화의 거장 백성민이 새롭게 선보이는 이야기그림 〈붉은 말〉. 우리나라의 신화와 전설, 전래동화 등에서 폭넓게 소재를 취하여 새로운 해석을 내보이는 만화들에서 삶의 위안을 찾아낼 수 있을 것이다.

살해하는 운명 카드 윤현승 지음 | 값 11,000원

다섯 장의 카드, 다섯 개의 운명.
모두가 승리할 수도 있고, 모두가 패배할 수도 있다.

인생 막다른 골목에서 받아들인 위험한 초대.
오직 운명을 거역한 사람만이 승자가 된다!

루월재운 이야기 조선희 지음 | 각 권 11,000원 (전2권)

한국판타지문학대상에 빛나는 조선희 작가의
치밀하고 놀라운 환상의 세계를 만난다!

가장 많은 눈물을 흘린 자가 주인이 되느니,
사랑을 위해 목숨을 버리는 사람들!
그들의 운명이 아로새겨진 서라벌의 하늘.

제3장 나라를 위해 목숨을 바치다

출입문의 패스워드 시스템을 간단하게 파해한 초교는 살짝 문의 손잡이를 돌리고 몸을 옆으로 기울여 안으로 들어갔다. 이미 늦은 밤이었지만 복도에는 불빛이 환하게 켜져 있었고, 여전히 많은 사람들이 움직이고 있었다. 초교는 태연한 표정으로 고개를 들고 외빈부의 복도를 걸어가며 마주 오는 사람들에게 고개를 끄덕이며 인사도 건넸다.

제4감옥에서 일하는 사람들은 비록 초교가 누구인지 몰랐지만, 그녀의 표정이 평온한 데다 군장을 입고 있으니 당연히 제4감옥의 내부 인원일 것이라 생각하며 조금도 의심하지 않았다.

5분 후, 사무실이 많은 복도를 지나니 초교의 눈에 군법처 직원 휴게실이 들어왔다. 공기 중에 가볍게 떠다니는 청주의 향도 맡을 수 있었다. 초교는 자신이 제대로 찾아왔다는 것을 깨달았다.

옆에 있는 침실에서 갑자기 인기척이 느껴졌다. 초교는 신속하게 몸을 날려 객실의 문가에 몸을 붙인 후, 가늘고 긴 손으로 재빨리 허리춤의 AK를 어루만졌다.

검은 양복을 입은 왜소한 남자가 고개를 내밀었다. 그는 아주 기민하게 복도의 인기척을 발견한 것 같았지만, 어리석게도 문밖으로 몸을 내미는 실수를 저질렀다. 그가 초교가 있는 방향으로 고개를 돌렸을 때, 그를 맞이한 것은 소음기를 장착한 검은 총구였다.

총알은 신속하게 그의 심장에 피에 젖은 구멍을 만들었고, 남자의 동공은 일순간 커졌다. 초교는 재빨리 남자의 몸을 부축하고 손으로 그의 입을 막았다. 그녀는 남자의 맥박이 정지한 것을 확인한 후, 그를 부축해 안으로 들어갔다.

사람이 많으면 대담해지는 법, 200평방미터도 되지 않는 방두 칸에 뜻밖에도 열여섯 명이 머물고 있었다. 방금 죽은 남자를 제외한 다른 이들은 모두 깊은 잠에 빠져 있었다. 내부 사람들의 보살핌도 있고, 합법적인 신분도 위조해 놓은 데다, 최신의 장비며 훌륭한 무기에 이렇게 많은 동료들까지 있으니, 누군가가 자신들의 침실에 들어오리라고는 꿈에도 생각지 못했던 모양이다.

그러나 지금 이 순간, 사신은 이미 어깨를 으쓱거리며 그들바로 앞에 서 있었다. 또한 그 사신은 조용히 해치우겠다는 생각 같은 것도 아예 없었다.

초교는 단 한 번도 적들에게 동정심을 느껴 본 적이 없었다. 최근에는 주로 막후에서 임무를 기획하는 일을 맡았지만, 그것은 결코 방아쇠를 당길 용기가 없기 때문이 아니었다. 그녀는 흔들림 없이 권총을 들어 올렸다. 가늘게 뜬 눈에 한 오라기 냉담한 빛이 서림과 동시에, 총부리는 침대 위의 중년 남자를 정확하게 조준했다. 퓩 하는 소리와 함께 깊은 잠에 빠져 있던 남자의 몸이 갑자기 경련을 일으켰고, 이마에 뚫린 구멍에서 피가 사방으로 튀었다.

초교는 지체하지 않고 신속하게 앞으로 나아갔다. 끊이지 않고 퓩퓩 소리가 났고, 10초 후, 바깥쪽 방에서 자던 사람들 중에는 더 이상 살아 있는 사람이 없었다.

안쪽 방으로 향하는 문을 여니, 다섯 명의 남자가 침상에 누워 깊은 잠에 빠져 있었다. 가끔 살인은 밥을 먹고 목욕을 하는 것보다 더 간단할 수도 있다. 초교는 전혀 머뭇거리지 않았다. 낮은 총소리가 다섯 번, 순식간에 울리고 텅 빈 공간에 선혈이 흐르는 소리만이 들렸다. 삽시간에 구역질을 일으키는 피비린내가 공기를 가득 채웠다.

초교는 가장 안쪽에 있던 남자의 가죽 가방에서 소형 DV를 찾아내 어지럽게 널려 있는 시체 사이에서 스위치를 누르고 자세하게 살펴보기 시작했다.

문제없음을 확인한 후, 초교는 DV를 넓은 주머니 안에 넣고는 죽은 자의 가방에서 찾아낸 초강력 C4 폭탄을 방 안에 설치했다. 장치를 작동시키자, 블랙박스 위의 붉은 불빛이 빠른 속도로 깜빡거리기 시작했다.

초교는 마지막으로 실내의 시체들을 둘러본 후, 문을 열고 나왔다. 그러나 바로 이때, 한 줄기 오싹한 기운이 그녀의 목을 스쳤다!

초교는 즉시 몸을 숙이고 재빨리 바닥을 굴러 총알을 피할 수 있을 만한 곳까지 이동했다. 순간적으로 전율이 일었다. 사격은 전혀 멈출 기미가 없었다. 초교는 한쪽 다리로 문을 걷어 찼고, 안쪽 방의 문은 퍽 소리와 함께 단단하게 닫혔다. 초교는 땅에 반쯤 엎드린 채, 방 밖에서 들려오는 상대의 낮은 숨소리를 들었다. 그녀는 자신이 이미 발각되었다는 것을 알아차렸다.

초교의 근육은 팽팽하게 긴장한 상태였지만 호흡은 느려지고 있었다. 그녀는 자신 앞의 문을 빈틈없이 노려보았다. 그녀는 003이 아니었고, 행동 9처의 특공대원도 아니었다. 그녀가 군사학교에서 배웠던 것은 폭파와 계획이었다. 즉 환경을 어떻게 이용해야 유리한지, 알고 있는 정보와 제한된 인원을 어떻게 배치해야 최대한의 이익을 얻을 수 있는 공격과 살인이 가능한지를 배웠다. 그리고 지금 이 순간 채 3미터도 떨어지지 않은 곳에 위험이 도사리고 있었고, 그에 맞서는 것은 이성적인 행동이 아니라는 것을 명백하게 이해할 수 있었다.

초교의 눈길이 꿈을 꾸던 중 사망한 가련한 남자에게 꽂혔다.

퍽 소리와 함께 문이 열렸다. 초교는 문 앞에 서서 오만한 표정으로 바깥쪽 방에 숨어 있는 두 남자를 바라보았다. 그들은 그녀가 스스로 나오리라고는 상상도 하지 못했던 듯 당황한 표정이었다.

초교는 경멸하듯 수중의 비수와 AK를 모두 내던진 후, 다리를 살짝 옆으로 세우고 두 손을 앞으로 내밀어 태극권의 자세를 취했다. 그리고 반대편의 두 남자를 향해 차갑게 코웃음을 치며 가볍게 손짓했다. 누가 보아도 그녀의 뜻은 아주 명백했다.

"함께 덤벼!"

성능 좋은 기관총을 손에 들고 있던 두 남자는 즉시 격노하여, 자신들도 총을 내던지고 일본 권술의 자세를 취했다. 그리고 흉흉한 눈빛으로 재빠르게 튀어 올라, 마치 번개가 지나간 후 귀를 막을 틈도 없이 천둥소리가 울리는 것 같은 기세로 앞으로 달려 나왔다.

좁은 방에 갑자기 피비린내 나는 바람이 휘몰아치려는 것 같았다. 커튼이 요동치고 불빛도 어두워졌다. 바닥에서부터 올라온 거대한 살기가 두 남자의 신형을 따라 빠르게 초교를 압박해 왔다. 두 남자의 단단한 근육이며 악랄한 동작을 보면, 그 누구라도 이 하늘 높은 줄 모르는 오만한 여자의 결말은 예상할 수 있을 터였다.

그러나 바로 이때, 계속 침착한 표정을 짓고 있던 초교의 입가에 살며시 미소가 떠올랐다. 그녀의 입꼬리가 올라가며 그 미소는 득의만만한, 그리고 동시에 아주 차가운 웃음으로 변했다.

마치 마술이라도 부리는 것처럼, 초교의 손에 일본에서 제조한 M609 소구경 현발탄 권총이 갑자기 나타났다. M609는 근거리 살인 무기 중 제왕이라 할 만한 물건이었다. 상대의 몸에 구멍을 뚫어 버리거나, 아니면 아예 머리를 날려 버릴 수 있는!

탕탕, 단 두 번 소리가 들렸을 뿐인데 두 남자는 0.05초 만에 참혹한 비명 한 번 지를 틈도 없이 죽어 버렸다. 근거리에서 사격했기 때문에 그들의 머리는 아예 날아가 버렸고, 사방으로 튄 뇌수가 초교에게까지 묻었다.

초교는 역겹다는 듯 길을 막고 있는 남자들의 시체를 발로 차 버린 후, 재빨리 욕실로 들어갔다. 예상보다 두 사람을 더 상대하긴 했지만, 이 정도면 계획은 상당히 순조롭게 진행된 셈이었다. 원래 계획보다 20분이나 당긴 셈이니 간단하게 씻을 만한 시간은 충분했다.

15분 후, 휴게실에서 군법처의 검은 제복을 입은 여자가 나왔다. 그녀는 2층 외빈부 복도를 걸어가며 제4감옥을 지키고 있는 자들에게 상냥하게 미소 지어 보였다. 3분 후, 그녀는 침착하게 2층의 대문을 열고 밖으로 나갔다.

밤바람이 시원하고도 부드럽게 그녀의 얼굴을 스쳐 갔다. 초교는 제4감옥 지상 1층의 홀을 걷고 있었다. 주위에서 바삐 오가는 사람들은 모두 국가의 정예군이었다. 손목을 들어 보니, 폭파 시간까지는 아직 10초가 남아 있었다.

초교는 안색 하나 변하지 않고 계속 걸었다. 곁에 있는 신문함에서 전날의 신문을 한 부 챙기기도 했다.

'10, 9, 8……'

— 5월 11일, 우리나라의 내지에서 다시 한 번 M1N1 갑형 바이러스에 감염된 환자가 발견되어 상경에서 확진받았다. 현재 우리나라에서 이 바이러스에 감염된 것으로 확진받은 환자로는 마흔일곱 번째다. 항만과 공항은 이미 부분적으로 폐쇄됐으며, 관광업도 상당한 충격을 받고 있다. 또한 주가가 큰 폭으로 하락하여, 주식 시세는 참담할 정도로…….

'7, 6, 5……'

— 흠화사 보도에 따르면, 현재 M국에서 M1N1 갑형 바이러스에 감염된 수는 689명이고, 감염된 것으로 의심되는 환자의 수는 1,272명이며, 사망자는 68명이다. 현재 사망자의 수는 전혀 통제할 수 없는 상태로 계속 늘어나는 중이다. Y국에서 감염되었다고 확진받은 수는 352명, 의심 환자는 561명, 사망자는 97명이다. A국에서는…….

'4, 3……'

— M국 연합사는 다음과 같이 보도하였다. M국의 전문가의 연구 결과에 따르면, 이번 M1N1 갑형 바이러스는 Z국에서 전파되어 나온 것으로 의심된다. Z국의 대지진이 대기의 균형을 파괴하였고, 이로 인해 바이러스가 생겨났다는 주장이다. Z국 정부는 이번 천재지변을 신속하게 처리하지 못했을 뿐 아니라, 오히려 전염병이 빠르게 확산되도록 방조하였다. M국

정부는 단기간 내에 Z국과의 무역을 끊을 의향이 있으며, M국 내의 Z국인들을 추방하고, Z국인의 입국을 거부할 방침이다. 참의원은 현재 긴장 상태로 논의 중이며, 곧 완벽한 처리 방법을 찾을 수 있다고 믿고 있다.

'2, 1, 0!'

갑자기 온 대지에 맹렬한 진동이 일어나더니 거대한 폭발음이 고막을 때렸다. 붉은 경보기가 날카롭게 울리고, 짙은 연기가 뭉게뭉게 피어올랐으며, 곳곳에서 불길이 솟아올랐다. 마치 제4감옥 전체가 이 폭발로 인해 격렬하게 떨기 시작한 것 같았다.

눈을 가릴 정도로 짙은 연기 속에서 제4감옥에서 일하는 모든 이들은 평소 훈련받은 대로 무장한 채 질서정연하게 폭발이 발생한 곳을 향해 뛰기 시작했다. 초교는 먼지투성이가 된 채 당혹스러운 표정으로 군복을 입은 남자의 팔을 잡았다.

"동지! 대체 무슨 일이 벌어진 건가요?"

남자는 초교가 입고 있는 옷이 군법처의 제복인 것을 보고, 제4감옥 사람이 아니라는 생각에 그녀를 부축하며 말했다.

"군법처 소속입니까? 일단 따라오십시오. 밖으로 데려다 드릴 테니."

다른 부서의 동료를 호위하는 데 여념이 없는 이 군인은, 지금 자신이 부축하고 있는 여자가 바로 이 폭발을 일으킨 사람이라는 사실을 결코 알 수 없었다. 그뿐 아니라, '군법처'의 동지 열 명 이상이 그녀의 손에 죽음을 맞이했다는 사실도 알 수 없었다.

혼란스러운 무리를 헤치고 1층의 홀을 나와 계속 앞으로 가던 중, 두 사람은 갑자기 황망한 표정으로 뛰어 들어오던 남자와 부닥쳤다!

"아! 죄송합니다, 아, 이 상교시군요!"

군인이 상대를 부축하며 재빨리 사과의 말을 했다.

"안에서 대체 무슨 일이 벌어진 건가?"

이양은 미간을 찌푸리며 옆을 흘깃 보다가, 초교가 바로 거기 있는 것을 보고 눈을 휘둥그렇게 뜨더니, 그녀를 가리키며 입을 다물지 못했다.

"초……."

"나를 찾아온 건가? 안에 폭발이 발생했으니, 할 말이 있으면 나가서 하도록 하지."

초교는 재빨리 이양의 말을 잘랐다. 군인은 초교의 말을 듣고 말했다.

"그럼 저는 더 이상 두 분을 호위하지 않겠습니다. 안에 무슨 일이 벌어진 것인지 아직 모르니, 어서 돌아가 봐야 합니다."

이양은 고개를 끄덕이고는, 그 군인이 멀어진 다음 초교를 잡아 세우고 낮은 목소리로 물었다.

"대체 무슨 일이지? 군사 법정이 무엇 때문에 너를 심판한 거야? 너는 어떻게 도망쳐 나온 거고?"

"M1N1 바이러스는 결코 천재지변이 아니라 사람이 불러온 재앙이야. M, R, Y, F 등 십여 개 서방 국가의 고위직들이 관련

되어 있지. 우리나라 내부에도 이익에 눈이 멀어, 그 카르텔에 발을 들여놓은 자가 있어. 지난번에 X부대를 체포할 때, X부대에게 잡혀 있던 그 인질들은 결코 인질이 아니야. 비밀리에 파견된 각국 군사 연구소의 바이러스 전문가들이었지. 그들은 전 세계에 이 바이러스를 퍼뜨리려고 하고 있어. 적대 국가의 경제에 타격을 입히기 위해 말이야. 게다가 최후에 결정적인 순간이 오면 주식회사 하나가 M1N1 바이러스를 예방할 수 있는 항생제를 내놓고 폭리를 취할 계획이지. 내 수하가 그들의 범죄 증거를 찾아냈어. 바로 여기 있지."

초교는 그 DV를 꺼내 이양의 손에 넘겨주고 계속 말을 이었다.

"지난번에 소시小詩가 동경에 가서 X부대의 고위급들을 살해하고 가져오려 했던 물건이야. 우리 내부의 사람이 생명을 걸고 얻어 낸 증거물이지. 안타깝게도 소시는 동경의 길거리에서 사망했고, 이 일은 흐지부지되고 말았지. 이번 M1N1 갑형 바이러스의 막후에 있는 주범 중 하나는, 표면적으로는 인체의 장기를 매매하고 있지만 암암리에 치명적인 바이러스를 연구해 유행시키는 X부대야. 그들은 우리나라를 배신한 고위급 지도자들의 엄호하에 군법처의 동지들로 위장해서 제4감옥에 들어갔지. 그리고 이 증거물을 훔쳐 갔었어. 지금은 내가 모두 제거해 버렸지만."

이양은 눈을 휘둥그렇게 뜨고 믿기 어렵다는 듯 물었다.

"지금 네 말은 그러니까, 소시를 죽인 자들이 바로……."

"그래!"

초교는 고개를 끄덕이며 확언했다.

"003을 포기하라고 명령한 자는 바로 국가의 고위층에 숨어 있는 적국의 특수 요원이지. 동시에 나를 제4감옥으로 보내고, 각국의 범죄 증거를 빼앗았던 자이기도 하고 말이야. 자신들의 더러운 죄를 가리기 위해서."

이양은 여전히 거대한 충격에 빠져 있었다. 그는 양미간을 굳힌 채 칠흑 같은 눈에 분노를 담고 가라앉은 목소리로 말했다.

"M국의 포탄 전문가가 오늘 상경에 참관을 올 예정이지. 경화부대의 전錢 참모와 내가 그 번잡한 영접 업무를 맡았고 말이야. 그들이……."

"뭐라고?"

초교가 갑자기 큰 소리로 외쳤다. 이양은 멈칫하더니 반문했다.

"뭐가?"

"M국의 포탄 전문가가 상경에 온다고?"

이양은 고개를 끄덕였다.

"그래, 어젯밤에 도착했어."

초교는 안색이 크게 변해 서둘러 그의 몸을 뒤지기 시작했다.

"폭탄용 위치 추적기를 갖고 있어?"

"그건 뭐 하려고?"

초교는 갑자기 화를 내며 질책하듯 말했다.

"갖고 있냐니까?"

"내가 그런 것을 왜 가지고 다니겠어?"

초교의 표정이 다급한 것을 보고 이양은 서둘러 말했다.

"따라와, 어디 있는지 아니까."

두 사람은 전동차에 올라타 사람들이 오가는 정원에서 시동을 걸었다.

2분 후, 위치 추적기의 빨간 불빛이 계속해서 반짝이는 것을 보았을 때, 초교의 머릿속은 그야말로 텅 비어 버리고 말았다.

"어찌 된 일이지? 재판정에 폭파 장치가 있다니?"

초교는 몸을 일으켜 신속하게 창고 안에서 손에 맞는 무기와 장비를 찾은 후, 밖으로 질주하며 낮은 목소리로 말했다.

"M국은 근본적으로 R국의 X부대를 신임하지 않아. R국을 마음대로 할 수 없을까 봐 두렵기도 하고, 일이 폭로될까 봐 그렇기도 하지. 그래서 재판정 안에 내비게이션용의 위치 추적기를 설치해 둔 거지. 시간이 되면 포탄이 발사될 것이고, 그때가 되면 제4감옥은 산산이 무너져 여긴 평지가 되어 버릴 예정이었던 거야. 증거와 나를 포함해서 말이지."

"그럼 이제 어떻게 하지? 일단 내가 바로 탄약 배치 전문가에게 통지하고, 특수부대에 증원을 요청해서 M국에서 온 자를 통제해 보겠어."

"이미 늦었어."

초교는 깊이 가라앉은 표정으로 목소리를 낮춰 말했다.

"바로 나에게 헬리콥터를 준비해 주고, 사람들을 해산시켜. 지금 네가 해야 하는 가장 중요한 일은, 이 증거물을 화 사령관에게 전달하는 거야. 이건 소시가 목숨을 걸고 구한 증거고,

11처 초능력자 특공부대원 열네 명의 목숨과 바꾼 증거야. 그리고 그건 전 세계에서 M1N1 바이러스로 인해 목숨을 잃은, 앞으로 잃을 사람들의 생명이기도 해. 그게 모두 네 손 안에 있는 거야. 결코 착오가 있어서는 안 돼.”

이양은 잠시 멈칫했다. 저 멀리 먼지와 연기가 뭉게뭉게 피어오르는 것이 보이고, 사람들은 여전히 조급하게 돌아다니고 있었다. 초교의 여윈 얼굴에 떠오른 결연한 눈빛을 보자 이양의 마음속에 한바탕 쓰라린 감동이 일어났다. 그는 한참 후에야 결의에 찬 목소리로 말했다.

“반드시 해내겠어. 초교, 조심해야 해.”

“너도.”

말을 마친 초교는 뒤 한 번 돌아보지도 않고 창고를 뛰어나가, 방금 천신만고 끝에 도망쳐 나온 4층 감옥으로 신속하게 달려갔다.

10분 후, 헬리콥터 한 대가 제4감옥의 광장 위로 떠올랐다. 헬리콥터는 신속하게 제4감옥의 상공을 떠나 사람의 흔적이라고는 없는 교외를 향해 날아갔다.

사령부로 향하는 승용차에 앉아 있던 이양은 폭탄용 위치 추적기 위의 그 작은 불빛이 4층의 재판정에서 조금씩 멀어지는 것을 지켜보았다. 광장에 도착한 붉은 불빛은 다시 건축물들을 통과하여 빠르게 상경 교외의 상공으로 날아갔다.

갑자기, 맹렬한 폭발음이 하늘에서 울려 퍼졌다. 위치 추적기의 붉은 점이 순식간에 사라지더니 검은 해골 표시로 변했다.

이양은 뒤를 돌아보지 않았다. 그저 다른 이에게 한 번도 보인 적이 없던 눈물을, 어둠 속에서 천천히 흘리고 있을 뿐이었다.

상경의 밤은, 여전히 평온하기만 했다.

1부

진황眞煌

제1장 황가의 사냥

대하大夏의 발상지는 형수衡水 상류 홍천紅川의 동쪽이다. 대하 사람들은 본래 무武를 숭상하고 용맹스러웠지만, 땅이 몹시 춥고 거친 데다 견융족이 여러 차례 관을 넘어와 영역을 넓히려 했기 때문에 여러 가지 제약이 있었다. 그들은 대대로 물과 풀을 찾아다니는 유목 생활을 하며 척박한 땅에서 근근이 살았다. 그러던 중 대하의 영웅 배라진황培羅眞煌이 등장하여 정권을 세우고, 하늘이 내린 운명을 따르던 민족에게 새로이 발전할 수 있는 기회를 열어 주었다.

대하의 역사는 한 글자 한 글자 피와 눈물로 썼다고 해야 할 것이다. 그들은 유목 민족이었던 만큼 땅에 크게 집착하지 않았고, 민족 문제에 있어서도 남방의 변당卞唐, 동방의 회송懷宋에 비해 상당히 포용하는 자세를 취했다. 대하 사람들은 수백

년에 걸쳐 전쟁을 치르며 남쪽으로 이동했고, 대하의 국토는 날로 광활해졌다. 마침내 대하는 천여 년의 역사를 지닌 변당과 상업이 발달한 부국 회송을 넘어서는 대륙 제일의 군사 대국이 되었다.

물이 불어나면 물 위의 배도 커지는 법. 홍천 평원에 우뚝 선 진황성真煌城은 이미 대륙의 정치적, 경제적 중심이 되어 빛나고 있었다. 상인들이며 여행자들이 끊임없이 오가고, 거리마다 높은 건축물이 빽빽하게 들어서 있었다. 그중에서도 각국의 권문귀족들이며 부호들이 빈번하게 왕래하는 구외주九歲主 거리는 유난히 흥성거렸다.

아침을 알리는 첫 종소리가 길게 울려 퍼졌다. 웅혼하게 퍼져 나가는 종소리 속에서 성문이 천천히 열렸다. 햇빛이 두루 비추는 가운데, 철혈의 통치를 자랑하는 제국의 중심 진황성에서 새로운 하루가 시작되고 있었다.

"이랴!"

청아한 목소리가 울려 퍼지자 검은색 준마가 새하얀 말발굽을 들어 올려 진황성 밖, 눈 쌓인 땅을 박차고 달리기 시작했다. 눈송이가 사방으로 흩날리는 가운데 한동안 말발굽 소리만 규칙적으로 들려왔고, 수행원 10여 명은 멀리 떨어진 뒤에서 따르고 있었다.

"연燕 세자, 늦었잖아!"

제갈회諸葛懷가 활짝 웃으며 말을 몰아 앞으로 달려 나왔다.

제갈회 곁에는 소년 네 명이 있었다. 그중 나이가 적은 경우는 열한두 살 정도였고, 많다 해도 열서너 살을 넘지 않아 보였다. 모두 비단옷을 입고 수행원을 거느리고 있었는데, 얼굴도 수려하고 풍채도 결코 평범하지 않았다. 소년들 모두 제갈회를 따라 방금 도착한 사람을 바라보았다.

연순燕洵이 워워, 소리를 내며 말고삐를 잡아당겼다. 말은 앞다리를 들어 올리며 한 번 길게 울더니 설원 위에 안정적으로 멈춰 섰다. 연순이 입고 있는 비취빛 옷의 소매 끝은 금사와 은사로 수놓은 비단잉어들로 반짝거렸고, 그 위에 걸친 모피는 눈처럼 새하얀 빛깔이었다. 연순이 명랑하게 웃으며 대답했다.

"제갈 형의 전갈을 받았을 때 마침 팔공주께서 와 계셔서 바로 올 수가 없었어. 내가 너무 오래 기다리게 한 것 같네."

그의 목소리는 쾌활하고 웃음에도 소년다운 패기가 넘쳐났다. 그러나 가늘게 뜬 두 눈에는 예리함이 숨어 있었다. 목에 두른 은빛 담비 털은 연순의 온화함과 품위를 더욱 돋보이게 해 주어, 전체적으로 운치가 있으면서도 호방해 보였다. 나이는 열서너 살에 지나지 않았지만, 나이를 넘어서는 기백을 엿볼 수 있었다.

"미인과 만나고 있었던 거로군. 우리가 연 세자의 고아한 흥취를 깬 건 아닌지 모르겠어."

진녹색 비단옷을 입은 공자가 앞으로 걸어 나왔다. 아직 어린 기색이 남아 있는 목소리에, 겉보기에도 열한두 살 정도로 보였다. 그는 휘어진 두 눈을 여우처럼 가늘게 뜨며 웃고 있었다.

연순은 담담하게 웃으며 거만하지도 비굴하지도 않은 태도로 답했다.

"위魏 둘째 공자가 또 나를 놀리려 드는군. 지난번 연회에서 공자 장난 때문에 내가 공주의 유리잔을 깨지 않았다면, 오늘 내가 공주 마마를 뵈올 일도 없었겠지. 결국 이 모든 것이 둘째 공자 때문이라고."

위경魏景은 키득거리며 곁에 있던 푸른 옷을 입은 소년에게 말했다.

"봤나, 목윤沐允. 내가 연 세자가 그저 좋게 넘어가지만은 않을 거라고 했잖아. 언젠가 분명하게 짚을 거라고 했지."

목윤이 살짝 눈썹을 치켜세웠다.

"이 황성 안에 너 때문에 골탕을 먹은 사람이 어디 한둘인가? 연 세자가 성격이 좋으니 망정이지, 만약 나였다면 그날 저녁 너를 죽이러 갔을 텐데."

소년들이 이야기를 나누는데, 갑자기 검은 비단옷을 입은 소년이 앞으로 나오며 입을 열었다.

"대체 겨루기를 하기는 할 생각인가? 이렇게 잡담만 나눌 거라면 차라리 돌아가는 것이 낫겠군."

소년은 허리춤에 밝은 노란빛 대궁을 차고 있었는데, 한눈에도 황가의 물건임을 알 수 있었다.

연순은 그제야 그를 알아차리고, 말에서 뛰어내려 공손하게 예를 행했다.

"칠황자님께서도 계셨군요. 연순이 눈이 어두워 미처 몰라

뷘 것을 용서해 주십시오."

조철趙徹은 연순을 흘깃 보며 입술 끝을 살짝 들어 올리는
것으로 인사를 대신하고, 곧바로 제갈회에게 말했다.

"나와 여덟째는 저녁에 상서방尙書房에 가야 하니, 시간이 그
리 많지 않다."

제갈회가 웃으며 말했다.

"연 세자가 왔으니, 바로 시작하도록 하지요."

위경이 웃으며 박수를 쳤다.

"제갈이 또 무슨 재미있는 일을 찾은 모양인데, 어서 펼쳐
보라고."

조각趙珏이 말했다.

"무슨 짐승 우리를 잔뜩 옮겨 오는 중인 것 같던데. 제갈, 설
마 사냥이나 하려는 건 아니겠지. 사냥에는 이제 별 흥미가 없
다고. 만약 정말 사냥이나 하는 거라면 너희 집안 넷째가 오지
않는 것도 탓할 수 없지."

제갈회는 고개를 저으며 비밀스럽게 말했다.

"그 녀석 괴팍한 성격은 정말……. 언제 우리 모임에 오겠다
고 한 적이나 있습니까? 어쨌든 오늘은 제가 상당히 심혈을 기
울였으니, 한번 보시지요."

말을 마친 제갈회는 가볍게 두 번 박수했다. 손바닥 부딪치
는 듣기 좋은 소리가 새하얀 설원 먼 곳까지 메아리쳤다. 그러
자 울타리를 두른 사냥터가 열리고, 제갈회의 시종들이 커다란
수레 여섯을 끌고 사냥터로 들어왔다.

곧 소년들 앞에 거대한 우리 여섯 개가 한일자─ 형태로 배열되었다. 우리는 검은 천으로 빈틈없이 덮어 놓았기에 안에 무엇이 있는지 전혀 알 수 없었다. 위경이 흥미롭다는 듯 말했다.

"우리 안에 뭘 숨겨 놓은 거지? 제갈, 계속 궁금하게 만들지 말라고."

제갈회가 웃으며 시종에게 손짓했다. 휙 소리와 함께 검은 천이 벗겨졌다. 위경은 잠시 멈칫했지만 곧바로 유쾌하게 웃기 시작했다.

거대한 우리 속에 숨겨져 있던 것은 뜻밖에도 어린 소녀들이었다. 우리마다 예닐곱 살을 넘지 않았을 여자아이들이 스무 명씩 있었는데, 모두 거친 광목으로 만든 홑저고리를 입고 있었다. 소녀들의 가슴에는 죄인처럼 커다란 글자가 쓰여 있었는데, 글자는 우리마다 각각 달랐다. 소년들의 성을 따라 목, 위, 연, 제갈이 있었고, 조철과 조각은 철과 각으로 구분하고 있었다.

소녀들은 우리 속에 오래 갇혀 있었던 듯, 갑자기 들어온 빛에 제 눈을 가리며 어쩔 줄 몰라 했다. 한데 뭉쳐 있는 소녀들의 얼굴에는 두려운 빛이 역력한 것이 마치 겁에 질린 토끼들 같았다.

제갈회가 웃으며 말했다.

"얼마 전 서역에서 온 호인 상단에게서 이 놀이를 배웠어. 저 아이들을 우리에서 끌어내고 이리들을 풀 거야. 그 축생들은 사흘이나 굶어 눈이 시뻘게진 상태지. 우리는 이리들을 쏴도 좋고, 다른 사람의 표식을 달고 있는 노비를 쏴도 좋아. 향을 하나 피울 시간이 지난 후, 자신의 이름을 달고 있는 노비가 가장 많이 남아 있는 사람이 바로 오늘의 승자가 되는 거지."

위경이 하하 웃으며 제일 먼저 손뼉을 쳤다.

"그거 정말 재미있겠군. 한번 놀아 볼 만하겠는데?"

제갈회가 말했다.

"그럼 시작하도록 하지. 한 사람당 화살을 서른 개씩 준비해 놨어. 여봐라, 우리를 열어라!"

시종들이 우리를 부수고 사냥터에서 물러났다. 소녀들은 덜덜 떨면서 미동도 없이 그 자리에 그대로 서 있었다. 마치 우리가 여전히 소녀들을 가둬 두고 있는 것 같았다.

갑자기 으르렁거리는 포효 소리가 들리더니, 양쪽 울타리의 문이 열리고 스무 마리가 넘는 사나운 이리들이 곧바로 튀어나왔다!

아이들은 모두 날카로운 비명을 지르며 황급하게 한곳에 모이거나 울타리 밖 사람들이 모여 있는 방향으로 뛰기 시작했다. 그러나 이와 동시에, 날카로운 화살들이 울타리 안으로 날아들기 시작했다. 화살은 사나운 이리들이 아니라 아이들에게로 향하고 있었다.

처참한 비명 소리며 하늘을 비난하는 듯한 울음소리가 울려 퍼졌다. 화살이 아이들의 연약한 어깨며 몸통을 꿰뚫자, 선혈이 깡마른 몸에서 흘러내리며 눈부신 붉은 꽃을 피웠다. 짙은 피비린내에 자극받은 이리 떼는 더욱 흉포하게 날뛰기 시작했다. 짙은 푸른빛이 도는 이리 한 마리가 뛰어오르더니 단숨에 한 소녀의 목을 물어뜯었다. 소녀가 비명을 지르기도 전에 다른 이리가 소녀의 다리로 달려들었다. 반쯤 물어뜯긴 소녀의 머리에서 붉은 선혈과 흰 뇌수가 흘러 설원을 물들였다.

참혹한 비명이 끊임없이 들려오는 가운데, 형월아荊月兒는 땅 위에 누워 있었다. 화살이 그녀의 작은 몸을 꿰뚫으며 땅 위에 못 박아 버렸던 것이다. 어깨가 극도로 아팠고, 눈꺼풀은 마치 천 균*이라도 되는 무거운 바위 같았다. 그녀는 이미 죽은 것처럼 약하게 숨을 쉬고 있었지만, 동시에 그녀의 미간은 팽팽하게 긴장하고 있었다. 그녀의 몸을 덮친 흉포한 이리가 눈을 번쩍였다. 이리의 입가에 길게 늘어진 비린내 나는 침이 그녀의 얼굴 위로 뚝뚝 떨어졌다.

하늘에도 눈이 있어 하계의 참극을 지켜보고 있는 것일까. 이리 주둥이가 형월아에게 닿으려는 바로 그 순간, 그녀가 눈을 떴다. 칼날처럼 밝은 그 눈에는 어린아이라면 마땅히 보여야 할 두려움이 서려 있지 않았다. 그녀는 손을 뻗어 이리의 입을 위아래로 벌리더니, 고개를 쳐들고 이리가 늘어뜨리고 있던 혀를 힘주어 깨물어 버렸다!

귀를 찢을 듯한 울부짖음이 울려 퍼졌다. 그 소리에 고개를 돌린 귀족 소년들은, 사나운 이리의 혀를 물고 있는 아이의 모습에 경악하여 활을 쏘는 것조차 잊고 말았다.

가장 먼저 반응한 사람은 조철이었다. 그는 아이 옷에 쓰여

---

* 무게의 단위. 서른 근에 해당한다.

있는 커다란 '철' 자를 보자 소리 내어 웃으며 활시위에 활을 메겼다. 휙 소리와 함께 날아간 화살이 이리의 목을 꿰뚫었고, 이리는 더욱 크게 울부짖으며 땅 위에 쓰러졌다.

사냥터의 참극은 여전히 계속되고 있었다. 남아 있던 이리들은 서슴없이 아이들을 덮쳤고, 사냥터 도처에 갈기갈기 찢어진 시신이며 아이들의 몸통에서 떨어져 나온 사지가 흩어져 있었다. 가슴이 미어질 것 같은 비명과 통곡도 귀를 가득 채우고 있었다.

형월아는 비틀거리며 몸을 일으켰다. 그녀는 도저히 믿을 수 없다는 듯 눈을 휘둥그렇게 뜬 채 돌로 변하기라도 한 것처럼 그 자리에 굳어 있었다. 형월아의 작은 몸을 덮고 있던 옷은 이미 갈기갈기 찢어지고, 창백한 얼굴에는 피와 오물이 잔뜩 묻어 있었다. 바람이라도 불어오면 작디작은 그녀는 마치 연약한 풀처럼 쓰러질 것만 같았다.

다시 한 번 화살이 날아오는 소리가 들렸다. 형월아는 재빨리 뒤로 뛰어오르며 치명적인 공격을 피했지만, 작은 몸에 힘도 약하다 보니 완전히 피할 수는 없었다. 화살은 그녀의 다리에 박혔고, 곧 붉은 피가 흐르기 시작했다.

위경이 웃으며 다시 활을 쏘았다. 이를 본 조철이 눈썹 끝을 추켜세우더니, 차갑게 코웃음 치며 활시위를 당겼다. 바람을 타고 날아간 조철의 화살이 위경의 화살을 따라잡아 부러뜨렸다.

그때 형월아의 작은 몸 뒤에서 비릿한 악취가 풍겨 왔다. 다시 흉악한 이리가 따라붙은 모양이었다. 그녀는 상처 입은 다리로 조철을 향해 달리기 시작했다.

　이 사람이다. 이 사람이 짧은 순간에도 두 번이나 자신을 구해 주었다. 그녀는 정신이 흐릿한 와중에도 자신에게 가장 유리한 방향을 선택한 셈이었다.

　그러나 그녀가 몇 걸음 내딛기도 전에, 갑자기 화살 하나가 날아와 그녀의 다리 앞에 내리꽂혔다. 그녀는 멈춰 선 채로, 도저히 이해할 수 없다는 눈빛으로 대춧빛 말을 타고 있는 검은 옷의 소년을 바라보았다.

　조철은 무시하듯 싸늘한 눈초리로 그녀를 한번 훑어 내리더니, 다시 활을 들어 다른 여자아이의 등을 쏘았다.

　조철의 화살에 맞은 아이는 대여섯 살 정도였는데, 참담한 비명을 지르며 땅 위에 쓰러졌다. 아이의 등에 쓰인 커다란 '연'자가 붉은 피로 물들기 시작했고, 아이의 몸은 곧 이리들에게 갈가리 찢기고 말았다.

　시간은 더할 나위 없이 빠르게 흐르는 것도 같았고, 또 더할 나위 없이 천천히 흐르는 것도 같았다. 멍하니 멈춰 있던 형월아는 갑자기 입술 끝을 앙다물고 재빨리 몸을 돌렸다. 마치 다리에 상처가 없는 듯한 움직임이었다. 형월아를 덮치기 위해 뛰어오른 사나운 이리가, 아주 간발의 차로 그녀를 놓치고 말았을 정도였다.

　사냥터 모퉁이에 장작더미와 말을 먹이기 위한 건초가 쌓여 있었다. 그곳까지 달려간 형월아는 장작을 하나 집어 들더니 고개조차 돌리지 않고, 퍽 소리가 나도록 이리의 허리께를 사납게 쳐 냈다.

이리는 얼핏 보기에도 중상을 입은 듯, 울부짖으며 도망쳤다.

"이리 와! 모두 이리로!"

형월아는 커다란 돌멩이 두 개를 주워 들었다. 딱딱, 몇 번 부딪치자 돌멩이에서 불티가 튀어 올랐고, 곧 건초에 불이 붙었다. 형월아는 장작에 불을 붙인 후 사냥터를 뛰어다니며 아이들을 공격하고 있는 사나운 이리 떼를 몰아냈다.

"모두 이리 와! 모두!"

아이들이 큰 소리로 울면서 형월아에게로 달려왔다. 모두 상처를 입은 상태였는데, 이리에게 물려 상처 입은 경우도 있었지만 화살에 맞은 경우가 더 많았다. 시간이 얼마 지나지 않았는데도, 남아 있는 수는 채 스물이 되지 않았다.

이리는 형월아가 든 횃불 때문에 감히 덤벼들지 못했다. 그들은 너무 오래 굶은 상태였기에 으르렁거리며 아이들 주위를 잠시 맴돌더니, 곧 뿔뿔이 흩어져 사냥터에 널린 시신들에게 달려들어 뜯어먹기 시작했다.

제갈회가 눈을 가늘게 뜨고 중얼거렸다.

"쓸모없는 축생들 같으니."

그러더니 활에 화살을 메겼다.

화살이 날아들기 시작하자, 이리 떼는 갑작스러운 습격에 한바탕 울부짖었다. 이리 떼의 울음소리에도 피비린내가 배어 있었다. 마침내 이리들은 하나하나 땅에 쓰러졌고, 이제 살아 움직이는 이리는 한 마리도 없었다.

아이들은 요행히 살아남았다는 생각에 기쁜 나머지, 몸의 상처도 잊고 환호성을 질렀다. 그러나 아이들의 환호성이 채 끝나기도 전에, 다시 한 번 화살비가 내리기 시작했다.

귀족 소년들의 눈길은 날카로웠고, 손은 악랄하기 그지없었다. 그들에게는 아주 약간의 동정심조차 없는 것 같았다. 그들은 아이들을 정확하게 조준했고, 화살은 게걸스럽게 아이들의 피와 목숨을 앗아 갔다.

화살 한 대가 날카로운 소리와 함께 날아오더니 놀라운 기세로 한 아이의 머리를 꿰뚫었고, 오른쪽에서 다시 날아온 화살이 그 아이의 뒤통수를 꿰뚫었다. 아이는 형월아의 얼굴 바로 앞에서 그대로 굳어 버리고 말았다. 아이의 따뜻한 피가 형월아에게 튀었고, 그녀는 입을 벌리고 횃불을 든 채 나무토막처럼 굳어 버리고 말았다. 아이들의 울음소리가 형월아의 귓바퀴를 타고 흘러 들어왔다. 모든 것은 그야말로 악몽이었다.

날아오는 화살이 점차 줄어들었다. 그때, 위경과 목윤이 서로 웃음을 교환하더니 형월아를 정확하게 조준하고는 절륜한 솜씨를 자랑하듯 활을 쏘았다.

이를 본 조철이 눈가를 찌푸리더니 말을 몰아 앞으로 달려 나갔다. 그의 화살통에는 화살이 단 한 대만 남아 있었지만, 조철은 차갑게 코웃음 치며 화살을 반으로 꺾어 동시에 활에 메겼다. 그리고 그가 힘차게 활시위를 당기자, 형월아에게 날아가던 위경과 목윤의 화살이 함께 땅에 떨어졌다. 그야말로 절정에 이른 활솜씨였다.

제갈회가 웃으며 외쳤다.

"훌륭하십니다!"

마침내 비명 소리가 멈췄다. 북풍이 스쳐 가는 흰 설원은 피비린내로 가득했다. 붉게 물든 사냥터에 살아 있는 사람은 형월아뿐이었다. 머리는 산발에 중간중간 볏짚도 묻어 있었고, 피로 물든 옷을 입은 채 나무 몽둥이 하나에 의지하여 겨우 서 있었다. 그녀는 창백한 얼굴로 소년들을 바라보고 있었는데, 아무래도 너무 놀라 정신이 나가 버린 것 같았다.

조각이 말했다.

"일곱째 형이 가장 대단했군. 나는 화살이 다 떨어졌으니, 오늘은 아무래도 일곱째 형이 승리한 모양이야."

위경은 눈썹을 치켜세우며 제 화살통을 보고 다시 목윤을 흘깃 본 후, 마지막으로 제갈회를 돌아보았다. 제갈회는 해맑은 얼굴로 싱글거리며 말했다.

"내 화살도 오래전에 다 없어졌지."

그때 갑자기 목윤이 말했다.

"연 세자의 화살은 아직 남아 있잖아? 시간이 아직 안 되었으니 최후의 승자가 누가 될지는 아직 모르는 셈이지."

모든 이들의 시선이 삽시간에 연순에게 쏟아졌고, 조철은 냉랭한 눈길로 연순을 바라보며 말했다.

"연 세자는 항시 불시에 사람에게 즐거움을 주는군."

향은 이제 겨우 절반만 타올랐을 뿐이었다. 다른 이의 화살은 동이 난 상태였지만, 연순의 화살통에는 눈처럼 새하얀 화령이 달린 화살이 한 대 남아 있었다.

연순은 단정한 자세로 말 위에 앉아 있었다. 고작 열세 살이었지만 곧추세운 등이며 날카로운 눈썹, 별처럼 반짝이는 눈과 우뚝 솟은 콧날 등에서 풍겨 나오는 기운은 예사롭지 않았다. 얼핏 보기에 냉랭해 보일 정도로 준수한 모습은 무리 중에서도 유난히 돋보였다. 연순은 담담하게 앞으로 나가더니 활을 들어 형월아를 조준했다.

날카로운 바람이 형월아의 찢어진 옷이며 흐트러진 머리카락을 말아 올렸다. 형월아는 아직 예닐곱 살 정도로밖에는 보이지 않았다. 영양이 부족한 탓에 얼굴은 누렇게 뜨고 몸은 바싹 마른 것이 갓 태어난 작은 늑대 새끼처럼 보이기도 했다. 팔과 다리, 목은 모두 상처투성이였고, 길게 찢어진 어깨의 상처는 심장까지 닿을 것 같았다.

형월아는 피가 낭자한 아수라장 한가운데 서 있었다. 도처에 사람의 몸에서 찢겨 나온 팔다리며 시체에서 흘러나온 붉은 피가 가득했다. 피비린내 가득한 이곳에서, 어떤 잔인한 힘이 절망한 영혼처럼 형월아의 연약한 눈을 잡아 뜨고 있는 것 같았다.

연순은 양미간을 찌푸리며 형월아의 목울대를 조준했다. 화살은 피를 갈망하며 빛나고, 소년의 손에 푸른 정맥이 튀어 올랐다. 연순은 천천히 시위를 당겼다.

이미 피할 곳이라고는 없었다. 형월아의 머릿속에 여러 가지 생각이 거세게 내달리고 있었지만, 그녀가 도저히 이해할 수 없는 의문들은 눈앞에서 발생한 학살 때문에 이미 가라앉아 버린 후였다. 그녀는 천천히 고개를 들고, 차가운 복수의 의지와 혐오를 담은 눈빛으로 자신을 겨누고 있는 소년을 바라보았다. 그녀에게 두려움이란 존재하지 않는 것 같았다.

그날은 백창력白蒼歷 제770년 정월 초나흘로, 진황성의 백성들이 막 신년을 보낸 다음이었다. 진황성 밖 황가의 사냥터에서, 그녀와 그는 처음으로 만났다. 시간이 역사의 궤도를 꿰뚫고 시공의 수문을 갈라, 원래대로라면 결코 만날 리 없던 두 영혼이 같은 무대 위에 서게 된 것이다.

연순이 미간을 가볍게 찌푸리더니, 손가락을 살짝 옆으로 비낀 채 화살을 쏘았다. 모든 이의 시선이 차가운 바람을 타고 날아가는 화살로 모였다가 다시 형월아에게로 향했다.

휙 소리와 함께, 한 줄기 핏물이 흘러내리기 시작했다. 화살이 형월아의 목을 스쳐 가며 한 가닥 혈흔을 남긴 것이다. 형월아는 두어 걸음 비틀거렸지만, 여전히 제자리에 못 박힌 듯 서 있었다.

"하하! 형, 축하해!"

조각이 크게 웃으며 축하했다. 조철은 무시하는 눈길로 연순을 일별하며 냉소했다.

"연 세자는 하루 종일 가무며 시에 몰두하다 보니, 이제 조가의 선조들이 어떻게 활을 쏘았는지도 잊은 모양이군."

연순은 활을 내려놓고 담담한 목소리로 답했다.

"조가의 선조들이 어떻게 활을 쏘았는지는 조가의 자손이 기억하면 족할 뿐입니다. 연순은 감히 주제넘게 굴지 않겠습니다."

제갈회가 웃으며 말했다.

"이리 되었으니, 오늘의 상은 칠황자님께 돌아가게 되었습니다. 제 저택에 연회를 준비하도록 일러 놓았으니, 모두 함께 가셔서 변변치 않은 술이나마 한잔하시지요."

모두 좋다며 말에 올랐다. 마치 지금까지 있었던 모든 일은 그저 흔한 유희에 지나지 않는다는 듯이.

바람이 날카로운 소리를 내며 지나가고, 귀족 소년들이 입은 모피 외투마저 펄럭거렸다. 제법 멀리까지 말을 달린 연순이 뒤를 돌아보았을 때, 온몸에 피와 오물을 뒤집어쓴 형월아가 미동도 없이 귀족 소년들을 바라보고 있는 것이 보였다. 그녀의 눈빛은 깊이 가라앉아 있었고, 그녀가 서 있는 광활한 설원에는 여전히 피비린내가 가득했다.

제2장 피를 머금고 이를 삼키다

하늘이 점차 어두워졌다. 북풍이 흩날리는 눈을 말아 올리며 미친 괴수처럼 울부짖었고, 한기는 골수까지 스며드는 것 같았다.

제갈가의 하인들이 사냥터를 청소하고 있었다. 피비린내를 지우기 위해 태운 쑥이 짙은 연기를 내뿜는 가운데 하인들은 어린 소녀들의 시신을 삽과 가래로 들어 올려 수레 위로 내던졌다. 하인들은 멀지 않은 곳에 이미 구덩이를 하나 파 놓은 상태였다. 그들은 아이들을 매장할 생각이었는데, 아이들의 피를 즐기던 축생들까지 함께 매장할 생각이었다. 아이들의 생명은 그렇게나 하찮게 취급받고 있었다. 부유한 주인이 가지고 놀다 싫증을 내면 바로 버려지는 가죽 공처럼.

형월아는 찢어진 마대 조각을 걸친 채 힘없이 고개를 숙이고 우리에 기대앉아 있었다. 그녀의 상처는 상당히 심해, 도저히 이렇게 말없이 참을 수 있는 정도가 아니었다. 하인들은 그녀가 곧 죽으리라 생각했지만, 몇 번을 들여다봐도 형월아의 가슴은 여전히 가볍게 오르내리고 있었다. 마치 기이한 힘이 그녀가 계속 숨을 쉬도록 지켜 주는 것 같았다. 결국 하인들은 그녀를 구덩이에 던지지 않고 다시 우리 안에 넣었다.

스무 명이 함께 있을 때는 비좁던 이 우리가, 이제는 심지어 넓어 보이기까지 했다. 아이들은 모두 죽었고 단 하나만이 남아 있었다. 하인들은 살아남은 이 아이의 운수에 감탄하면서, 때때로 고개를 들이밀고 조심스럽게 아이를 살펴보았다.

말로 표현하기는 어려웠지만 그들은 민감하게 깨달았다. 우리 속의 아이는 사냥터에 올 때와는 이미 어딘가 달라져 있었다.

제갈가의 영지는 광활했다. 하인들은 후문을 통해 제갈부로 들어갔고, 집사인 주순朱順은 형월아를 잡일을 맡은 하인 두 사람에게 인계했다. 주순은 하인들에게 몇 마디 분부를 내리더니 차가운 눈으로 형월아를 바라보고는 자리를 떠났다.

달칵 소리와 함께 자물쇠가 열렸다. 하인들은 형월아를 방 안으로 밀어 넣었고, 그녀가 몸을 일으키기도 전에 방문을 단단히 잠갔다.

사방은 온통 칠흑 같은 어둠뿐이었다. 쥐들이 장작더미를 타고 오르는지 구석에서 달그락 소리가 들렸다. 그녀는 놀라 비명을 지르거나 하지 않고 방 중앙에 자리를 잡고 앉았다. 그리고 어깨를 덮고 있던 찢어진 마대를 조각조각 찢어 긴 끈 형태로 만들고, 놀라울 정도로 숙련된 솜씨로 자신의 상처를 싸맸다.

긴 시간이 흘렀다. 제대로 훈련받은 특공대원이 마음을 안정시키고 모든 일을 이성적으로 사고할 수 있을 만큼의 시간이었다. 설령 그녀가 마주해야 하는 일이 상식적으로는 결코 이해할 수 없는 일이라 해도 말이다.

지금의 형월아는 나라를 위해 목숨을 바쳤던 11처의 부지휘관 초교였다. 운명은 때때로 이렇게 불가사의하고, 깊은 심연 아래 반드시 죽음이 숨어 있으리라는 법은 없는 것이다. 이렇게 새로운 인생이 시작될 수도 있었다.

초교는 밖에서 새어 들어오는 빛에 작은 손바닥을 비춰 보았다. 희미한 슬픔이 치밀어 올라왔다. 그러나 그녀는 이 슬픔이 스스로를 위한 것인지, 아니면 이 몸의 주인인 이 아이를 위한 것인지 알 수 없었다.

"지금은 혼자 있으니까, 잠시 괴로워하고 무서워해도 되겠지. 하지만 아주 짧은 시간 동안만이야."

초교가 가라앉은 목소리로 중얼거렸다. 뾰족하게 마른 얼굴 위로 눈물이 흘러내리기 시작했다. 그녀는 무릎을 끌어안고 살며시 고개를 숙였다. 새까매진 얼굴을 두 어깨 사이에 묻고 말없이 시간을 보내는 동안, 그녀의 등이 점점 떨리기 시작했다.

초교가 대하 왕조에 온 첫날밤이었다. 그녀는 차가운 바람이 스며 들어오는 장작 창고에서 처음으로 두려움에 떨며 눈물을 흘렸다.

한 시진 동안 그녀는 운명을 저주하고 과거를 추억했으며, 또 앞날을 걱정하며 새로운 생활에 적응하기 위한 각오를 다졌다. 그리고 그녀는 이제 11처 최상급 지휘관 초교가 아닌, 아무것도 가진 것 없고 누구의 도움도 바랄 수 없는 어린 노비로 다시 태어났다. 이제 그녀는 인간의 도리라고는 없는 이 무질서한 철혈 왕조 아래 근근하게 삶을 이어 나가야 하는 존재였다.

운명은 그녀를 진창에 빠트렸으나, 그녀는 스스로에게 다짐했다. 어떻게든 기어 올라가겠다고.

가혹한 환경은 그녀에게 한탄할 시간조차 허락하지 않았다. 지금 느끼는 모든 감정을 떨치고 일어나지 않는다면 당장 이 밤조차 버텨 낼 수 없을 터였다.

그녀는 작은 장작을 하나 고른 후 땅 위에 한 글자 한 글자 적어 내려갔다.

제갈, 위, 목, 각, 철.

여기까지 쓴 후 그녀는 잠시 이맛살을 찌푸렸다. 날은 이미 어두워진 후였고, 별원의 사죽 소리며 가무를 선보이는 기녀들의 흐드러진 웃음소리만 희미하게 들려왔다. 한참을 고민하던 그녀는 마침내 최후의 한 글자를 적었다.

연.

제갈부의 대청에서는 술잔이 계속 오가고 있었다. 그때, 연순의 오른쪽 눈이 갑자기 떨리기 시작했다. 그는 훤칠한 미간을 찡그리며 천천히 고개를 돌려 칠흑같이 어두운 밤 풍경을 한참 동안 바라보았다.

새까만 밤하늘 위로 갈까마귀가 높이 날아올랐다. 이 혼탁하고 비열한 왕조는 안쪽 깊은 곳부터 썩어 있었다.

오래된 모든 것은 훼멸될 운명이다. 그 잿더미 속에서 새로운 질서를 탄생시켜야만 했다.

온몸의 상처가 찢어지듯 아팠지만 초교는 억지로 작은 장작 창고 안을 빙글빙글 돌면서 뛰고 있었다. 때때로 멈춰 두 손으로 피부를 문지르기도 했다. 그녀는 이 낡은 창고 안에서 얼어 죽지 않기 위해 최선을 다하는 중이었다.

삼경을 알리는 북소리가 들렸을 때, 사람 키보다 약간 높은 곳에 있는 창이 천천히 열렸다. 초교는 놀란 눈으로 창 밖에 나타난 작은 머리를 바라보았다. 그 작은 머리는 신중하게 창고를 둘러보다가, 초교를 발견하자 기쁜 듯 눈을 반짝이며 소리를 내지 말라는 손짓을 해 보였다. 그러고는 재빠르게 몸을 굴려 창고 안으로 뛰어내렸다.

사내아이가 초교를 제 품 안으로 끌어당기더니 목멘 소리로, 그러나 결연하게 말했다.

"월아, 무서워 마라, 오라비가 왔잖니."

사내아이는 여덟아홉 살을 넘지 않아 보였다. 아이가 입고 있는 잿빛 옷이 몸에 맞지 않아 안 그래도 마른 몸이 더 말라 보였다. 키도 큰 편이 아니라 초교보다 겨우 머리 반만큼 클 뿐이었다. 그러나 사내아이의 얼굴에는 온갖 시련을 다 겪은 후에야 얻을 수 있는 강인함이 배어 있었다. 사내아이는 초교를 단단히 끌어안은 채 계속 등을 두드려 주었다.

"무서워하지 마. 오라비가 왔으니까."

초교의 눈시울도 젖어 오더니, 커다란 눈물방울이 뚝뚝 흘러내려 사내아이가 입은 거친 옷을 적셨다. 새로운 몸이 자발적으로 반응하여 우는 것인지, 아니면 초교 자신이 정말로 울고 싶어 우는 것인지는 모를 일이었다. 어쨌든 이 기이하고 낯선 세계의 차가운 밤에, 사내아이의 따뜻한 포옹은 너무나 귀한 것이었다.

창을 통해 스며 들어온 달빛이 은은하게 두 아이를 비춰 주었다. 사방은 온통 차가울 뿐이지만, 마음과 마음 사이에는 따뜻함이 서려 있었다. 사내아이는 마치 단단한 산처럼 제 품속의 동생을 꽉 끌어안고 있었다. 자신도 이 차가운 밤에 두려움으로 살짝 떨고 있으면서.

"월아, 배고프지?"

사내아이가 새까만 손가락으로 초교의 얼굴에 흐른 눈물 자국을 조심스럽게 닦아 주더니, 싱글거리며 말했다.

"오라비가 뭘 가져왔는지 볼래?"

사내아이가 땅에 주저앉더니 등에 지고 있던 보따리를 풀었다. 갑자기 맛있는 냄새가 퍼졌고, 사내아이는 초교가 여전히 서 있는 것을 보고 이상하다는 듯 말했다.

"앉아."

보따리에서 나온 것은 커다란 그릇이었다. 그릇 가장자리를 장식하던 청화 그림은 이미 거의 지워진 상태였고, 여기저기 이도 빠져 있었다. 그릇 가득 담겨 있는 것은 멥쌀로 지은 밥이었고, 밥 위에 채소 이파리가 조금 보였다. 기름기라고는 전혀 없었지만 냄새는 제법 향기로웠다. 사내아이가 초교에게 젓가락을 쥐어 주며 재촉했다.

"어서 먹어."

초교는 고개를 숙인 채 입 안으로 한 젓갈 들이밀었다. 입 안에 눈물 맛이 배어 있어서일까. 밥이 아주 짜게 느껴졌다. 초교는 목이 막혀 왔지만 기계적으로 밥알을 씹으며 간혹 작은 소리로 흐느꼈다.

사내아이는 속이 타는 듯 초교를 바라보며 그녀가 한 입 먹을 때마다 자신도 가볍게 입을 벌렸다. 마치 어떻게 밥을 먹는지 가르치는 것처럼. 그리고 그녀가 밥을 삼키는 것을 보면 즐거운 듯 눈을 가늘게 떴다.

초교의 젓가락 끝에 갑자기 뭔가가 걸렸다. 뜻밖에도 아직 따뜻한 홍소육이 밥 속에 숨어 있었다. 엄지손가락 크기의 고기 한 조각, 살짝 탄 듯한 색에 반은 비계고 반은 살코기였다. 이렇게 어둡고 추운 밤에는 너무나 유혹적이었다.

그때 갑자기 꿀꺽하는 소리가 들렸다. 사내아이가 쑥스러운 듯 배를 어루만지면서, 아무렇지도 않다는 듯 말했다.

"나는 방금 밥을 먹었어. 전혀 배고프지 않아."

초교가 사내아이에게 젓가락을 건넸다.

"오라버니가 먹어."

사내아이는 고개를 저었다.

"오늘 저녁엔 다들 엄청나게 잘 먹은걸! 넷째 도련님께서 우리에게 요리를 내려 주셨다고. 홍소잉어랑, 탕수갈비랑, 등심 요리에 물오리 요리까지, 진짜 온갖 요리가 있었다니까. 난 토하고 싶을 정도로 많이 먹어서 이젠 배에 아무것도 안 들어갈 정도라고."

초교는 고집스럽게 젓가락을 내밀었다.

"난 비계를 좋아하지 않아."

사내아이는 멈칫하더니, 초교를 바라보고 다시 그 홍소육 조각을 바라보았다. 사내아이는 자신도 모르는 사이에 침을 삼키더니, 한참 후에야 손을 내밀어 초교의 젓가락을 받았다. 그러고는 조심스럽게 입을 벌려 고기를 깨물더니 살코기 부분을 남겨 다시 돌려주었다. 사내아이는 어둠 속에서 새하얀 이를 내보이며 헤헤 웃었다.

"월아, 이제 먹어도 된다."

갑자기 코끝이 시큰해 왔다. 초교는 재빨리 고개를 숙이고 간신히 눈물을 삼켰다.

잠시 후, 그녀도 서서히 고개를 들어 사내아이에게 웃어 보이며 입을 벌려 고기를 먹었다. 고기를 씹으면서도 입이 찢어지도록 웃어 보였다.

"월아, 맛있니?"

사내아이의 눈은 하늘의 찬란한 별처럼 반짝이고 있었다.

초교는 힘껏 고개를 끄덕였다. 참으려 했지만 목소리에 울음기가 섞여 버리고 말았다.

"맛있어. 평생 먹어 본 음식 중에 가장 맛있는 것 같아."

"바보."

사내아이가 그녀의 머리를 쓰다듬었다. 사내아이의 표정에는 한 오라기 서글픔이 배어 있었다.

"네가 몇 살인데, 평생 같은 말을 하는 거야. 앞날이야 말할 것도 없고, 우리가 어릴 때만 해도 산해진미를 얼마나 많이 먹었는데. 그때 네가 너무 어렸기 때문에 지금은 기억나지 않겠지만. 하지만 조금만 기다려. 언젠가는 이 오라비가 배부르게 먹고 따뜻한 옷을 입게 해 줄 테니까. 이 세상의 좋은 음식은 모두 다 먹게 해 줄 거야. 홍소육은 물론이고, 인삼이랑 전복이랑, 제비집, 상어 지느러미, 코끼리 조개, 네가 먹고 싶은 거라면 뭐든 다 먹게 해 줄게. 그때가 되면 아무도 우리를 괴롭힐 엄두조차 내지 못할 거야. 월아, 오라비를 믿지?"

초교는 고개를 끄덕이며 입에 밥을 욱여넣었다. 밥은 아주 씁쓸하고 떫었지만, 초교에게는 그저 따뜻하게만 느껴졌다.

"월아, 무서워 마라."

사내아이는 제가 입고 있던 외투를 벗어 초교의 어깨에 덮어 주며, 어린 목소리로 결연하게 단언했다.

"오라비가 너를 지켜 줄 테니. 내가 너랑 같이 있어 줄 거야. 그러니까 무서워 마라."

창문 틈 사이로 처량한 달빛이 들어왔다. 달이 만들어 내는 서리처럼 흰 빛이 서로를 의지하고 있는 두 작은 아이를 비춰 주었다. 아주 추운 밤이었지만, 그 달빛은 그렇게나 따뜻하고 아늑했다.

창고에서 멀리 떨어진 별원은 여전히 등불이 휘황찬란하고, 사죽 연주도 끊이지 않았다. 술이며 고기의 향이 사방으로 퍼져 나가고, 밤을 잊은 진황성의 연회는 마침내 최고조에 달하고 있었다. 그 누구도 오늘의 사냥터에서 요행히도 살아남은 여자아이를 떠올리지 않았다. 차가운 바람이 날카롭게 불어오는 가운데, 대하의 열염기烈焰旗가 바람에 펄럭거릴 뿐이었다.

다음 날 아침, 초교가 눈을 떠 보니 사내아이는 이미 떠난 뒤였다. 바닥에 보기 좋은 글씨체로 쓴 글귀가 한 줄 남아 있었다.

밤이 되면 다시 오마. 땔감 아래 만두가 있다.

초교는 구석의 마른 나뭇가지들을 헤치고 기름종이에 싸인 만두 두 개를 찾아냈다. 이미 누렇게 변한 만두였지만, 고요하

66

표정으로 만두를 꼭 쥐는 초교의 눈에 점차 따스한 기운이 어렸다.

사흘 동안 초교가 갇혀 있는 장작 창고에 아무도 찾아오지 않았다. 사내아이만이 매일 밤 먹을 것을 가져와 곁에 있어 주다가 날이 밝으면 몰래 빠져나갔다. 마침내 사흘째 되던 날, 창고의 문이 열리고 주순이 거만한 표정으로 초교를 내려다보며 이맛살을 찌푸렸다. 그녀가 아직 살아 있을 줄은 몰랐다는 태도였다. 마침내 주순은 하인에게 초교를 밖으로 내보내 주라고 명령했다.

창고에서 나오는 그 순간, 초교는 잠시 발걸음을 멈추고 그 낡은 공간을 마지막으로 둘러보았다. 그녀는 입술 끝을 살짝 올리며 결연한 표정으로 고개를 돌렸다.

하인은 점점 더 낡은 건물들이 있는 곳으로 초교를 안내했다. 초교는 아이들 여럿이 나뭇가지며 복도 뒤에 숨어 자신을 훔쳐보고 있는 것을 알아차렸다. 마침내 하인이 그녀를 작은 집 앞마당으로 데려다준 후 자리를 뜨자, 그 아이들이 갑자기 달려와 초교를 끌어안았다.

"여섯째야, 돌아왔구나."

"여섯째 언니, 우린 언니가 돌아오지 못할 줄 알았어."

"월아 언니, 흑⋯⋯."

아이들은 조금도 감정을 숨기지 않았다. 초교는 깜짝 놀랐지만, 그저 그 자리에 서서 이 꼬마들의 눈물이며 콧물을 참아내는 수밖에 없었다.

"됐다, 다들 그만 울자."

갑자기 사내아이의 목소리가 들려왔다. 초교를 둘러싸고 있던 아이들 모두 고개를 돌리더니 기쁜 목소리로 외쳤다.

"다섯째 오라버니!"

사내아이가 보따리를 안은 채 마당으로 뛰어 들어왔다. 주룩 소리를 내며 보따리가 땅에 떨어지자, 말린 씨앗이 가득 드러났다. 아이들은 환호성을 지르며 다들 초교를 놓아주고, 보따리로 달려들었다.

"다치겠다, 모두 사이좋게 먹어라."

사내아이는 마치 어른처럼 말했다.

"월아는 죽을 뻔하다 겨우 살아났고 아직 상처도 심하니, 모두 월아를 귀찮게 하지 말도록 해. 며칠 동안은 월아의 일도 모두 함께 도와주고."

아이들이 연달아 고개를 끄덕였다. 그중 머리를 양 갈래로 땋아 내린 여자아이 하나가 희고 보드라운 얼굴에 웃음기를 가득 띠고 말했다.

"오라버니, 안심해. 내가 언니를 도울 테니까."

사내아이가 여자아이에게 물었다.

"일곱째야, 네 상처는 다 나았니? 어째 누워 있지 않고?"

"오라버니, 나는 다 나았어."

아이는 웃으며 소매를 걷었다. 아이의 드러난 팔에는 푸른빛과 보랏빛 채찍 자국이 가득했고, 피부가 찢어진 채 아직 제대로 아물지 않은 곳도 있었다. 그러나 아이는 그저 웃기만 했다.

"오라버니가 가져다준 약이 아주 잘 듣던걸. 바르니까 하나도 안 아파. 여덟째가 어제 여물을 먹이다 질풍에게 걷어차여서 허리를 다쳤는데, 그 애도 도와줘야 해."

그때 갑자기 한 소녀가 다가와 사내아이의 손을 잡아끌었다.

"임석臨惜, 이리 들어와. 할 이야기가 있어."

사내아이가 초교에게 말했다.

"월아, 바깥바람이 차다. 너도 들어가자."

초교는 소녀와 사내아이를 따라 집 안으로 들어갔다. 아주 작고 낡은 방이었는데, 커다란 구들 위에 10여 개의 이불이 가지런히 놓여 있었다. 임석이라 불린 사내아이가 물었다.

"즙상汁湘 누나, 무슨 일이야?"

즙상이라 불린 소녀도 고작 열 살 남짓으로 보였다. 즙상은 몸을 굽혀 어두운 방고래를 열더니 작은 상자를 하나 꺼냈다.

"형가가 멸문한 기일까지 닷새 남았잖니. 네가 말한 대로 향과 지전을 준비했단다."

임석은 고개를 끄덕였다.

"조심해야 해, 절대로 집사에게 들켜선 안 돼."

"괜찮아. 우리가 사는 이쪽으로 오는 사람은 없으니까. 오히려 너야말로 넷째 도련님의 시중을 들 때 항상 조심해야 한다. 내가 그저께 완의방의 사도四桃에게서 들었는데, 셋째 도련님께서 또 함께 글을 읽던 서동을 둘이나 때려죽이셨다더구나. 넷째 도련님께서야 셋째 도련님 같지는 않으시지만, 그래도 성격이 괴이하셔서 기분이 좋으신지 아니면 나쁘신지 추측하기 어렵잖니. 어르신께서 저택에 계시지 않고, 회 도련님께서도 저택 안의 일은 전혀 신경 쓰지 않으시니 모두 점점 더 꺼리는 것이 없어지는 것 같아. 둘째 어르신께서는 지난달에 여자 노비만 스물이 넘게 죽이셨고, 우리와 함께 이곳으로 팔려온 두杜가 사람들도 이제 모두 죽었어. 언젠가 그런 일이 우리에게도 벌어질까 봐 정말 무서워."

그때였다. 바깥에서 갑자기 누군가를 꾸짖는 날카로운 외침이 들려왔다.

"그래, 너희 이 비천한 노비들, 감히 내 물건을 훔치다니, 더이상 살고 싶지 않은 모양이지?"

이맛살을 찌푸리며 밖으로 뛰쳐나가려는 임석을 즙상이 잡아끌었다.

"어서 뒷문으로 나가. 네가 여기 온 것을 아무도 알아서는안 돼. 만약 넷째 도련님께서 아시면 너를 때려죽이시려 할지도 몰라."

"나는⋯⋯."

"어서 가!"

이리 낡은 방에 뜻밖에도 뒷문이 있었다. 임석이 밖으로 나가자, 즙상이 이번에는 초교에게 속삭였다.

"밖에서 무슨 일이 벌어지건, 너는 나오지 말고 여기 있도록 해."

그러더니 즙상은 밖으로 재빠르게 뛰어나갔다.

초교의 귀에 처참한 비명 소리며 채찍 소리가 들려왔다. 슬쩍 밖을 내다보니, 배에 기름이 잔뜩 낀 부인이 팔을 사납게 휘두르고 있었다.

"이거, 예전 형가의 그 천금 아가씨들 아니신가? 그 귀한 분들이 어째 오늘 이런 지경까지 전락했담. 너희 언니들은 지금 식화방識花坊에서 몸을 팔고 있고, 너희들은 여기서 도둑질을 하고 있으니, 정말이지 너희 자매들은 똑같이 비천한 종자들이로구나!"

"송 아주머니, 저희가 잘못했어요, 다시는 그러지 않겠어요."

즙상이 다른 아이들의 앞을 막아서다가 얼굴에 채찍을 몇 대 맞았다. 즙상은 얼굴에서 피를 흘리면서도 무릎을 꿇고 부인의 치맛자락을 붙든 채 애걸했다.

"다시는 그러지 않을 거예요."

"잘못했다고? 하지만 내 생각에 너희들은 맞기 전에는 잘못한 것을 알지 못할 것 같은데!"

아이들의 몸에 매서운 채찍질이 떨어졌다. 머리를 두 갈래로 땋은 일곱째는 본래 상처를 입은 데다 채찍으로 몇 대 맞고 나자, 눈이 희게 변하며 기절하고 말았다. 아이들은 큰 소리로 울었지만 부인은 아랑곳하지 않았다. 마치 가축이라도 모는 것처럼 점점 더 사납게 채찍질할 뿐이었다.

부인이 소리치며 다시 한 번 높게 채찍을 들었다. 퍽 소리가 나더니, 응당 돌아와야 할 참혹한 비명이 들리지 않았다. 송 부인은 제 앞에 선 소녀를 놀란 눈으로 바라보았다. 낡고 찢어진 옷을 입은 소녀의 몸은 깡말랐지만, 눈빛은 차갑고 예리했다.

소녀는 새까만 두 손으로 송 부인의 채찍을 꽉 쥐고, 담담하게 말했다.

"충분히 할 만큼 하셨어요."

송 부인은 격분하여 외쳤다.

"이 비천한 계집이, 죽고 싶은 모양이지?"

"월아, 월아, 어서 손을 놓아!"

즙상이 무릎으로 기어오더니 온 힘을 다해 초교의 옷자락을 잡아끌었다.

"어서 송 아주머니께 사죄하지 못하겠니!"

그러나 초교는 그저 차가운 눈으로 송 부인을 바라보며, 한 기 서린 목소리로 말했다.

"어디 다시 한 번 저 애들을 때려 보시든지."

송 부인이 눈꼬리를 추켜세우더니 큰 소리로 외쳤다.

"저 애들이 아니라 너를 때리겠다!"

송 부인은 말을 마치자마자 채찍을 휘두르며 사납게 달려들었다. 초교는 차갑게 웃으며 재빨리 부인의 허리띠를 잡아끌고 슬쩍 발을 걸었다. 부인의 풍풍한 몸이 쿵 소리를 내며 땅에 쓰러지고 말았다!

돼지 멱따는 듯한 비명이 울려 퍼지는 가운데, 초교는 허리를 굽혀 부인을 내려다보며 냉소했다.

"이제 어디든 일러바치러 가셔야죠?"

송 부인은 튀어 오르듯 몸을 일으키며 외쳤다.

"너, 여기서 꼼짝 말고 기다려라!"

부인이 마당을 빠져나가자 즙상이 걱정스럽다는 듯 초교에게 뛰어왔다. 즙상은 너무나 다급한 나머지 눈물조차 채 흘리지 못하고 있었다.

"월아, 너무 큰 사고를 쳤구나. 이제 어쩌지?"

"나는 신경 쓰지 말고 저 애들이나 돌봐 줘."

초교는 즙상에게 당부한 후, 재빨리 부인을 따라나섰다.

초교는 창고에서 이 작은 마당으로 올 때 이미 길을 정확하게 기억해 두었다. 회랑을 두 번 돌아가니 부인이 돌다리를 건너는 것이 보였다. 그녀는 매우 뚱뚱해, 그 정도 짧은 거리를 뛰었을 뿐인데도 숨을 헐떡거리고 있었다.

초교는 풀덤불에 쪼그리고 앉아 주변을 둘러보았다. 그리고 사람이 없다는 것을 확인한 후 돌을 하나 주워, 눈을 가늘게 뜨고는 부인의 복사뼈를 조준해서 던졌다.

퍽 소리와 함께 돌은 송 부인의 발목을 정확하게 맞혔고, 부인은 비명을 지르며 비틀거리다가 다리 위에서 떨어지고 말았다.

한겨울이었기에 호수에는 두꺼운 얼음이 얼어 있었다. 송 부인은 얼음 위에 벌렁 나자빠진 채 일어나지 못하고 신음 소리를 내고 있었다.

초교는 천천히 돌다리로 걸어가 그녀를 내려다보며 소리쳤다.

"사람을 불러 드릴까요?"

부인은 초교를 보더니 곧 상냥한 척 말했다.

"착하지, 어서 가서 사람을 불러오너라. 아이고, 정말이지 아파 죽겠구나."

초교는 해맑게 웃으며 허리를 숙였다. 그러더니 커다란 돌을 하나, 낑낑거리며 머리끝까지 들어 올렸다.

부인은 그 장면을 보고 대경실색하여 외쳤다.

"너, 너……. 대체 뭘 하려는 게야?"

초교는 더 이상 부인의 말을 들을 마음이 없었다. 그녀는 가볍게 손을 놓았다. 돌은 큰 소리를 내며 얼음 위로 떨어졌고, 얼음 표면이 순식간에 깨졌다. 부인이 깜짝 놀라 소리쳤지만 차가운 호수가 모든 것을 덮어 버렸다. 부인이 사라진 호수에서는 그저 물거품 몇 개만 올라올 뿐이었다.

초교는 침착한 표정으로 끝까지 지켜보았다. 그녀의 눈빛은 어떤 망설임도 없이 평화로웠다.

이곳은 사람을 먹어 치우는 세계였다. 살아남고 싶다면 먼저 사람을 먹는 야수가 되어야 했다.

초교는 몸을 돌려 작은 마당으로 돌아왔다. 초교를 본 아이들이 뛰어왔다. 아이들의 몸에는 상처가 가득했고, 모두 눈물을 흘리고 있었다. 초교는 가장 가까이에 있는 소칠을 끌어안고, 심호흡을 한 후 소곤거렸다.

"모두 무서워할 필요 없어. 아무 일도 없을 테니까."

제갈가에서도 가장 신분이 낮은 노비들이 사는 이 작은 집 앞마당에서, 개나 돼지처럼 생을 연명하고 있던 어린 노비들은 더 이상 참지 못하고 큰 소리로 울기 시작했다.

제3장 달빛 아래 피에 젖은 꽃

저녁이 되었다. 아이들은 집사의 부름을 받고 일을 하러 나갔다. 상처를 입은 소칠과 즙상도 불려 나갔지만, 초교와 허리를 다쳐 정신을 잃은 소팔은 방에 남아 있었다.

아이들이 돌아온 것은 밤이 깊은 후였다. 아이들은 피곤한 표정으로 식사를 끝낸 후, 마치 세상사 모든 일을 깨달은 것처럼 잠을 청했다. 즙상은 잠을 자지 않고 바닥에 쭈그리고 앉아 아궁이에 장작을 넣었다. 그녀의 얼굴에 난 붉은 상처는 마치 작은 뱀이 기어가는 것처럼 흉하게 부어 있었다.

방 안은 고요했고, 잠에 빠진 아이들의 숨소리만이 들려왔다. 초교가 살며시 즙상에게 기어가 속삭였다.

"얼굴에 난 상처, 그대로 놔두면 나중에 흉터가 남을 거야."

아궁이의 불빛이 즙상의 얼굴을 비쳤다. 비쩍 마른 작은 얼굴에 까만 눈이 유난히도 커 보였다.

"월아, 노비는 약을 쓸 수 없어. 지난번에 임석이 약을 몰래 가져와서 소칠이 쓰긴 했지만, 사실 우리 모두 위험을 무릅쓰고 한 행동이었어. 이 사실이 알려지면 우리 모두 목숨을 부지하기 어려울 거야. 내 상처는 얼굴에 있으니, 더더욱 함부로 손을 대서는 안 된단다."

즙상이 이야기하는 동안 소칠이 이불을 걷어찼다. 즙상이 재빨리 달려가 소칠의 이불을 다시 덮어 주고 이마의 땀을 닦아 준 후, 아궁이 앞으로 돌아와 계속 불을 지폈다.

초교는 결국 아무 말도 할 수 없었다. 즙상은 이제 겨우 열 살 남짓으로 보였다. 그러나 너무나도 무거운 짐이 그녀의 어깨를 내리누르고 있었다. 이 방 안에 있는 아이들은 나이가 많아 봤자 열 살을 넘지 못하고, 가장 어린 아이는 대여섯 살 정도인데, 횡포한 제갈가는 대체 이리 어린 아이들에게 무슨 짓을 저지르고 있는 걸까?

"즙상 언니."

초교는 아궁이 쪽으로 내려가 즙상 곁에 앉아 나지막하게 속삭였다.

"강남에 가 본 적 있어?"

"강남이라니?"

즙상이 얼굴을 찡그렸다.

"강남이 대체 어디지?"

"그럼 황산을 알고 있어? 아니면 장강이 어디에 흐르는지는?"

즙상은 고개를 저었다.

"내가 아는 건 그저 홍천 서쪽에 홍산弘山이 있고, 홍산 아래로는 창리강蒼漓江이 흐른다는 것뿐이야. 월아, 그런 건 왜 묻는 거니?"

초교는 근심 어린 표정으로 한참 동안 생각에 잠겼다가 고개를 흔들며 말했다.

"별거 아냐, 그냥 물어본 것뿐이야. 맞아, 즙상 언니, 지금 황제의 이름을 알고 있어?"

"황제 폐하야 그저 황제 폐하시지. 우리가 어찌 감히 폐하의 이름을 알고 부를 수 있겠니. 하지만 제갈부에 종종 오는 검은 옷을 입은 황자님이 황제 폐하의 일곱째 아들이라는 것은 알고 있지. 그 황자님의 이름은 조철이라고 하더구나. 우리 대하에서 가장 젊은 나이에 왕으로 봉해진 황자님이라던데."

냉혹하게 조소하던 얼굴이 바로 머리에 떠올랐다. 초교는 눈을 가늘게 뜨고 다시 물었다.

"조철이라고?"

"월아, 대체 왜 그러는 거니? 이번에 돌아온 후부터 어쩐지 이상하구나. 그리고 대체 송 아주머니와 무슨 이야기를 한 거니? 송 아주머니가 이렇게 흐지부지 우리를 내버려 둘 리가 없는데……."

초교가 담담하게 웃었다.

"별일 아니니 걱정할 필요 없어. 아, 그 송 아주머니는 우리를 내버려 두는 것이 아니라 호수에 빠져 죽었어. 송 아주머니가 죽는 것을 내 눈으로 직접 봤거든. 그러니까 그녀가 여기 왔었다는 사실은 아무에게도 이야기해선 안 돼."

"송 아주머니가 죽었다고?"

즙상은 대경실색하여 소리쳤다. 초교는 재빨리 즙상의 입을 틀어막고 주변을 둘러보았다. 아이들이 여전히 잠들어 있는 것을 확인한 후, 초교가 속삭였다.

"이 일은 오로지 하늘과 땅, 그리고 언니와 나만 알아야 해. 더 이상은 입 밖에 내지 마. 그 악랄한 여자는 백 번 죽어 마땅한 사람이고, 죽었으면 끝인 거야. 언니는 신경 쓸 필요 없어."

"월, 월아."

즙상이 덜덜 떨며 물었다.

"네…… 네가 죽인 것은 아니지? 아주머니 혼자 호수에 떨어진 거지? 그…… 송 아주머니의 아들은 전원前苑을 지키는 영사領事야. 우리로서는 도저히 당해 낼 수 없는 상대라고."

초교는 씩 웃으며 자신의 가슴을 두드렸다.

"언니 생각에 내가 그녀를 죽일 수 있었을 것 같아? 아무튼 언니는 더 이상 아무것도 생각하지 마. 그 여자는 나쁜 일을 충분히 많이 했으니, 사람이 그녀를 죽이지 않았다면 저 하늘이 손을 쓴 거겠지. 언니, 하루 종일 피곤했지? 어서 쉬도록 해."

즙상이 고개를 저었다.

"아니야, 계속 불을 봐야 해."

"내가 할게. 나는 상처 때문에 내일 게으름을 부릴 수 있잖아. 언니는 얼른 쉬어."

초교는 작은 걸상 위에 조용히 앉아 때때로 아궁이에 장작을 던져 넣었다. 타오르는 장작불이 그녀의 얼굴을 붉게 비췄다. 초교는 자고 있는 아이들을 물끄러미 바라보았다. 마음 깊은 곳이 시큰해 왔다. 그러나 아무리 안타까워한들 무슨 소용 있을까? 초교는 영문도 모른 채 이름조차 알 수 없는 시대로 오게 되었고, 이 형월아라는 작디작은 몸 안에 갇혀 버렸다. 그간 익힌 무예며 기술은 모두 사라진 상태인 데다, 이 비천한 신분으로는 스스로를 지키기도 벅찬 상황이었다. 아마도 그녀가 지금 타인을 구할 방법은 없을 것이다.

초교는 오늘 송 부인을 죽인 것으로 임석이 사흘 동안 밥을 가져다준 것에 대한 보답은 한 셈이라고 생각했다. 그녀는 곧 떠날 작정이었다.

초교는 천천히 눈을 감았다. 인간답게 행동하고 싶더라도, 반드시 힘을 가늠한 후에 행해야 하는 법이다. 지금의 초교는 그렇게 커다란 짐을 지기에는 역부족이었다.

수탉이 새벽을 깨웠다. 하늘이 밝아 오고, 아이들은 자리에서 일어나 옷을 입었다. 초교는 웃는 얼굴로 일하러 나가는 아이들을 배웅했다. 어쩐지 마음이 계속 쓰라렸다.

초교는 막 훔쳐 온 음식을 꺼내 놓고, 침상에 누운 채 깨어나지 않는 소팔을 한참 물끄러미 바라보았다. 그리고 단호한 태도로 몸을 돌렸다.

건강한 몸은 잃었지만 맑은 두뇌는 여전히 남아 있었다. 초교는 본래 행동 9처의 특공대원은 아니었지만, 어쨌든 전문적인 훈련을 받은 군인이었다. 제갈부의 영지가 아무리 광활하고 오가는 이가 많아도, 그리고 여덟 살도 채 되지 않은 작은 몸에 갇혔더라도, 그녀에게 논리적인 분석력과 공간에 대한 감각이 살아 있는 이상 이곳은 놀이동산이나 마찬가지였다.

반 시진도 채 지나지 않아, 그녀는 잡일을 맡은 하인들이 사는 내원內院을 몰래 빠져나와 전원에 도착했다. 전원의 경계는 상대적으로 삼엄했다. 도처에 칼을 지니고 부를 지키는 이들이 보였다. 아무래도 제갈가는 보통의 세가 대족이 아닌 모양이었다. 제갈회가 조철이나 조각 등 황가의 소년들과 친하게 구는 것만 보아도 알 법한 일이었다.

초교는 마치 한 그루 작은 나무처럼 등을 곧추세우고, 옷차림을 정리한 후 앞으로 걸어갔다.

"멈춰! 죽고 싶으냐? 여기가 어디라고 함부로 나다니는 거지?"

험상궂게 생긴 시위가 갑자기 튀어나왔다. 키도 크고 뚱뚱한 사람이었다. 초교는 발걸음을 멈추고 부드럽고 사랑스러운 얼굴로 그를 바라보았다. 가을 물처럼 깊은 초교의 두 눈은 또렷했고, 달콤한 목소리에는 어린 느낌이 남아 있었다.

"오라버니, 저는 명을 받들고 둘째 어르신이 계신 외택外宅에 가는 중이랍니다. 말을 전한 사람이 한 시진 내에 도착하지 못하면 제 목을 베겠다고 했어요."

시위가 이맛살을 찌푸리며 작디작은 초교를 위아래로 훑어

보았다. 둘째 어르신 제갈석諸葛席이 언제부터인가 취향을 바꿔, 제대로 자라지도 않은 어린아이를 좋아하기 시작했다는 소문은 들은 바 있었다.

그가 물었다.

"누가 너에게 가라고 했느냐? 어르신의 외택이 어디인지 알기는 하고?"

"주소가 있어요."

초교는 제 작은 보따리를 뒤적거리더니 하얀 종이를 하나 꺼내 보드라운 작은 손으로 짚어 가며 더듬더듬 읽기 시작했다.

"저택의 문으로 나가서, 세 번째 골목에서 왼쪽으로 돌면, 앞에는 부향주루浮香酒樓가 있고……."

"됐다."

시위가 귀찮다는 듯 외쳤다.

"누가 가라고 한 것이냐? 어째서 아무도 너와 함께 오지 않았지?"

초교는 온순하게 대답했다.

"송 아주머니께서 저에게 가라고 하셨어요. 원래 송 아주머니께서 직접 저를 데려가시겠다고 했는데, 방금 돌다리를 건너다가 실수로 다리에서 떨어지셨지 뭐예요. 얼음이 깨져서 송 아주머니는 물속으로 가라앉았고요. 저는 그걸 보고, 아마 송 아주머니께서 저를 데려가실 수 없을 것 같다고 생각해서 혼자 가기로 했어요."

"뭐라고?"

시위가 대경실색하더니 초교의 어깨를 잡고 큰 소리로 외쳤다.

"누가 돌다리에서 떨어졌다고?"

"송 아주머니요. 잡일을 하는 하인들을 관리하는 집사……."

남자가 갑자기 그녀의 뺨을 매섭게 내리치는 바람에 초교는 땅바닥에 나가떨어졌다.

"이 앙큼한 것, 어째서 일찍 말하지 않았지? 어이, 다들! 어서 구하러 가자!"

땅에 쓰러진 초교의 두 귀에 이명이 울렸다. 그러나 그녀는 사람들이 나는 듯 달려가는 것을 보며 냉랭한 미소를 지었다. 이 따귀도, 그녀는 기억할 것이다.

초교는 재빨리 몸을 일으켜 수중의 보따리를 안아 들고 대문으로 달려갔다. 세 사람 키를 합친 듯 높은 문 양쪽으로는 돌사자가 위풍당당하게 도사리고 있고, 금테를 두른 붉은 문의 붉은 칠은 이상하게도 눈을 찔러 왔다. 누군가의 살기와 정면으로 마주하는 느낌이었다. 대문 위에 금빛으로 새겨진 제갈부라는 세 글자는 눈이 부시도록 휘황찬란했다.

마침내 초교는 대문을 넘어섰다. 그녀의 한 다리가 문밖에, 그리고 다른 한 다리가 문안에 멈춰 선 순간 반짝이는 아침 해가 그녀에게 쏟아졌다. 문턱을 넘는 순간 공기마저 맑게 변하는 것 같았다. 이 순간이 지나면 초교는 새로운 인생을 맞이할 것이다. 그리고 그녀는 그간 자신이 흘린 피와 눈물을 영원히 기억할 것이다.

초교는 입을 꽉 다문 채 깊이 숨을 들이마셨다. 단 한 발짝이었다. 한 발짝만 떼면 그녀는 이 썩어 가는 새장에서 벗어날 수 있었다.

그러나 바로 그 순간, 전원 우측에서 날아온 비명이 초교의 귀를 찔렀다. 아주 익숙한 비명이었다. 사이사이 공포에 질린 소녀의 울음소리도 끼어 있었다. 고개를 돌려 보니, 전원 우측 다른 정원으로 들어가는 대문 세 개가 모두 열려 있었고, 그 정원에서 비명과 울음이 흘러나오고 있었다. 곤장이 누군가의 몸을 내려치는 둔탁한 소리가 거대한 제갈부 구석구석까지 울려 퍼졌다. 지나가던 하인들은 대체 누가 이런 '특별한 영광'을 누리고 있는지 흘깃거렸다.

초교는 거대한 저택 문 앞에서 망설이고 있었다. 단 한 걸음만 떼면 그녀는 사람의 피를 탐하는 이 제갈부를 떠날 수 있었다. 그러나 그 익숙한 비명이 계속 그녀의 귀를 가득 채웠다.

결국 초교는 미간을 찌푸린 채 발걸음을 거둬들이고, 전원의 우측을 향해 달려가기 시작했다.

운명은 종종 사람들에게 선택의 기회를 내려 준다. 그러나 그 선택은, 단 한 걸음 차이로 바뀌기도 하는 법이다.

제갈월諸葛玥은 짙은 녹색의 연꽃이 수놓인 연녹색 비단옷을 입고 있었다. 어깨까지 풀어 헤친 검은 머리카락 아래로 보이는 흰 얼굴은 옥처럼 매끈했고, 눈동자는 먹처럼 검었으며, 입술은 보통 사람과 다르게 짙은 붉은 빛이었다. 나이는 고작 열서너 살에 지나지 않았지만 요사스러울 정도의 매력과 단호한 성격이 엿보였다. 그는 금으로 화려하게 장식한 자단목 의자에 기댄 채 손으로 머리 뒤를 받치고 있었다. 수려한 외모의 시녀 두 사람이 훈향과 찻잔을 들고 양편에 무릎을 꿇고 앉아 있었다. 때때로 그가 손짓하면, 시녀들이 천 리 밖 변당에서 빠른 말로 운반해 온 신선한 여지의 껍질을 벗겨 주었다.

제갈월에게서 스무 걸음 정도 떨어진 곳에서, 한 아이가 피부가 찢기고 살이 터질 정도로 얻어맞고 있었다. 아이는 이제 비명마저 제대로 지르지 못했고, 예닐곱 살 먹은 어린 소녀가 그 곁에 엎드려 용서를 빌고 있었다. 소녀는 땅에 머리를 얼마나 찧었던지, 이마가 찢어져 선혈이 흘러내려 눈물과 함께 뒤범벅이 된 상태였다.

해가 점차 높아졌다. 진황성이 위치한 홍천 고원은 지금 한겨울이지만 햇빛은 상당히 맹렬했다. 제갈월이 얼굴을 가볍게 찌푸리자 시녀들이 곧바로 양산으로 그의 머리를 가려 주었다. 그러나 제갈월은 시녀들에게 손을 내젓고 자세를 고쳐 앉았다.

몸집이 좋은 사내 둘이 공손하게 달려 나와 제갈월이 앉아 있는 의자를 들어 올려 움직이기 시작했다.

용서를 빌고 있던 소녀가 그 모습을 보자 대경실색했다. 소녀는 몇 걸음 앞으로 기어가더니, 제갈월의 옷자락을 잡아끌며 울먹였다.

"넷째 도련님, 제발 임석을 용서해 주세요. 더 때리면 죽을 거예요!"

제갈월이 눈썹 끝을 추켜세웠다. 그의 눈길은 소녀의 피 묻은 작은 손 쪽으로 향해 있었다.

참을 수 없는 한기가 소녀의 골수까지 사무쳐 왔다. 제갈월의 새하얀 장화 위에 소녀의 다섯 손가락 모양의 핏자국이 유난히도 선명하게 찍혀 있었다.

소녀는 놀란 나머지 아무 말도 하지 못하다가, 한참 후에야 겨우 정신을 차리고 소매로 제갈월의 장화를 문지르기 시작했다.

"죄송합니다. 넷째 도련님, 소칠이 곧 깨끗하게 닦아 드리겠어요."

소녀의 목소리에는 울음이 섞여 있었지만, 제갈월의 의자를 들고 있던 사내는 아랑곳하지 않고 소칠을 발로 찼다. 소칠이 땅에 뒹구는 동안, 시녀들이 재빨리 무릎을 꿇고 더러워진 장화를 벗겼다.

제갈월은 냉담한 눈길로 소칠을 일별하더니 고개를 돌렸다. 도무지 무슨 생각을 하는지 알 수 없는 표정이었다. 대신 시녀가 차가운 목소리로 명령했다.

"저 아이의 손을 잘라라."

소칠은 그만 우는 것도 잊고, 그저 눈만 휘둥그렇게 뜬 채 굳어 버렸다. 호랑이처럼 사나운 시위들이 재빨리 앞으로 달려오더니 장도를 뽑았다. 한 줄기 핏줄기가 삽시간에 하늘로 치솟고, 작고 마른 손 하나가 땅에 떨어졌다!

귀를 찢을 듯한 참혹한 비명 소리가 울려 퍼졌다. 하늘을 날던 사나운 독수리조차 놀라 도망칠 정도로 무서운 비명이었다.

초교는 돌로 조각한 석상으로 변한 것처럼, 얼이 빠진 채 문가에 서 있었다. 쏜살같이 달려오던 발걸음도 멈춘 상태였다. 그녀는 눈을 크게 뜨고 이를 악문 채, 미동도 없이 모든 것을 보고 있었다.

"넷째 도련님, 이 아이의 숨이 끊어졌습니다."

제갈월이 임석의 작은 몸을 한번 훑어보더니, 가늘고 긴 손가락으로 태양혈을 비비며 냉담하게 말했다.

"뒷산 정호에 버려 물고기들이나 먹여라."

"예."

사내들이 제갈월의 의자를 들고 천천히 앞으로 걸어 나갔다. 하인들은 다들 황급히 무릎을 꿇고 머리조차 들지 못했다.

"잠깐."

대문 앞을 지나던 제갈월이 갑자기 고개를 돌렸다. 제갈월은 미간을 찌푸리며 자신을 노려보고 있던 초교에게 나지막하게 물었다.

"어느 곳 노비기에 나를 보고도 무릎을 꿇지 않는 것이냐?"

아침 바람이 불어와 담장 근처의 가느다란 먼지들을 말아 올렸다. 햇빛은 마치 날카로운 은침처럼 초교의 눈을 찔러 왔고, 하늘을 나는 새들의 날개는 초겨울 눈송이처럼 새하얀 빛이었다. 초교는 깊이 숨을 들이마시며 마음속 가득한 분노를 꾸역꾸역 집어 삼켰다. 그녀는 털썩 소리가 나도록 무릎을 꿇고, 제 발아래 깔린 푸른 돌들을 응시했다. 그리고 커다란 눈망울을 반짝이며 아이 특유의 말투로 대답했다.

"월아는 후원에서 잡일을 해요. 넷째 도련님께서는 월아가 몰라뵌 것을 용서해 주세요. 월아는 도련님을 처음 뵈어요. 그래서 신선을 만난 줄 알았어요."

제갈월의 얼굴이 희미하게 풀리기 시작했다. 눈앞의 아이는 마치 눈처럼 새하얗고 귀엽게 생겼는데, 나이가 어려서인지 아직 말을 할 때의 발음조차 똑똑하지 않았다. 제갈월은 자못 흥미가 생겼다.

"몇 살이지? 이름은 뭐고?"

"넷째 도련님께 대답드릴게요. 월아는 올해 일곱 살이에요. 성은 형가고요."

"형월아라고?"

제갈월이 말했다.

"앞으로는 이름을 바꾸고 내 시중을 들어라. 그래, 앞으로는 성아星兒라고 부르도록 하지."

초교는 곧바로 땅에 머리를 부딪치며 큰 소리로 외쳤다.

"성아가 넷째 도련님께 감사드립니다."

제갈월이 초교에게서 눈길을 거두자, 하인들이 다시 의자를 들어 올렸다. 의자는 곧 회랑을 돌아가 더 이상 보이지 않게 되었다. 시끄러운 일이 끝난 셈이었다. 죽은 소년은 노비에 지나지 않았고, 제갈부의 하인들은 이미 이상한 일을 겪어도 이상하게 여기지 않았다.

모두 뿔뿔이 흩어지고, 청소를 맡은 몇몇만이 남아 임석의 작은 시체를 마대로 감쌌다.

하인이 마대로 감싼 임석의 시체를 땅에 질질 끌며 후원을 향해 걸어갔다. 임석의 그 작은 몸은 매질로 인해 다 뭉개져 마치 피에 젖은 고깃덩어리 같았다. 마대를 통해 흘러나온 선혈이 정원 바닥에 깔린 푸른 돌 위에 끈적끈적하게 달라붙었다.

여전히 땅에 엎드려 있던 초교의 등이 위아래로 들썩거리기 시작했다. 초교는 조가비처럼 가지런한 이로 아랫입술을 꽉 깨물고, 작은 주먹을 꽉 쥔 채 마대가 제 앞에서 멀어져 가는 것을 지켜보았다. 임석의 피가 더러운 먼지로 가득 찬 땅에 번져 나가는 것을 보자, 초교의 눈에 맺혀 있던 눈물 한 방울이 손등으로 떨어졌다.

'월아, 무서워 마라, 오라비가 왔잖니.'

'오늘 저녁엔 다들 엄청나게 잘 먹은걸! 넷째 도련님께서 우리에게 요리를 내려 주셨다고. 홍소잉어랑, 탕수갈비랑, 등심 요리에 물오리 요리까지, 진짜 온갖 요리가 있었다니까. 난 토하고 싶을 정도로 많이 먹어서 이젠 배에 아무것도 안 들어갈 정도라고.'

'조금만 기다려. 언젠가는 이 오라비가 배부르게 먹고 따뜻한 옷을 입게 해 줄 테니까. 이 세상의 좋은 음식은 모두 다 먹게 해 줄 거야. 홍소육은 물론이고, 인삼이랑 전복이랑, 제비집, 상어 지느러미, 코끼리 조개, 네가 먹고 싶은 거라면 뭐든 다 먹게 해 줄게. 그때가 되면 아무도 우리를 괴롭힐 엄두조차 내지 못할 거야. 월아, 오라비를 믿지?'

'오라비가 너를 지켜 줄 테니, 내가 너랑 같이 있어 줄 거야.

그러니까 무서워 마라.'

마음속 가득, 원한이 세차게 흐르고 있었다. 가슴이 찢어질 듯 비통했다. 그러나 초교는 지금 울어서는 안 된다는 것을 잘 알고 있었다. 아주 조그마한 원한이라도 내보여서는 안 될 일이었다.

초교는 손등으로 얼굴을 문지른 후 재빨리 몸을 일으켰다. 넓은 뜨락에 손이 잘린 소칠이 쓰러져 있었다. 아이의 손목에서는 선혈이 줄줄 흐르고 있었지만 누구도 신경 쓰지 않았다.

초교는 재빨리 자신이 입고 있던 옷을 찢었다. 그리고 소칠의 혈을 눌러 빠르게 지혈하고, 할 수 있는 모든 조치를 끝낸 후 소칠을 등에 업었다. 초교는 이를 악물고 후원을 향해 걷기 시작했다. 그때 문가에서 차가운 목소리가 위협적으로 물어왔다.

"멈춰라! 누가 그 애를 데려가도 좋다고 했지?"

초교를 사흘 동안 창고에 가두었던 주순이었다. 초교는 가볍게 미간을 찌푸렸지만, 담담하게 대답했다.

"넷째 도련님께서 죽이라 명하시지 않았어요."

"주인께서는 놓아주라고도 하지 않으셨지!"

주순이 냉랭한 눈길로 초교를 노려보았다.

"함부로 주인의 심사를 추측하다니, 무모하기 짝이 없군. 여봐라, 이 애들을 붙잡아라!"

하인 둘이 바로 달려 나와 초교를 잡으려 했다. 초교는 재빨리 소칠을 끌어당기며 뒤로 피했다. 기껏 지혈해 놓은 소칠의 상처에서 다시 피가 흐르고, 소칠은 신음 소리를 냈다.

"감히 내게 손을 대려 하다니! 나는 넷째 도련님의 사람이다. 더 이상 살고 싶지 않은 모양이지?"

초교의 말에 주순이 냉소했다.

"닭털 하나 뽑지 못한 주제에 이미 화살을 다 만든 것처럼 구는군. 내일 아침이면 넷째 도련님께서 너 같은 아이는 기억조차 하지 못하실 것이다. 그런데 감히 그런 걸로 나를 위협하려 들다니!"

초교는 눈꼬리를 추켜세우며 소칠을 등에 업은 채 한 마리 작은 표범처럼 뒤로 물러났다. 그리고 미간을 찌푸리며 어찌할지 고민하고 있을 때였다.

"주 집사, 회 도련님께 우리 세자 저하께서 오셨다고 알리러 가지 않았느냐? 어째서 아직도 여기에서 꾸물거리고 있는 거지? 정말 한가해 보이는군."

갑자기 누군가의 기고만장한 목소리가 울려 퍼졌다. 초교도 사람들의 시선을 따라 돌아보았다. 말을 하는 것은 서동으로 보이는 소년이었고, 멀지 않은 곳에 키가 훌쩍 큰 소년이 꼿꼿한 자세로 서 있었다. 그 소년은 어두운 녹색 비단옷을 입고 사람들에게서 등을 돌린 채 벽을 보고 있었는데, 그 뒤로 네 명의 시종이 따르고 있었다.

주순이 당황하며 재빨리, 개라도 된 것처럼 허리를 바짓가랑이에 닿을 정도로 굽혔다.

"연 세자 저하, 저희 저택의 하인이 가르침을 듣지 않은 나머지 그만 세자 저하께 웃음거리를 보여 드렸습니다."

"너에겐 하인을 가르치는 일이 중요한가, 아니면 우리 세자 저하의 명이 중요한가? 주순, 아무래도 제정신이 아닌 모양이군."

주순은 대경실색하여 땅에 머리를 부딪치며 서둘러 말했다.

"제가 감히 그럴 리가 있겠습니까. 제가 감히 어찌, 제가 잘못했습니다."

서동이 코웃음 치며 물었다.

"잘못한 것을 알면서도 아직까지 여기 있는 건가?"

주순은 말을 듣자마자 꽁지에 불이라도 붙은 듯 제갈회의 서재 쪽으로 달려갔다. 제갈부의 하인들도 재빨리 한옆으로 물러났고, 그중 한 명이 조심스럽게 권유했다.

"연 세자 저하, 화청으로 드셔서 기다리시지요."

금포를 입은 소년이 고개를 끄덕였다. 그는 천천히 몸을 돌리더니, 칠흑처럼 검은 눈으로 전원에 있는 이들을 훑어보았다. 마침내 초교를 발견한 소년의 눈이 살짝 가늘어졌다. 무엇을 떠올린 것인지 그는 곧장 초교에게 다가왔다.

초교는 평온한 눈길로 신중하게 두어 걸음 뒷걸음질 쳤다. 연순은 그녀가 물러서는 것을 보더니 바로 그 자리에 멈춰 말없이 생각에 잠겼다. 잠시 후, 그는 옷자락에서 난초 문양이 그려진 백자 병을 하나 꺼냈다. 그리고 그것을 초교에게 건네며 살짝 고개를 끄덕였다.

초교는 연순을 위아래로 살펴보았다. 그날 사냥터에서 벌어진 일들이 다시 한 번 눈앞에 스쳐 갔다. 그녀는 신중하게 굴기로 마음먹고, 병을 받지 않았다.

연순은 그런 초교의 반응에 잠시 당황한 듯했지만, 곧 담담하게 웃으며 허리를 굽혀 땅 위에 병을 내려놓았다. 그리고 다시 몸을 돌려 시종들을 이끌고 화청으로 들어갔다.

"응……."

초교의 등에서 희미한 신음 소리가 들려왔다. 소칠이 흐릿한 눈길로 초교의 얼굴을 바라보며, 두려운 듯 가느다란 목소리로 울먹였다.

"월아 언니…… 소칠은…… 소칠은 죽는 거야?"

초교는 무릎을 굽히고 병을 주웠다. 그리고 작은 몸에 힘을 주고 침울한 눈길로 제갈부의 전각들을 바라보며 느릿느릿, 그러나 단호하게 말했다.

"소칠, 언니가 약속할게. 아무 일도 없을 거야."

초교는 소칠을 업은 채 후원으로 달려갔다. 방에 도착한 그녀는 소칠의 상처를 깨끗하게 닦아 낸 후 약을 바르고 싸매 주었다. 연순이 준 약은 꽤 쓸모가 있었다. 지혈을 도울 뿐 아니라 어느 정도 마취 성분도 있는 듯, 소칠은 나지막한 콧소리를 몇 번 내더니 깊은 잠에 빠져들었다.

계속 침상에 누워 있던 소팔이 깨어나 있었다. 몸 상태가 여전히 좋지 않은지 간신히 침상 아래로 내려올 수 있는 정도인 것 같았다. 소팔은 지난번에 너무 놀란 나머지 깨어난 후에도 한 마디도 하지 않고, 초교가 바쁘게 소칠을 돌보는 것을 그저 멍하니 지켜보고 있었다.

날은 이미 어둑했다. 초교는 이마의 땀을 닦아 냈다. 갑자기 어깨의 상처가 불타듯 아파 왔다. 초교는 벽에 기대앉아, 잠든 소칠이 내는 희미한 신음 소리를 들었다. 누군가가 초교의 심장을 사납게 떼어 내 얼어붙은 땅 위로 던져 버린 것만 같았다. 눈을 감으면 임석의 얼굴이 떠올랐다. 그 순수한 웃음, 말끝마다 나를 지켜 주겠다고 했지. 하지만 임석의 얼굴은 얻어맞아 뭉개진 나머지 형체조차 알아볼 수 없게 되어 버렸다.

초교의 감은 눈에서 맑은 눈물이 흘러내렸다. 눈물은 천천히, 그녀의 뾰족한 턱을 지나 광목 신발 위로 떨어졌다.

그때 갑자기 문밖에서 인기척이 들렸다. 깜짝 놀란 초교가 문을 열어 보니, 열두세 살 정도로 보이는 소녀가 마당에서 서성이고 있었다. 소녀는 마치 지푸라기라도 잡고 싶은 듯 초교에게 달려와 울먹였다.

"월아, 즙상이랑 너희 형가의 형제들 모두 주 집사에게 끌려갔어."

초교는 미간을 찌푸리며 가라앉은 목소리로 물었다.

"잡혀갔다고? 언제?"

"아침 일찍. 내가 그래서 임석을 찾아가서 넷째 도련님께 애원해 보라고 했어. 하지만 온종일이 지나도록 아무 소식도 없으니, 이제 어쩌면 좋지?"

"무슨 일이라는 이야기는 없었어?"

소녀는 눈물을 훔치며 울음 섞인 목소리로 대답했다.

"그들이 말하기를, 그러니까 둘째 어르신 외택의 별원이라고."

"뭐라고?"

초교는 놀라서 소리쳤다. 소녀의 말이 마치 천둥처럼 초교의 머릿속을 울렸다. 임석이 초교에게 그 금수 같은 기호를 지닌 자에 대해 이야기해 준 적이 있었다. 초교는 창백하게 질리고 말았다.

문가에 서 있던 소팔이 멍하니 걸어왔다. 소팔은 마치 상처 입은 작은 짐승처럼 초교의 옷자락을 잡아끌면서, 한 마디 한 마디 또렷하게 물었다.

"월아 언니, 즙상 언니랑 다른 언니들은? 다 어디 간 거야?"

초교는 그제야 정신을 차리고 말없이 문밖으로 온 힘을 다해 달려 나갔다.

"월아!"

소녀가 외쳤지만 초교는 돌아보지 않았다. 평소와는 다른 예감이 빠르게 스며 들어왔다. 이미 늦었을까? 아니면 아직은 괜찮을까. 초교로서는 알 수 없는 문제였다. 과연 즙상과 다른 소녀들을 구할 기회가 있을지도 알 수 없었지만, 그래도 지금은 최대한 빠르게 달리는 수밖에 없었다. 잠시도 멈출 수 없었다.

청산원, 마구간, 후화원을 지나 다시 전원으로 통하는 오곡회랑 앞에 섰을 때, 사람들의 발소리가 들려왔다. 초교는 신중하게 멈춰 섰다.

"월아 언니?"

그때 초교의 등 뒤에서 가느다란 목소리가 들려왔다. 당황한 초교가 돌아보니, 짧은 웃옷만 입은 소팔이 가련한 표정으로 서 있었다. 소팔은 심지어 신발조차 신고 있지 않았다.

"즙상 언니랑은 다 어디 갔어?"

초교는 재빨리 소팔을 끌고 꽃 덤불 속으로 몸을 숨겼다. 한 겨울이니 꽃은 이미 져 버린 지 오래였지만, 다행히도 밤이고 등불이 밝지 않은 곳이니 누군가가 와서 자세히 살피지 않는 한 발각되지 않을 것 같았다.

발걸음 소리가 점점 더 가까워 오더니 마침내 모습을 드러냈다. 남자 넷이 수레 한 대를 끌고 있었다. 초교가 가고 있던 이 길은 아주 외진 곳이었기에, 평소라면 청소를 맡은 하인들이 아니면 지나다니는 이들이 거의 없었다. 초교는 조용히 기다리면 이들도 곧 지나가리라고 생각했다.

그러나 그들은 초교와 소팔 근처에 갑자기 멈춰 섰다. 소팔이 두려운 듯 몸을 떨며 초교의 옷자락을 꽉 잡았다.

한 남자가 거친 목소리로 말했다.

"형씨들, 가서 한잔하는 건 어때? 이렇게 긴 거리를 가면서 술 한 잔도 할 수 없다면, 대신 담배라도 좀 태우게 해 주든가."

다른 사람들이 웃으며 말했다.

"류 씨는 정말이지 담배 중독이라니까."

그들은 웃으며 다 함께 불을 댕겨 담배를 태우기 시작했다.

초교는 마음이 급한 나머지 미간을 찌푸리고 있었다. 소팔은 얇은 옷을 입고 있었기 때문에 찬바람이 불어오자 더욱 심하게 떨기 시작했다.

그때 갑자기 세차게 불어온 북풍이 수레를 덮고 있던 돗자리를 말아 올렸다. 돗자리는 공중에서 몇 바퀴 돌더니, 소리 내며 땅 위로 떨어졌다. 누런 돗자리의 한쪽은 어두운 붉은빛으로 물들어 있었는데, 바로 선혈이었다.

초교와 소팔은 자신도 모르게 수레 위를 바라보았고, 초교는 바로 전광석화처럼 손을 내밀어 소팔의 입을 틀어막았다!

구름을 뚫고 나온 달이 창백한 빛을 내려 주었기에 수레 위에 층층이 쌓여 있는 아이들의 시체를 똑똑히 볼 수 있었다. 생명이 없는 배추나 무 더미처럼 쌓인 시체들의 제일 위에 있는 것은 즙상이었다. 그녀는 생명이 빠져나간 두 눈을 크게 뜨고 있었는데, 눈가에도 온통 검은 핏자국이었다. 마르고 작은 몸은 옷을 걸치고 있지 않았는데, 즙상의 상체에는 푸른 멍이 가득했고, 하체도 엉망진창에, 두 손과 두 다리는 마치 꼬인 노끈처럼 비틀려 있었다. 즙상은 그렇게 너무나도 굴욕적인 모습으로, 수레의 제일 위에 얹혀 있었다.

초교는 한 손으로 소팔의 입을 틀어막고, 다른 한 손으로 있는 힘을 다해 그녀를 끌어안았다. 소팔은 어떻게든 뛰쳐나가려고 버둥거렸다. 뜨거운 눈물이 뚝뚝, 초교의 팔 위로 떨어졌다. 발버둥 치던 소팔은 사정없이 초교의 손을 물었고, 초교의 손에서 배어 나온 선혈은 새하얀 팔을 따라 흘러내려 검은 진흙 위로 떨어졌다. 듬성듬성한 꽃나무 사이로 달빛이 두 사람을 비추고 있었다. 어둑한 달빛이 만들어 내는 얼룩덜룩한 그림자는 마치 서리 내린 양, 슬프고 처량해 보였다.

얼마나 지났을까, 마침내 수레가 조금씩 멀어지고 사방에 죽음과 같은 적막이 내려앉았다. 초교는 천천히 손에서 힘을 뺐다. 소팔에게 물린 손목의 피부가 다 해져 있었다. 소팔은 아예 정신이 나간 것처럼, 멍한 표정으로 아무 말도 하지 않았다. 초교는 소팔의 얼굴을 때리며 쉬어 버린 목소리로, 마치 귀신이 우는 것 같은 목소리로 소팔을 불렀다.

찬바람이 소슬히 불어오고 마른 나무가 한들거렸다. 사위가 고요한 밤, 전원에서 사죽 소리가 들려오기 시작했다. 전혀 다른 세계가 서서히 다가오고 있는 것 같았다.

"죽일 거야……."

여섯 살 아이가 갑자기 멍한 눈초리로 중얼거리기 시작했다.

"갈 거야……. 가서…… 죽일 거야."

소팔은 붉어진 눈으로 사방으로 돌아다니며 뭔가를 찾기 시작했다. 마침내 꽃 덤불 속에서 돌멩이를 하나 찾아내더니 앞으로 뛰쳐나갔다. 초교는 재빠르게 소팔을 잡아 있는 힘을 다해 끌어안았다.

"죽일 거야! 죽일 거라고!"

소팔은 더 이상 참지 못하고 소리치기 시작했다. 작디작은 얼굴에 형언할 수 없는 원한과 절망이 가득했다. 소팔의 눈에서 눈물이 끝없이 흘러내렸다. 이 작은 아이는 곧 무너져 버릴 것만 같았다.

초교의 마음도 칼에 베인 것 같았다. 초교는 품 안의 아이를 더욱 강하게 끌어안았다. 마침내 그녀의 눈에서도 눈물이 흐르기 시작했다.

이 축생과 같은 자들, 이 야수들. 만 번 죽어도 부족할, 씻을 수 없는 죄를 지은 인간쓰레기들.

지금 이 순간만큼 누군가를 미워해 본 적이 없었다. 또한 지금 이 순간만큼 누군가에 대한 살의로 가득 찬 적도 없었다. 온 천지를 뒤덮을 듯한 원한이 그녀 전체를 감싸고 있었다. 너무나 증오스러웠다. 그들의 잔인함이, 이 극악무도한 세상이. 그리고 무엇보다도 자신의 연약함이 증오스러웠다. 초교는 자신의 무능력함이 견딜 수 없이 미웠다. 자신이 아무것도 할 수 없다는 사실이 한스러워 견딜 수가 없었다.

품 안의 소팔은 거의 붕괴된 것처럼 울고 있었다. 그 울음소리가 마치 칼날처럼 조금씩 초교의 마음을 베어 왔다. 이 순간 초교의 손에 기관총이 들려 있다면, 그녀는 결코 머뭇거리지 않고 전원으로 달려가 그들 전부를 쏴 죽였을 것이다.

그러나 안타깝게도 그녀에게는 아무것도, 아무것도 없었다. 그녀는 돈도 권력도 없었다. 어떤 배경도, 갈고닦은 솜씨도, 정교한 무기도 없었다. 지금 그녀가 가진 것이라고는 그저 형월아라는 작은 몸에 갇힌 이계의 영혼뿐이었다. 비록 수천 년에 걸친 지식을 담은 두뇌가 있다 해도, 그녀가 지금 이 순간 할 수 있는 일은 그저 꽃 덤불 속에 숨어 있는 것뿐이었다. 그녀는 수레에 실려 가는 그들을 마지막으로 한 번 더 보기 위해 달려 나갈 용기조차 낼 수 없었다.

초교는 천천히 고개를 들었다. 맑고 차가운 달빛을 바라보며 그녀는 스스로에게 맹세했다. 이번 한 번뿐이다. 더 이상은 이런 일이 없을 것이다. 더 이상은 이렇게 아무것도 없이 살지 않을 것이다. 더 이상은 이렇게 스스로를 지킬 능력도 없이 그저 생존에 급급하지만은 않을 것이다. 더 이상은!

물과 같이 차가운 달 아래 거대한 제갈가의 저택 화원, 두 연약한 노비 소녀가 꽃 덤불 속에 웅크리고 있었다. 서로에게 기댄 모습은 마치 두 마리 겁먹은 강아지 같았지만, 그들의 마음속에는 천지를 모두 훼멸하고도 남을 원한이 용솟음치고 있었다.

후원으로 돌아왔을 때는 이미 깊은 밤이었다. 마당으로 향하는 문으로 들어서기도 전에, 그들이 지내던 방의 문이 활짝 열려 있는 것이 보였다. 초교의 마음속에 갑자기 서늘함이 스쳐 갔다. 그녀는 소팔의 손을 놓고 재빨리 방 안으로 뛰어 들어갔다.

방은 한껏 어지럽혀져 있었다. 구들장 위의 이불에는 핏자국이 가득했고, 바닥에는 여러 사람들의 발자국이 가득했다. 소칠은 흔적도 보이지 않았다.

"월아, 돌아왔구나!"

아까의 그 소녀가 담장 옆 장작더미 속에서 불쑥 뛰어나왔다.

초교는 재빨리 앞으로 달려가 그녀를 붙잡고 나지막하게 속삭였다.

"소칠은? 소칠은 어디 간 거야?"

소녀가 울면서 말했다.

"주 집사가 사람들을 데리고 왔었어. 소칠은 손이 잘렸으니 앞으로는 일을 할 수 없다고, 그러니까 사람들에게 소칠을 들쳐 메라고, 정호의 악어 밥으로 만들라고 했어."

초교의 눈앞이 캄캄해졌다. 그녀의 심장은 한순간 이 무게를 버티지 못했다. 초교는 간신히 혼절하지 않고 여자아이의 옷자락을 잡아 제 몸을 지탱하면서도 또렷하게 물었다.

"간 지 얼마나 되었어? 얼마나?"

"이미 한 시진은 지났어. 월아, 구할 수 없어."

초교는 문가에 서 있는 소팔을 바라보았다. 소팔도 붉은 눈으로 초교를 바라보고 있었다. 두 사람의 시선이 부딪쳤을 때, 두 사람 모두 눈물을 흘리기 시작했다. 그러나 둘 중 누구도 울음소리를 내지 않았다.

"월아, 나는 이만 돌아가야 해. 너희들도 조심하도록 해. 완의방 사람들에게 들었는데, 주 집사가 일부러 너희들을 노리고 있다고 하더라. 혹시 주 집사에게 잘못한 일이라도 있는 거니?"

사방이 점차 고요해졌다. 달빛이 내린 마당은 참혹할 정도로 창백해 보였다. 두 아이는 한참 동안 서로 한 마디도 하지 않고 그저 서 있기만 했다.

삼경을 알리는 북소리가 들리고, 형가에 마지막으로 남은 두 아이는 청석림을 통해 제갈부 뒤쪽의 정호로 향했다. 차가운 바람이 처량하니 불고, 죽림은 소슬하게 흔들거렸다. 정호에 죽음과 같은 적막이 내려앉아 있었다. 그곳의 고요한 물결은 평소와 전혀 다르지 않아 보였다. 평온한 밤이었다.

초교는 높은 비탈에 무릎을 꿇고, 곁에 있는 소팔에게 말했다.

"소팔, 무릎을 꿇어. 오라버니랑 언니들에게 절을 해야지."

소팔은 채 일곱 살이 안 된 나이였다. 그러나 오늘 밤 큰일을 겪은 나머지, 그 작은 얼굴은 이미 아이라면 마땅히 지녀야 할 천진난만함을 잃어버린 상태였다. 소팔은 얌전히 초교 곁에 꿇어앉아 정호 방향으로 절을 하고, 무겁게 세 번 머리를 조아렸다.

"소팔, 이곳이 싫지?"

아이는 말없이 고개를 끄덕였다. 초교는 온화한 목소리로 계속 물었다.

"그럼 이곳을 떠나고 싶어?"

소팔은 작은 목소리로 대답했다.

"응."

초교는 앞을 바라보며 아무 일도 없었던 것 같은 평온한 목소리로 말했다.

"약속할게. 언니가 곧 너를 데리고 여기를 떠날 거야. 하지만 그 전에 우리가 해야 할 일이 있잖아. 우리는 그 모든 일을 끝내고 바로 이곳을 떠날 거야."

소팔은 조용히 고개를 끄덕이더니, 다시 땅에 머리를 부딪치며 또박또박 말했다.

"즙상 언니, 언니는 항상 신이며 부처의 보우하심을 기도했지. 하지만 언니는 하늘이 이미 예전에 눈이 멀어 버렸다는 것을 몰랐던 거야. 언니, 오라버니와 언니들을 데리고 잘 가요. 그리고 지켜봐 줘. 소팔이랑 월아 언니가 꼭 복수해 줄 테 니까."

　세찬 바람이 잔혹하게 불어왔다. 칠흑 같은 밤하늘 아래, 청석림의 높은 비탈에서 작은 두 그림자는 서로의 손을 꽉 잡 았다.

제4장 피를 부르는 마음

12월, 견융족이 서북 지역에 대거 침입해 왔다. 전쟁의 불길이 치솟고, 봉화가 매일 연이어 올라갔다. 그리고 20일도 채 지나지 않아 전쟁은 더욱 격화되었다. 1만을 훌쩍 넘는 관외 백성들이 전화에 휘말렸다.

서북관은 서방에 봉지를 받은 파도합巴圖哈 가문과 연북을 지배하는 연왕이 관할하는 협봉 사이에 위치하고 있었다. 서북의 파도巴圖와 연북의 사자왕은 이미 수년 동안 서로 으르렁거렸던 사이로, 지금은 파도의 뒤를 봐주는 목합穆合씨가 조정에서 견고한 세력을 갖고 있어 파도합 가문이 상승세를 타고 있었다.

마침내 새해가 오기 전 파도합 가문이 서북관의 병권을 차지했고, 그 후 제멋대로 서북관을 지키는 군관들을 바꿨다. 서북관의 군대는 제국 최대의 군사 조직이었고, 조정에 출사한 다른 가문 모두 이 기회에 한몫 끼기 위해 직계 자제들을 서북으로 보냈다. 이런 일이 계속 반복되면서, 수년에 걸쳐 변경을 지켰던 경험이 풍부한 장수들은 계속 자리에서 밀려났고, 피를 본 적도 없는 귀족들이 군부에서 높은 지위를 차지하게 되었다.

견융족은 이 기회를 틈타 아주 쉽게 서북관 밖 첫 번째 관문을 돌파했다. 견융족의 강력한 정예병들은 마치 날카로운 칼처럼 서북관 밖 만 리 옥토를 학살하며 진격해 왔다.

파도합 가문은 서북관에 군사를 파견해 견융족을 평정하려 했으나, 적의 상황을 제대로 살피지 않은 데다 파벌 간의 다툼이 심한 나머지 몇 번이나 패하고 말았다. 전쟁은 점점 더 치열해졌고, 구원을 요청하는 문서가 연이어 제도로 날아들었다. 진황성의 장로회도 병사를 보내 달라는 간청을 받았다.

섣달 스무이레, 하늘에 파군성破軍星이 나타나더니 소명昭明이 보이지 않게 되었다. 흠천궁 태축이 복문을 올려 말했다.

"태합이 빈 곳으로 향하는데, 적수에 얼음이 얼고 파군성이 나타났으니 대흉입니다."

점괘를 들은 칠대문벌은 밤새도록 토론을 벌였고, 결국 황천부煌天部에서 관외로 병사를 보내 서북의 난을 평정하기로 결정하였다. 장로회가 성금궁盛金宮에 격문을 올리자 황제가 회답하였다.

"비준한다."

각 세가들은 모두 긴장했다. 칠흑 같은 밤하늘 아래, 두꺼운 얼음 밑 어두운 물이 요동치기 시작했다.

진황성에도 대란의 바람이 일기 시작한 그 밤, 초교는 북쪽 정자 옆 시든 풀덤불 속에서 동면에 빠진 뱀 굴을 뒤지고 있었다. 갑자기 두루미의 긴 울음소리 같은 웅혼한 호각 소리가 들리자 초교는 몸을 펴고 진황의 남쪽을 바라보았다. 바로 성금궁이 있는 방향이었다.

밤의 장막이 짙게 내려와, 길을 걷기가 쉽지 않았다.

다음 날 오후, 대설이 그치고 오랜만에 날이 맑았다. 청산관 유리 기와 아래 계단 옆에는 눈처럼 새하얀 옥으로 만든 개 두 마리가 있었다. 햇빛을 받아 투명하게 반짝이는 개 위에는 눈꽃이 두툼하게 쌓여 있었는데, 하인들은 그 곁을 지나가면서 단 한 순간도 개에게 눈길을 보내지 않았다. 혹시라도 개와 눈이 마주쳤다가는 해를 입을까 걱정하는 모양새였다.

금시錦偲는 검은담비 털로 만든 조끼에 꽃가루를 뿌린 붉은 능라 치마를 입고, 연분홍 허리끈을 졸라매고 있었다. 종일 제갈월의 곁에서 시중을 드는 이 소녀는 아직 열세 살을 넘지 않았지만 이미 늘씬하고 아름다운 미녀로 자라나는 중이었다. 금시는 지금도 새하얀 눈이 쌓인 땅에 서서 아낌없이 미모를 드러내고 있었다. 평소 주인의 시중을 들 때는 항상 온순한 표정이었지만 지금은 기고만장한 표정으로, 개를 끌어안고 있는 아이들을 바라보며 냉정하게 말했다.

"모두 더 꽉 끌어안아라. 도련님께서 이 옥은 살아 있는 것이라, 사람의 기운을 받아야만 더욱 투명하게 윤이 난다 하셨다. 너희들 천한 노비들은 절대 게으르게 굴어서는 아니 된다. 만약 누구 한 사람이라도 게으름을 부린다면, 너희 모두 정호의 악어 밥이 될 줄 알아라."

얇은 옷만 겨우 걸친 아이들은 주눅 든 표정으로 고개를 끄덕였고, 금시는 냉소하며 따뜻한 온실로 향했다.

대설이 내린 후였기에 날씨는 더욱 추웠다. 담비 털을 걸치고 따뜻한 화로를 안아도 한기를 느낄 정도의 날씨였으니, 얇은 옷을 입고 눈 위에 서 있는 경우라면 말할 것도 없었다. 얼마 지나지 않아 아이들의 입술은 얼다 못해 검푸르게 변했다.

그때 초교가 남산원에서 신선한 복숭아 한 쟁반을 받쳐 들고 오고 있었다. 금시는 초교를 보자마자 재빨리 온실에서 뛰어나와 손짓했다.

초교는 발간 얼굴에 귀여운 표정을 지으며 물었다.

"금시 언니, 무슨 일이세요?"

"넷째 도련님께서는 낮잠을 주무시고 계신다. 복숭아는 내게 주면 돼."

초교는 상냥하게 웃으며 복숭아를 금시에게 건넸다. 금시는 냉소하며 온실로 들어갔다. 하지만 금시가 제대로 자리에 앉기도 전에, 갑자기 관헌 쪽에서 매우 급박한 외침이 들려왔다. 금시는 황망한 표정으로 복숭아를 내려놓고 재빨리 달려갔다.

그러나 관헌 문가에 도착하기도 전에, 한 줄기 오색찬란한 그림자가 획 소리와 함께 문안에서 빠져나와 그녀의 앞을 막았다. 그 차갑게 매끈거리는 그림자에게서는 비린내가 났다.

그 그림자는 바로 똑바로 고개를 쳐든 채 혀를 날름거리는 작은 뱀이었다. 금시는 너무 놀란 나머지 혼이 나간 것처럼 비명을 지르며 바닥에 주저앉았다.

초교가 방으로 뛰어 들어갔을 때, 제갈월이 연둣빛 비단옷을 입고 침상 위에 앉아 있었다. 뱀에게 물려 상처를 입은 듯 손목에서는 검은 피가 흐르고 있었다. 초교는 바로 그의 손목을 잡고, 탁자 위에 있던 작은 과도로 상처를 그었다.

문밖에 있던 하인들이 그 장면을 보고 깜짝 놀라 비명을 질렀다. 누군가는 이 대역무도한 작은 노비를 끌고 나가려고 달려들었다. 그러나 제갈월이 양미간을 살짝 찌푸린 채 손을 내저어 그들을 제지했다.

초교는 뱀에 물린 상처 위에 십자 형태의 작은 상처를 낸 후, 고개를 숙여 상처를 빨았다. 그리고 빨아낸 독을 두어 번 뱉고는 조급하게 말했다.

"도련님께서는 절대 몸에 힘을 주시면 안 됩니다. 그리하면 독이 더 빨리 퍼지니까요. 노비가 바로 의원을 불러오겠습니다."

문가에는 이미 수많은 노비들이 몰려와 있었다. 금촉이 황망한 표정으로 제갈월 앞으로 다가와 초교를 밀쳐 내고는 땅에 꿇어앉아 제갈월의 손을 잡았다.

"도련님, 괜찮으신지요?"

제갈월이 이맛살을 찌푸렸다. 금촉이 자신의 손을 잡은 것이 기분이 나쁜 듯 그녀의 가슴께를 차더니 가라앉은 목소리로 외쳤다.

"비켜라!"

금촉은 손으로 바닥을 짚고 일어나다가 갑자기 비명을 질렀다. 바닥 가득, 족히 스무 마리는 되어 보이는 뱀들이 기어 다니고 있었다. 기이하고 무서운 광경이었다.

초교가 재빨리 초에 불을 붙인 후 뱀을 쫓기 시작했다. 벌레와 뱀들은 불을 무서워하기 마련, 다행히도 뱀들은 바로 흩어졌다.

제갈가의 의원이 곧 도착했다. 청산원 하인들은 모두 전전긍긍하며 방에서 물러 나와, 얼굴이 흙빛이 된 채 문가에 무릎을 꿇고 있었다.

얼마 지나지 않아 의원이 나오더니 무리들에게 물었다.

"성아 아가씨가 누구시냐?"

초교가 사람들 뒤에서 몸을 일으키더니 조심스럽게 손을 들었다.

"의원님, 저예요."

의원은 이렇게 작고 여린 아이인 줄 몰랐던 듯, 잠시 머뭇거리더니 나지막하게 말했다.

"들어오너라. 넷째 도련님께서, 네가 도련님을 위해 독을 빨아내었으니, 이 노부에게 너도 봐 주라고 하셨다."

백여 명이 넘는 하인들이 모두 기이한 것을 보는 눈초리로 초교를 바라보았다.

초교도 당황한 표정으로 땅에 무릎을 꿇고 몇 번이나 머리를 부딪치며 넷째 도련님의 은혜에 감사한 후, 의원을 따라 관헌으로 들어갔다.

찬바람이 소슬하게 불어왔다. 높은 자에게 영합하고 낮은 자들을 밟는 데 습관이 든 제갈가 하인들은 재빨리 마음을 바꿨다.

잠시 후 초교가 다시 나왔다. 그녀는 여전히 겸손한 표정이었고, 기고만장한 모습 따위는 보이지 않았다.

의원이 떠난 후, 금시와 금촉, 두 소녀가 몇몇 하인들을 이끌고 제갈월의 방으로 들어갔다. 제갈월이 의자의 등받이에 기댄 채 눈을 가늘게 뜨고 담담하게 물었다.

"오늘 방 안에서 시중을 들기로 되어 있었던 게 누구지?"

금촉이 금시를 흘깃 보고는, 낯이 흙빛이 되어 더듬거렸다.

"도련님, 노, 노비는, 노비는 방금……."

"변명할 필요 없다."

제갈월이 냉정하게 말했다.

"이곳의 규칙은 잘 알고 있겠지. 게으른 자는 청산원에 두지 않는다. 서른 대를 맞은 후, 내 서신을 가지고 안군원으로 가거라."

금촉은 제갈월의 명을 듣자마자 자신도 모르게 대성통곡하며 애원했다.

"도련님, 이번 한 번만 노비를 용서해 주십시오. 이후로 다시는 게으름을 부리지 않을 것입니다."

그러나 제갈월은 그저 가볍게 미간을 찌푸렸고, 곧 몸집이 큰 장정 두 사람이 금촉을 끌고 나갔다.

"문을 지키는 건 누구였지?"

두 하인이 온몸을 떨면서 땅 위에 꿇어앉아 계속 머리만 조아리고 있었다. 두려운 나머지 살려 달라는 말조차 입 밖에 내지 못하는 것 같았다.

제갈월이 여전히 담담한 눈길로 그들을 바라보았다.

"너희 둘이라고?"

말을 마친 제갈월이 가볍게 코웃음을 쳤다.

"너희들은 본래 다른 이들을 때리는 역할이었지. 일이 이렇게 되었으니 지금 바로 정원으로 가서, 각자 곤장을 들고 서로를 때려 보거라. 한 사람이 죽을 때까지 말이다. 살아남은 한 사람에게는 벌을 면제해 주마."

방 안에는 죽음과도 같은 적막이 감돌았다. 제갈월은 손목의 상처 때문에 기분이 좋지 않은 듯 눈가를 찌푸리며 말했다.

"모두 나가거라. 너희들을 보니 마음이 더 번잡해지는군."

모두 대사면이라도 받은 것처럼 잇달아 방을 빠져나갔다. 그러나 이때, 작은 목소리 하나가 들렸다.

"도련님, 노비가 관헌 밖에 있는 화소등각火燒藤角 화분을 다른 곳으로 옮겨도 괜찮을까요?"

제갈월의 눈꼬리가 올라가는가 싶더니, 소리가 난 곳으로 고개를 돌렸다. 다른 이들도 모두 그곳을 바라보았다. 작은 목소리의 주인은 며칠 전 청산원에 들어온 바로 그 여자 노비였다. 아주 작은 몸에 목소리마저 여릿한 어린 노비가 천천히 설명하기 시작했다.

"청산원은 온천과 가깝기 때문에 기온이 따뜻하여, 비록 지금 겨울이지만 아직 모기나 나방도 많습니다. 등나무에는 본래 작은 벌레들이 꼬이기 마련인데, 화소등각은 특히 열기까지 내뿜으니 겨울에도 벌레들이 많을 수밖에요. 따라서 벌레를 먹으려는 새나 쥐들도 모이게 되고, 바로 그 새나 쥐를 먹으려는 뱀도 꼬이게 되지요. 이것은 상식인데, 노비가 미처 미리 생각하지 못했습니다."

제갈월은 양미간을 찌푸리더니, 잠시 후 나지막하게 물었다.

"화소등각 화분들을 이쪽으로 옮겨 놓은 것이 누구지?"

금시가 창백한 얼굴로 전전긍긍하며 말했다.

"도련님, 이 화분들은 어제 주 집사가 보내온 것이옵니다. 남강 지역의 특산이라고 하면서요. 주 집사가 도련님께서 좋아하실 것이라고 하면서, 노비에게 특별히 주춧돌 아래에 두라고 하였습니다."

"주순이라?"

제갈월이 중얼거렸다. 그의 가늘고 긴 눈에 살며시 한기가 감돌기 시작했다.

"주순이 날로 위풍당당해지는군. 다음에 그가 서역에서 비수라도 하나 사 와서 내 침상 위에 두라고 하면, 너는 그대로 따를 생각인가?"

대경실색한 금시가 재빨리 땅에 엎드려 머리를 조아렸다.

"노비가 감히 그럴 리 있겠습니까!"

제갈월은 냉담한 표정으로 대답하지 않았다. 마침내 하인들이 다시 자리를 떠나려고 하자, 제갈월이 갑자기 말했다.

"너, 이후로는 내 방에서 시중을 들도록 해라."

모든 이들이 발길을 멈췄다. 제갈월이 누구에게 이야기하는지 아무도 몰랐기 때문이었다.

제갈월은 귀찮다는 듯 눈살을 찌푸리며 초교를 가리켰다.

"너 말이다."

모든 시선이 갑자기 초교에게 쏠렸다.

초교는 고개를 숙이고 공손하게 대답했다.

"노비, 명을 받들겠습니다."

관헌의 정실에서 나와 보니, 하인들이 막 피투성이가 된 금촉을 마차 위에 던지고 있었다. 연약한 소녀의 몸으로 서른 대의 곤장을 맞고 다시 안군원 같은 곳으로 가게 되었으니, 금촉이 명을 부지할 수 있으리라 생각하는 사람은 아무도 없었다.

금시는 소름이 끼친 나머지 손발을 부들부들 떨고 있었다. 그때, 달콤한 목소리가 등 뒤에서 들려왔다. 금시가 돌아보니 초교가 사랑스러운 얼굴로 눈을 가늘게 뜨고 자신을 바라보고 있었다.

"금시 언니, 이제 함께 일하게 되었네요. 저는 아직 어려서 모르는 것이 많아요. 그러니 언니가 저를 잘 돌봐 주셔야 해요!"

이유는 알 수 없었지만, 금시는 어쩐지 당혹스러운 기분이 들었다. 그녀는 겨우 마음을 안정시키고 초교에게 답했다.

"우리 모두 같은 노비이니, 서로…… 서로 돌봐 주는 것이야 당연한 일이지."

"그렇지요?"

초교가 웃으며 말했다.

"그렇다면 저쪽에서 옥을 안고 있는 아이들 말인데요, 금시 언니 생각에는 너무 괴롭히면 안 될 것 같지 않나요?"

금시는 살짝 노기가 치밀었으나 일단은 고개를 끄덕였다.

"시간이 얼추 된 것 같으니 이만 하라고 해야지."

"그럼 내가 저 애들을 대신해서 언니에게 먼저 감사하겠어요."

초교는 눈웃음을 치며 걸어가더니, 추위로 인해 얼굴이 새파랗게 질린 아이들을 보내 주었다. 그 후 갑자기 무엇인가를 떠올린 듯 몸을 돌려 금시에게 말했다.

"만약 금촉 언니도 금시 언니처럼 이렇게 덕이 있는 사람이었다면, 그날 서동이었던 임석이 산 채로 맞아 죽는 일은 없었겠지요. 그러니까 다들 사람이라면 반드시 착한 마음을 품어야 한다고 말하나 봐요. 보세요, 임석이 죽은 지 겨우 사흘인데, 금촉 언니도 임석을 따라가게 되었잖아요. 정말이지 등줄기가 다 서늘하네요."

금시는 더 이상 평온을 가장할 수 없었다. 그녀는 창백한 얼굴로 눈을 크게 뜨고 초교를 바라보았다. 이 작디작은 아이에게 사악한 기운이 감도는 것 같았다. 두려웠다.

초교가 천천히 앞으로 다가와 발끝을 들고 금시의 귓가에 천천히 속삭였다.

"속담에도 그러잖아요. 선악은 결국 걸맞은 대가를 받게 되어 있다고. 아직 대가를 받지 않았다면, 그저 대가를 치를 시간이 아직 오지 않은 것뿐이겠죠. 언니 생각은 어때요?"

금시는 경악하여 즉시 자리를 피하려 했다. 그러나 초교가 재빨리 그녀의 어깨를 잡았다. 금시는 깜짝 놀라 도망치려고 발버둥 치며 큰 소리로 외쳤다.

"대체 왜 이러는 거야?"

초교는 차갑게 코웃음 쳤다. 그녀는 더 이상 웃음기라고는 없는 얼굴로 속삭였다.

"왜 그리 긴장하는 거지? 난 그저 복숭아 쟁반을 돌려받으려는 것뿐이야."

"복숭아?"

"나도 이제 너와 똑같은 내방 시녀라고. 너와 나 사이에는 더 이상 귀천이 없단 말이야. 내가 힘들게 남산원까지 가서 복숭아를 가져왔으니, 너도 나처럼 직접 한번 다녀와야 하지 않을까?"

금시는 그만 할 말을 잃고 말았다.

초교는 몸을 돌려 온실 쪽으로 걸어가며 담담하게 말했다.

"푸른 산이라 해도 막을 수는 없겠지, 거대한 강이 동쪽으로 흐르는 것을.* 때에 맞춰 해야 할 일을 아는 이여야만 바야흐로 준걸이니.** 이 세상엔 두 번 말할 필요 없는 이야기가 있고, 또

---

* 남송 시인 신기질의 시의 한 구절을 변형 인용.
** 《삼국지》의 한 구절 '識時務者在乎俊傑'을 변형 인용.

단 한 번만 하는 경고도 있어. 앞으로는 어떻게 행동해야 할지, 또 어떤 사람이 되어야 할지 스스로 생각해 보도록 해."

겨울의 오후, 햇빛이 충만한 시간이었다. 밝은 햇빛이 눈 덮인 땅을 비추면서 사람의 눈을 찌를 듯이 빛났다.

사실 이날은 결코 평온하기만 한 날은 아니었다. 장로원은 출병하라는 격문을 내렸고, 황천부는 반란을 평정하기 위해 곧 출발할 참이었으며, 칠대문벌의 가주들은 황천부를 통솔하는 지위를 두고 쟁탈전을 벌이고 있었다. 대하의 조정이 이렇게 파란만장한 시간을 보내고 있는 가운데, 제갈가에서는 가주인 제갈목청諸葛穆靑이 제갈부를 비운 상태였기 때문에 제갈회가 모든 대소사를 주관하고 있었다.

그리고 바로 이날, 제갈부의 넷째 공자인 제갈월이 독사에 물렸다. 적시에 치료받아 큰 문제는 아니었지만, 여전히 시일을 두고 정양해야 했다. 제갈월은 나이가 많지 않았지만 점장당点將堂 출신으로 황천부의 소장少將이었다. 또한 무예도 고강하고 세 번이나 병사들을 이끌고 서북 사만沙蠻의 반란을 평정한 적도 있어 제갈가에서는 제갈회와 함께 출중한 능력으로 기대를 모으고 있었다.

대하의 문벌 귀족들 사이에 제갈월이 독사에 물렸다는 소식이 재빠르게 퍼졌다. 제갈회가 한 발 먼저 동생을 대신하여 전투에 참여하겠다는 상소를 올렸으나, 제갈회의 참전을 반대하는 각 가문의 상소도 앞다투어 성금궁으로 올라갔다. 그리고 그 결과 그날 오후, 궁의 태의가 제갈부를 방문했다. 황천부를 넘보던 제갈가의 욕망은 어쩔 수 없이 조용히 사그라들었다.

사소한 일이 대세에 영향을 끼치는 법. 제갈 일족의 방계들이 잇달아 문지방을 넘었고, 제갈부는 순식간에 예전처럼 우세를 점하지는 못하게 되었다.

그리고 이날, 제갈월의 부상으로 인해 제갈부 안에서는 평소와 같은 각축전이 벌어지고 있었다. 본래 사람들을 괴롭히기를 즐기던 시녀 금촉이 횡사했고, 청산원에서 곤장을 치던 장정 둘이 서로를 때리다가 한 사람은 죽고 한 사람은 큰 상처를 입었다. 상처를 입은 사람도 다음 날 결국은 세상을 떠났다. 제갈부의 집사는 화분 몇 개 때문에 영문도 모르고 스무 대의 곤장을 맞은 후 방 안에서 탄식하며 요양하기 시작했다.

뒷산에는 악어를 기르는 정호가 있었다. 세 구의 시체가 소리 없이 그 안으로 떨어졌지만 신경 쓰는 사람은 없었다.

별조차 희미한 어두운 밤, 초교는 소팔의 손에 들린 마지막 지전 뭉치를 받아, 천천히 불 속에 살라 넣었다.

이 며칠 동안, 금시는 마음이 영 편하지 않았다. 형가의 그 아이를 볼 때마다 자꾸만 한기가 느껴졌다. 식욕도 없었고, 마치 목에 가시가 걸린 기분이었다.

오늘은 날씨가 따뜻했다. 정원에 쌓인 눈은 녹고 있었고, 하인들이 질서정연하게 하루의 일을 시작했다. 식사를 준비시키려고 하는데 홍산원에서 보낸 하인이 도착했다. 영남목부嶺南

沐府의 목 소공자와, 운주봉지云綢封地의 경 왕자, 칠황자인 조철, 팔황자인 조각, 십삼황자인 조숭趙崇, 그리고 연왕부의 세자가 함께 홍산원의 유리대청에 모여 첫째 공자 제갈회와 함께 시간을 보내고 있으며, 셋째 공자와 다섯째 공자도 이미 그쪽으로 가고 있다는 이야기였다. 제갈회는 제갈월의 몸이 괜찮다면 함께하기를 바라고 있었다.

제갈월은 홀로 있는 것을 좋아하여 부 내에서도 형제들과 함께 움직이는 경우는 거의 없었다. 그는 종일 청산원에 틀어박혀 서책을 읽거나 꽃을 심거나 간식이나 과일을 먹을 뿐이었고, 사냥을 한다거나 말을 달리는 경우는 전혀 없다시피 했다. 성격이 너무 잔인하다는 점만 빼면 사람됨도 성실하게 자신의 본분을 지키는 편이라 할 수 있었다.

하인의 전갈을 받았을 때 마침 침상에 누워 있던 제갈월은 아직 몸이 편하지 않아 어울릴 수 없다고 거절했다.

초교는 향로에 가볍게 부채질을 해서 향을 피우고 있었다. 제갈월과 하인 사이에 오가는 이야기를 들은 그녀는 살짝 눈썹을 찡그렸지만, 여전히 담담한 표정으로 아무 말도 하지 않았다. 한참 후, 식사가 오자 초교는 식사를 가져온 시녀의 뒤를 따라 조용히 방에서 물러 나왔다.

금시는 그런 초교를 살짝 곁눈질하다가, 얼마 지나지 않아 자신도 틈을 보아 물러 나왔다.

유리대청은 이름과 달리 실제로는 정자로, 홍산원 정중앙

팔각산 위에 있었다. 팔각산 아래로는 푸른 호수가 있는데, 한 겨울인 지금, 얼음이 언 호수 위에는 눈이 쌓여 있었다. 호수의 양쪽으로는 홍백이 섞인 매화나무 숲이 있었는데, 추위를 이기고 활짝 피어난 매화가 화려하니 눈길을 끌었다.

매화 숲 밖으로는 바로 제갈가에서 말을 먹이는 포마산이었다. 커다란 산비탈 가득 제갈가가 관외에서 옮겨 온 질 좋은 목초들이 자라고 있었다. 이곳에서 키우는 말들은 모두 혈통이 좋은 말들이어서, 하인들조차 특별한 일이 없는 한 출입할 수 없었기 때문에 매우 외지고 조용했다.

초교는 포마산을 지키는 시위들을 피해 민첩하게 산비탈로 올라갔다. 형월아의 이 작은 몸은 장점도 있고 단점도 있었다. 몸이 작았기 때문에 시위들에게 발각당하지 않고 산에 오를 수 있는 것은 장점이었지만, 일단 산에 오른 지금은 작은 몸이 좋지만은 않았다. 분재 화분 하나 옮기는 것도 아주 힘들었기 때문이다.

초교가 비탈을 오르고 있는데, 수상한 그림자가 하나 어른 거리는 것이 보였다. 초교는 조심스럽게 몸을 감추고 그 사람이 지나가기를 기다린 후, 천천히 그쪽으로 가 보았다.

산비탈의 소나무에 검은 준마 한 필이 묶여 있었다. 아주 크고, 다른 색의 털은 하나도 섞이지 않은 훌륭한 말이었다. 그러나 그 말은 초교를 보고도 아무 반응을 보이지 않았다. 이렇게 좋은 말이 낯선 사람이 접근하는데도 경계심을 전혀 보이지 않다니, 이상하다는 생각이 들었다.

초교가 사방을 둘러보니, 과연 눈 위에 채 다 먹지 않은 메밀 한 묶음이 떨어져 있었다. 초교는 까치발을 하고 말의 머리를 끌어당겨 한참 동안 자세히 살펴보았다. 말의 상태를 확인한 그녀는 미간을 가볍게 찌푸렸지만, 자신이 그 상황을 바꿀 생각은 없었다.

말 위의 화살통에 눈처럼 하얀 화령이 달린 화살 수십 대가 꽂혀 있었다. 초교는 화살을 하나 꺼내 보았다. 은빛 화살촉에 아주 작은, 그러나 웅혼한 필치로 각인된 '연' 자가 보였다. 각 부의 주인들은 모두 유리대청에서 매화를 감상하며 식사를 하고 있을 시간이었다.

초교는 외진 팔각산 절벽 가장자리의 작은 길을 따라 뛰어갔다. 원하는 장소에 도착한 그녀는 화소등각을 절벽 가장자리 길 위에 놓고, 몸에 지니고 있던 주머니에서 작은 뱀 몇 마리를 꺼냈다.

"하! 네가 음모를 꾸미고 있을 줄 알았지!"

갑자기 날카로운 목소리가 들려왔다. 금시가 초교 바로 뒤에서 의기양양한 표정을 짓고 있었다.

"내가 넷째 도련님께 말씀드리지 않을 것 같니? 이번엔 네가 죽을 차례야."

"과연 그럴까?"

초교는 교활하게 입꼬리를 들어 올리며 귓바퀴를 살짝 움직였다. 그녀가 내내 기다리던 발걸음 소리가 점차 다가오고 있었다. 초교는 고개를 흔들며 금시를 바라보았다.

"꼭 그렇지만은 않을걸."

말을 마친 초교는 갑자기 몇 걸음 뒷걸음질 치더니, 절벽을 따라 몸을 굴렸다. 그리고 거의 동시에 금시의 등 뒤에서 여린 외침이 들려왔다.

"저기예요!"

금시는 비명을 지를 틈도 없이 한 무리의 사내들에게 잡혀 사납게 땅에 밀어붙여졌다.

주순은 차가운 눈으로 금시를 바라보았다. 그는 원한으로 이를 갈며 나지막한 목소리로 금시에게 물었다.

"금시, 현장에서 잡힐 줄은 몰랐겠지. 무슨 할 말이라도 있느냐?"

금시는 대경실색하여 서둘러 말했다.

"제가 아니에요! 형성아예요! 나는 그 애를 따라왔을 뿐이라고요!"

"거짓말! 내가 직접 네가 주 집사님이 계신 곳에서 등각 화분을 몰래 훔치는 것을 본걸. 그런 짓을 저지른 것도 모자라 다른 사람을 모함하려 하다니!"

금시는 주순 옆에 작은 소녀 하나가 있는 것을 발견했다. 그 소녀의 얼굴은 어쩐지 낯설지 않았다. 금시의 머릿속에 반짝, 섬광이 일었다. 일의 전모를 깨달은 금시는 큰 소리로 외쳤다.

"저 아이와 성아는 한패예요, 주 집사님! 저 애를 믿지 마세요!"

주순이 부드러운 가마 위에 앉자 네 명의 장정이 가마를 들어 올렸다. 며칠 전 곤장을 스무 대나 맞았기 때문에 주순은 아직도 엉덩이가 부어 있는 상태였다. 그는 금시의 말을 듣자 인상을 쓰면서도 목소리를 꾹꾹 눌러 나지막이 물었다.

"그래, 네가 형성아를 따라왔다는 말이지? 그럼 그 애는 어디 있느냐?"

"절벽 아래로 뛰어내렸어요."

"뭐라고?"

주순은 갑자기 대로하여, 큰 소리로 외쳤다.

"너는 내가 백치인 줄 아느냐? 네 말인즉, 형가의 계집애가 너를 모함하기 위해 스스로 절벽에서 뛰어내려 죽었다는 말이냐?"

"저는……."

"온통 거짓말뿐이군!"

주순은 분노하여 말했다.

"네가 저택에 들어온 지 4, 5년 되었지? 그동안 내가 너를 박대한 일이 없건만. 네가 금촉과 총애를 다툰다 해도 그건 너희 청산원 내부의 일이 아니냐. 무엇 때문에 그 더러운 물을 내게 쏟아부었느냐는 말이다. 그리고 지금은 또 무엇을 하려 했던 게야? 각 가문의 주인들이며 공자님들이 모인 날인데. 이번에는 내 머리에 요강이라도 뒤집어씌울 셈이었느냐?"

"주 집사님, 저를 믿어 주세요."

"여봐라! 저 애를 사납게 매질해라!"

귀를 찌르는 듯한 참혹한 비명이 터져 나왔다.

초교는 미리 준비해 두었던 밧줄을 힘주어 잡아당긴 후, 작은 동굴 속으로 미끄러져 들어갔다. 팔각산은 어두운 암석이 쌓여서 이루어진 산으로, 봄이면 바위마다 보랏빛 이끼가 자라났다. 그 이끼는 매우 희귀한 종류로, 불에 말리거나 구우면 독특하고 청아한 향이 나며 마음을 가라앉혀 주었다. 제갈가의 하인들은 봄마다 이끼를 채집하러 이 절벽에 왔고, 뜻밖에도 동굴을 하나 발견하게 되었다. 초교는 잡역 후원에서 생활하는 동안 이미 이야기를 들었기 때문에 이 동굴을 잘 알고 있었다.

그녀는 마른 풀을 헤치며 조심스럽게 발을 땅에 디딘 후, 천천히 갈고리가 달린 노끈을 회수했다. 이제 위에 있는 이들이 사라지기를 조용히 기다리기만 하면 될 일이었다.

그러나 바로 이때, 누군가의 따뜻한 숨결이 귓가에 와 닿더니 가소로워하는 듯한 남자의 목소리가 들렸다.

"이 계집애, 마음이 어찌 이리 악랄하다지?"

초교는 깜짝 놀라 머리를 돌렸다. 그리고 그 급한 순간에도 노끈에 달린 갈고리를 잊지 않고 상대방의 목을 향해 사납게 찔러 갔다.

"상상이 안 갈 정도야. 아직 열 살도 되지 않은 어린애가."

상대방은 민첩하게 초교의 작은 손을 꽉 쥐었다. 남자의 목소리는 놀란 기색은 전혀 없이 담담하기만 했다.

초교는 몸집이 작았기에 상대의 한 손에 제압당해 땅에 쓰러졌다. 그녀가 고집스럽게 고개를 들었다가 깜짝 놀라 얼굴을 찌푸리고 속삭였다.

"당신이었어?"

남자도 멈칫한 듯 초교를 자세히 살펴보더니, 바로 뭔가를 깨달은 듯 웃었다.

"누군가 했더니 너였구나. 그 약은 쓸 만하더냐?"

꼬리가 날카롭게 올라간 눈썹은 바람에 휘날리고, 높고 곧은 콧날에 칠흑과도 같이 검은 눈빛, 온화한 가운데도 칼날 같은 예리함을 드러내고야 마는 그 모습은 바로 오늘 연회의 주빈이자 수도에 인질로 와 있는 연북의 연 세자, 연순이었다.

초교는 차가운 목소리로 물었다.

"어떻게 여기 있는 거죠? 뭘 하려는 건가요?"

연순이 가벼운 웃음소리를 냈다.

"그 말은 내가 너에게 물어야 하는 것이 아닐까?"

초교는 머리를 굴리기 시작했다. 여기서 이 남자를 절벽 아래로 밀어 버린다면 어떻게 될까. 일격에 치명타를 입힐 수 있을까. 초교는 허리춤에 차고 있는 비수를 슬며시 어루만졌다.

그러나 연순이 손가락을 세우고 가볍게 말했다.

"다른 사람에게 발각당하고 싶지 않다면 좀 더 분수를 지키도록 해라. 머릿속에 나쁜 생각을 담지 말고 말이다. 이렇게 작은 아이가 어찌 이리 잔인하단 말이냐."

초교는 눈썹 끝을 추켜세웠다.

"잔인하기로 말하자면, 저는 당신들에게 한참 못 미치지요. 당신이 여기에 몸을 숨기고 있었던 것도 뭔가 좋은 일을 하려 했던 것은 결코 아닐 텐데요. 당신이나 나나 오십보백보니, 나를 도와주려는 것처럼 굴지 말아요. 그건 가식에 지나지 않아요."

연순은 초교의 말을 듣자 갑자기 몸을 일으키더니, 마른 풀을 헤치고 위쪽을 향해 큰 소리로 외쳤다.

"위에 누구냐!"

초교가 대경실색하여 연순을 제지하려 했지만 이미 늦고 말았다. 만약 자신이 여기 있다는 것이 발각당한다면 소팔 역시 빠져나갈 수는 없을 것이다. 초교는 즉시 비수를 뽑아 연순의 등을 향해 사납게 찔러 갔다.

그러나 연순이 자연스럽게 손을 뻗어 초교의 입을 틀어막더니, 그녀를 자신의 품에 꽉 끌어안았다. 이때 위에서 뭔가를 물어보는 목소리가 들려왔고, 연순은 동굴에서 고개만 내민 채 큰 소리로 외쳤다.

"본 세자가 여기서 매화를 감상하고 있는데, 어찌 감히 시끄럽게 구느냐? 어서 저리 가지 못하겠느냐."

주순은 사람들에게 떠받들린 채로 절벽 가장자리까지 왔다가, 연순을 발견하자 갑자기 그 위풍당당함이 사라지고 말았다. 그는 허리를 굽실거리며 사람들을 이끌고 재빨리 사라졌다.

연순은 싱글거리며 팔을 풀고 초교에게 말했다.

"이번에는 내가 너를 도와줬다 할 만한가?"

초교의 키는 연순의 어깨까지밖에 오지 않았다. 초교는 잠시 귀를 기울이다가, 위쪽에서 아무 인기척이 느껴지지 않는 것을 확인한 후 갈고리를 던졌다. 절벽에 갈고리가 제대로 걸린 것을 확인한 그녀는 노끈에 의지해 위로 올라가기 시작했다.

연순은 눈을 가늘게 뜨고 그런 초교를 관찰했다. 그가 보기에 그녀는 상당히 민첩하기는 하지만 무예를 익힌 것 같지는 않았고, 그저 담대하고 동작이 재빠른 것 같았다.

연순과 초교가 있던 동굴에서 위의 길까지는 석 자 정도였다. 연순은 두 손으로 암벽을 잡더니, 살짝 힘을 주어 바로 위로 뛰어올랐다.

초교는 갈고리를 잘 갈무리한 후, 사방을 한번 둘러보고 안전하다는 것을 확인했다. 그리고 바로 그 자리를 떠나려다가, 다시 고개를 돌려 냉정한 표정으로 속삭였다.

"나는 당신보다 인정이 없는 사람이 될 생각은 없으니 알려드리겠어요. 돌아갈 때 말을 잘 살펴보도록 해요."

연순이 살짝 멈칫했다. 그러나 그가 무슨 말을 하기도 전에 초교는 이미 멀어진 후였다. 그녀는 저 멀리서 마치 작은 강아지처럼 험준한 길 위로 기어오르더니, 잠시 후에는 그림자조차 보이지 않게 되었다.

소년, 연 세자의 눈이 초승달처럼 휘었다. 연순은 빙그레 웃으며 중얼거렸다.

"재미있군."

팔각산을 내려와 정교하게 꾸며 놓은 가산을 돌면 바로 매화 숲이었다.

오늘은 진황성 각 세가의 공자들이 제갈부에 모였기 때문에 매화 숲 일대의 경비는 삼엄했고, 오가는 이가 거의 없었다. 초교는 태연자약하게 조용한 매화 숲을 걸으며, 때때로 까치발을 해서 매화 가지를 꺾었다. 그때였다.

"거기! 이리 와 봐라!"

갑자기 오만방자한 목소리가 들렸다. 아이의 목소리였지만 패기 넘치는 말투였다.

초교가 바라보니 열 살 남짓으로 보이는 소공자였다. 소공자는 비취빛 외투를 입고 있었는데, 옷자락에 눈처럼 새하얀 담비의 꼬리털을 금사로 세심하게 꿰매 놓은 훌륭한 물건이었다. 보드라운 담비 꼬리가 옥처럼 빛나는 소공자의 얼굴을 감싸고 있었다. 소공자는 곧은 콧날을 살짝 찡그리며 새까만 두 눈동자로 초교를 응시했다.

"바로 너다, 널 부른 거라고!"

초교는 얼굴을 살짝 찡그렸지만, 일을 더 만들어서 좋을 것이 없다 싶어 예의 바르게 몸을 굽혔다.

"노비에게 일이 있어 오래 머물지 못함을 용서해 주십시오."

말은 마친 후 초교는 몸을 돌렸다.

소공자는 당황한 표정을 지었다. 노비가 감히 자신에게 그런 식으로 말하고 바로 자리를 뜨려 할 거라고는 상상도 못했던 것이다. 소공자는 작은 코를 찡그리더니 갑자기 채찍을 꺼냈다.

"노비 주제에! 간이 부었구나!"

초교는 재빨리 자세를 바꾸고 새하얀 손을 내밀었다. 단숨에 채찍 끝을 잡아챈 그녀는 차가운 눈빛으로 소공자를 바라보았다.

소공자는 제갈가의 어린 시녀가 이리 대담하게 굴리라고는 생각하지 못했다. 소공자가 채찍을 거둬들이려고 힘을 주었지만 채찍은 돌아오지 않았다. 그는 화가 난 나머지 입술을 뾰족하게 내밀고 외쳤다.

"죽고 싶으냐? 사람을 불러 너를 베어 버리라고 할 테다!"

초교는 차갑게 웃으며 채찍을 든 손을 민첩하게 한 바퀴 돌렸다. 채찍의 손잡이는 즉시 공자의 손에서 미끄러져 초교의 손 안에 들어갔다. 채 여덟 살도 되어 보이지 않는 작은 몸에, 아주 앳되어 보이는 얼굴, 그러나 그녀의 눈길에 어린아이 같은 느낌은 전혀 없었다. 초교는 침착하게 한 걸음 한 걸음 소공자에게 다가가 평온한 어조로 말했다.

"채찍은 말을 부리라고 있는 것이지, 사람을 때리라고 있는 것은 아니지요."

말을 마친 그녀는 채찍을 공자의 손에 건네주고 다시 몸을 돌렸다.

소공자는 자기보다 어린 소녀가 기세가 넘치는 데다 매우 날쌘 것을 보고 뜻밖에도 한 오라기 친근한 감정을 품었다. 그녀가 떠나려 하는 것을 보니 조금은 다급한 마음이 들었지만, 그렇다고 좋은 말로 만류하기에는 계면쩍은 나머지 울컥하는 심정이 되어 버렸다. 소공자는 재빨리 뛰어 초교의 앞을 가로막고 큰 소리로 외쳤다.

"제갈가 어디의 하인이냐? 이름이 뭐지? 내가 누구인지 모르느냐? 믿거나 말거나 나는 정말로 누군가를 시켜 너를 베어 버릴 수도 있다."

초교는 냉담한 눈길로 소공자를 흘깃 바라보더니, 한 손으로 그의 팔을 밀쳐 내고 경멸하듯 눈썹을 치켜세웠다.

"다른 사람을 때리지 못했다고 말끝마다 사람을 부른다고 하다니, 그게 대체 무슨 능력이라고 자랑하는 건가요? 당신이 어떤 신분인지, 나는 조금도 알고 싶은 마음이 없답니다."

매화나무가 가볍게 흔들렸다. 금포를 입은 소공자는 멍하니 서서 초교의 작은 몸이 점차 사라지는 것을 바라보고만 있었다.

청산원에 도착한 초교는 주변을 돌아다니는 하인들과 인사를 나누며 바로 관헌 안으로 들어갔다. 제갈월은 침상에 반쯤 기대어 있었는데, 어쩐지 산만해 보이는 모습이었다. 초교가 들어가자 고개도 들지 않고 그저 눈꼬리로 흘깃 바라보기만 했다.

초교는 청옥으로 만든 화병에서 전날 꽂아 둔 꽃을 꺼내고, 막 따온 매화 가지를 한 가지 한 가지 꽂기 시작했다. 그 다음 제갈월 근처의 작은 향로 앞에 쭈그리고 앉았다. 매화에서 털어 낸 눈과 난향을 함께 섞어 다시 조심스럽게 향로 안에 넣고, 작은 부채로 가볍게 부채질하기 시작했다. 방 안에 갑자기 맑고 신선한 공기가 차올랐고, 제갈월은 깊이 숨을 들이마시며 천천히 눈을 감았다.

반 시진이 지났다. 잠들어 있던 제갈월은 밖에서 들리는 인기척에 귀찮다는 듯 눈을 뜨고 미간을 살짝 찌푸렸다.

"넷째 도련님, 외부의 주 집사가 방금 사람을 보내 이르기를, 팔각산 아래에서 금시 아가씨를 잡았다고 합니다. 금시 아가씨는 등각 화분을 옮기고 있었고, 대량의 독사도 지니고 있었기 때문에 지금 장사원에서 심문 중이라고 합니다."

제갈월이 두 눈을 가늘게 뜨고 침착하게 말했다.

"금시가 제멋대로긴 하지만 담은 작은 편이지. 그 애가 독사를 지니고 다녔다고? 그 애가 뭐라 말했다더냐?"

"금시 아가씨가 말하기를……."

하인은 갑자기 목소리를 낮추더니, 구석에 조용히 앉아 있는 초교를 흘깃 바라보았다.

"금시 아가씨가 말하기를 자신은 성아의 뒤를 밟았을 뿐이라고 합니다. 그리고 성아가 자신과 금촉을 모해하기 위해 벌인 일이라고 하더군요. 성아의 목적은 예전에 죽은 형가의 아이들을 위해 복수하는 것이라고 말입니다."

"성아."

제갈월이 침상에 비스듬히 기대며 찻잔을 들고 담담하게 말했다.

"해명해 보거라."

초교는 땅 위에 무릎을 꿇은 채 평온한 목소리로 대답했다.

"넷째 도련님께 회답드립니다. 성아는 그리한 적이 없습니다."

"방금은 어디에 다녀왔지?"

"성아는 매원에 갔었습니다."

"너를 본 사람이 있느냐?"

초교는 고개를 갸우뚱하고 조용히 기억을 더듬다가 말했다.

"정원에서 우연히 한 공자님을 뵈었습니다. 우리 부의 공자님은 아니셨는데, 열 살 정도로 보였습니다. 푸른 금포를 입고, 옷자락에는 눈처럼 새하얀 담비의 꼬리털이 있었고요. 성아는 그 공자님의 성함은 알지 못합니다."

"그래."

제갈월은 고개를 끄덕이더니, 말을 전하러 온 하인에게 말했다.

"물러가거라."

그 하인은 살짝 멈칫하더니 조심스럽게 질문했다.

"그럼 금시 아가씨는……."

제갈월은 반쯤 눈을 감은 채 느릿느릿 말했다.

"잘못을 저질렀으면 벌을 받아야지. 장사원에서 처리하도록 해라."

하인이 물러나자 방 안은 다시 조용해졌다. 그저 향로에서 피어오르는 향기만이 옅은 운무처럼 흩날릴 뿐이었다.

"성아, 네 가족의 일 때문에 제갈부를 원망하느냐?"

초교는 고개를 숙이고 사랑스럽게 대답했다.

"도련님, 성아는 세상 물정을 깨닫기 시작했을 때 이미 제갈부의 노비였습니다. 도련님께서 계시기에 성아는 따뜻한 침상에서 잘 수 있고, 또 도련님께서 계시기에 따뜻한 밥이며 반찬을 먹을 수 있으며 따뜻한 옷을 걸칠 수 있지요. 성아는 아직 어리기 때문에 마음속에 그렇게 많은 일을 담아 둘 수 없습니다. 그저 도련님의 시중을 잘 들고, 하루하루 잘 지내야겠다는 생각만 할 뿐이지요."

"그렇군."

제갈월은 고개를 끄덕였다.

"네가 그리 생각할 수 있다면야 좋은 일이지. 너는 나이는 어리지만 일처리가 아주 훌륭하다. 앞으로 관헌의 일은 네가 관리하도록 해라."

"예, 도련님께 감사드립니다."

초교는 공손하게 고개를 숙였다가, 한참 후에 갑자기 물었다.

"도련님께서는 금시 언니가 금촉 언니를 모함했다고 믿으시는지요?"

제갈월은 가볍게 코웃음을 쳤다.

"금시가 그렇게 대담할 리도 없지만, 대담했다고 쳐 보자. 그렇다 해도 그 애는 이런 계책을 생각해 낼 위인은 못 된다. 어쨌든 주순은 하인들 사이에서 어른 노릇을 하고 있는데, 잘못을 저질러 매를 맞았으니 체면상 그냥 지나갈 수는 없을 거다. 주순이 자신보다 아래에 있는 사람을 하나 닦달하는 거야 해서는 안 될 일도 아니고. 그저 그가 더러운 물을 내 청산원에 쏟아붓지만 않는다면야 상관없는 일이다. 아마 원 내에서 노비들끼리 암투를 벌였다는 거짓말로 자기 자신을 씻고 싶은 모양이지. 그렇게 나이를 먹어서도, 다 헛일이야. 기억력도 좋지 않고."

"도련님께서는 어째서 금시 언니를 도와주지 않으시나요? 장사원에서 언니를 때려죽일 수도 있잖아요."

"만약 그 애가 정말로 그런 일을 했다면, 나는 그 애를 도와

주었을 거다. 하지만 금시는 지금 너무 쉽게 다른 이의 올가미에 빠졌지. 이것만 봐도 금시가 얼마나 어리석은지 알 수 있다. 어리석은 자는 내 청산원에 남겨 둔들 아무 쓸모가 없지 않느냐."

정오의 태양이 창문의 격자 틈을 통해 눈부시게 쏟아져 내렸다. 맑고 깨끗한 매화의 향이 점차 주변에 퍼지기 시작했다.

제5장 자허子虛 선생과 오유烏有 선생[*]

　주순은 나이도 꽤 있고, 제갈부에서 10여 년을 지냈으니 결코 인생을 허투루 살아온 것은 아니었다. 그는 금시가 금촉과 총애를 다투기 위해 고의로 일을 벌이다가 자신을 연루시켰다고 생각하면서도, 제갈월이 자신의 말을 믿지 않을까 우려하고 있었다. 주순은 자신이 책임을 전가하기 위해 금시에게 누명을 뒤집어씌웠다고 오해받을 수도 있다고 생각했다. 그래서 주순은 일단 금시를 당장 때려죽이지는 않았다. 다음 날 첫째 공자가 한가한 틈을 타서 보고한 후 처리할 생각이었다.

　밤이 되자 장사원에 죽음과 같은 적막이 내려앉았다. 금시

---

[*] 한대 사마상여司馬相如의 《자허부子虛賦》에 나오는 인명으로, 자허子虛는 빈말이나 허언. 오유烏有는 '어찌 이런 일이 있겠는가'라는 의미. 보통은 자허와 오유를 합쳐서 허구의 일이라는 뜻으로 쓴다.

는 온몸의 피부가 다 해진 상태로 더러운 장작 창고에 갇혀 있었다. 온몸 구석구석 채찍으로 맞은 자국이 선명해, 얼핏 보기에도 중형을 받은 것 같았다.

초교가 물 한 표주박을 퍼서 획 소리가 나도록 금시 얼굴에 뿌렸다.

금시는 답답한 듯 신음 소리를 내며 서서히 깨어나더니, 초교를 보자마자 사납게 외쳤다.

"이 천한 것이! 뻔뻔하게도 나를 보러 오다니!"

초교는 침착한 얼굴로 한참 동안 금시가 자신을 저주하는 것을 말없이 들어 준 후 담담하게 웃었다.

"정말로 죽고 싶다면 계속 떠들어도 좋아."

금시의 옷은 피로 물들어 있었고 안색은 창백했다. 가슴은 격렬하게 오르락내리락하고, 눈은 원한으로 가득 차 있었다.

초교가 머리를 흔들며 느릿느릿 말했다.

"사람은 호랑이를 상처 입힐 마음이 없었건만, 호랑이는 사람을 해칠 뜻이 있었던 거지. 내가 예전에 경고했는데 어째서 나와 맞서려고 한 거지? 오늘 나를 따라오지 않았다면 이런 지경에 이르지도 않았을 텐데. 이 모든 게 네 스스로 뿌린 씨앗을 거둔 셈인데, 어째서 다른 이를 원망하는 거지?"

"천한 것이 악랄하기도 하구나. 내가 귀신이 되어서도 너를 놓아주지 않을 것이다!"

초교가 가볍게 탄식했다.

"정말 그렇게나 죽고 싶은 모양이지?"

금시가 멈칫했다. 초교는 계속 말을 이었다.

"본래 나는 너를 해칠 마음까지는 없었어. 그저 너를 한번 손봐 주고 싶었을 뿐이지. 하지만 안타깝게도 넷째 도련님께서는 너를 구해 주실 마음이 없는 모양이야. 아무래도 너는 앞으로 정호에서 금촉과 벗하는 수밖에 없을 것 같아."

금시의 안색이 바로 다시 창백해졌다. 초교를 바라보는 그녀의 눈에 한 오라기 삶의 욕망이 피어오르더니, 간절하게 애걸하기 시작했다.

"성아, 너와 나는 본래 과거에도 원한이 없었고 근래에도 없었어. 임석이 죽은 것은 금촉 때문이었고, 나는 그저 곁에서 몇 마디 했을 뿐이야. 네가 남들에게 들키지 않고 여기까지 온 것을 보면 나를 구할 방법도 있겠지. 제발, 제발 부탁이니 날 구해 줘. 나는 아직 죽고 싶지 않아!"

여기까지 말한 금시는 참지 못하고 온몸을 떨며 울기 시작했다.

초교가 가볍게 혀를 차며 등에 지고 있던 보따리를 내려놓고 속삭였다.

"울지 마. 내가 너와 지나간 이야기나 하려고 여기 왔다고 생각하는 것이 아니라면. 어쨌든 네 죄는 죽을죄까지는 아니지. 그런데 내가 너를 이 지경으로 만든 셈이니 수수방관할 수만은 없었어. 일단 이 옷으로 갈아입어. 내가 너를 내보내 줄 테니까."

초교가 금시의 몸을 묶고 있던 포승을 풀었다. 금시는 기뻐하며 서둘러 물었다.

"도망칠 방법이 있는 거야? 제갈부 수비는 엄청 삼엄한데."

"안심해도 돼. 후문의 시위를 매수해 두었으니까. 어르신께서도 곧 부로 돌아오실 예정이라 다들 바쁘니, 너 같은 시녀 하나를 공들여 쫓을 사람은 없을 거야. 제갈부를 빠져나가기만 하면 목숨이야 보존할 수 있겠지."

초교와 금시는 창문을 넘어 창고를 빠져나왔다. 두 사람이 홍산원의 호수와 가산을 지났을 때, 갑자기 발걸음 소리가 들렸다. 정원을 지키는 시위들이었다. 두 사람은 깜짝 놀라 땅 위에 웅크린 채 감히 앞으로 나갈 엄두조차 내지 못했다.

초교가 작은 보따리를 금시 손에 건넸다.

"내가 저들을 유인할 테니, 가능한 한 빨리 후원의 서쪽 문으로 가도록 해. 그쪽 문을 지키는 이들과 이미 이야기를 끝내 놓았으니까, 가서 내 이름만 대면 널 내보내 줄 거야. 보따리 안에 여비랑 옷이 있는데, 즙상 언니가 입던 옷이라 약간 작을 것 같아서 입을 수 있을지는 모르겠어. 난 돈이 별로 없어서 이 정도밖에는 준비하지 못했어. 앞으로 몸조심하고, 스스로 잘해보도록 해."

말을 마친 초교는 일부러 소리를 내며 재빨리 다른 방향으로 달렸다. 순찰을 돌던 장정들은 소리를 따라 쫓아가기 시작했다.

금시는 가만히 보따리를 열어 보았다. 안에 든 동전 몇 개는 구운 거위 한 마리를 사기에도 부족한 금액이었다. 금시는 자기도 모르게 인상을 쓰고 말았다. 안에 든 옷들도 찢어진 것이 아니면 더러운 것인 데다 아주 괴이쩍은 냄새도 났다. 아무래도 자신처럼 예쁜 소녀에게는 어울리지 않는 물건들이라는 생각이 들어 금시의 마음은 더욱 울적했다. 아무튼 이곳을 뛰쳐나가 하늘 끝까지라도 도망쳐야만 했다. 만약 잡힌다면 목숨도 보전하기 어려울 테니까.

문득 이 모든 암울한 상황은 형성아가 꾸민 것이라는 생각이 들었다. 지금 성아가 자신 앞에서 좋은 사람인 척 구는 것은 그야말로 아주 뻔뻔한 짓이었다.

금시는 동전만 챙기고 보따리는 땅 위에 던져 버렸다. 자신이 도망친 후 이 물건이 사람들에게 발견되기라도 하면 초교에게 무슨 일이 생길 수도 있다는 건 전혀 고려하지 않았다.

찬바람이 불어왔다. 밤하늘의 달이 땅에 뒹굴고 있는 몇 벌 옷자락 위로 서리처럼 차가운 빛을 뿌려 주었다.

이때, 주순의 방에서는 육중한 사내의 헐떡거림과 여자의 교태 섞인 신음이 끊임없이 흘러나오고 있었다. 두 사람이 내뱉는 음란한 말들은 듣는 것만으로도 귀가 더러워질 정도였다.

유난히 추운 겨울밤이다 보니 정원을 지키는 시위들은 따뜻한 곳을 찾아 졸고 있었다. 초교는 살며시 주순의 문 앞으로 다가갔다. 아무 소리 없이, 기척이라고는 전혀 내지 않고.

초교가 주순의 문 앞에 쪼그려 앉았다. 칠흑과 같이 어두운 가운데 그녀의 두 눈은 새까만 보석처럼 반짝이고 있었다. 마침내 남자가 시원스럽게 내뱉는 신음 소리가 들려왔고, 바스락 거리며 옷을 입는 소리도 났다. 초교는 돌멩이를 집어 들어 문을 향해 던졌다.

돌이 문에 부딪치는 소리 자체는 크지 않았지만, 방 안에 있는 사람이라면 똑똑히 들을 수 있는 정도였다. 주순이 큰 소리로 외쳤다.

"밖에 누구냐?"

초교는 대답하지 않고, 다시 돌을 하나 주워 큰 소리가 나도록 문을 내리찧었다.

"간다고, 가!"

주순이 초조한 듯 말했다.

"한밤중에, 대체 누구야?"

주순이 문을 열었다. 그러나 문밖에는 아무도 보이지 않았다. 주순이 이상하다는 생각에 인상을 쓰고 밖으로 고개를 내밀어 보았다. 그리고 한 걸음 떼었을 때, 미리 설치되어 있던 밧줄에 걸려 쿵 소리와 함께 땅에 쓰러지고 말았다.

"아이고!"

주순이 비명을 질렀다. 그러나 밧줄을 만들어 놓은 누군가를 욕하기도 전에, 검은 자루가 눈앞을 덮더니 갑자기 세상이 어두워지고 말았다. 주순은 그제야 뭔가 이상하게 돌아간다는 사실을 깨달았다. 대경실색한 그가 소리치며 뭐라도 잡기 위해 손을 내밀며 버둥거렸다. 짙은 밤, 한기가 엄습해 왔다.

초교의 입가에 얼음처럼 차가운 미소가 떠올랐다. 그녀는 제 손에 든 날카로운 비수를 주순의 두툼한 손에 대고 재빠르게 휘둘렀다!

돼지가 죽어 가며 내지르는 듯한 참혹한 비명 소리가 울려 퍼졌다. 주순이 끊어진 손목을 잡고 땅 위를 나뒹구는 사이, 초교는 서쪽 꽃 덤불 속으로 재빨리 사라졌다.

곧 시위들이 달려왔다. 방에서 나온 여인도 날카로운 비명을 질렀다.

"무슨 일이냐! 아니, 주 집사님, 이게 대체 누구 짓입니까?"

옷도 채 챙겨 입지 못하고 나온 여인이 황망한 표정으로 외쳤다.

"똑똑히는 못 봤어요. 그저 키가 크지 않고…… 마치, 마치 아이 같았어요."

"어느 쪽으로 가던가요?"

"서쪽으로."

"쫓아라!"

10여 쌍의 발이 초교 앞을 스쳐 갔다. 그녀는 마른 풀덤불 속에 최대한 몸을 웅크리고 앉아 있었다. 사람들의 소리가 점차 멀어져 가고 사위도 곧 조용해졌다. 초교는 몸에 묻은 먼지를 털어 내며 여유롭고 침착하게 이 분쟁의 소굴을 떠났다.

홍산원의 호수며 가산이 있는 곳을 지나며 살펴보니, 예상했던 대로 자신의 보따리가 땅 위에 내동댕이쳐져 있었다. 초교는 냉소하며 보따리를 주워 들고 청산원으로 향했다.

조심스럽게 창을 통해 방으로 들어간 후, 희고 부드러운 면으로 만든 잠옷으로 갈아입었다. 밖에서 들려오는 소리는 점점 더 커져 갔고, 횃불은 장사진이라도 친 것처럼 하늘을 밝혔다.

초교는 머리카락을 흩트린 후 눈을 비비며 잠에서 덜 깬 모습으로 방문을 열었다. 마침 다른 방에서 나오던 시녀들 몇 명과 마주칠 수 있었다.

"무슨 일이지?"

시녀들이 다들 망연한 표정으로 고개를 저었다. 이 시녀들은 모두 열서너 살 정도였지만, 청산원에서의 지위는 초교만큼 높지 않았다. 그때, 관헌의 문이 열리는 소리가 들렸다. 모두 서둘러 그쪽으로 달려갔다.

제갈월이 침울한 표정으로 나왔다. 제갈월은 산발을 하고 있는 초교 등을 흘깃 보더니, 시위에게 물었다.

"무슨 일이냐? 어째서 이리 시끄럽지?"

"도련님, 외부 쪽에 자객이 들었습니다. 주 집사가 손을 하나 잘렸고, 시위들이 서각문에서 도망치던 금시 아가씨를 잡아 장사원으로 보냈습니다."

제갈월은 잠시 당황한 듯하더니, 곧 입꼬리를 들어 올리며 가볍게 웃었다.

"금시가 이렇게까지 대단할 줄은 몰랐군."

그 시위는 조심스럽게 초교를 한번 보더니 말을 이었다.

"금시 아가씨가 잡혀 가며 고함지르기를, 성아가 자신을 모함한 것이라고…… 자신이 한 짓이 아니라고 했답니다."

말이 떨어지자마자 모든 눈길이 즉시 초교에게로 향했다.

초교는 작은 얼굴을 바로 찡그렸다. 그리고 물기 어린 두 눈을 억울하다는 듯 깜빡이며, 곧 눈물이라도 쏟을 것 같은 가련한 표정으로 제갈월에게 말했다.

"도련님, 성아는…… 성아는 방 안에서 잠을 자고 있었어요. 저, 저는……."

"도련님, 성아는 방에서 나오지 않았어요. 우리 모두 보았습니다."

3등급 시녀 한 사람이 갑자기 앞으로 나와 말했다. 말이 떨어지자마자 다른 시녀들도 나서서 초교를 위한 증인이 되어 주었다.

제갈월이 고개를 끄덕이더니 그 시위에게 말했다.

"장사원에 전해라. 만약 금시가 또 허튼소리를 하거든, 심문을 할 필요도 없이 바로 정호에 던져 버리라고 말이다. 성아가 아직 저렇게 어린데, 금시가 점점 더 심하게 구는군."

시위가 서둘러 고개를 끄덕이며 물러나자 제갈월이 시녀들을 일별하며 말했다.

"너희들도 돌아가 마저 쉬도록 해라."

그러더니 몸을 돌려 다시 관헌으로 들어갔다.

초교는 여전히 억울한 표정으로 그 자리에 가만히 서 있었다. 곧 몇몇 시녀들이 다가오더니 초교의 호감을 사려는 듯 손을 잡아끌었다.

"성아, 무서워하지 마. 우리가 증인이 되어 줄 테니. 금시가 아무리 너에게 누명을 씌우려 해도 소용없을 거야."

초교는 고개를 끄덕이고, 비 내린 후의 배꽃 같은 얼굴로 말했다.

"언니들, 정말 고마워요."

이미 삼경에 가까운 시간이었다. 소슬하니 바람이 불어오는 이 밤, 형가의 아이들 일곱을 죽음으로 몰고 간 자들은 마침내 피로써 대가를 치렀다.

다만, 이 정도 피로는 아직 한참 부족했다.

다음 날도 제갈부는 자객 사건으로 떠들썩했다. 주 집사는 손을 하나 잃고 격분한 나머지 금시를 죽을 때까지 때리라고 명했다. 금시, 그 젊고 아름다운 소녀는 본래 상처를 입은 상태에서 중형을 받으니 한 시진도 버티지 못하고 죽었다. 사람들은 금시의 시신을 돗자리에 말아 정호 물고기 뱃속에 장사 지냈다.

제갈월은 조용하게 홀로 있는 것을 좋아했다. 관헌 내의 일은 본래 금촉, 금시 두 시녀가 맡아 하였는데, 며칠 사이에 둘 다 죽고 말았으니 이제 초교 한 사람만 남은 셈이었다. 채 여덟 살도 되지 않은 어린아이니, 평소에 말을 할 때도 젖내가 조금은 배어 있었다. 그러니 아무리 유능하다 해도 모르는 이들이 보면 기이하게 여길 수밖에 없었다.

한나절도 지나지 않아 저택 여기저기에 슬며시 좋지 않은 소문이 퍼지기 시작했다. 제갈부의 넷째 공자가 둘째 어르신 제갈석의 노망난 길을 따라 채 자라지 않은 어린아이를 좋아하게 된 모양이라고. 그리고 이 소문의 결과로, 모든 이들은 초교에게 더욱 공손하게 대하게 되었다.

오후가 되었다. 초교는 새로 만든 해당화 무늬의 치마를 입고 흰 낙타의 털로 만든 작은 신발을 신었다. 그리고 머리에는 녹옥으로 만든 꽃을 두 송이 꽂은 채 화원의 호숫가를 깡충깡충 뛰고 있었는데, 그 모습이 순진하고도 귀여워 보였다.

초교가 막 새로 들여온 침수향을 받아 나와 죽림을 지날 때, 누군가가 큰 소리로 웃으며 그녀 앞으로 뛰어나왔다.

"하하, 내가 널 찾아낼 줄 알았지!"

소공자는 오늘은 선명한 남색 금포를 입고 있었다. 오색찬란한 새들이 떼 지어 날아다니는 자수가 매우 아름다운 옷이었다. 소공자는 의기양양하게 손 안의 채찍을 휘두르며, 초교를 위아래로 살펴보았다.

"어딜 가느냐? 오늘 날씨가 이리 좋으니, 우리 새나 잡으러 가자."

초교는 공자가 흥미진진해하는 모습을 보면서 고개를 저었다.

"저는 공자님처럼 한가하지 않답니다. 아직 할 일이 많으니 실례하겠어요."

말을 마친 초교는 몸을 돌려 떠나려 했다.

"잠깐, 가지 말라고."

공자가 재빨리 그녀 앞으로 뛰어오더니 두 팔을 크게 벌려 앞을 가로막았다.

"가까스로 너를 찾아낸 거란 말이다. 이 정원에서 오전 내내 기다렸다고. 그래, 이렇게 하자. 네 이름과 어느 저택 소속인지 말해 줘. 내가 제갈회에게 너를 달라고 할 테니, 나와 함께 가자. 어때?"

초교는 눈썹을 추켜세우며 물었다.

"정말로 저를 데려가고 싶으신가요?"

공자는 진지하게 고개를 끄덕였다.

"그래, 그간 보아 온 모든 시녀나 하인 중에서 네가 제일 마음에 든다. 너를 내 수문대장군으로 봉해 주마. 어때?"

초교가 웃으며 고개를 끄덕였다.

"좋아요. 그럼 제 이름을 말씀드리겠어요. 하지만 큰 도련님께서 저를 보내 주실지 아닐지는, 공자님의 능력에 딸린 문제겠지요."

"안심해도 좋아!"

공자는 가슴을 치며 큰 소리로 외쳤다.

"시녀 하나는 물론이고 열 명이라도 문제없으니까. 제갈회는 분명 순순히 나에게 내어 줄 거야."

"그럼 좋아요, 잘 들으세요. 내 이름은 자허라고 하고, 오유라는 정원에 살고 있어요. 두寶 아주머니 밑에 있는 어린 시녀고, 매일 하는 일은 도련님과 소저들에게 진흙 인형을 빚어 놓아 드리는 거랍니다. 꼭 기억하셔야 해요."

공자의 눈이 빛났다.

"너 진흙 인형도 빚을 줄 안단 말이냐?"

"그럼요."

초교는 웃음을 간신히 참았다. 눈앞의 소공자는 정말로 귀여웠다. 초교는 까치발을 하고 손을 뻗어 공자의 뺨을 꼬집고 싶은 마음을 간신히 억누르며 그저 웃기만 했다.

"제 능력은 그 외에도 많답니다. 나중에 하나하나 보여 드릴게요. 저는 아직 일이 있으니 먼저 가 봐야겠어요. 큰 도련님 찾아가는 것을 잊지 마세요."

"응, 안심해라."

소공자는 고개를 끄덕이며 천진하게 웃었다.

"먼저 돌아가 짐이라도 꾸리고 있으렴. 곧 너를 맞으러 갈 테니."

초교가 멀리 빠져나와 고개를 돌려 보니, 그 소공자는 커다란 바위 위에 서서 자신을 향해 힘차게 손을 흔들고 있었다. 초교는 간신히 웃음을 참고 죽림을 지나 청산원을 향해 걸어갔다.

"이름은 자허, 오유원, 두 아주머니 아래에서 진흙을 빚어 놀아 주는 어린 시녀, 덕분에 생각해 냈다."

갑자기 청아한 목소리가 위에서 들려왔다. 초교가 깜짝 놀라 고개를 들어 보니 연순이 청삼을 입고 높은 소나무 가지 위에 표표히 앉아 있었다. 눈을 별처럼 밝게 빛내며 입꼬리를 살짝 들어 올려 웃는 것이 방금 있었던 일을 다 본 듯했다.

어차피 연순 앞에서 자신의 본성을 드러낸 것이 한두 번도 아니었다. 초교는 더 이상 어린 시녀처럼 굴지 않고 차갑게 그를 바라보며 사납게 말했다.

"그렇게 높이 올라가시다니, 떨어져 죽는 것이 무섭지 않으신 모양이군요."

"그거야 네가 신경 쓸 일이 아니겠지. 너는 그렇게 어린데도 그리도 악독하니, 스스로를 걱정하는 것이 마땅할 것이다. 오늘 보니 하늘가에 검은 구름이 모여 있던데, 겨울이라도 천둥번개가 쳐서 나쁜 마음을 가진 이를 갈라 죽이지 않는다는 법도 없으니까."

초교는 고개를 들고 차갑게 말했다.

"내가 아무리 나쁜 마음을 먹는다 해도, 당신들처럼 눈 한 번 깜빡이지 않고 학살을 저지르는 패륜아들에 비할 수 있을까요. 당신들이야말로 축생이나 다름없고, 좋은 사람이라고는 하나도 없는데."

"정말이지 대담하군."

연순은 단호하게 말했지만, 말투에는 가벼운 웃음이 섞여 있었다.

"나는 그날 좋은 마음으로 일부러 화살을 빗나가게 쏘아 너에게 살 길을 열어 주었다. 너를 구하기 위해 너희 첫째 공자가 내놓은 서역 무희들조차 포기했다는 말이다. 그런데 너는 은혜를 갚을 생각은커녕 악담이나 퍼부으니, 세상에 무슨 도리가 그러하냐?"

"도리란 사람에게나 통하는 것이죠. 패륜아들에게 무슨 도리를 논하겠어요? 경고하겠는데 더 이상 나를 귀찮게 하지 말아요. 나를 고발하겠다고 위협할 생각도 말고요. 감히 그런 일

146

을 벌인다면, 반드시 후회하게 될 테니까."

말을 마친 초교는 몸을 돌려 발걸음을 재촉했다. 그러나 몇 걸음 가지도 않아 이마에 따끔한 아픔이 느껴졌다. 고개를 숙여 보니 발아래 솔방울이 하나 떨어져 있었다. 초교는 즉시 분노의 눈길로 연순을 쏘아보았다.

"도전하는 건가요?"

"그럴 리가."

연순은 의기양양하게 웃었다.

"도전하는 게 아니라 괴롭히는 거다."

초교는 고개를 외로 꼬고 잠시 나무 아래에 서 있더니, 갑자기 한 마디 말도 없이 자리를 떠났다. 연순은 본래 초교가 자신과 다퉈 주기를 기대했기 때문에 그녀가 이리 가 버리는 것을 보니 조금은 화가 났다. 그는 일부러 반쯤 눈을 감아 그런 마음을 내색하지 않으려 했다.

그러나 바로 이때, 주먹 크기만 한 돌멩이가 파공음을 내며 연순의 얼굴 바로 앞까지 날아왔다. 다행히도 연순은 무예를 익혔기에 때맞춰 고개를 돌려 피할 수 있었다. 그가 속으로 득의만만해하고 있을 때, 갑자기 뒷덜미에 차가운 기운이 느껴졌다. 그제야 연순은 뭔가가 잘못되었다는 것을 깨달았다. 와르르, 거대한 나무에 쌓여 있던 눈이 이 한 번의 진동으로 그의 몸 전체를 덮어 버릴 듯 무너져 내렸다.

금의옥포를 입은 소년 세자가 온몸에 눈이 묻은 채 낭패한 몰골로 나무 아래로 뛰어내렸다. 고개를 들어 보니 초교가 새하얀 눈 위에 서서 손뼉을 치고 있었다. 그녀는 오른손을 높이 들고 중지를 치켜세운 후 시위라도 하듯 손짓하더니, 의기양양하게 웃으며 몸을 돌려 떠나갔다.

연순은 희미하게 눈가를 찌푸리고는 자신도 중지를 세워 보았다. 열세 살 연북 세자는 도무지 이해할 수 없었다. 대체 이건 무슨 손짓이란 말인가?

열한 살의 서동 풍민이 숲에서 뛰어나오더니 어금니가 드러날 정도로 격하게 외쳤다.

"세자 저하, 제가 가서 잡아 오겠습니다! 회 공자님께, 저 귀천도 모르는 계집을 엄하게 징벌해 달라고 하겠습니다."

"네가? 저 애를 잡아 온다고?"

연순은 코웃음을 치며 중지를 세워 보였다.

"풍민, 이 손짓이 무슨 뜻인지 아느냐?"

"네?"

풍민도 살짝 멈칫했으나, 곧 단호하게 말했다.

"분명히 사죄의 의미일 것입니다. 저 아이도 자신이 대역무도한 죄를 지었다는 것을 알 테니까요. 그러나 아직 어리다 보니 세상 물정을 모르고, 면전에서 사죄드리기에는 민망해서 이런 손짓으로 대신한 것이겠지요."

"사죄라고?"

연순이 이맛살을 찌푸렸다.

"내가 보기엔 그런 것 같지 않은데."

"분명합니다. 세자 저하, 분명해요."

"그러한가?"

한편 제갈가 홍산원 대청에서는, 제갈회와 조철 등이 소공자의 말을 듣고 웃음을 터뜨리고 있었다.

위경이 웃으며 말했다.

"제갈, 너희 집안에 그렇게 영리한 시녀가 있다니, 나도 꼭 한번 보고 싶군."

제갈회는 고개를 흔들며 말했다.

"하인이 버릇이 없어 모두를 웃게 만들었군."

"대체 왜 그러는 거지? 왜 다들 웃는 거야?"

소공자는 얼굴이 발갛게 달아올랐다. 다들 자기 때문에 웃는 것은 알았지만, 대체 무엇이 잘못된 것인지는 알 수 없어 조급한 모양이었다.

조철이 웃으며 설명했다.

"이름이 자허고, 오유원 소속에, 두 아주머니 아래에서 진흙을 빚어 노는 시녀라면 바로 자허오유가 아니냐. 그 시녀가 너를 놀린 것 같은데? 열셋째야, 그 애가 너를 놀린 거다."

조숭의 작은 얼굴이 새빨갛게 달아올랐다. 조숭은 화가 난 나머지 발을 동동 구르다가 몸을 돌려 뛰쳐나갔다.

제6장 상원절 등회

콰콰!

즐거운 폭죽 소리가 울려 퍼졌다. 땅이 마치 커다란 눈꽃송이들을 튀기고 있는 것 같았다. 거리마다 골목마다, 아이들이 서로 맞잡고 즐겁게 웃고 있었다. 다들 귀를 막은 채, 소리는 극히 크지만 불꽃에 비해 상대적으로 값이 싼 '우뢰포'를 가지고 흥겹게 노는 참이었다.

대하 백종 황제가 즉위하고 스물다섯 번째 맞는 상원절이 마침내 시작되었다. 관에서 백성들에게 무료로 폭죽을 나눠 줬기 때문에 즐거운 분위기가 더욱 살아나고 있었고, 어디를 가든 흥겨워하는 이들을 볼 수 있었다. 성금궁의 주인은 이 같은 처사를 매우 기꺼워하며, 바로 그날 밤 흡족한 심정을 알리는 글을 내리고 위씨 문벌 출신의 제도부윤에게 후한 상을 내렸다.

폭죽 소리가 요란한 가운데, 제갈부도 이 중요한 명절을 위한 준비를 서두르고 있었다. 이날은 마침 대설이 내렸다. 노인들은 거위의 깃털처럼 흩날리며 떨어지는 눈꽃을 보며 기이하다는 말을 주고받았다. 예전이라면 막 서리가 내렸을 시기였기 때문이다.

초교는 새로 맞춘 연분홍 괘자를 입고, 그 위에 다시 여우털을 단 소매 없는 외투를 두르고 있었다. 눈처럼 새하얀 여우털 속에 파묻힌 얼굴은 옥처럼 매끄럽고, 두 뺨은 분홍빛으로 빛나고 있었다. 동그랗게 뜬 커다란 두 눈이며, 표표히 날리던 눈이 코끝에 떨어지자 작은 코를 가볍게 찡그리는 모습까지도 매우 사랑스러웠다.

"성아, 도련님께서 부르신다."

새로 온 시녀 환아寰兒가 빠르게 뛰어와, 숨을 가쁘게 몰아쉬며 초교를 다급하게 불렀다. 초교는 고개를 끄덕였다.

"가요."

그러더니 먼저 관헌이 있는 방향으로 걷기 시작했다. 그녀의 반듯한 발걸음에는 조급해하는 기색이라고는 전혀 없었다. 환아는 잠시 이맛살을 찌푸리며 보고 있다가, 바로 고개를 흔들고는 서둘러 초교를 따라갔다.

사실 초교보다도 제갈월이야말로 느긋한 성격이라 할 수 있었다. 초교가 관헌 문을 열어 보니, 제갈가의 넷째 공자는 따뜻한 침상에 앉아 바둑판을 뚫어지게 응시하고 있었다.

초교는 잠시 후의 수행에 필요한 물건을 일일이 챙겨 다른 시종들에게 조용히 건네주었다. 일을 끝낸 그녀는 제갈월의 서탁 위에 녹차를 한 잔 올려놓고, 자신은 향로 앞에 앉아 뺨을 괴고 기다리기 시작했다.

서탁 위에는 아무렇게나 펼쳐진 서책이 한 권 놓여 있었는데, 종이가 바랜 것을 보니 꽤 오래된 책인 것 같았다. 책을 흘깃거리던 초교는 이 서책이 뜻밖에도 불가의 경전인 것을 보고 자신도 모르게 호기심을 느꼈다.

제갈월이라는 사람은 본성이 교활하지도 않고, 악랄하게 손을 쓰는 편도 아니었다. 최소한 그날 사냥터에 모였던 귀족 소년들에 비하면 그랬다. 그러나 심성이 메마르고 냉정한 편인데다 자신감이 극히 넘치다 보니 자신 이외의 사람은 전혀 안중에 두지 않았다. 그런 사람이 신앙을 가졌을 리 없는데, 대체 무엇 때문에 불경을 읽기 시작한 것일까?

"거기 쓰여 있는 것이 전부 허튼소리만은 아니다."

초교가 무엇을 생각하고 있는지 깨닫기라도 한 듯 제갈월이 불쑥 말했다. 그는 검은색 바둑알을 집어 들었다가 갑자기 내려놓고, 서책을 훑더니 갑자기 몇 쪽 넘겼다.

"읽어 보거라."

"사람이 세상을 살아간다는 것은 가시나무 속에 있는 것과 같으니, 마음을 움직이지 않아야 사람도 망령되이 움직이지 아니 하며, 움직이지 않아야 상처받지 않을 것이니라. 만약 마음이 움직인다면 사람도 망령되이 움직여 그 몸을 상하게 되어 고통이 뼈에 사무칠 것이며, 세상의 모든 고통을 맛보게 되리니······."

제갈월이 천천히 고개를 들었다. 칠흑처럼 새까만 눈은 마치 깊은 바다처럼 소용돌이치고 있었다. 그는 도저히 헤아릴 수 없는 표정으로 초교를 응시하더니, 마침내 희미하게 미소 지었다.

"훌륭하군, 어린 나이에 글자를 그만큼이나 알고 있다니. 누구에게 배웠느냐?"

초교는 첫 구절을 읽은 순간 바로 자신의 실수를 깨닫고 마음속으로 대비했기에, 이 순간 당황하지 않고 생긋 웃으며 답할 수 있었다.

"칭찬해 주셔서 감사합니다, 도련님. 저는 어릴 때부터 책 읽는 것을 좋아하여, 오라버니와 언니들을 따라 배웠답니다."

"그렇군. 방금 읽은 내용을 모두 이해하느냐?"

"아주 조금 이해할 뿐입니다."

초교가 답했다.

"아니면 도련님께서 성아에게 해석해 주실 수 있을는지요?"

제갈월은 계속 옅게 웃으며 말없이 다시 고개를 숙이고 바둑판을 들여다보았다.

천천히 시간이 흐르고, 문밖의 시종들은 이미 몇 번이나 머리를 들이밀고 안을 들여다보았다. 마침내 제갈월이 바둑판을 밀며 몸을 일으켰다. 곁에서 기다리던 시녀들이 즉시 그에게 다가가 사슴 가죽으로 만든 장화를 신겨 주고, 달처럼 흰 비단에 푸른 꽃을 수놓은 장포를 입힌 후, 다시 불처럼 새빨간 여우 가죽으로 만든 외투를 입혔다. 그렇게 입으니 열세 살 남짓의 소년에게서 가볍게 볼 수 없는 관록이 배어 나왔다.

"가자."

제갈월이 나지막하게 말한 후, 한 무리의 하인들을 이끌고 문을 나섰다.

제갈가의 대문 앞에 준마들이 늘어서 있었다. 제갈월이 시간을 끌었기 때문에, 제갈부 다른 공자들은 이미 모두 출발한 후였다. 노비 하나가 땅에 엎드리자, 제갈월이 그의 등을 밟고 말에 올랐다.

행장이 완비되었다. 그때 제갈월이 갑자기 문가에서 공손하게 배웅하는 청산원 시녀들에게 눈길을 던졌다.

"성아, 상원절의 등회를 본 적 있느냐?"

초교는 잠시 당황했으나 곧 고개를 저었다.

제갈월은 고개를 끄덕였다.

"올라오너라, 데려가 줄 테니."

초교는 잠시 멈칫했다가, 겨우 제갈월이 말한 '올라오너라'의 뜻을 깨닫고 말했다.

"도련님, 규칙에 어긋납니다."

제갈월이 눈가를 찌푸리며 다시 입을 열려고 하는데, 초교가 재빨리 한 발 먼저 말했다.

"성아 스스로 말을 탈 수 있습니다."

제갈월은 도저히 믿을 수 없다는 듯 초교의 작은 몸을 살펴보았다.

"괜찮겠느냐?"

"도련님께서 성아에게 작은 말을 한 필 내어 주신다면, 스스로 말을 달릴 수 있습니다."

제갈월이 미소 지으며 측근인 주성朱成에게 고개를 끄덕였다. 얼마 지나지 않아 대춧빛 작은 말 한 필이 끌려왔다. 말의 키는 아주 작았지만 그래도 초교보다 한참 높았다. 모두 흥미진진한 눈초리로 초교를 바라보고 있었다. 모두 조금쯤은 그녀의 불행을 바라는 것도 같았다.

초교는 작은 말 주위를 두어 바퀴 돌더니, 손을 높이 들어 간신히 말의 등을 쓰다듬었다. 제갈월의 눈에 우습다는 빛이 스쳐 갔다. 그가 다른 이에게 초교를 말에 태워 주라고 하려 했을 때, 갑자기 초교가 손을 뻗어 말고삐를 잡았다. 그리고 가볍게 힘을 주더니 몸을 날려 재빠르게 말 위에 올라탔다.

사람들 사이에서 한바탕 찬탄과 놀람의 외침이 들려왔다. 제갈월은 새하얀 옷을 입은 초교가 마치 눈을 뭉쳐 놓기라도 한 것처럼 가슴을 펴고 고개를 든 채 말 위에 올라타 있는 것을 보고 자신도 모르게 미소 지으며 말을 채찍질했다.

초교의 지금 몸으로는 말을 타는 것이 그다지 편하지 않지만, 다행히도 이 작은 말은 매우 온순했다. 작은 말은 다른 말들이 움직이는 것을 보더니 영리하게 다른 말들을 따라가기 시작했다.

진황성은 본래 통금이 없었고, 특히나 오늘은 상원절이기 때문에 거리마다 더욱 시끌벅적했다. 하늘이 점차 어두워지자

거리에는 색색의 등이 반짝이고 향긋한 바람이 여유롭게 불어왔다. 진황성의 중심인 구외주 거리 양쪽으로는 붉은 등이 장사진을 이루고, 수많은 고층 건물들이 무대로 변해 가무며 연극, 각종 잡기까지 보여 주고 있었다.

수많은 등불이 이 성의 검은 밤을 대낮처럼 밝히는 가운데, 장사치들이 소리치며 사람들을 모으고 있었다. 돼지고기에 술, 가늘게 싼 담배에 다과며 옷, 과일, 채소, 가구나 그릇들은 물론이고 향이며 약, 꽃에 여인들의 지분과 연지, 불꽃까지, 사람들을 즐겁게 할 만한 물건이라면 없는 것이 없었다.

태평성대의 밤이었다. 찬란한 비단 한 폭을 활짝 펼쳐 놓은 것처럼, 사람이 상상할 수 있는 모든 아름다운 것들이 어지럽게 뒤섞여 있었다. 진황성의 동서남북으로, 씨줄과 날줄처럼 뻗어 있는 이 구외주 거리는 하늘도 놀랄 만큼 화려하고 사치스러웠다.

초교는 말 위에 앉은 채 이 보기 드문 고대의 야경을 감상하고 있었다. 제갈가는 대귀족이었기 때문에 가는 곳마다 행인들이 길을 비켜 주었다. 덕분에 화려한 누대 위 무대를 장식한 화려한 등불들을 자세히 볼 수 있었다. 온갖 동물이며 신선, 화초 등의 모양으로 꾸며 놓은 등불들은 독특하고도 아름다웠다.

제갈월이 말을 멈춰 세우자 장사꾼이 기쁜 표정으로 황금 용이 그려진 등롱을 들고 달려와 덕담을 건넸다. 그러나 제갈월은 높은 누대 위의 등롱을 가리켰다.

"저걸 가져오너라."

이름 높은 제갈가의 넷째 공자가 가리킨 것은 뜻밖에도 새하얀 토끼 한 마리가 그려진 단순한 등롱이었다. 장사꾼은 자신도 모르게 멍한 표정을 지었다.

그러나 등롱을 받아 든 제갈월의 냉랭한 얼굴에 보기 드문 미소가 떠오르더니, 그것을 초교에게 건넸다.

"가지도록 해라."

초교는 자신도 모르게 손을 내밀어 받았다. 그녀는 당황한 나머지 감사의 말을 하는 것조차 잊고 말았지만, 제갈월은 전혀 아무렇지 않은 표정으로 계속 말을 달리기 시작했다. 주위의 시종들은 모두 괴이한 눈으로 채 자라지 않은 초교의 몸을 조심스럽게 살펴보았다.

초교는 웃을 수도 울 수도 없었다. 모든 이가 그녀를 정말 어린아이로 생각하고 있었다.

초교는 등롱에 그려진, 새하얀 몸에 붉은 눈을 가진 토끼를 바라보다가 손가락을 내밀어 토끼의 입을 살짝 건드려 보았다. 그러자 갑자기 분홍빛 종이로 만든 작은 혓바닥이 튀어나와 초교는 깜짝 놀랐다.

그리고 바로 이때, 가벼운 웃음소리가 들렸다. 초교가 웃음소리를 따라 고개를 들었지만, 때마침 채색한 등을 지닌 무리가 앞을 지나가며 시선을 가로막았다. 금빛 용이며 화려한 봉황, 옥나비와 백호, 선녀, 신선, 난초며 계화까지, 온갖 화려한 등불들이 흔들거리니 눈앞이 모두 꽃이었다. 와자지껄하게 오가는 사람들이며 끊임없이 움직이는 수레와 말들, 휘황찬란한 야경이 눈부셨다.

얼마나 지났을까. 등불을 든 무리가 천천히 흩어졌다. 거리 한편에 얼어붙은 적수의 호반이 보였다. 눈 쌓인 버드나무 앞 한적한 곳에 검은 준마 한 필이 있고, 그 곁에 청삼을 입은 소년이 팔짱을 끼고 나무줄기에 나른하게 기대어 있었다. 소년은 눈을 빛내며 초교를 바라보고 있었는데, 그 아름다운 검은 눈동자에는 옅은 웃음기가 서려 있었다.

펑, 거대한 소리와 함께 하늘 가득 휘황찬란한 불꽃이 피어올랐다. 선녀가 긴 소매를 흔들며 춤을 추듯, 비단 같은 저녁노을이 하늘을 물들이듯, 그 불꽃이 만들어 내는 정경은 눈이 부시도록 아름다워 보고 있노라면 취해 버릴 것만 같았다.

이때, 어느 장난기 많은 아이가 폭죽을 초교가 탄 말 아래로 던졌다. 초교가 탄 작은 말은 처음으로 이렇게 사람이 많은 거리에 나온지라, 깜짝 놀라 앞발을 쳐들고 이리저리 질주하기 시작했다.

나무에 기대서 있던 소년은 그 장면을 보자마자 재빨리 말 위로 뛰어올라 초교를 쫓기 시작했다. 제갈부 하인들도 깜짝 놀라 비명을 질렀지만, 초교는 이미 수많은 사람들 사이로 섞여 든 후였다.

제갈월이 눈썹을 추켜세우더니 자신도 말을 달리려 했으나, 수행하던 시종들이 말고삐를 꽉 잡았다. 제갈월은 얼굴빛이 변할 정도로 화를 내며 채찍을 시종에게 휘두른 후 다시 초교를 쫓으려 했다. 그러나 거리는 이미 극도로 혼잡한 상황이었다.

사방에서 등불이 빛나고 행인들이 뒤섞이니 초교의 그림자인들 찾을 수 있을 리 만무했다.

말은 빠르게 달리고 있었다. 차가운 바람이 귓가를 스쳐 가며 떠들썩한 소리도 점점 멀어져 가 이제 말발굽이 땅을 박차는 소리만이 들렸다. 초교가 타고 있는 말은 비록 몸집은 작았지만 우수한 혈통인 듯, 한번 달리기 시작하니 마치 번개처럼 속도가 빨랐다. 초교는 작은 손으로 말고삐를 꽉 잡은 채, 몸을 낮추고 냉정하게 주변의 지형을 살펴보았다.

형월아의 채 자라지 않은 몸으로는 빠르게 질주하는 말에서 뛰어내리는 고통을 감수하기에는 역부족이었다. 어떻게든 다른 방법을 찾아야 했다.

바로 그때, 등 뒤에서 갑자기 빠른 말발굽 소리가 들리더니 곧 초교를 따라잡았다. 두 마리 말이 나란히 달렸다.

"구해 달라고 해 봐, 그럼 구해 줄 테니!"

소년의 목소리는 차가운 바람에 산산이 흩어졌지만 초교의 귀에는 똑똑히 전달되었다. 초교는 자신의 불행을 즐기는 듯한 소년을 사납게 노려보았다. 그녀의 눈빛에 허둥대는 빛이라고는 조금도 없었다.

"그럼 그 손짓이 무슨 뜻인지 알려 주면 구해 줄게!"

바람은 처량하고 달은 칼처럼 차가운 밤이었다. 작은 말은 어른도 무릎까지 빠질 만큼 눈이 쌓인 땅을 거침없이 달려갔다. 멈출 기색은 전혀 없었지만, 점차 속도가 느려졌다. 초교는 기회를 놓치지 않고 꽉 잡고 있던 고삐를 놓고, 곁에 있는 소년에게 갑자기 온몸을 날렸다.

쿵 소리와 함께 초교의 몸이 소년의 몸에 부딪쳤다. 소년이 깜짝 놀라 급하게 말고삐를 당겼지만 이미 늦은 뒤였다. 두 사람은 검은 말 위에서 푹신한 눈밭 위로 떨어져 땅에 구르는 호리병처럼 데굴데굴 굴렀다. 그동안에도 흑마는 전혀 눈치채지 못한 듯 대춧빛 말을 쫓아갔고, 두 마리 말은 곧 어둠 속으로 사라져 그림자도 보이지 않게 되었다.

"질풍!"

소년이 다급하게 외치며 몸에 묻은 눈을 털지도 못하고 몇 걸음 쫓아갔지만, 헛수고였다.

"저 말은 끌고 와서 베어야겠어요. 다른 사람이 손을 써도 모르는 건 그렇다 쳐도, 주인이 떨어진 것도 모를 정도로 우둔한 말을 남겨 둔들 무엇 하겠어요?"

초교도 몸을 일으켜 몸에 묻은 눈을 털어 냈다. 다행히 상처를 입은 것 같지 않으니, 이만하면 아주 좋은 상태라 할 만했다.

연순은 사납게 초교를 노려보며, 노한 목소리로 말했다.

"질풍은 부왕께서 연북의 땅에서 잡으신 보마란 말이다. 나와 지낸 지 겨우 반달밖에 되지 않아 서로 익숙하지 않아 그런 것뿐인데 무엇이 우둔하다는 말이냐? 오히려 네가 내 말을 놓아줘 버린 셈이니 그 죄는 어찌할 생각이지?"

초교는 코웃음 치며, 무시하듯 말했다.

"내가 따라오라고 한 것도 아니고, 자신의 말을 돌보지 못한 것은 자기 자신 아닌가요? 말이 도망친 것이 나와 무슨 상관인 가요?"

"감히 그렇게 말하다니, 정말 어이없군!"

연북의 세자는 나이는 어리지만 기세만은 대단했다. 그러나 초교는 그를 경멸하듯 일별하더니, 냉소하며 진황성 방향으로 걷기 시작했다.

연순은 초교가 이렇게 떠날 줄은 몰랐기 때문에 당황해서 몇 걸음 따라가 물었다.

"어디 가는 거지?"

초교의 눈꼬리가 살짝 올라갔다.

"당연히 돌아가는 거죠. 여기서 밤을 새울 수는 없잖아요?"

땅에는 눈이 두껍게 쌓여 있었다. 얕게 쌓인 곳이라도 초교의 무릎까지는 올 정도였고, 두꺼운 곳은 그녀의 허벅지를 넘을 정도였다. 연순은 초교가 힘들게 걷는 것을 보자 말을 잃어버린 불쾌함은 상당히 옅어져 어느새 싱글거리며 그녀 곁에서 걷기 시작했다. 그러나 즐거움이 극에 달하면 슬픔이 찾아온다는 시구처럼, 갑자기 발이 미끄러지더니 소리 한 번 지를 틈도 없이 몸 전체가 아래로 떨어져 내렸다.

초교는 뭔가 부서지는 소리를 듣자마자 무슨 일이 벌어졌다는 것을 바로 알아채고, 본능적으로 연순의 팔을 잡았다. 그러나 그녀의 작은 몸으로 그의 체중을 감당할 수 있을 리 만무했다. 초교는 연순과 함께, 쌓인 눈 아래 감춰져 있던 커다란 동굴 안으로 떨어졌다.

"음…… 이봐, 괜찮아?"

연순이 힘껏 눈 더미 속을 헤치고 나오자, 눈 더미에 작은 손 하나만이 불쑥 튀어나와 있는 것이 보였다. 그는 즉시 밭에서 무라도 뽑듯이 초교를 눈 속에서 끄집어낸 후 그녀를 흔들며 외쳤다.

"죽은 건 아니지?"

"놔요."

초교는 울적한 표정으로 발을 살짝 움직여 보았다. 너무 아팠다. 그녀는 얼굴을 점점 더 세게 찡그렸다.

연북의 세자가 조급하게 물었다.

"상처라도 입은 것이냐?"

"죽을 정도는 아니에요."

초교는 동굴의 입구를 바라보았다. 그렇게까지 높아 보이지는 않았다.

"저기까지 올라갈 수 있겠어요?"

연순은 거리를 가늠해 본 후 고개를 저었다.

"눈 때문에 땅이 너무 질퍽하다. 평지라면야 뛰어오를 수 있겠지만 여기서는 힘들겠는데. 계속 더 깊이 빠지기만 할 것 같아."

"여기서 하룻밤만 보내도 얼어 죽고 말 거예요."

초교는 낮은 목소리로 중얼거리며 몸을 일으켰다.

"내 어깨를 밟고 올라가요. 그리고 사람을 찾아 날 구하러 와요."

연순은 고개를 저었다.

"네가 나가는 것이 낫겠다. 네가 사람을 찾아 나를 구하러 오너라."

초교는 멈칫했지만, 잠시 연순을 바라보다가 고개를 끄덕였다.

"좋아요."

두 사람은 소 아홉 마리와 호랑이 두 마리*만큼 힘을 썼고, 온갖 고생 끝에 마침내 초교가 동굴을 빠져나가 하늘의 둥근 달을 보게 되었다. 초교는 동굴 안에 있는 연순에게 큰 소리로 외쳤다.

"기다려요, 사람을 불러올 테니."

연순의 눈이 반달 모양으로 살며시 휘더니, 웃으며 손을 흔들었다.

"어서 다녀와라!"

동굴 안으로 떨어질 때 아무래도 발목을 삔 것 같았다. 초교는 복사뼈의 고통을 참으며 몇 걸음 걷다가, 갑자기 떠오른 생각에 자신도 모르게 발걸음을 멈췄다. 그녀의 눈이 희미하게 가늘어지며 등줄기에 소름이 끼쳤다.

만약 그녀가 이대로 가 버린다면 연순은 오늘 밤 이 광야의 외진 동굴 속에서 죽을 것이다. 그렇게만 된다면 그녀는 복수를 하는 셈이 아닐까?

초교는 이 세상에 왔던 첫날을 떠올렸다. 사냥터의 그 낭자

---

* 《열자》에 나오는 비유로, 지극히 큰 힘을 뜻한다.

한 선혈, 날카롭게 쏟아지던 화살 비, 그리고 그 작은 몸뚱어리들. 초교의 심장이 점점 더 빠르게 뛰기 시작했다.

그날 잔혹하게 사람을 죽인 화살 대부분은 조가의 두 형제가 쏜 것이긴 했다. 연순은 주로 이리를 향해 활을 쏘았고. 사냥이 끝난 후 다른 소년들에게 여자처럼 감상적으로 군다는 비웃음을 샀다. 그리고 그는 지금 자신을 믿고 있었다. 눈에 웃음기를 담고 자신에게 어서 다녀오라고 했다.

초교의 검은 눈이 격렬하게 흔들렸다. 그녀는 한참 동안 창백한 광야에 서 있었다.

쿵 소리와 함께 사람 키 정도 길이의 마른 나무줄기가 갑자기 동굴 안으로 떨어져 연순은 자칫하면 머리를 맞을 뻔했다. 초교가 동굴 안으로 머리를 들이밀기도 전에 연순이 분노하여 외쳤다.

"사람을 죽이려는 게냐!"

초교는 참지 못하고 흰 눈을 했다.

"정말 당신을 죽일 생각이었다면 이렇게 힘을 쓸 리가 있겠어요? 어서 올라와요."

연순은 재빠르게 나무를 타고 올라오더니, 초교에게 살며시 미소를 지었다.

"나는 네가 나 같은 악인은 버려두고 다시는 돌아오지 않을 줄 알았는데."

초교는 냉랭하게 그를 바라보았다.

"나도 내가 충분히 모질지 못한 것이 안타까울 뿐이에요."

연순은 한바탕 웃더니 몇 걸음 뛰어 그녀의 앞으로 가서 허리를 숙였다.

"자, 네가 모질게 나를 버려두지 않은 보답으로, 너를 업어 주마."

초교는 의심스럽다는 듯 연순을 훑어보았다.

"그렇게 신분에 걸맞지 않은 일을 하시겠다고요?"

"본 세자는 지금 기분이 좋다."

초교는 더 이상 대답하지 않았다. 연순이 초교가 업히고 싶어 하지 않는다고 여길 때쯤, 그의 등에 갑자기 작고 부드러운 몸이 하나 얹혀 왔다.

달빛이 땅에 쌓인 흰 눈에 반사되어 반짝였다. 연순은 평생 처음으로 사람을 업어 보는 중이었다. 그가 불안정하게 두어 번 비틀거리자, 초교가 하얀 손을 내밀어 그의 목을 소리가 나도록 때렸다.

"좀 잘해 봐요, 이러다 떨어지겠네."

연순은 당황했지만, 과연 곧 상당히 잘하게 되었다. 그는 초교를 등에 업은 채 광야를 천천히 걷기 시작했다.

"우리가 방금 얼마나 왔는지 알고 있나?"

초교가 냉정하게 대답했다.

"향을 하나 피울 시간도 못 되었으니, 걸어서 돌아간다면 대략 한 시진 정도 걸릴 거예요."

연순이 고개를 끄덕였다.

"이름이 성아라고?"

"어떻게 알았죠?"

"지난번 절벽 위에서 너에게 모함당한 시녀가 말하는 것을 들었지."

연 세자는 오늘 밤 기분이 아주 좋은 모양이었다. 초교가 대꾸하지 않아도 계속 말을 이어 갔다.

"본명은 뭐지? 성은 뭐고?"

초교는 가볍게 코웃음 쳤다.

"그걸 왜 말해 줘야 하죠?"

"싫으면 말고."

연순은 흥얼거리듯 말했다.

"나도 지금 듣지 않아도 상관없다. 조만간 네가 울면서, 들어 달라고 나에게 간청하게 될 테니까."

"그런 날이 올 때까지 인내심을 키우며 기다려 보시든가요."

연순이 눈살을 찌푸렸다.

"너는 아직 어린애인데, 어째서 항상 나이 든 사람처럼 이야기하지?"

초교는 연순의 등 위에서 무시하듯 입술을 삐죽거렸다.

"당신들은 모두 어른이 아닌데, 어째서 항상 그렇게 악랄하게 구는 거죠?"

연순은 잠시 당황하더니 곧 다시 웃으며 말했다.

"세상에, 아직도 그 원한을 잊지 않았군."

초교의 얼굴에 희미하게 처량한 표정이 떠올랐지만, 곧 차가워지고 말았다. 그녀는 쌀쌀맞게 대답했다.

"당신이 원한을 기억하지 않는다면, 그건 당신이 다른 이의 화살 과녁이 되어 보지 않았기 때문이겠지요."

강한 바람이 한바탕 불어왔다. 연순은 갑자기 한기를 느꼈다. 무슨 반박이라도 하고 싶었지만, 결국 아무 말도 할 수 없었다. 그가 오랫동안 당연하다고 믿어 왔던 신분의 귀천이며 사람 사이의 등급 같은 것들은, 지금 이야기하기에는 걸맞지 않은 것 같았다.

세상에는 모두가 옳다고 말하기에 자연스럽게 옳다고 여기게 되는 일들이 있다. 설령 마음속으로 결코 그렇게 생각하지 않더라도.

차갑고 맑은 달빛이 눈 덮인 땅에 내려앉고, 그 위에 비치는 두 아이의 그림자는 어딘가 연약해 보였다. 그때, 먼 곳에서 말발굽 소리가 들렸다. 연순이 깊은 생각에서 깨어나 말했다.

"내 사람들이 온 모양이다."

초교는 가볍게 미간을 찌푸린 채 귀를 기울이고 있었다. 난잡한 말발굽 소리는 마치 대군이 다가오는 것 같았고, 동시에 수많은 이들이 내달리는 소리 같기도 했다. 눈앞의 거센 눈보라는 마치 은빛 용이 움직이듯 성대하게 내리고 있었다.

초교는 살짝 실눈을 뜨고, 붉은 입술을 열어 천천히 말했다.

"내 생각엔, 당신 사람들이 아니에요."

제7장 위씨 문벌

　북풍이 대설을 몰고 왔다. 어지럽게 흩날리는 눈이 창백한 둥근 달을 가려 버렸고, 사람들은 거의 눈도 못 뜰 지경이었다.

　하늘의 장막은 칠흑같이 어두워지고, 때때로 처절한 올빼미의 울음소리가 들려왔다. 올빼미들은 거대한 검은 날개를 펼치고 하늘 위에서 아래를 굽어보았다. 진황성은 희디흰 빙하 속 명주 한 알처럼 눈부시게 빛나고 있었지만, 지금 이 순간 그 명주의 외벽 밖으로 굶주린 무리들이 남루한 옷을 입고 괴로운 길을 가고 있었다. 이 태평성세의 화려함과는 결코 관련이 없을 이민족 유민들이었다.

　이들이 입은 홑옷으로는 북풍을 막을 수 없었다. 추위는 뼈에 스며들고, 이미 얼어서 검푸르게 변한 피부를 칼날처럼 베어 댔다. 세찬 바람이 날카로운 소리를 내며 불어올 때면 이들은 힘겹게 서로를 감싸며 조금이라도 이 맹렬한 한기를 막아보려 했다. 그러나 성벽이나 누각의 보호가 없는 이상, 홍천 고원에서 불어오는 겨울바람을 막을 도리는 없었다. 사람들은 점점 더 견딜 수 없는 지경에 이르렀고, 마침내 아기 울음소리가 터져 나왔다. 아기의 울음은 점점 주변으로 퍼져 나가, 결국 무리 전체가 흐느끼기 시작했다.

획, 채찍 소리가 들리더니 말을 타고 있던 장수가 격노한 표정으로 앞으로 달려 나와 잔인하게 외쳤다.

"모두 다물어라!"

그러나 상황을 이해하지 못하는 아기들이 그 명령에 따를 리 만무했고, 울음소리는 계속 들려왔다.

장수는 눈살을 찌푸리더니 갑자기 말을 채찍질해 무리의 한가운데로 들어갔다. 그리고 허리를 굽혀 한 젊은 여인의 품에 안겨 있던 아기를 빼앗더니, 높이 들었다가 퍽 소리가 나도록 사납게 땅 위에 내던졌다.

"악!"

참혹한 비명 소리가 터져 나왔다. 아이의 어미는 자신도 모르게 비명을 지르며 땅 위로 기어가, 더 이상 아무 소리도 내지 못하는 아기를 끌어안고 통곡하기 시작했다.

장수는 마치 새매같이 사나운 눈길로 유민들의 얼굴을 훑어보았다. 그의 눈길을 받는 이마다 모두 입을 다물었다.

이제 황막한 들판에 남은 것은 젊은 여인의 슬픈 통곡뿐이었다. 장수는 장도를 빼어 들더니 여인의 등줄기를 베었다. 선혈이 사방으로 튀어 창백한 눈밭 위로 흩뿌려졌다.

초교가 잠시 숨을 멈췄다가 입술을 꽉 깨물고 앞으로 뛰쳐나가려 했다. 연순이 그런 초교를 단단하게 끌어안았다.

"살고 싶지 않은 모양이지?"

연순이 초교의 귀에 속삭였다.

"저들은 위씨 문벌의 군대다. 경거망동하지 마라."

"여기로 하지."

검은 갑옷을 입은 장수가 부하들에게 나지막하게 말했다. 차가운 강철 투구를 쓴 병사들이 재빠르게 말에서 내려 허리춤에 차고 있던 칼을 뽑아 들었다. 병사들이 유민들을 묶고 있던 포승줄을 잡아당기자, 두 다리가 묶여 있던 유민들은 나란히 땅 위로 쓰러지고 말았다.

장수는 어두운 칼날 같은 눈빛을 빛내며 얇은 입술이 일직선이 되도록 깨물더니, 마침내 천천히 한마디를 토해 냈다.

"죽여라!"

병사들이 동시에 칼을 뽑았다. 젊은 병사들은 강철 같은 표정으로 눈 한 번 깜박이지 않고 수십여 개의 머리를 베었다. 사람들의 머리가 두툼하게 쌓인 눈 위로 떨어지고, 머리가 잘린 목에서 뿜어져 나온 피는 비린내를 풍기며 눈 위를 적시다가 금세 차가운 공기에 얼어 버리고 말았다.

초교는 입술을 꽉 깨문 채 비탈 뒤에 숨어 이 살육을 보고 있었다. 누군가가 자신의 심장을 사납게 잡아 뜯고 있는 것 같았다. 그녀의 눈이 분노로 반짝였다.

연순은 여전히 초교가 뛰쳐나가지 못하도록 꽉 끌어안고 있었다. 그는 정체를 알 수 없는 어떤 마음이 제 피를 타고 흐르는 것을 느꼈다. 그 마음 때문에 연순은 차마 초교의 눈을 제대로 바라볼 수도 없었다. 자신이 끌어안고 있는 작디작은 몸이 내뿜는 열기에, 손이 화상이라도 입을 것 같았다.

제국의 병사들이 한 번, 또 한 번, 사람들의 머리를 베어 내는 것을 보며 연순은 생각했다. 그들은 지금 단순히 사람의 머리만을 베고 있는 것이 아니라 연순의 신념도 함께 베고 있다고. 오랜 세월 마음속에 단단하게 존재하고 있던 무엇인가가 지금 한 층 한 층 떨어져 나가고 있었다. 연순은 지금 온몸에 상처를 입은 것 같은 심정이었다. 치밀어 오르는 수치심을 도저히 숨길 수가 없었다.

칼의 움직임을 따라 핏물이 사방으로 튀는 와중에도, 유민들은 평온한 기색이었다. 그들에게 죽음의 공포란 전혀 보이지 않았다. 그러나 초교는 확신했다. 저 유민들은 결코 극에 달한 두려움 때문에 감각이 마비된 것도 아니고, 살아날 희망이 없어 아예 절망한 것도 아니었다. 또한 삶에 대한 욕망을 지레 포기한 것도 아니었다. 그들이 보여 주는 것은 일종의 결기였고, 뼈에 사무치는 증오였다.

그들은 침묵을 지키며, 울음소리도 내지 않고 저주의 말을 내뱉지도 않았다. 노인들의 품에 안긴 아이들마저 입을 다물고, 그저 두 눈을 크게 뜨고 동족들이 도살자의 칼 아래 죽어가는 것을 바라보았다. 밝게 빛나는 그들의 눈빛 속에 거대한 파도가 일렁이고 있었다. 그 거대한 파도는 구중천의 천지신명이라도 간담이 서늘해질 수밖에 없는 증오였다. 지하의 아수라라도 한 걸음 물러설 수밖에 없는 원한이었다.

초교의 마음속에도 깊이 억누르고 있던 분노와 증오가 서서히 다시 피어올랐다. 그녀는 작은 이리처럼, 온 힘을 다해 주먹을 꽉 쥐었다.

바로 이때, 급한 말발굽 소리와 분노에 찬 외침이 들려왔다.

"멈춰! 모두 멈춰라!"

눈처럼 새하얀 전마가 빠르게 달려왔다. 젊은 남자가 말 위에서 뛰어내리더니, 채찍을 휘둘러 병사들의 손에 있던 칼을 빼앗고 유민들 앞을 막아섰다. 남자는 분노에 가득 찬 눈길로 장수를 노려보았다.

"강하姜賀, 이게 대체 무슨 짓이냐?"

"서엽舒燁 소장님, 저는 그저 군령에 따라 반란을 일으킨 자들을 베고 있었을 뿐입니다."

강하는 얼굴을 살짝 찡그렸지만, 공손하게 말에서 내려 예를 행하며 나지막이 말했다.

"반란을 일으킨 자들이라고?"

위서엽魏舒燁의 눈썹 꼬리가 날카롭게 올라갔다. 그는 노약자와 여인들, 그리고 아이들을 가리키며 엄한 목소리로 물었다.

"누가 반란을 일으켰다는 거냐? 저들이? 누가 너에게 그런 권리를 준 거지? 누가 너에게 이러라고 허락해 주었냐는 말이다!"

그러나 강하는 단단한 석상처럼, 안색 하나 변하지 않고 대답했다.

"소장, 바로 성금궁에서 내리신 뜻입니다. 바로 소장의 숙부 되시는 위 대인께서 직접 청하신 일이고, 장로원에서 공동으로 서명한 일이며, 소장의 형님께서 친필로 붉은 글씨를 적어 비준하셨습니다. 위씨 문벌의 모든 족장들이 공동으로 토론하여 내린 결정으로, 속하는 그저 명을 따라 행했을 뿐입니다."

위서엽은 당황하여 잠시 말을 잇지 못하다가, 망연자실한 표정으로 유민들의 얼굴을 하나하나 훑어보았다. 이 이민족 유민들은 죽음을 눈앞에 두고도 눈썹 한 번 찡그리지 않았으나, 서엽의 안색이 변하는 것을 보자 더 이상은 눈빛에 어린 분노의 불길을 감추지 못했다. 노부인 하나가 갑자기 몸을 일으키더니 위서엽에게 달려들며 큰 소리로 저주했다.

"이 사기꾼! 수치도 모르는 배신자! 하늘이 반드시 너를 징벌하실 것이다!"

장도 한 자루가 날카로운 소리를 내며 부인의 허리를 베었다. 칼이 지나간 자리에 선혈이 콸콸 흘러내렸고, 부인의 허리는 거의 두 동강이 나 버리고 말았다. 부인은 힘없이 땅 위에 쓰러져서도 최후의 힘을 다해 피비린내 나는 가래를 서엽의 새하얀 옷자락에 사납게 토해 내더니, 킬킬거리며 저주했다.

"귀신이…… 귀신이 되어서도…… 노, 놓지……."

위서엽의 안색이 파랗게 질렸다. 그는 옷자락 끝에 묻은 부인의 가래를 닦아 내지도 않고 그저 입술을 꽉 다문 채, 땅에 흩어진 시신들이며 원한으로 가득 찬 무수한 눈들을 그저 바라보기만 했다.

"소장."

강하가 한숨을 쉬더니 서엽 앞으로 다가와 나지막하게 말했다.

"제국은 이런 자들을 기를 여유가 없습니다. 장로회는 이들이 살 곳을 마련할 돈을 결코 지불하지 않을 겁니다. 소장은 위가의 자제시니, 가문의 뜻을 존중하고 가문의 이익을 지키십시오."

위서엽의 가슴속에 용암과도 같이 뜨거운 열기가 치솟았다. 그러나 그는 피처럼 붉은 눈으로 침묵했다. 강하가 병사들에게 손짓하며 고개를 끄덕였고, 병사들은 즉시 칼을 들고 살육을 이어 갔다.

"나쁜 사람!"

맑은 목소리 하나가 갑자기 울려 퍼졌다. 무리의 끄트머리에서 모친의 품에 안겨 있던 작은 얼굴 하나가 고개를 들었다. 아이의 얼굴에 눈물 자국은 없었지만 두 눈은 붉게 충혈되어 있었다.

"사기꾼! 우리가 진황성으로 오면 비가 새지 않는 곳에서 살게 해 준다고 했으면서, 모두가 배불리 먹고 따뜻하게 입게 해 준다고 했으면서, 또……."

그 순간 화살 하나가 빠른 속도로 날아갔다. 강하의 활솜씨는 아주 정확했다. 화살은 아이의 목을 그대로 꿰뚫었고, 쓰러진 아이의 뒤통수로 피에 젖은 화살촉이 보였다.

"계속해라!"

강하가 칼을 뽑아 들고 노성을 질렀다.

"멈춰!"

그러나 위서엽은 정곡을 찌른 아이의 말에 마음이 무너져 더 이상 참을 수 없게 되었다. 그는 병사들 앞으로 달려가 병사 두 사람을 밀어 버렸다. 그 모습을 본 강하가 외쳤다.

"소장을 제지하라!"

병사들이 즉시 위서엽을 옭아매고, 단단히 내리눌러 움직이지 못하게 했다.

인정이라고는 전혀 찾아볼 길 없는 살육이 다시 시작되었다. 선혈이 낭자하게 흘러 발아래 진흙을 적셨다. 하늘에서 들려오는 매의 귀를 찢는 듯한 울음이 이 공포스러운 상황에 죽음의 기운을 더해 주었다.

살육을 끝낸 병사들은 커다란 구덩이를 파서 막 생명을 잃은 시체 수백 구를 던져 넣었다. 그리고 모래흙으로 빠르게 구덩이를 메운 다음, 말 위에 올라타 그 위를 달리며 땅을 다졌다. 흩날리는 대설이 붉은 피로 물든 땅을 순식간에 감춰 주었고, 사람의 짓이라고 도저히 믿을 수 없는 그 비열한 죄악들은 그렇게 땅속 깊은 곳에 묻혀 버리고 말았다.

진황성 출신의 귀공자 위서엽은 오늘 비천한 신분의 천민들을 위해 이성을 잃었으니, 부하들 앞에서 자신의 가문과 지위에 걸맞지 않은 실태를 보인 셈이었다. 강하가 위서엽에게 다가왔다.

"소장."

강하는 위서엽을 똑바로 바라보며 나지막하게 말했다.

"앞으로는 이러시면 안 됩니다. 저들은 모두 하류의 종족입니다. 저들의 몸에는 비천한 피가 흐르고 있지요. 고작 저런 자들 때문에 위 대인께 거역해서야 말이나 되겠습니까. 소장의 숙부이신 위 대인께서 소장께 거는 기대가 아주 높습니다. 소장을 제외하면, 점장당에 있는 위씨의 자손들은 오합지졸이나 마찬가지입니다. 우리 모두 소장께서 돌아오시기를 기다리고 있습니다."

그러나 위서엽은 아무 말도 하지 않았다. 강하는 가볍게 한숨을 쉬더니 무리를 이끌고 철수했고, 잠시 후 황량한 들판에 병사들의 그림자는 더 이상 보이지 않게 되었다.

위서엽은 그 후로 오래도록 그 자리에 서 있었다. 하늘을 가득 채운 눈이 춤을 추었고, 올해의 상원절은 예년과 달리 아주 추웠다.

마침내, 고귀한 위씨 문벌의 소장 위서엽이 광활한 땅에 무릎을 꿇었다. 비탈 뒤에 숨어 있던 초교와 연순은 놀란 눈으로 그를 바라보았다. 위서엽은 죽은 생령生靈들이 묻힌 방향을 향해 한참 동안 고개를 조아린 다음, 단정한 자세로 말에 올라타 빠르게 사라졌다.

연순과 초교는 그 후로도 한참 동안 기다렸다. 눈은 멈출 기미를 보이지 않았다. 마침내 초교가 일어나 얼어붙은 손발을 움직여 보더니, 비틀거리며 걸어가기 시작했다.

"뭐 하는 거야?"

연순이 깜짝 놀라 몸을 일으켰다.

초교가 고개를 돌렸다. 안색은 평온했지만 그녀의 눈에는 차갑고 날카로운 빛이 사납게 요동치고 있었다.

"나는 하류의 종족이고, 몸에는 비천한 피가 흐르고 있어요. 당신과 나는 본래 같은 길을 갈 수 없는 신분이니, 빨리 헤어져 각자의 길을 가는 것이 좋겠지요."

처량한 달빛 아래 초교의 그림자는 무척 작아 보였다. 그러나 연순의 눈에 비친 초교는 꼿꼿하게 등을 세우고 있었다. 마치 이 부패한 세상을 깨트릴 것처럼 꼿꼿했다.

목화솜 같은 눈이 날리는 가운데, 초교의 발자국이 점차 멀어져 갔다. 대하 제국의 심장을 향해, 아주 곧게.

부잣집에는 술과 고기가 썩어 나가지만, 길가에는 얼어 죽은 송장들이 나뒹군다.* 대하의 조정에서 이민족 유민을 건사할 수 없으니 눈물을 머금고 죽여야 한다고 이구동성으로 논의하던 바로 그때, 내성 안 십화주시拾花酒市에서는 춤과 노래로 태평성세를 찬미하고 있었다. 미인의 허리는 버들가지처럼 한들거렸고, 옥과 같이 매끄러운 피부에 아리따운 목소리, 교태 서린 웃음이며 새하얀 팔, 그리고 풍만한 가슴은 사내들을 홀리기에 충분했다. 하루 동안 '고생'한 대하의 원로들은 품위 있는 의관을 벗어 던지고 방탕한 몸뚱이를 드러낸 채 사치에 탐

---

* 당대 시인 두보杜甫의 《자경부봉선현영회오백자自京赴奉先縣咏懷五百字》의 한 구절.

닉하고 있었다.

문밖 나무에는 비단 띠가 휘날리고, 색색의 등불이 높은 곳에 걸려 있었다. 모두 거국적으로 즐거운 명절을 축하하고 있었고, 풍진 세상을 정처 없이 떠돌아다니는 이들까지 흥겹게 웃고 있었다. 그러나 바로 이때, 다급한 말발굽 소리가 위씨 문벌의 가장인 위광魏光의 흥취를 깨고 말았다.

흰 수염을 길게 기른 노인이 가느다란 눈을 더욱 가늘게 뜨고는 자신을 둘러싸고 있던 미녀들에게 물러가라고 손짓했다. 서둘러 옷을 챙겨 입은 여인들은 땅에 엎드려 머리조차 들지 못하고 무릎걸음으로 물러 나갔다.

위광은 찻잔을 들고 나른한 자세로 침상에 기댔다. 방 안에 있는 향로에서는 향이 빙글거리며 피어올라 위에서 가볍게 퍼지는데, 마치 용이 노니는 것 같은 모습이었다. 훈향이 퍼진 이 방 안에서는 모든 것이 희미하고 몽롱하게 보였다.

마침내 하인의 공손한 목소리가 들려왔다.

"대인, 서엽 공자께서 오셨습니다."

와야 할 것이 왔다. 노인은 희미하게 눈썹 끄트머리를 움직였다. 예상보다는 약간 일렀고, 괜히 옥랑의 애교를 허투루 낭비했다는 생각이 들었다. 노인이 나지막하게 말했다.

"들어오라 해라."

방문이 열리고, 청년이 번화가 유명 술집의 독방으로 들어왔다. 귀족 청년이라면 상원절에 반드시 갖춰야 할 새하얀 장포조차 입지 않은 소박한 옷차림이었다. 서엽은 침울한 안색으로 입을 열었다.

"왜 그러셨습니까?"

위광은 당연히 서엽이 무슨 이야기를 하는지 알고 있었다. 그러나 위광은 두 눈을 살짝 가늘게 뜨고, 그런 서엽을 보는 둥 마는 둥 침착하게 답했다.

"어른을 보고도 예를 행하지 않다니, 이 몇 년 동안 내가 너에게 가르친 예의가 이런 것이더냐?"

위서엽이 가볍게 미간을 찌푸렸다. 초에서 탁탁 소리와 함께 불꽃이 피어올랐고, 시간은 말없이 흘러갔다. 마침내 젊은 소장이 고개를 숙였다.

"숙부님."

"이 세상 모든 일이 옳고 그름을 가를 수 있는 것은 아니다. 경아景兒의 나이가 너보다 어리지만, 이 점만은 네가 경아에게 배워야 할 것 같구나."

위서엽이 미간을 팽팽하게 조이더니 나지막하게 중얼거렸다.

"그렇다면 왜 저를 보내셨습니까. 저는 그들에게 약속했는데……."

노인이 위서엽의 말을 자르고 입을 열었다.

"너는 대하 제국 칠대문벌의 우두머리인 위씨 가문의 계승인이다. 네 몸에는 선조에게서 물려받은 황금의 피가 흐르고 있어. 바로 이 제국에서 가장 존귀한 귀족이란 말이다. 그런 네가 비천한 혈통의 천민들에게 약속을 할 필요가 있었을까? 그들의 목숨이 존재하는 것은 적당한 때에 제국에 헌신하며 죽기 위해서란다. 그러니 너는 잘못한 바가 전혀 없다. 그리고 양심의 가책을 느낄 필요도 없어. 이 늦은 시간에 네 숙부에게 이렇게 뛰어올 필요가 전혀 없다는 말이다."

노인의 목소리는 낮았지만 힘찬 울림을 품고 있었다. 마치돌이라도 자를 듯한 강한 목소리였다. 그러나 위서엽은 고개를저었다.

"숙부, 예전에는 이런 식으로 가르치지 않으셨습니다."

"그야 예전에는 나도 너처럼 천진했기 때문이지. 그리고 그천진함 때문에 네 부친이 문벌 간 암투 중에 세상을 떠났고 말이다."

위광이 눈을 떴다. 늙은 눈길 속에 날카로운 빛이 격렬하게요동치고 있었다. 그는 천천히 서엽에게 다가가 단호하게 말했다.

"승자가 왕이 되는 법, 이 세계는 본래 약육강식의 법칙을따르는 것이다. 엽아, 그렇게 오랜 시간이 흘렀는데도 아직도이해할 수 없는 것이냐?"

"숙부."

위서엽은 진지한 표정으로 말했다.

"제국은 서부의 황무지를 개간할 사람들이 필요했습니다.그래서 그들 일족의 사내들은 모두 제 약속을 믿고 서부로 갔습니다. 그런데 어째서 장로회는 그들의 가족들을 돌봐 주지않는 겁니까? 그들은 아득히 먼 고향에서 저를 따라 진황성으로 왔습니다. 그리고 숙부께서도 그것을 허락하셨지요. 홍천에 그들이 영원히 살 수 있는 집을 지어 주겠다고 하셨잖습니까. 그래서 그들은 자신들의 고향을 버리고, 유목민의 천성도 버리고 진황성으로 왔어요. 바로 제가 직접 그들에게 약속했기 때문에!"

위서엽은 격동적인 몸짓으로 탁자 위에 놓인 향 한 묶음을 집어 들었다.

"제국에 그들을 먹여 살릴 돈이 없다고 하셨습니까? 그렇다면 이건 무엇입니까. 이건 회송의 금향이고, 금향 한 묶음이면 금 200수銖*도 더 나가지요. 금 200수, 그들 일족이 10년은 먹고 살 수 있는 돈입니다!"

위광은 안색 하나 변하지 않고 평온하게 위서엽이 쏟아 내는 불만을 그저 듣고만 있었다. 한참 후, 노인은 젊은 분노의 열기로 가득 찬 방 안에서 가볍게 웃으며 느릿느릿 말하기 시작했다.

"엽아, 점장당의 집록執鹿 소장이 너와 함께 북지의 민란을 다스리러 갔던 것을 기억하고 있겠지. 너희들은 참담한 꼴로 돌아왔고, 집록 소장은 계급이 삭탈된 후 형인당에 갇혔다. 지금 집록은 생사조차 알 길이 없는데, 너는 여기서 나에게 분노를 토해 내고 있구나. 네가 어떻게 이럴 수 있다고 생각하느냐?"

위서엽이 멈칫했다. 그의 얼굴은 분노한 표정 그대로 굳어 버렸고, 단 한 마디도 반박하지 못했다.

---

* 무게 단위 중 하나인 수로, 냥의 24분의 1이다.

"네가 지금 온전한 상태로 이 자리에 있을 수 있는 이유는, 바로 네가 위씨이기 때문이다. 네가 그 천민들을 동정하고 있다는 것은 안다. 네가 사람 사이 등급의 구분을 혐오하고 있는 것도 잘 알지. 하지만 네가 아무리 신분이라는 것을 미워한다 해도 말이다. 너는 결국 위씨 가문의 직계 자손이다. 바로 이 위광의 조카란 말이다. 네가 어릴 때부터 지금까지 누려 온 모든 것들은 문벌이 너에게 준 것이다. 네가 먹는 것, 쓰는 것, 의식주와 관련된 모든 것은 물론이고 신분과 지위까지, 모두 가문이 너에게 준 것이야. 이것만은 아무리 너라도 영원히 바꿀 수 없는 사실이지. 안온하게 모든 것을 누려 온 이에게는 그 안온함을 저주할 자격이 없다."

위광은 깊은 한숨을 내쉬며 침상에 기댔다. 그의 가슴이 희미하게 오르락내리락하고 있었다. 나지막한 목소리는 세상의 모든 풍파를 겪어 낸 듯했다.

"세상 모든 것에는 존재하는 이유가 있는 법이다. 오늘 위씨 가문이 변탑弁塔족을 도륙하고, 변탑족이 위가의 사람들을 도륙하지 못한 이유가 무엇인지 아느냐? 바로 우리 위가의 선조들이 계속 가문의 이익을 위해 분투해 왔기 때문이다. 300년 동안 우리 위씨 가문은 국토를 지키며 변방의 땅을 개간했고, 조정에 들어가 출사했다. 우리가 전쟁터에서 얼마나 무수한 공을 세웠는지 말하지 않아도 알고 있겠지. 변탑족이 한가롭게 말을 먹이고 양을 방목하고 있을 때, 우리 위가의 자손들은 말을 달리며 활을 쏘고 병법과 경영의 방법을 배웠다. 그랬기에 우리는 온갖 모략과 암습을 피해 살아남아 칠대문벌 중 하나가 되었고, 변탑족은 변방에서 노역을 하고 전 부족이 죽게 된 것이다. 얘야, 하늘은 항상 공평하단다. 하늘은 결코 누군가를 특별히 편애하거나 두둔하지 않아. 누군가가 무엇을 잃는다면 그건 그 누군가가 그만큼의 대가를 치르지 않았기 때문이다. 자신이 약하다는 이유로 강자의 괴롭힘을 저주해도 되는 것은 아니다. 죽고 싶지 않다면 스스로 강해지는 수밖에 없다. 너는 지금 이곳에서 그들을 동정하고 있지만, 생각해 본 적 있느냐? 만약 위가의 자손들이 모두 너와 같았다면 오늘 진황성 밖에서 죽음을 맞은 것은 네 형제자매들이었을 것이다."

위서엽은 무슨 말이라도 하고 싶었다. 그러나 거대한 바윗덩이가 가슴을 내리누르는 것처럼 아무 말도 나오지 않아 그저 그 자리에 못 박힌 것처럼 서 있었다.

위광이 천천히 몸을 일으켜 위서엽의 어깨를 두드렸다.

"엽아, 숙부는 이미 늙었다. 너희들을 지켜 줄 날이 얼마 남지 않았어. 장래에 숙부가 없어지면 누가 우리 가문을 보호하겠느냐? 내 아들이 사람들에게 살해당하지 않도록 지켜 줄 이는 누구고, 내 딸이 다른 이들에게 희롱당하지 않도록 지켜 줄 이는 누구일까? 과연 누가 그들을 지켜 줄까? 네가 지켜 줄 수 있을까?"

대문이 열리고 사죽 소리가 여유롭게 흘러 들어왔다. 향로에서 피어오르는 향에 취한 것일까, 모든 것이 흐릿하기만 했다. 위광이 멀어져 가는 것을 보며 위서엽은 등을 쭉 폈다. 위광이 두드린 어깨가 마치 불에 데기라도 한 듯 아파 왔다. 보이지 않는 거대한 산이 그의 어깨를 짓누르고 있었다. 위서엽은 결국은 벗어날 수 없을 이 무거운 무덤에서 도망치고만 싶었다.

칠흑처럼 어두운 밤도 그의 마음속 짙은 안개처럼 어둡지는 않았다. 눈에 보이지 않는 이매망량이 위서엽의 가슴속을 맴돌며 그의 이성을 삼키고 있었다. 아무리 발버둥 쳐도 소용없었다. 위서엽은 결국 긴 탄식을 내뱉었을 뿐, 아무 말도 하지 못했다.

어떤 것은 태어나면서 결정되어 버리는 것이다. 혈맥과 같은, 운명과 같은 것들은.

위서엽은 맥이 풀린 나머지 자리에 힘없이 주저앉았다. 그리고 천천히 술잔을 들어 마음을 가득 채운 우울함을 담아 단숨에 잔을 비웠다.

제8장 소년 시절

초교가 성문에 도착했을 때, 제갈가 하인들이 등롱을 들고 사방을 두리번거리고 있었다. 하인들은 초교를 발견하자 크게 기뻐했다.

"성아, 넷째 도련님께서 여기에서 너를 기다리라고 하셨다. 어서 부로 돌아가자."

초교는 제갈월이 하인을 시켜 자신을 찾고 있을 줄은 상상도 못했기에 잠시 당황했지만, 고개를 끄덕이며 마차에 올라 탔다.

마차가 삐걱거리며 움직이기 시작했다. 여전히 시끌벅적한 거리를 지나자 점차 바깥에서 들려오는 소리가 줄어들었다. 초교는 한결 고요해진 마차 내벽에 기댄 채 방금 보았던 잔혹한 학살 장면을 떠올렸다. 군인들의 차가운 눈초리, 유민들이 뼈에 새긴 원한, 위서엽이 저지하려 했지만 소용없었다.

위서엽처럼 신분이 높은 자도 어찌할 수 없었으니 자신은 말할 필요도 없을 것이다. 개인의 능력으로 황조 전체에 대항할 방법은 없다. 만약 그리한다면, 그것은 사마귀가 수레를 상대하려는 것처럼 무모한 일일 것이다. 현재 초교에게 있어 최선은 그저 매일 조심스럽게 생활하는 것뿐이었다.

초교는 원수를 다 갚은 후 소팔을 데리고 안심할 만한 곳으로 떠날 생각을 굳혔다. 자신의 능력으로는 다른 일까지 신경 쓸 수 없었다. 무엇인가를 변화시키고자 하는 것은 사치스러운 바람이었다.

그런 생각을 하던 초교는 갑자기 이상한 것을 눈치채고, 마차 밖 사방을 둘러보았다.

"이 길은 부로 돌아가는 길이 아닌데, 지금 어디로 가고 있는 건가요?"

마차를 몰던 하인은 이렇게 어린아이가 길을 기억할 거라 생각지 못했기 때문에 조금 당황했다. 그러나 재빨리 웃으며 얼버무렸다.

"도련님께서는 저택에 계신 것이 아니라 별원에 계신다. 그러니 별원으로 가는 중이지."

초교가 다시 조심스럽게 물었다.

"별원이라니, 어느 별원인가요?"

"호수 서쪽에 있는 별원인데, 너는 모를 게다."

초교는 이맛살을 찌푸렸다. 오랜 기간 위험한 일에 종사하며 몸에 밴 신중함이 그녀에게 경고하고 있었다. 초교는 시험하듯 다시 입을 열었다.

"도련님께서 부에 가서 가져오라 하신 물건이 있는데, 일단 부에 들렀다가 다시 별원으로 가는 것이 좋겠어요."

하인이 여전히 웃으며 대답했다.

"걱정 말아라. 도련님께서 물건을 가지러 갈 필요 없다고 말씀하셨다. 도련님께서 별원에서 기다리고 계시니 빨리 가야 한다."

초교가 침착한 표정으로 천천히 고개를 끄덕였다. 하인은 희미하게 안도의 한숨을 내쉬었다. 그의 눈길에 교활한 기색이 스쳐 가는가 싶더니 그가 서서히 입꼬리를 올렸다. 그러나 입가의 웃음기가 얼굴로 퍼져 나가려던 바로 그 순간, 차가운 비수가 그의 목을 찔러 왔다.

초교가 차디찬 표정으로 물었다.

"너는 넷째 도련님의 사람이 아니다. 대체 누구냐?"

"흐흐."

갑자기 올빼미처럼 쉰 듯한 목소리가 들려왔다. 화려한 수레 한 대가 천천히 숲 뒤에서 나타났다. 화려한 옷을 입은 노인이 음란하게 웃고 있었고, 곁에는 한 남자가 공손하게 허리를 숙이고 있었다.

"괜찮군. 나이가 어린데도 저렇게 기가 세다니, 외모도 나쁘지 않고 말이다. 돌아가면 큰 상을 내리겠다."

주순이 아첨하듯 웃으며 말했다.

"둘째 어르신께 충성하는 것이 이 노비의 본분입니다. 어르신께서 노비에게 상을 내리려 하신다면, 오히려 노비에게 충성을 다할 기회를 주지 않으시는 것입니다."

노인은 다시 흐흐 웃으며 주변 시종들에게 말했다.

"저 계집을 별원으로 데려가거라."

사람들이 즉시 초교를 둘러싸기 시작했다.

그 순간, 온갖 상념이 동시에 떠올랐다.

상대가 초교가 어리다고 무시하며 부주의하게 굴 때 재빠르게 공격하고 도망갈 수도 있을 것이다. 그러나 그리한다면 분명 다른 의심을 사게 될 것이다. 특히 주순은 손을 하나 잃고 분노한 상태니, 자신이 요행히 도망친다 해도 소괄을 연루시킬 것이 분명했다. 하지만 지금 도망치지 않는다면 이 늙은 색마의 손에 떨어지게 된다. 자신은 별원의 호위들에게 대항하여 도망칠 수 있을까?

도망을 쳐야 할까, 아니면 그대로 끌려가야 할까?

초교는 긴장한 상태로 재빠르게 머리를 회전시켰다. 상대의 계교를 알아내어 역이용하는 것은 최선의 수라 할 수 있다. 이 기회에 저 늙은 호색한을 제거할 방법은 없을까?

초교가 고민하고 있는 동안, 힘센 장정이 그녀에게 다가와 비수를 빼앗으려 했다.

"잠깐!"

그때 갑자기 맑은 외침 소리가 들려왔다. 흰 안개가 일렁이는 가운데, 20여 기의 검은 전마가 빠르게 달려오고 있었다. 가장 앞에서 달려오는 말에 타고 있는 이는 푸른 금포에 흰 모피 외투를 입은 준수한 소년이었다.

준마의 울음소리와 함께 모두 나란히 멈춰 섰다. 말들이 따뜻한 입김을 내뿜자, 맑고 차가운 공기 중에 혼미한 안개가 서렸다. 소년은 시위들에게 둘러싸인 채 모두를 냉담한 눈으로 바라보았다. 그리고 얼핏 듣기에는 온화하나, 나이에 걸맞지 않은 예지와 냉정함을 담은 목소리로 말했다.

"제갈 선생, 오랜만이오."

노인은 쥐와 같은 눈을 반쯤 뜨고, 위아래로 소년을 가늠해 본 후 누런 이를 내보이며 웃었다.

"연북의 연순 세자 아니시오? 어두운 밤에 이슬마저 내리는데, 세자께서 어인 일로 질자부에 계시지 아니하고 눈보라를 맞으며 여기까지 오셨는지?"

연순이 격에 맞춰 말했다.

"제갈 선생께 걱정을 끼쳐 드렸소이다. 하나, 선생께서 그 연세에도 노익장을 과시하며 깊은 밤에 등불을 감상하러 나오시는데, 본 세자라고 어찌 잠에 빠져 있을 수 있겠소? 상원절은 거국적으로 경하하는 명절이니, 본 세자도 그저 즐거움을 쫓아 나왔을 뿐이오."

"오?"

제갈석이 긴 눈썹을 펴며 말했다.

"그렇다면 연 세자께서는 계속 등불을 감상하시구려. 노부는 이만 들어가겠소이다."

말을 마친 후 그가 무리 지어 있는 하인들에게 말했다.

"돌아가자."

"잠깐!"

연순이 재빨리 말을 몰아 노인의 앞을 가로막고, 담담하게 웃으며 초교를 가리켰다.

"선생께서 가시는 것은 괜찮으나, 저 아이는 남겨 주셔야 겠소."

제갈석은 가볍게 눈썹을 추켜세웠다.

"그 말씀은 무슨 뜻이온지?"

"이 아이는 방금 내 말, 질풍을 놀라게 해서 도망치게 만들었소이다. 데려다가 죄를 물을 생각이오."

제갈석이 웃으며 말했다.

"그런 것이라면, 노부가 세자께 좋은 말을 한 필 보내 드리리다."

"우리 세자 저하의 말은 대왕 전하께서 서북 대막에서 막 사로잡아 보내신 천리마인데, 배상하실 수 있겠습니까?"

"풍민, 입을 다물지 못하겠느냐!"

연순은 미간을 가볍게 찡그리며 제 곁에 있는 서동을 꾸짖은 후 나지막하게 말했다.

"제갈가는 제국의 문벌이고, 제갈 장군 또한 장로회 칠대장로 중 한 명이니 재력도 대단하고, 세력도 대단하며, 우리 왕족이라 해도 근접하기 어렵다는 것이야 잘 알고 있소. 어떤 물건이건 배상 못하실 것이 없을 것이라 생각하오. 다만 부자간의 깊은 정만은 배상하실 수 없을 것이오. 질풍은 부왕께서 직접 길들이셔서 아득한 만 리 밖에서 진황으로 보내 주신 바이오 니, 결코 평범한 말이 아니라오. 그러니 일을 이렇게 덮어 버릴 수만은 없소이다. 말을 찾지 못한 이상, 이 아이는 반드시 제가 데려가야겠소."

"연 세자……."

"제갈 선생께서는 더 이상 말씀하지 마시오."

연순이 말을 잘랐다.

"제갈 선생께서 일개 노비를 위해 더 이상 입을 여시게 하는 것은 정말로 안 될 말이오. 이 일은 제가 직접 제갈가 넷째 공자와 이야기하겠소이다. 무엇 하느냐, 어서 저 아이를 끌고 가라."

연왕부의 친위대가 즉시 앞으로 달려 나왔다. 몸집이 아주 큰 장정이 제갈부 시위를 밀치더니, 한 손으로 초교를 덥석 안아 들고 바로 말에 올라탔다.

제갈석의 얼굴이 파랗게 질렸다. 주순이 그 장면을 보고 아첨하듯 웃으며 연순의 말고삐를 잡았다.

"연 세자 저하, 좋게 말로 하심은……."

채찍을 휘두르는 소리가 들렸다. 연순은 주순에게 채찍을 휘두른 후 발로 그의 턱을 사납게 걷어찼다. 주순이 참혹한 비명을 지르며 뚱뚱한 몸으로 땅에 나뒹굴더니 왁 하는 소리와 함께 선혈을 토해 냈는데, 선혈 속에는 누런 이도 두 개 섞여 있었다.

"네 신분이 무엇인데 감히 내 앞에서 방자하게 구느냐! 정말이지 하늘 높은 줄 모르는구나!"

연순의 눈길은 날카로웠고, 목소리는 더할 나위 없이 차갑고 냉랭했다.

주순은 깜짝 놀라 서둘러 땅에 머리를 조아렸다. 대하에서 황족이 평민 하나를 죽이는 데는 어떤 이유도 필요 없다는 것을 그는 잘 알고 있었다.

연순은 주순을 향해 말채찍을 들어 보이며 냉랭하게 말했다.

"오늘은 제갈 선생의 체면을 보아 너를 용서해 주마. 만약 다시 한 번 이런 식으로 무례하게 행동한다면, 그때는 제갈 장군께서 함께 계시다 해도 내가 직접 너의 머리를 취할 것이다."

말을 마친 후, 연순은 노인도 보는 둥 마는 둥 뒤에 있는 수하들에게 외쳤다.

"가자!"

인마 한 무리가 채찍을 휘두르며 말을 달리기 시작했다. 그들은 곧 거리 저편으로 사라져 보이지 않게 되었다.

제갈석의 얼굴이 붉게 달아올랐다. 그의 왼손은 화가 난 나머지 떨리고 있었다. 주순이 그 앞으로 기어가 제갈 노인의 다리를 잡고 말했다.

"둘째 어르신께서는 화를 가라앉히십시오, 노비가……."

"꺼져!"

그는 대로하여 주순의 가슴을 발로 차며 외쳤다.

"아무 쓸모도 없는 쓰레기 같으니!"

그러더니 바로 마차에 올라 떠나 버렸다.

대설은 여전히 분분히 흩날리고, 거리에는 죽음과 같은 적막이 내려앉아 번화가의 시끌벅적함을 더욱 돋보이게 하고 있었다.

전마가 적수의 호반에 멈췄다. 계속 단정한 표정을 짓고 있던 소년이 갑자기 싱글거리며 말했다.

"계집애, 나에게 하나 빚졌다."

초교는 살짝 눈꼬리를 치켜들었다. 비록 아무 말도 하지 않았지만 그 뜻은 명확했다. 내가 구해 달라고 한 것도 아닌데.

연순은 기가 죽거나 하지 않고 콧소리를 내며 중얼거렸다.

"좀 부드럽게 고마워하면 죽기라도 하나?"

초교는 그를 한 번 쏘아본 후 몸을 돌렸다.

연순이 멈칫하더니 재빨리 그 앞을 가로막았다.

"어디 가려는 거지?"

초교가 얼굴을 찌푸렸다.

"당연히 부로 돌아가야지요."

"돌아갈 생각이라고?"

연순이 인상을 쓰며 외쳤다.

"그 노비 놈이 너를 그냥 두지 않을 텐데. 그리고 제갈가의 그 노인, 진황성에 사는 사람이라면 그 사람이 어떤 사람인지 다 안다고. 죽으러 돌아갈 생각이냐?"

초교가 자신을 잡은 연순을 밀치며 말했다.

"당신이 참견할 일이 아니에요."

그러나 연순은 여전히 그녀를 꽉 잡은 채 목소리를 높였다.

"대체 왜 그러는 거야? 내가 좋은 마음으로 너를 구해 주었는데, 너는 이렇게 차가운 말만 내뱉고. 제갈월, 그 괴상한 녀석이 뭐가 좋다고 목숨까지 버릴 각오로 돌아가려 하는 거지?"

초교가 고개를 들었다. 그녀는 제갈가의 늙은 색마를 제거하려던 계획이 틀어져서 약간 화가 난 상태였다. 그녀는 귀찮다는 듯 연순의 손을 떨쳐 내고 차갑게 말했다.

"내가 구해 달라고 울며 애원하기라도 했던가요? 당신의 자비심은 그냥 넣어 둬요. 나로서는 감당할 수 없으니까."

연순은 화가 난 나머지 눈이 다 빨개지고 말았다. 그는 점차 멀어져 가는 초교의 그림자를 바라보다가 갑자기 아이처럼 큰소리로 외쳤다.

"어이가 없네. 너는 사람들에게 괴롭힘을 당해도 싸다! 다시한 번 너를 도와주면 내 성이 연이 아니다!"

그러나 초교는 고개조차 돌리지 않고 인파 속으로 사라졌다. 풍민이 조심스럽게 다가가 자신의 주인을 세심하게 살펴보았다. 연순의 눈은 마치 울기라도 한 것처럼 붉어져 있었다.

풍민은 당황했다. 제국은 번왕을 파견하여 제국의 변경을 다스리고 진황성을 지키게 했으나, 번왕의 힘이 커지는 것을 경계하여 번왕으로 하여금 세자를 수도에 인질로 보내도록 했다. 이런 인질들은 대부분 어린 시절부터 권력 다툼의 중심에 있었기 때문에 일찍 철이 들기 마련이었고, 보통 나이보다 성숙한 느낌을 풍기곤 했다. 풍민은 자신의 주인이 이런 방식으로 희로애락을 드러내는 것을 처음 보았다. 지금 연순의 모습은 마치…… 보통 소년 같았다.

"세자 저하, 부로 돌아갈까요?"

"흥!"

연순은 차갑게 코웃음 치면서 말에 올라 질자부로 향했다.

"풍민."

그러나 몇 걸음 가지 않아 연순이 풍민을 돌아보았다.

"제갈부에 가서 질풍을 찾았으니, 그 계집애를 힘들게 할 필요 없다고 전해라."

"예?"

풍민은 당황하며 바보처럼 눈을 크게 뜨고 말했다.

"저하, 다시 한 번 그 애를 도와주면 성이 연이 아니라고 하지 않으셨나요?"

연순은 화가 나서 말 위에서 풍민의 다리를 한 대 걷어찼다.

"원숭이 같은 자식, 어디 다시 한 번 종알거려 봐라."

풍민은 끙끙거리며, 더 이상 말할 엄두를 내지 못하고 말 머리를 돌려 제갈부 쪽으로 달려갔다.

연순은 화가 나서 씩씩거리다가 주위 수하들이 모두 자신을 보고 있는 것을 알아채고 갑자기 소리쳤다.

"본 세자가 뭐든 하고 싶으면 그렇게 하는 거야!"

무리들은 서둘러 각자 먼 곳을 보며 더 이상 연순을 바라보지 않았다. 그리고 다들 마음속으로 남몰래 한숨을 쉬었다. 세자는 열세 살이니, 간혹 아이처럼 군들 아무 일도 아닌 것이다.

제갈부에 돌아왔을 때는 이미 깊은 밤이었다. 문을 지키던 장정은 초교를 보고 약간 놀랐지만 그녀가 청산원에서 총애받는 하인이라는 것을 알아보고는, 달리 귀찮게 하지 않고 오히려 등롱까지 내주었다.

한밤중의 제갈부는 약간 냉랭해 보였다. 낮의 떠들썩함은 없이 조용한 것이, 마치 어두운 새장 같았다. 때때로 갈까마귀가 스치는 소리가 들렸지만, 곧 100보 밖에서도 화살로 버들잎을 맞힐 수 있는 노비들이 활을 쏘아 떨어뜨렸다. 주인들이 평온하게 잠을 자고 있는 시간에는 결코 시끄럽게 떠들어서는 안되었다. 축생이라 해도 그 규칙을 어길 수는 없었다.

남산원 밖 높디높은 담장을 지날 때, 억누른 듯 낮은 울음소리가 들렸다. 아마도 잘못을 저지른 소녀 노비가 매를 맞고 담장 건너편에서 울고 있는 모양이었다.

초교의 발걸음이 느려졌다. 하늘 높이 걸린 커다란 달이 창백한 둥근 원을 그리며, 초교의 그림자를 붉은 담장에 새겨 주었다. 그녀의 그림자는 호리호리하니 길어 보였는데, 마치 예전 그 세월 속 굳세고 늘씬한 몸으로 돌아간 것 같았다.

초교의 눈길이 미망에 사로잡혔다. 그녀는 자신도 모르게 손을 내밀었지만 손가락 끝에 와 닿는 것은 차가운 벽뿐이었다.

마음 깊은 곳에서 갑자기 차가운 슬픔이 솟아올랐다. 혹시 이 모든 것이 한순간의 환상은 아닐까. 이 모든 것이 그저 꿈일

지도 모른다. 꿈에서 깨기만 하면, 그 모든 일이 일어나지 않았던 일이 되는 것이다. 쓰러져 있던 시신들도, 흐르던 그 선혈도, 그리고 그 슬픈 눈물도……

담장 건너편에서는 계속 울음소리가 들려왔다. 초교의 작은 몸으로는 이 높은 담장을 넘을 수 없었다. 그러나 넘을 수 있은들 또 무슨 소용 있을까? 초교 스스로도 이리 추운데, 타인에게 온기를 나누어 줄 수 있을 리 없었다. 설원에 묻힌 시체를 바라보던 때처럼, 그녀의 괴로움은 타인에게 아무 도움도 될 수 없었다.

청산원의 문을 밀어 보니 의외로 쉽게 열렸다. 초교는 청산원의 문이 잠겨 있으리라 생각했기에 장작 창고에서 밤을 보낼 예정이었다. 제갈월은 수양에 매우 힘을 쏟는 성격으로, 점장당에 가서 수업을 들을 때가 아니면 보통은 청산원에서 난을 기르거나 차를 마시고 향을 태웠다. 잠잘 때의 조건도 아주 까다로웠고, 부의 다른 공자들처럼 여색을 탐하거나 밤을 새워 노는 일도 없었다.

조심스럽게 청산원으로 들어가자 등롱 하나가 재빠르게 다가왔다. 환아가 초교의 손을 재빨리 잡아끌더니 목소리를 낮추고 소곤거렸다.

"아이고, 대체 어디 갔던 거야? 밤새도록 기다렸어."

초교는 미안한 마음에 혀를 내밀어 보이고는 말했다.

"내 말이 놀라는 바람에 이제야 돌아왔어. 도련님께서는? 어째서 아직까지 문을 잠그지 않은 거야?"

"네가 운이 좋았어."

환아는 입술을 배죽 내밀고 눈웃음을 쳤다.

"도련님께서는 방에서 서책을 읽고 계셔. 계속 집중하시느라 아직 문을 잠그라는 분부를 내리시지 않았거든. 그리고 아직 주무시지 않아서, 나도 여기서 널 기다릴 수 있었지."

초교는 고개를 끄덕이고는 제갈월의 방으로 향했다. 그러나 환아가 재빨리 그녀를 잡아끌었다.

"도련님께서 돌아오셨을 때 안색이 아주 나쁘셨어. 누가 도련님의 화를 돋우었는지는 모르겠지만, 이렇게 늦었으니 드릴 말씀이 있어도 내일 하는 게 좋을 거야. 도련님께서 네가 돌아오면 관헌에 들라는 분부를 내리신 것도 아니니, 너는 일단 가서 쉬도록 해. 내가 가서 도련님께 말씀드릴게."

초교는 고개를 끄덕였다.

"그러는 게 좋겠네."

초교는 몸을 돌려 자신의 방으로 향했고, 환아가 서둘러 관헌으로 들어가 몇 마디 고하고 나왔다.

초교는 관헌 내에서 가장 높은 시녀였기 때문에, 그녀의 방은 제갈월이 사는 전각에서 가까웠다. 초교가 막 제 방의 문을 열기도 전에, 뒤에 있는 전각에서 등불이 꺼지기 시작했다. 초교는 살짝 당혹한 심정으로 한참 동안 제갈월의 방이 있는 방향을 바라보았다.

마침내 마지막 등잔이 꺼지고 제갈부 모두 깊은 잠에 빠졌다. 초교는 그 후로도 한참 동안 복도에 서 있었다. 밤바람이 불어오자 초교는 콧방울을 실룩거렸다. 여전히 땅 밑의 피 냄새가 올라오는 것 같았다.

삼경을 알리는 북소리가 들렸을 때, 제갈월은 악몽에서 깨어났다. 야경꾼의 목소리가 부드럽게 울리며 길게 늘어지고, 가락이 높아졌다 낮아졌다 하며 멀어져 갔다.

한순간 그는 자신이 여전히 꿈속에 있다고 생각했다. 따사로운 봄바람 속 도화는 화려하게 피고, 모친은 온천처럼 온유한 손길로 그의 머리카락을 단정하게 매만져 주었다. 그러나 눈 깜짝할 사이에 차가운 공기가 밀려와 그를 깨웠다.

제갈월은 자리에서 일어나 앉았다. 달처럼 새하얀 침의는 이미 땀에 흠뻑 젖어 있었다. 살짝 열린 창틈으로 불어 들어오는 밤바람 때문에 오싹했다. 탁자 위의 찻주전자는 이미 식어 있었다. 작은 청화백자 접시 위 계화과자 몇 조각에서는 여전히 향긋한 냄새가 풍겼다. 그는 더 이상 잠을 이루지 못할 것 같아 외투를 걸치고 퉁소를 손에 든 채 방문을 나섰다.

시중을 들기 위해 밖에서 대기하던 시녀는 마침 깊은 잠에 빠져 있었다. 그는 발길 닿는 대로 정원으로 나갔다. 정원에는 설백의 월광이 가득했다. 밤바람이 서늘하게 그의 옷자락을 말아 올려 소매가 나비처럼 펄럭였다.

정원을 나와 동쪽으로 돌아가니 넓게 펼쳐진 매화 숲이 보였다. 붉은 매화에 흰빛이 섞여, 불어오는 바람마다 향기로운 냄새가 가득했다. 제갈부처럼 거대한 저택이 이렇게 조용한 시간은 아마 지금밖에 없을 것이다. 온 천지가 조용하니 이 세상에 그 한 사람만이 남아 있는 것 같았다.

그는 정자에 가기 위해 얼룩덜룩한 돌길 위를 올라갔다. 막서리가 내려 약간 미끄러운 길을 그는 고개를 숙인 채 주의 깊게 천천히 걷고 있었다.

"넷째 도련님?"

갑자기 맑은 목소리가 들려왔다. 고개를 들어 보니 정자 옆 나무 위에 작은 여자아이가 앉아 있었다. 비취빛 옷을 입고 목에 새하얀 낙타털을 두른 여자아이는 커다란 눈을 반짝이며 그를 보고 있었다. 공중에서 흔들거리는 연둣빛 작은 신발이 마치 춤을 추는 두 마리 풀벌레 같았다.

그는 살짝 미간을 찌푸리며 물었다.

"어찌 여기 있느냐?"

"잠이 오지 않아서요."

초교가 매우 온순하게 대답했다.

"도련님께서도 잠이 오지 않으셨나요?"

제갈월은 대답 없이 그저 천천히 정자로 올라갔다.

제갈부는 본래 산허리에 지어졌는데, 이 정자는 그중에서도 높은 곳에 위치하고 있어 진황성 전체가 내려다보였다. 몽롱한 달빛은 한 겹 얇은 비단처럼, 부드럽게 진황성을 구석구석 감싸고 있었다. 수백 년에 걸쳐 진황성에 쌓인 잔혹한 기운조차 흰 달빛이 모두 억눌러, 수많은 이의 선혈이 묻어 있는 그 육중한 성벽조차 평화로워 보였다.

초교는 제갈월의 뒷모습을 가만히 바라보았다. 갑자기 피곤함이 몰려왔다. 살육을 지켜본 후 찾아온 고요함이 그녀를 더욱 지치게 하는 것 같았다. 초교는 나무줄기에 기대, 역시 말없이 시간을 보내는 소년을 바라보았다. 바람이 그의 화려한 소매를 스쳐 가 나비처럼 팔랑거렸다.

"도련님, 말을 잃어버렸어요."

제갈월은 초교의 말을 듣지 못한 것처럼 퉁소를 꺼냈다. 그러나 퉁소를 불지는 않고 잠시 서 있다가 곧 몸을 돌려 산을 내려가기 시작했다.

초교는 제갈월이 가는 것을 보고 서둘러 나무에서 내려가려 했다. 급히 내려가다 보니 발이 미끄러지며 몸이 갑자기 균형을 잃었다. 초교는 허둥지둥 나무줄기를 안았지만, 옷이 나뭇가지에 걸려 크게 찢어졌고, 손등도 긁혀 피가 흐르기 시작했다.

제갈월이 발걸음을 멈추고 원숭이처럼 나무줄기에 매달린 초교를 보더니 갑자기 두 손을 내밀었다.

초교가 당황하여 물었다.

"도련님, 뭘 하시려는 건가요?"

"뛰어내려라."

"예?"

초교는 한참 후에야 제갈월의 뜻을 알아차리고 서둘러 말했다.

"그러시지 않아도 괜찮아요, 성아 혼자 내려갈 수 있습니다."

제갈월은 눈가를 가볍게 찡그리며 자못 귀찮다는 듯, 그러나 고집스럽게 말했다.

"뛰어내려."

초교는 어쩔 수 없이 손에서 힘을 풀었고, 순식간에 제갈월의 품속으로 떨어졌다. 초교의 키는 작아 제갈월의 어깨까지밖에 오지 않았다. 그런데 제갈월에게 안기니, 마치 새끼 고양이가 된 것 같았다.

"가자."

제갈월은 초교를 내려 준 후 앞에서 걷기 시작했다. 초교는 서둘러 그를 따라갔다. 매화나무가 둘러싼 길을 돌아가니 꽃이 잔뜩 떨어져 있었다. 발아래 푹신한 눈길에 얕은 발자국 두 줄이 생겨났다.

두 사람이 청산원으로 돌아왔을 때, 하인들이 모두 깨어 조급하게 두 사람을 사방으로 찾고 있었다. 제갈월은 별다른 말 없이 바로 방으로 돌아갔고, 환아가 초교의 방으로 뛰어와 몇 마디 물었다.

이야기를 하고 있을 때 시녀가 오더니 넷째 공자가 감기 기운이 있어 의원을 부르러 보냈다고 말했다. 청산원 전체가 바빠지기 시작했다. 환아는 시녀들과 함께 서둘러 뜨거운 물을 끓이고 수건을 갈았다. 의원이 와서 제갈월의 맥을 짚고 약을 지은 후에야 다들 겨우 안도의 한숨을 내쉬었다.

초교가 야식을 조금 먹고 자려고 준비하고 있을 때였다. 갑자기 누군가가 방문을 두드렸다. 문을 열어 보니, 환아가 쉰 살 정도로 보이는 이와 함께 있었다. 환아가 말했다.

"성아, 도련님께서 너도 상처를 입었다고 하시면서, 마침 의원님이 오셨으니 겸사겸사 너도 상처를 보이라고 하셨어."

초교는 살짝 당황했지만 즉시 다친 곳을 보여 주었다. 의원이 그녀를 깨끗하게 소독하고 붕대를 감아 주었다. 모든 치료가 끝난 후 환아가 다시 말했다.

"그리고 도련님께서 내일 오전 늦게까지 주무실 테니, 우리도 아침에 그렇게 일찍 깰 필요가 없다고 하셨어."

초교가 고개를 끄덕이자 환아는 즐거운 마음으로 돌아갔다.

달빛이 이 조용한 정원 안에 몽롱하니 빛을 흩뿌리고 있었다. 마치 흰 서리가 한 겹 내린 것만 같았다.

다음 날 아침 일찍, 초교는 제갈월을 보러 갔다. 그러나 이 젊고도 노련한 넷째 공자는 방에 없었다. 초교는 그에게 직접 말을 잃어버렸다고 이야기할 생각이었다.

정원으로 나가서 다른 이들에게 제갈월의 행방을 물어보고 있노라니, 그가 먹빛 무복을 입고 장검을 든 채 정원으로 들어왔다. 뒤에는 시종들이 따르고 있었는데, 모두 단정한 자태였다. 초교는 제갈월의 이런 모습을 처음 보았다. 주성이 바람막이를 한 벌 들고 제갈월의 뒤를 따르고 있었다.

환아 등 시녀들이 서둘러 달려가 제갈월을 위해 차를 우릴 물을 가져오고 향을 사르더니 손을 닦아 준 후 목욕 준비를 했다.

초교는 대문의 한옆에 물러나 있다가 제갈월이 앉은 다음에야 앞으로 나가 말했다.

"넷째 도련님, 제가 말을 잃어버렸습니다."

"흐음."

제갈월은 가볍게 콧소리로 대답을 대신하더니, 환아의 차를 받아 들고 한 모금 마신 후 곁에 있는 하인에게 말했다.

"어제 목부에서 보내온 묵란 화분을 둘 가져오고, 이 향로를 치우도록 해라. 향이 코를 찌르는구나."

하인이 서둘러 대답하고 물러 나갔다. 초교는 제갈월이 자신을 처벌할 뜻이 없다는 것을 깨닫고, 눈치 빠르게 더 이상 이야기하지 않았다. 그리고 조용히 물러 나오려고 할 때, 제갈월이 다완을 내려놓고 초교를 가리켰다.

"성아, 기다려라."

초교의 심장이 내려앉았다. 올 것이 왔구나! 초교는 조용히 제갈월의 명을 기다렸다.

"잠시 후에 주성을 따라가서, 괜찮은 시위를 한 명 골라 말 타는 법을 배우도록 해라."

"아?"

초교와 주성 모두 당황하여, 약속이나 한 듯 동시에 외쳤다. 제갈월이 눈썹을 가볍게 치켜세우며 귀찮다는 듯 중얼거렸다.

"왜? 무슨 문제라도?"

"문제없습니다, 없고말고요."

주성은 올해 열일곱으로, 어린 시절부터 제갈월의 곁에 있었기 때문에 주인이 한번 말하면 번복하지 않는 성격이라는 것을 알고 있었다. 주성은 서둘러 비위를 맞추듯 말했다.

"노비가 성아 아가씨를 데려가겠습니다."

제갈월은 미간을 찌푸린 채 주성을 바라보았다.

"성아는 겨우 여덟 살인데, 아가씨는 무슨 아가씨냐?"

"그렇습니다, 노비가 바로 성아를…… 성아를……."

평소에는 항상 영리하게 굴던 주성이 뜻밖에도 초교를 부를 적당한 칭호를 찾지 못하고 시간을 끌면서 말을 맺지 못했다. 제갈월은 귀찮다는 듯 손을 내저으며 말했다.

"됐다. 가 봐라. 허리를 곧게 펴고 가도록. 다른 곳 사람들이 보면 우리 청산원 하인들은 모두 곱사등이인 줄 알겠다."

"예, 예."

초교는 여전히 그 자리에 있었다. 연노랑 치마를 입고 여우 가죽으로 만든 조끼를 입은 모습은 보드랍고도 귀여워 보였다. 초교는 제갈월에게 예를 행했다.

"성아가 넷째 도련님께 감사드립니다."

제갈월은 고개조차 들지 않고 그저 손만 내저을 뿐이었다.

초교와 주성은 관헌을 물러 나왔다. 주성은 의심 많은 여우처럼 초교를 위아래로 훑어보았다. 초교가 고개를 들어 그를 바라보자, 주성이 재빨리 웃으며 말했다.

"성아 아가씨, 가시지요?"

초교는 미소 지으며 앞장서서 청산원을 빠져나왔다.

"성아 아가씨, 아가씨를 위해 뽑은 시위들입니다. 모두 기마의 명수지요. 이 중에서 하나 고르십시오."

잠시 후, 초교와 주성은 포마산 아래에 있었다. 초교는 고개를 살짝 들고, 제 앞에 서 있는 우람한 사내들을 바라보았다. 평소에 어린 노비들을 보면 소리 지르고 욕을 퍼붓던 제갈가의 시위들이 활짝 웃으며 공손한 태도로 서 있었다. 상황을 모르는 사람이라면 이들이 평소에도 이렇게 온화하리라고 믿을 터였다.

초교는 깡충깡충 뛰어 사내들 앞을 한 번 지나갔다. 갑자기 그녀의 눈이 빛나더니 의미심장하게 웃기 시작했다. 초교는 당황한 기색이 역력한, 험상궂고 키가 크며 뚱뚱한 장정을 가리킨 채 웃으며 말했다.

"저 사람이요."

"성아 아가씨."

지목받은 송렴宋濂이 아첨하듯 웃었다. 그러나 그 웃음 속에는 도저히 숨길 수 없는 두려움과 어색함이 서려 있었다. 초교는 귀엽게 눈을 빛내며 송렴을 바라보았다.

"말을 고르시지요."

초교 앞에 말 10여 필이 끌려왔다. 모두 발굽도 아직 박지 않은 망아지였고, 털의 색이 깨끗한 것으로 보아 어릴 때부터 제갈부에서 키워 아직 문밖에 나가 보지 않은 말들임에 분명했다. 초교는 눈 쌓인 땅을 지벅거리며 말채찍을 흔들고, 일부러 못되게 말했다.

"이 말들은 모두 싫어요. 나는 큰 말을 탈 거야."

곁에 있던 시위들이 모두 당황하며 말리려는데, 송렴이 서둘러 그들을 제지하고는 고개를 끄덕였다.

"성아 아가씨께서 큰 말을 타고 싶다면 당연히 그렇게 해야지요. 너희들, 내려가서 좋은 말 몇 마리를 끌고 오너라. 기억하거라. 큰 말이어야 한다."

송렴은 일부러 '큰 말'을 강조했다. 두 시위는 송렴의 의중을 깨닫고 말을 끌러 갔다. 잠시 후, 두 시위는 몸집이 큰 말 다섯 필을 끌고 왔다.

초교는 꼼꼼히 살펴본 후, 이 말들 모두 늙은 말이라는 사실을 알아차렸다. 과연 달릴 수 있을지조차 의심스러운 말들이었다. 그러나 초교는 그 사실을 지적하지 않고 그저 송렴에게 말했다.

"용맹스럽고 건장한 말들이네요. 하지만 나는 아직 어려서 이렇게 큰 말은 타 본 적이 없어요. 그러니 송 시위가 먼저 타서, 내가 어떻게 타야 할지 보여 주세요."

송렴이 당황한 듯 인상을 찌푸렸다. 주성이 재촉했다.

"어서 타라. 설마 말을 못 타는 것은 아니겠지? 이 자리에 오겠다고 한 건 너 아니냐?"

송렴은 벙어리 냉가슴 앓듯 속으로 중얼거렸다. 이런 상전을 모시게 될 줄 알았다면 때려죽인다 해도 오지 않았을 것이다.

그는 난처해하며 늙은 말 앞에 가서, 거의 반쯤 자고 있는 늙은 말을 두어 번 두드린 후 조심스럽게 등자를 밟고 올라탔다. 몸 아래의 말은 마치 무슨 종이로 만든 것처럼, 조금이라도 힘을 주면 바로 무너져 내릴 것 같았다.

그러나 말은 의외로 힘을 냈다. 네 다리는 비록 덜덜 떨리고 있었지만 어쨌든 땅에 쓰러지지는 않았다. 송렴은 속으로 안도하며 웃었다.

"오늘은 눈도 많고 성아 아가씨는 아직 작으니, 오늘은 일단 말에 오르는 법을 배우고 내일 다시 뛰어 보기로 하지요."

주성이 막 고개를 끄덕이려 했을 때, 초교가 앞으로 뛰어나가더니 말의 엉덩이를 사납게 때리며 웃었다.

"무슨 말씀이세요, 일단 한 바퀴 뛰는 것을 보여 주세요!"

쿵 소리가 들렸다. 말은 엉덩이를 맞자 뛰기는커녕 다리에 힘이 풀리더니 땅 위에 와르르 무너지고 말았다. 송렴은 말 아래로 곤두박질 쳤고, 눈 더미에 머리를 처박고 말았다.

시위들은 어쩔 줄 몰라 하며 앞으로 뛰어나갔고, 주성은 눈살을 찌푸리며 땅 위에 쓰러져 숨을 헐떡이는 말을 보며 말했다.

"이게 제일 좋은 말이란 말이지. 너희들은 넷째 도련님의 분부를 마음에 두고 있지 않은 모양이군."

"소인이 감히 그럴 리 있겠습니까."

송렴이 허겁지겁 뛰어와 재빨리 변명했다.

"소인은 절대로 그런 생각이 아니었습니다. 다만 성아 아가씨가 너무 어리시니, 감히 장년의 말을 끌고 올 수 없었던 것입니다!"

주성은 고개를 끄덕이며 말했다.

"그 말도 일리는 있군. 성아 아가씨, 아직 어리니 작은 말을 타는 게 어떨까요?"

"주성 오라버니가 작은 말을 타라고 하시면, 성아는 작은 말

208

을 타겠어요."

초교가 사랑스럽게 대답했다. 작고 보드라운 얼굴에 두 눈이 반달처럼 휘어져 귀엽기 그지없었다.

주성은 흐뭇해하며 초교에게 고개를 끄덕이고는 송렴을 노한 눈으로 노려보았다.

"아직도 말을 끌러 가지 않았느냐!"

송렴이 절뚝거리며 새로운 말을 끌고 왔다. 주성은 한바탕 걱정의 말을 늘어놓으며 초교를 말에 태워 주었다. 초교는 고개를 숙이고 생글거리며 말했다.

"시위 오라버니, 나는 아직 말을 탈 줄 모르니 말고삐를 잡고 끌어 주실래요? 우리 천천히 한 바퀴 돌아봐요."

송렴도 그러기를 바라는 바였기에 연신 고개를 끄덕였다. 이 말은 매우 온순하게 송렴의 뒤를 따라 천천히 걸었다. 한참 후, 두 사람이 다른 이들로부터 100보 이상 멀어지고 나자 송렴이 아첨하듯 웃으며 말했다.

"성아 아가씨, 이 말은 아주 괜찮지요. 태어난 지 얼마 안 된 망아지입니다. 칠소저께서 한참 전부터 달라고 하셨지만 제가 드리지 않았는데, 아가씨께서 좋아하신다면 아가씨께 드리지요."

"칠소저께서 좋아하신 것을 성아가 어떻게 가질 수 있겠어요? 그건 법도에 어긋나지요."

송렴은 이를 드러내며 씩 웃었다.

"그게 무슨 말씀이십니까. 칠소저께서는 물론 장군님의 친따님이시지만, 지위를 따져 보면 넷째 도련님과는 천양지차인

걸요. 아가씨는 넷째 도련님께서 눈에 들어 하시는 분이니, 신분이나 지위를 따져 보자면 아가씨가 훨씬 고귀하지요."

"그런가요?"

초교는 미소 지었다.

"내가 그렇게나 높은 신분인지 정말 몰랐네요. 얼마 전만 해도 당신에게 맞고 욕설도 들었으니까."

송렴의 안색이 갑자기 창백해졌다.

초교는 차가운 눈빛으로 송렴이 소매에 달고 다니는 화살을 뽑더니, 재빨리 작은 말의 엉덩이를 힘주어 찔렀다. 작은 말은 대경실색하여 긴 울음소리를 내더니, 송렴이 잡고 있던 고삐를 끊고 나는 듯이 질주하기 시작했다!

초교는 갑자기 어쩔 줄 몰라 하며 큰 소리로 외쳤다.

"송 시위! 무슨 짓을 한 건가요?"

주성 등이 멀리서 작은 말이 날뛰는 것을 보고 모두 깜짝 놀라 아우성치면서 달려왔다. 그러나 그들이 두 다리로 짐승의 네 다리를 이길 방법은 없었다.

초교는 일부러 허둥대는 척하면서 사방을 둘러보고 뛰어내리기에 안전한 곳을 찾았다. 바로 이때, 흰 점이 섞인 누런 말 한 마리가 갑자기 나타났다. 말 위에 타고 있는 이는 짙은 자줏빛 바탕에 꽃을 수놓은 금포를 입은 제갈월이었다. 희고 깨끗한 얼굴에 눈빛은 날카롭게 빛나고, 입술은 이상할 정도로 붉었다.

제갈월은 나는 듯 달려오더니 번개같이 검을 뽑아 작은 말의 두 눈 사이를 찔렀다. 작은 말은 더욱 참혹한 비명을 내지르며 갑자기 앞발을 들고 일어섰고, 머리를 미친 듯이 흔들었다!

이와 동시에 부드러운 채찍이 갑자기 날아와 초교의 가느다란 허리를 감싸더니, 그녀의 몸을 말아 올렸다!

"아아, 위험했네, 위험했어."

연둣빛 금포를 입은 연순이 싱글거리며 초교를 안아 들었다. 그의 목소리는 초교의 모든 계획을 간파하고 있는 듯했다.

제갈월이 작은 말의 엉덩이에 꽂힌 화살을 뽑고 차가운 눈으로 송렴을 바라보며 하인에게 명했다.

"끌어내. 장사원의 주칠에게 보내라."

두 시위가 즉시 다가와 송렴을 결박했다.

송렴은 큰 소리로 외쳤다.

"도련님, 제가 아닙니다……."

갑자기 퍽 하는 소리가 들렸다. 연순이 번개처럼 몸을 날려 송렴의 얼굴에 발길질을 한 것이다. 순식간에 송렴의 입은 부러진 이로 가득 찼고, 입이 있어도 말을 하기 어려운 상황이 되었다.

제갈월이 미간을 살짝 찌푸리며 연순을 흘겨보았다. 그러나 연순은 계속 싱글거리기만 했다.

"우리 연 왕부라면 이런 노비는 벌써 끌어내 베어 버렸지. 어찌 저런 자에게 변명할 기회를 주겠어? 넷째 공자는 너무 자비로워 차마 손을 쓰지 못할 것 같아 연순이 대신 한 것이니 너무 언짢아하지 말아 줘."

제갈월이 가볍게 코웃음 쳤다.

"연 세자의 솜씨가 보통이 아닌데. 점장당에서 보던 것과 영 달라. 정말이지 예전에는 내 눈이 멀었었나 보군."

연순이 손을 내저으며 웃었다.

"보기에만 좋은 재주인걸. 넷째 공자가 병사들을 이끄는 것에 어찌 비기겠어."

제갈월은 말없이 손짓했고, 수하들이 입에서 피를 흘리고 있는 송렴을 끌고 갔다.

"연 세자, 오늘 특별히 잃어버린 말을 돌려주러 와 줘서 고맙군. 다만 이후로 이런 일은 하인을 시키면 될 것 같군. 어찌 귀한 세자의 몸으로 직접 짐승을 끌고 온 것인지. 본래 세자께 식사를 청하려 했지만, 세자께서는 바쁘실 터이니 쓸데없이 붙잡지 않겠어. 주성, 연 세자를 바래다 드려라."

연순은 여전히 싱글거리며 제갈월과 예의 바른 인사치레를 한 후 몸을 돌렸다. 그리고 초교의 곁을 스쳐 가며 그녀의 귀에 속삭였다.

"모진 계집애, 네가 또 한 사람을 해쳤군."

초교는 당황하여 고개를 들었지만, 연순은 아무 일도 없었던 것처럼 담담하게 웃으며 떠났다. 그의 꼿꼿한 모습에서는 자못 어른의 자태가 엿보였고, 얼굴은 더할 나위 없이 평온해 보였다. 대체 저 모습 어디에 마냥 싱글거리던 방탕한 공자가 숨어 있는 걸까?

"성아."

등 뒤에서 낮은 목소리가 들려왔다. 초교가 돌아보니 제갈월이 칼날 같은 눈빛으로 그녀를 훑어보며 느릿느릿 말했다.

"함께 돌아가자."

초교는 살며시 한숨을 쉬었다. 재수가 없어도 이리 없을 수가. 뜻밖에도 정면으로 들켜 버리고 말았다. 일단은 이 작은 여우에게 어찌 대응해야 할지 생각해야 했다.

초교는 의기소침한 표정으로 제갈월의 뒤를 따랐다. 그녀는 머릿속으로 자신이 비참하게 핍박받은 세월을 편집하느라, 앞에 가는 제갈월의 눈빛을 보지 못했다.

제갈월의 어두운 눈빛 속에는 마치 아이와 같은 의기양양함이 서려 있었다. 그러나 그가 대체 무엇 때문에 의기양양해 하는지는 모를 일이었다.

제9장 다시 한 번 판세를 돌리다

방 안은 쥐 죽은 듯 조용했다. 창밖에 가벼운 바람이 불고, 난초가 은은한 향기를 내뿜고 있었다.

초교는 말없이 서 있었다. 시간이 오래 흘렀지만 방 안은 계속 침묵에 잠겨 있었다. 혹시 제갈월이 잠이 든 게 아닌가 싶을 정도였다. 초교는 참지 못하고 고개를 들어 몰래 제갈월 쪽을 흘깃거렸는데, 뜻밖에도 눈이 마주쳤다. 초교는 바로 한 쌍의 칠흑과도 같이 어둡고 깊은 연못 한가운데 빠져 버리고 말았다.

더 이상 모르는 척할 수는 없었다. 초교는 입술을 핥으며 속삭이듯 불렀다.

"도련님."

"나를 속일 거짓말은 다 짜냈느냐?"

소년이 곁에 있는 찻잔을 들어 천천히 한 모금 마셨다. 목소리는 온화했고 말투도 담담했다.

　과연 작은 여우라니까! 초교는 속으로는 차갑게 콧방귀를 뀌면서도 두려운 얼굴로 꿇어앉아 서둘러 말했다.

　"성아는 감히 거짓을 아뢰지 못합니다."

　"그래?"

　제갈월이 고개를 숙이고 가볍게 웃으며 말했다.

　"그럼 말해 보거라."

　"지난달 초나흘, 큰 도련님께서 성아와 다른 소녀 노비들을 사냥터로 데려가셨습니다. 마지막에는, 마지막에는 성아만 살아 돌아왔지요. 성아는 돌아온 후 너무 무서운 나머지, 제갈부에서 도망가려고 하였습니다."

　"도망?"

　제갈월이 눈썹을 살짝 치켜세웠다.

　"어디로 도망가려 했느냐?"

　초교의 목소리가 점점 더 낮아졌다.

　"저도 모릅니다. 그저 이곳에서 죽음을 기다릴 수만은 없었어요. 도련님께서는 성아가 대역무도하다 여기시겠지만, 그러나 성아의 삶은 단 한 번뿐입니다. 다른 이에게야 성아의 목숨이 동전 한 닢만큼의 가치도 없을지 모르지만, 제 스스로에게는 아주 귀하지요. 하지만 도망치려고 하다가 송 시위에게 발각당했고, 그날 아주 심하게 맞았습니다. 송 시위는 오늘 저를 보자, 제가 보복할까 두려워 먼저 저를 해치려 한 것 같습니다."

　"그래? 그랬었군. 정말 대담한 놈이었구나."

제갈월은 차를 한 모금 마시더니 평온한 어조로 말했다.

"그럼 너는 어떠했느냐? 너를 때렸던 그를 알아보았느냐?"

초교는 당황했지만, 날카로운 제갈월의 시선을 받자 재빨리 고개를 숙이고 답했다.

"불과 얼마 전 일이니, 성아는 그를 기억했습니다."

"네 기억력이 괜찮은 편이구나."

제갈월이 고개를 끄덕였다.

"그렇다면, 금시와 금촉이 나에게 임석을 죽이라고 부추겼던 것도 기억하느냐? 주순이 네 가족을 다른 이에게 보낸 것은? 누군가가 네 자매들을 죽인 것도 모두 기억하느냐?"

초교는 속으로 얼어붙었다. 그러나 고개를 들지 않고, 땅에 머리를 부딪치며 슬프게 울먹였다.

"도련님, 성아는 전부 기억합니다. 그러나 성아는 스스로의 신분을 명백하게 알고 있습니다. 스스로의 본분을 알고 있습니다. 무엇보다도 스스로 얼마만큼의 능력을 가지고 있는지도 알고 있습니다."

"그렇다면, 언젠가 네게 능력이 생긴다면 복수를 할 수도 있다는 뜻이군. 그렇지?"

초교는 공포에 질린 얼굴로 제갈월을 바라보았다.

"도련님!"

"부인할 필요 없다. 너를 처음 보았을 때 보통 심지를 가진 아이는 아니구나 생각했지. 네 눈빛은 많은 것을 숨기고 있지만, 나는 알아볼 수 있다."

초교는 눈에 눈물을 담은 채 말했다.

"도련님께서는 성아가 무엇을 했다고 여기시나요? 성아가 살인을 할 수 있다고 생각하시나요? 금촉, 금시 언니도 모두 성아가 해친 것이라 여기시나요? 성아는 어립니다. 마음속에 원한이 없을 수는 없지요. 그러나 해도 되는 일과 해서는 안 될 일이 무엇인지는 알고 있습니다. 형가는 멸절했고, 수만에 달하던 친척들도 하룻밤 사이에 서로 헤어지거나 죽었어요. 성아역시 천금 소저에서 비천한 노비가 되었습니다. 만약 원한으로 말하자면, 성아는 먼저 성금궁 황제 폐하께 한을 품어야 하지 않을까요? 그런 명을 내렸던 장로회를 원망해야 하지 않을까요? 성아의 가문을 쓸어버린 군단을 증오해야 하지 않을까요? 도련님! 성아에게는 그만한 능력이 없습니다. 저는 그저 살아남고 싶을 뿐입니다. 그런 일들은 너무 무거워 성아로서는 감당할 수 없습니다."

초교는 머리를 땅에 조아리고 있었다. 등을 쭉 펴고 결연하게 고개를 떨구고 있었지만, 가냘픈 어깨는 끊임없이 떨리고 있었다. 무서워하는 것 같기도 하고, 울고 싶은데 감히 울지 못하고 참고 있는 것 같아 보이기도 했다.

제갈월은 그런 초교의 모습을 바라보며 생각을 더듬고 있었다. 그의 두 눈은 날카롭게 빛났지만, 결국은 초교의 억누르는 듯한 흐느낌 소리에 마음이 부드러워지고 말았다. 제갈월은 찻잔을 내려놓고 천천히 말했다.

"일어나거라."

초교는 입술을 꽉 다문 채 눈을 크게 뜨고 있었는데, 붉어진 눈에는 물기가 어려 있었다.

제갈월은 초교의 작은 몸이며 분홍빛 얼굴, 긴장해서 꽉 쥐고 있는 주먹, 그리고 눈물을 겨우 참는 모습을 보고 자신도 모르게 가볍게 탄식했다. 초교는 정말 억울해 보였다. 아무래도 자신이 의심이 너무 많은 나머지 술잔에 비친 활 그림자를 뱀으로 오해하듯, 이렇게 작은 아이까지 의심하게 된 것 같았다.

"나 때문에 많이 억울한 모양이구나. 울고 싶으면 울거라."

제갈월이 평소 타인에게 예의를 갖추지 않는 것을 고려하면, 이 정도만 해도 사실 사과한 것이나 마찬가지였다. 그러나 초교는 여전히 입술을 꽉 다물고 눈을 크게 뜬 채 눈물을 참고 있었다.

제갈월은 어쩐지 초조한 감정이 들어 손을 내저었다.

"물러가라. 거기 눈에 거슬리게 서 있지 말고."

초교는 울컥한 듯 몸을 돌려 한 마디 말도 없이 자리를 뜨려 했다.

"멈춰라!"

제갈월이 차갑게 외쳤다. 초교는 발걸음을 멈췄지만 고개를 돌리지는 않았다.

제갈월은 서랍에서 청자로 만든 작은 병을 꺼내 들고 천천히 초교에게 걸어가 그녀의 어깨를 잡았다. 그는 그녀를 돌려 세울 생각이었다. 그러나 초교는 몸을 쭉 편 채 몸을 돌리지 않으려 했다. 예상외의 완고한 고집에 제갈월의 눈썹이 위로 올라갔다. 그는 초교의 어깨를 잡은 손에 살짝 힘을 주어 강제로 자신을 보게 했다.

그녀의 작은 얼굴은 온통 눈물 흔적으로 가득했다. 눈은 붉게 변해 있었고, 정말이지 비할 데 없이 억울해 보였다.

"됐다. 그만 울어라. 그저 몇 마디 물어본 거 아니냐."

제갈월이 눈살을 찌푸리며 말했다.

"잘못을 저질러 놓고, 다른 이가 질책조차 못하도록 할 셈이냐?"

"제가 무슨 잘못을 했는데요? 도련님께서 말을 타는 법을 배우라 하셔서 저는 열심히 배웠을 뿐, 아무 잘못도 저지르지 않았어요."

마침내 초교가 화를 내며 제 주인과 말씨름을 시작했다. 계속 눈물을 흘리며 말하느라 자칫하면 코가 입으로 들어갈 지경이었다. 제갈월은 얼굴을 찌푸리며 품에서 손수건을 꺼내 그녀의 얼굴에 흐르는 눈물을 닦아 주었는데, 그런 일을 거의 해 본 적이 없는 듯 움직임이 영 서툴렀다.

"네가 정말 잘못이 없는 것 같으냐? 너는 내 말을 한 필 잃어버렸고, 오늘 또 너 때문에 막서에서 데려온 망아지 한 필이 죽었다. 그런데도 아무 잘못이 없다고?"

"하지만…… 하지만 제가 말을 타려고 했던 것은 아니잖아요. 게다가 연 세자 저하께서…… 연 세자 저하께서 이미 잃어버린 말을 데려오셨다고 했잖아요. 저도 모두…… 모두 들었어요."

초교의 눈에서 눈물이 후두둑 떨어져 내려 제갈월의 손수건을 순식간에 축축하게 적셨다. 제갈월이 혀를 차며 새 손수건을 꺼내려고 하는데 갑자기 초교가 그의 손을 잡더니, 그의 손에 들린 손수건으로 제 콧물을 닦았다.

제갈월은 당황하여 할 말을 잊고 끈적하니 더러워진 손수건만 쳐다보았다. 그러나 초교는 그런 그를 눈치채지 못한 듯 말을 멈추지 않았다.

"그리고 오늘 그 망아지는, 도련님께서 직접 죽이셨잖아요."

"너는 꽤나 경우를 따지는구나."

제갈월이 핀잔을 주었지만, 초교는 여전히 불만이 가라앉지 않은 듯 중얼거렸다.

"제 말이 맞잖아요."

격자창 틈을 통해 들어온 햇빛이 두 사람 어깨에 내려앉았다. 초교의 키가 작아 몸을 아무리 쭉 편다 해도 제갈월의 어깨까지밖에 오지 않았다. 발갛게 달아오른 그녀의 얼굴은 마치 커다란 사과 같아 보였다. 제갈월은 고심하다가 손에 든 청자병을 건넸다.

"가져가서 잘 바르도록 해라."

제갈월의 예상대로, 초교가 아무리 똑똑하다 해도 과연 아이는 아이였다. 초교는 울면서 투덜거리던 것도 잊고 바로 흥미를 보였다. 제갈월은 속으로 웃고 말았다.

"이게 뭔가요?"

"약이다. 찰과상을 치료하는 약이지."

망아지가 날뛸 때 고삐를 잡고 있던 초교의 손바닥에도 찰과상이 생겼을 것이 분명했다. 초교는 입술을 삐죽 내밀고 고개를 끄덕였다.

"넷째 도련님, 그럼 성아는 이만 물러가겠어요."

제갈월은 어느새 의자로 돌아가 앉아, 고개도 들지 않고 손만 내저었다.

"물러가거라."

그러나 초교가 막 문을 열려 할 때, 뒤에서 그의 목소리가 다시 들려왔다.

"성아, 이후로는 연 세자를 보면 가급적 피하도록 해라."

초교는 고개를 갸우뚱하며 이해할 수 없다는 듯 그를 바라보았다. 제갈월은 초조한 듯 눈썹을 치켜세우며 소리쳤다.

"알겠느냐?"

"알았어요!"

초교도 소리치며 대답한 후 몸을 홱 돌려 방을 떠났다. 어찌나 급히 떠났던지, 그 작은 몸이 높은 문지방을 넘다가 자칫하면 넘어질 뻔했다.

저 아이는 점점 더 대담해지는군. 제갈월은 어두운 얼굴로 자신도 모르게 숨을 가쁘게 몰아쉬었다.

초교가 막 문을 열었을 때, 주성의 근심스런 얼굴과 마주쳤다. 주성은 초교의 얼굴 가득한 눈물 흔적을 보고 말했다.

"도련님께서 뭐라 하셨어? 화를 많이 내셨나?"

초교는 그에게 그저 고개만 끄덕여 보이고 자신의 방으로 향했다. 주성은 간담이 서늘해져 제갈월의 방으로 들어갔다.

제갈월은 마침 고개를 숙이고 있었다. 주성은 감히 입도 열지 못하고 한옆에 조심스럽게 서 있었다.

잠시 후, 갑자기 물건 하나가 그의 머리로 날아왔다. 주성은 깜짝 놀랐지만 감히 피하지도 못하고 속으로 오늘 죽었다고 외쳤다. 그런데 머리에 부딪친 물건은 아주 부드럽고, 물건에 맞은 머리도 전혀 아프지 않았다. 눈을 떠 보니 그 물건은 바로 조그맣게 '월' 자가 수놓인, 더러운 손수건 한 장이었다.

"갖다 버려라."

눈물 흔적 가득했던 초교의 얼굴을 떠올린 주성은 갑자기 뭔가를 깨닫고 말았다. 주성은 살짝 멈칫했지만, 곧 허리를 굽히며 대답했다.

"노비가 명을 받들겠습니다."

그러나 주성이 문을 나서려 할 때, 갑자기 제갈월이 불렀다.

"잠깐."

주성이 허리를 굽힌 채 명을 기다렸다. 그러나 한참 동안 기다려도 제갈월은 계속 생각에 잠겨 있을 뿐 입을 열지 않았다.

주성이 조심스럽게 고개를 들어 보니, 제갈월의 새하얀 얼굴은 이유 없이 약간 붉어져 있었다. 그는 마치 중요한 결정을 내리려는 듯 미간을 찌푸리고 있었는데, 평소 큰일이 벌어질 때의 표정과 비슷했다. 주성은 열심히 귀를 세우고 주인의 분부를 기다렸다. 한참 후, 제갈가의 넷째 공자는 위엄 있는 목소리로 명령했다.

"깨끗하게 빨아서 다시 가져와라."

"아?"

주성은 눈을 크게 뜨며 큰 소리로 외쳤고, 제갈월은 대로했다.

"아는 무슨 아! 알아들었느냐?"

"알아들었습니다, 알아들었고말고요. 노비가 갑니다요."

초교는 고개를 숙인 채 회랑을 걸으며, 앞에서 인사하는 이들을 못 본 척했다. 얼핏 보기에는 혼이 나고 억울한 일을 당한 것 같은 모습이었다. 그러나 제 방으로 돌아와 문을 닫자마자, 초교의 얼굴에서 울컥했던 표정은 지워지고 평소의 고요한 모습으로 돌아왔다.

초교는 가슴을 누르며 천천히 의자에 앉았다. 차를 한 잔 따르기는 했지만 마시지는 않고 그저 찻잔을 든 채로 생각에 잠겼다.

어찌 되었건 오늘의 고비는 넘긴 셈이었다. 제갈월이 그녀의 연극을 얼마나 믿고 있는지는 알 수 없었지만, 잠시 동안은 위험하지 않은 듯했다.

어찌나 긴장했던지 초교의 등은 식은땀으로 전부 젖어 있었다. 찬바람에 옷자락이 펄럭이자 온몸으로 차가운 기운이 스며들었다. 초교는 식은 차를 한 모금 마시고, 호흡을 가라앉혔다.

일을 서둘러야 했다. 남아 있는 시간이 얼마 되지 않았다.

칼날 같은 찬바람이 다시 불어왔다. 올 겨울은 유난히 추웠다.

칠흑처럼 어두운 밤, 찬란한 별이 깊이 잠든 대지를 비추고 있었다. 얼마 전 상원절을 즐겁게 보낸 진황성은 마침내 위기를 맞이하고 있었다.

한겨울이 시작된 진황성에 차가운 서리가 내려앉았다. 장로원과 성금궁 사이로 수레며 등불을 든 행렬이 밤새도록 쉬지 않고 물이 흐르듯 급하게 오고 갔다. 서쪽으로 정벌을 나섰던 황천부는 유사 이래 가장 큰 패배를 맛본 상태였다. 연북 고원의 이화강에서 흐르기 시작한 피비린내가 전 대하 황조로 퍼져나가 마침내 제국의 심장까지 도착했다.

제국의 귀족들은 견융족의 도전에 노여움을 느끼고 있었다. 견융족은 감히 제국의 철혈과 같은 권위를 의심하고 침범한 셈이었다. 그러나 그와는 별개로, 어둠 속에서 또 다른 전쟁이 시작되고 있었다. 황천부의 실패에 대해 누군가는 반드시 대가를 치러야 했다. 그 누군가의 피가 단지 제국의 존엄을 유지하기 위해서일 뿐이라 해도.

성금궁이 금박으로 장식한 조서를 내렸고, 조서는 장로원의 재결을 거쳐 자미광장, 구외주 거리, 승천제대와 건곤정문을 거쳐 변경으로 향하고 있었다.

폭풍우가 몰아치기 전의 고요한 밤, 진황성 사람들은 여전히 평온한 잠에 빠져 있었다.

"월아 언니."

소팔이 반가운 듯 초교를 부르자마자 초교가 손으로 그녀의 입을 틀어막았다.

초교는 눈을 빛내며 사방을 둘러보고는, 바로 품 안에서 비단 주머니를 꺼내 소팔의 손에 쥐어 주고 한껏 낮춘 목소리로 말했다.

"소팔, 시간이 별로 없으니 간략하게 말할게. 내일 저녁 식사 전까지 내가 너를 찾으러 오지 않으면, 뒷산의 마료장 후문으로 달아나. 그곳을 지키는 시종들은 내가 내일 틈을 봐서 따돌릴 테니까. 저녁 전 한 시진 동안은 아무도 지키고 있지 않을 거야. 그리고 이 주머니에 든 건 여비랑, 위조한 성문 출입증과 통행증이야. 몸에 꼭 지니고 있어야 해. 제갈부 밖으로 나간 다음에도 나를 기다리지 말고 너 혼자 진황성을 빠져나가."

"월아 언니?"

소팔이 절박하게 초교의 손을 잡고 말했다.

"무슨 일을 하려는 거야? 복수하러 가는 거야? 소팔도 언니를 도울래. 난 혼자 가지 않을 거야."

"자자, 착하지."

초교는 소팔의 머리를 쓰다듬으며 속삭였다.

"형가에는 지금 우리 둘밖에 남지 않았어. 내가 언니니까 너는 내 말을 들어야 해. 사람이 남아 있기만 하면 형가는 망하지 않아. 만약 나에게 무슨 일이라도 생기면, 네가 나를 위해 복수해 줄 수도 있잖아."

"월아 언니……."

"소팔, 언니 말을 들어. 성을 나가면 무조건 동쪽으로 가. 대하와 변당의 변경에 있는 삼일성三逸城이 나올 때까지. 그리고 거기서 사흘간 나를 기다려. 만약 내가 그래도 도착하지 않으면, 삼일성에서도 너 혼자 떠나도록 해. 안심해. 이건 그저 만전을 기하려고 말해 두는 것뿐이야. 일단 내가 몸을 빼면 바로 너를 좇아갈 거야."

소팔의 눈이 붉어졌다. 입술을 꽉 깨문 그녀가 갑자기 팔을 내밀어 초교의 허리를 힘차게 끌어안고, 흐느끼며 말했다.

"월아 언니는 최고로 재주가 좋으니까, 분명 아무 일도 없을 거야."

초교도 소팔의 어깨를 끌어안고 쓸쓸하게 웃었다.

"안심해. 이번 일만 끝내면 우리는 여기를 떠나는 거야. 이후로는 누구도 우리를 괴롭히지 못해."

창밖에 차가운 달이 갈고리처럼 걸려 있고, 서풍이 눈을 쓸고 지나간 자리에는 적막함만이 남아 있었다.

다음 날, 초교는 평소처럼 일찍 일어나 제갈월의 안부를 물었다. 그는 아침 일찍 출타하여 이미 부에 없었다. 초교는 속으로 하늘이 자신을 돕는다고 생각하며 정원正院 방향으로 걷기 시작했다.

그러나 그녀가 관헌 앞의 녹숙방을 지날 때, 제갈월의 호위를 맡은 월칠月七이 막아섰다. 아직 열다섯도 되지 않은 젊은 시위가 차가운 얼굴로 초교를 바라보며 한 마디 한 마디 또렷하게 말했다.

"도련님께서 분부하셨습니다. 성아 아가씨를 청산원의 대문

밖으로 내보내지 말라고요."

초교는 멈칫했다. 제갈월이 또 무슨 생각인지는 모를 일이었다.

초교는 일단 귀엽게 웃으며 말했다.

"오라버니, 저는 청산원 밖으로 나가려는 것이 아니라 주방에 가서 어제 들어온 차가 신선한지 살펴보려는 거예요."

말을 마친 초교는 몸을 돌려 주방 쪽으로 걷기 시작했다.

잠시 후, 환아가 주방에서 나왔다. 월칠이 인상을 쓰며 환아에게 물었다.

"성아 아가씨는?"

"안에서 모두와 차를 고르고 있어요."

월칠은 계속 인상을 쓰며 말했다.

"성아 아가씨가 지금 신분으로 그런 일을 할 필요가 있나?"

"흥, 성아가 금촉이나 금시처럼 세력이나 부리는 사람인 줄 아세요?"

어린 시녀는 눈썹 끝을 들어 올리며 무시하듯 월칠을 일별하고 거침없이 말했다.

"소인배!"

하늘가에는 흰 구름이 표표히 떠다니고 있었다. 오늘은 아주 날씨가 좋았다.

월칠에게서 벗어난 초교는 되는 대로 핑계를 찾아 조심스럽게 청산원을 빠져나와 전원으로 향했다. 그녀는 다른 이에게 발각당하지 않도록 가장 은밀한 오솔길을 골라 걷고 있었다.

초교가 매화 숲을 지날 때, 갑자기 그림자 하나가 튀어 나왔다. 초교는 깜짝 놀랐지만 앞에 선 소년의 얼굴은 익숙했다.

"놀랄 필요 없다. 나는 연 세자 저하의 서동 풍민이다. 오늘은 특별히 저하를 대신하여 너에게 전갈을 전하러 왔지."

"전갈이라고?"

초교가 살짝 눈썹을 올리며 풍민을 훑어보았다.

"어떻게 알고 여기서 날 기다렸지?"

풍민이 의기양양하게 웃었다.

"우리 세자 저하께서 말씀하시기를, 만약 청산원에 들어가지 못하면 가장 은밀한 오솔길에 숨어 있으라 하셨다. 분명히 네가 지나갈 거라 하시면서."

초교는 차갑게 코웃음 치고 조소하듯 말했다.

"너희 세자 저하가 귀신같이 알아맞혔군."

"헤헤."

풍민은 새하얀 이를 드러내며 웃었다.

"우리 세자 저하께서는 확실히 매우 총명하시지."

"무슨 전갈인지나 빨리 말해. 난 바쁘니까."

풍민은 슬쩍 혀를 내둘렀다. 이 어린 노비는 정말이지 성깔이 대단했다. 세자 저하와 제갈가의 넷째 공자가 모두 빠져든 것도 이상한 일이 아니었다. 풍민은 서둘러 말했다.

"우리 세자 저하께서 내게 전하라 하신 말씀은, 내일 아침에 연북으로 돌아가신다는 이야기다. 저하께서는 저녁에 너와 고별의 인사를 나누고 싶어 하신다. 바로 어젯밤의 그곳에서 만나자 하셨다."

"연북으로 돌아간다고?"

초교가 미간을 가볍게 찡그렸다.

"너희 세자 저하는 수도에 인질로 온 게 아닌가? 어떻게 이렇게 갑자기 돌아가게 된 거지?"

"자세한 이유야 나도 모르지. 하지만 우리 대왕 전하께서 사람을 수도로 보내 세자 저하께 돌아오라 하셨으니, 분명 급한 일이 생긴 거구나 할 뿐이야. 장로회도 이미 비준했으니, 내일 아침 우리는 연북으로 돌아갈 거야."

초교는 조용히 고개를 끄덕였다.

"세자 저하께 전해 드려 줘. 나는 노비 신분이기 때문에 쉽게 부 밖으로 나가지 못한다고. 다시 말하자면 저하께서 연북으로 돌아가는지 아닌지는 나와 아무 상관이 없다고. 나는 신분이 낮아 감히 신분이 높은 분과 친교를 맺을 수 없고, 고별과 같은 말은 입에 담을 수조차 없다고."

초교의 말을 들은 풍민이 헤헤 웃었다.

"우리 세자 저하께서 말씀하셨지. 네가 만약 가고자 한다면 누구도 너를 막을 수 없다고. 우리 세자 저하께서 연북으로 돌아가시는 것이 너와 상관이 있는지 없는지는 내가 참견할 바가 아니긴 하지. 그럼 가던 길을 계속 가, 나도 가 볼 테니."

풍민은 히죽거리며 매화 숲 속으로 사라졌다. 초교는 자신도 모르게 마음속으로 제갈부의 경계가 허술하다고 한탄하고 있었다. 저런 소년도 자유롭게 드나들 수 있을 정도라니.

초교는 계속 조심스럽게 걸었다. 반 시진 후, 마침내 전원 곁채에 도착했다. 이곳은 바로 제갈부 외부의 대집사 주순이 거처하는 곳으로, 아니나 다를까, 경계가 허술하다 못해 지키는 이가 아예 없었다.

바로 이 순간, 주순은 근심 가득한 표정으로 합을 하나 들여다보고 있었다. 합 안에는 이미 썩은 내를 풍기기 시작하는 손이 들어 있었다. 손은 얼어서 파랗게 변해 있었고, 계속 보고 있으면 구역질이 났다.

이때, 무슨 소리가 들렸다. 주순은 즉시 꽁지에 불붙은 토끼처럼 비수를 움켜쥐고 사납게 튀어 올라 사방을 둘러보며 외쳤다.

"누구냐?"

그러나 사방은 조용했고, 아무도 보이지 않았다. 대신 아까까지만 해도 없던 새하얀 서신 한 통이 바닥에 놓여 있었다. 서신의 가장자리는 끈으로 묶여 있고, 위에는 작은 돌멩이가 달려 있었다. 봉투 위에는 도화 한 송이가 그려져 있고, 편지지는 고상한 데다 은은한 향기까지 풍겼다.

편지를 읽는 남자의 눈이 갑자기 추잡하게 빛나기 시작했다. 그러나 주순은 생각하고 또 생각한 후, 밖으로 나가지 않고 입술을 비죽이며 의자로 돌아가 앉았다.

한참 후, 창밖에서 다시 보따리 하나가 날아 들어왔다.

주순이 보따리를 풀어 보니, 검붉은 빛깔의 배두렁이*가 들어 있었다. 배두렁이 위에는 서로 뒤엉킨 남녀가 그려져 있었는데, 교태를 부리며 서로 얽혀 있는 것이 보기만 해도 온몸이 뜨거워질 정도였다.

주순은 사악한 웃음소리를 내며 배두렁이에 얼굴을 박고 열심히 냄새를 맡아 보다가, 배두렁이를 제 품속에 넣으며 중얼거렸다.

"대낮부터 이렇게 달아 있다니, 정말이지 헤픈 계집이군!"

말을 마친 그는 결국 외투를 입고 문을 나섰다.

제갈부의 주부는 진황성의 동쪽에 있었다. 뒤로는 적송산이 있고, 오른쪽으로는 적수가 흐르고 있었으며, 북쪽에 자리 잡고 남쪽을 바라보는 형태로 매우 넓었다. 제갈부는 중앙 깊숙한 곳의 정원을 둘러싸고 겹겹이 지키는 형태로 이루어져 있었다. 내정 바깥으로는 높은 각루들이 있었는데, 각루에서는 시위들이 하루 종일 쉬지 않고 감시하고 있었다. 그 바깥으로는 네 개의 망대가 있었고, 그 외에도 관개수로가 있어 화재를 방지할 수 있었다. 일단 무슨 일이라도 벌어지면, 제갈부는 해자를 갖춘 작은 성이 되는 셈이었다.

제갈가의 여인들이 거처하는 규방은 가장 안전한 적송산 아

---

* 가슴과 배만 가리는 마름모형 윗옷. 고대 중국에서는 주로 여인들의 속옷으로 쓰였다.

래에 있었다. 내정 부인들의 규방에 허가 없이 들어가는 것은 근본적으로 불가능한 일이었다. 그러나 주순은 여유롭게 내정으로 향하는 측문을 두드렸다. 문을 지키던 시위가 주순을 알아보고 인사했다.

"주 집사님이셨군요. 내부에는 어인 일이신지요?"

"어제 아사阿泗에게 들으니 도염원桃染院에 물이 샌다고 하던데. 2층 누대에 쌓였던 눈이 녹으면서 아래층 대청까지 흐른다기에 내가 보러 왔네."

시위가 아첨하듯 웃었다.

"주 집사님이 그런 작은 일까지 신경 쓰시다니요. 소인에게 맡겨 주시면 바로 처리합지요."

그러나 주순은 웃으며 고개를 저었다.

"내가 지금 시간이 좀 나서 말이야. 큰 도련님께서는 부에 계신가?"

"큰 도련님께서는 넷째 도련님과 서재에서 이야기 중이십니다. 오전 내내 서재에 계셨는데, 보아하니 금방은 나오시지 않을 것 같습니다."

"오."

주순은 고개를 끄덕였다.

"그럼 됐네. 내가 가서 보도록 하지. 다른 주인님들께는 말할 필요 없네. 정오이니 주인님들께서도 모두 낮잠을 주무실 테고, 방해해서는 아니 되니까."

"잘 알겠습니다요."

꽃 덤불 속에 숨어 있던 작은 그림자가 주순이 내정으로 들어가는 것을 보고 있었다. 계획했던 대로 시간이 딱 맞아떨어지고 있었다. 작은 그림자의 눈빛이 빛나더니, 입꼬리를 올리며 가볍게 웃기 시작했다.

춘화원의 주인, 칠부인 단목씨端木氏 화녕華寧은 낮잠을 잘 준비를 하고 있었다. 그녀가 구름처럼 얇은 사로 된 어깨걸이를 벗자 기름덩이처럼 뽀얀 어깨가 드러났다. 풍만한 가슴이며 가느다란 허리, 통통한 엉덩이에 긴 다리, 거기에 탄력 있는 피부며 열 손가락 끝에 발그레하게 혈기가 도는 것까지, 요염한 미녀였다. 시녀들은 평소 칠부인이 나신으로 잠을 청하는 것에 익숙했기에, 그녀를 위해 비단 금침을 깔아 주었다.

바로 그때, 지붕의 기와 조각 하나가 살며시 들어 올려졌으나 아무도 알아채지 못했다. 작은 보따리에 든 물건이 천천히 방 안으로 내려왔다. 보따리가 계속 요동치는 것으로 보아 안에 뭔가 살아 있는 것이 들어 있는 것 같았다.

시녀들이 물러간 후 방 안은 이내 조용해졌고, 칠부인의 얇은 숨소리만이 들려왔다.

툭 하는 가벼운 소리와 함께 천장에서 내려온 보따리가 칠부인의 베개 옆으로 떨어졌다. 분홍빛 보따리에는 아름다운 도화 한 가지가 그려져 있었다.

달콤한 잠에 빠져 있던 칠부인은 갑자기 무엇인가가 볼에 닿는 것을 느꼈다. 알 수 없는 존재가 그녀의 향기로운 귓불이며 목을 핥고 있었다. 칠부인이 살며시 더듬어 보니 보송보송한 털을 만질 수 있었다. 칠부인은 자신이 꿈을 꾸고 있다 생각하여 눈을 뜨지 않았다. 그러나 그 순간, 얼굴에 갑자기 통증이 느껴졌다. 아픔에 눈을 뜬 칠부인은 얼굴 앞에 있는 것을 본 후 잠시 굳었다가, 곧 온 춘화원에 들릴 정도로 찢어지는 비명을 질렀다.

"마님, 마님!"

시녀들이 서둘러 바깥채에서 뛰어 들어왔다. 그들도 방에 들어오자마자 대경실색하여 비명을 질렀다. 칠부인의 규방에는 거대한 쥐들이 가득했다. 하나하나 털빛은 새까맣고 투실투실 살찐 놈들로, 사람을 보아도 무서워하지 않고, 심지어 그중 몇 마리는 칠부인의 침상에 올라 화려한 금침을 물어뜯는 중이었다.

"악! 대체 어디서 온 것들이냐! 어서 쫓아라, 어서 쫓아!"

이 대낮에, 춘화원에서는 쥐를 소탕하느라 야단법석을 떨었다.

칠부인 단목씨 화녕은 신경을 안정시켜 주는 차를 열 잔 넘게 마시고도 여전히 숨을 가쁘게 몰아쉬며 온몸을 떨었다.

"마님, 저희가 침상에서 이것을 찾았습니다."

시위 하나가 분홍색의 보따리를 가져왔다. 칠부인이 보따리를 받더니 갑자기 두 눈을 크게 뜨고 힘차게 몸을 일으키며 소리쳤다.

"천한 것! 그래, 너일 줄 알았지! 여봐라, 도염원에 가야겠다. 내 이 천한 것의 가죽을 벗겨 버릴 것이다!"

춘화원의 하인들 모두 칠부인을 따라 기세등등하게 도염원 방향으로 향했다. 춘화원이 텅 비고 난 후, 누구도 주목하지 않는 구석진 곳에 있던 작은 궤짝이 천천히 열리더니 초교의 평온한 얼굴이 나타났다.

얼마 지나지 않아 내정 전체에 어수선한 상황이 벌어졌다. 도염원 쪽은 특히 아수라장이 되었다. 초교는 그 틈을 타서 본래 왔던 길을 그대로 밟아 이 분쟁의 소굴을 떠났다.

서재 안. 제갈회가 진지한 얼굴로 건너편의 제갈월에게 물었다.

"넷째야, 이번 일을 어떻게 보느냐?"

방 안은 고요했고 아무 소리도 들리지 않았다. 제갈회는 미간을 찌푸리며, 역시 건너편에서 이맛살을 찌푸린 채 뭔가를 근심하고 있는 듯한 제갈월을 다시 한 번 불렀다.

"넷째야?"

"아?"

제갈월이 고개를 들더니, 정신이 딴 데 팔린 듯 대답했다.

"연왕부가 재난을 피하기 어려우니, 연순도 위험하겠지요."

"그래, 나도 그리 생각한다."

제갈회는 고개를 끄덕였다.

"나무가 너무 크면 바람도 세게 맞는 법. 연왕부는 본래 각 문벌들의 눈엣가시 같은 존재였지. 서방봉지의 파도합 가문이 연북의 땅을 바란 지도 오래되었고. 이번의 더러운 물은 십중 팔구 연왕의 머리 위로 떨어질 거야. 게다가 성금궁의 주인 은, 차라리 외지인을 믿을지언정 자신의 형제는 믿지 않으니 말이다."

이때, 갑자기 바깥에서 떠들썩하게 다투는 시끄러운 소리가 들려왔다. 제갈회가 미간을 찌푸리며 큰 소리로 외쳤다.

"주영朱永, 밖에 무슨 일 있느냐? 왜 이리 시끄러우냐?"

"큰 도련님께 보고드립니다. 도염원 쪽에서 들려오는 소리 입니다. 일곱째 마님과 가녀 도향桃香이 다투면서, 셋째 마님과 넷째 마님 등도 모두 그쪽으로 가서 떠들썩해진 모양입니다."

제갈회가 귀찮다는 듯 중얼거렸다.

"하루도 평온하게 넘어가는 날이 없으니, 정말이지 뭐라 해 야 할지 모르겠군."

그러나 제갈월은 아무것도 듣지 못한 것처럼 그저 찻잔을 들어 한 모금 마셨다.

"큰 도련님, 셋째 마님께서 큰 도련님과 넷째 도련님께 도염 원으로 와 주시기를 청하고 계십니다. 급한 일이 있어 처리해 주셨으면 한다고요."

제갈회가 갑자기 노기를 띠고 말했다.

"무슨 일 때문에 나와 넷째까지 부른단 말이냐. 아직도 잃 을 체면이 더 남아 있다는 말인가? 가서 전하라. 그럴 시간 없 노라고."

"큰 도련님, 셋째 마님께서는 가법에 따라…… 가법에 따라

도염원의 도향 아가씨를 때려죽이려고 하십니다."

제갈월이 찻잔을 내려놓고 몸을 일으켰다.

"형님, 한번 다녀오시지요. 아마도 정말 급한 일이 있는 모양입니다."

제갈회는 길게 한숨을 내쉬며 제갈월을 따라 서재를 나왔다.

도염원은 욕을 퍼붓는 소리로 시끄러웠다. 각 부인들은 네노래가 끝나면 내가 등장할 차례다 하는 식으로 앞다투어 분노를 토해 내고 있었다. 다만 그 노기가 가득한 가운데 타인의 불행을 남몰래 기뻐하는 심사가 없지는 않았다. 어르신을 미혹시켰던 천한 것에게 마침내 오늘 같은 날이 온 것이다.

칠부인은 의기양양하게 정원 중앙에 서서, 옷도 챙겨 입지 못한 도향을 보며 냉소했다.

"우리 제갈부에 이렇게 가풍을 더럽히는 일이 생길 줄은 몰랐지 뭐야. 어르신께서 항시 너에게 대접이 박하지 않으셨거늘, 너는 이리 보답하다니. 정말이지 수치를 모르는구나!"

삼부인은 온몸에 붉은 여우털이며 비단을 두른 30대의 여인이었다. 그간 자신을 가꾸는 일을 게을리하지 않은 결과, 모인여인들 중에서도 유난히 점잖고 우아해 보였다. 삼부인은 큰소리를 내지 않고 그저 유감스럽다는 듯 말했다.

"도향, 어르신께서 돌아오시면 바로 너를 정식으로 맞이하겠다고 말씀하셨는데, 어찌하여 이렇게 풍기문란한 일을 저질렀느냐. 본 부인으로서는 이런 일을 용납할 수가 없구나."

"언니, 그런 말은 더 해서 무엇해요? 제가 보기에는, 어서 곤장으로 때려죽여 버리면, 우리 제갈가가 더 이상 더럽혀지지 않을 거예요."

도향의 안색이 창백해졌다. 그녀는 두 손으로 가슴을 감싼 채 땅 위에 무릎을 꿇고 온몸을 떨고 있었다. 그녀는 때때로 정신없는 눈초리로 곁에 있는 남자를 곁눈질했는데, 남자도 새파랗게 질린 채 부들부들 떠는 것이 자기보다도 딱해 보였다.

도염원에 들어와 이 장면을 본 제갈월의 안색이 변했다. 칠부인이 공적이라도 자랑하듯 그간의 사연을 설명하자 제갈월의 눈에 예리한 빛이 감돌기 시작했다. 그는 얼굴을 굳힌 채 생각에 잠겼다.

"큰 도련님!"

주순은 제갈회를 보자마자 바로 물에 빠진 사람이 지푸라기라도 본 듯, 울면서 앞으로 기어 나와 눈물 콧물 다 흘리며 큰 소리로 외치기 시작했다.

"저 여인이 먼저 저를 유혹했습니다. 저에게 이 서신을 보냈어요. 와 달라고 말이지요. 제가 들어가니 옷을 벗고 유혹하지 뭡니까. 노비는 어르신과 도련님께서 노비에게 베풀어 주신 은혜를 기억하고, 머리에는 그저 죽을 때까지 제갈가를 위해 헌신할 생각뿐입니다. 네, 죽을 때까지요. 어찌 제가 이런 대역무도한 일을 벌이겠습니까? 노비는 죽기를 각오하고 저항하여 겨우 저 간부의 마음대로 하지 않았습니다. 노비는 억울합니다. 노비는 사전에 내막을 전혀 알지 못했습니다!"

"당신! 당신…… 양심이란 게 없는 거야? 명백하게 당신이……."

"아직도 입을 열다니!"

철썩 소리가 울려 퍼졌다. 칠부인이 도향의 뺨을 때리며 냉소했다.

"천한 것. 저질스러운 방법으로 나를 해치려 했겠다. 결국 그 돌로 제 발등을 찧은 셈이니, 자업자득이지!"

여기까지 지켜본 제갈월이 몸을 돌렸다.

"넷째야! 어디 가느냐?"

제갈회가 당황하여 제갈월을 불렀다.

"형님, 급히 처리해야 할 일이 생각났습니다. 일을 끝낸 후 다시 형님께 오겠습니다."

제갈월은 그 말만을 내려놓고, 도염원을 떠나 청산원 방향으로 발길을 재촉했다.

제갈월이 쾅 소리가 나도록 청산원의 대문을 밀어 열었다. 정원의 난초에 물을 주고 있던 환아며 다른 시녀들이 재빨리 한 옆으로 물러서서 공손하게 예를 행했다. 제갈월은 그녀들을 보는 둥 마는 둥, 발걸음을 멈추지 않고 하인들의 방으로 향했다.

"성아는 어디 있지? 누가 지키고 있지?"

"성아는 몸이 좋지 않아서 방에서 쉬고 있어요."

어린 시녀 하나가 대답했다. 환아는 성아가 벌을 받을까 두려운 나머지 서둘러 변명했다.

"성아는 하루 종일 저희와 차를 고르다가 막 방으로 돌아간 참입니다."

제갈월이 어두운 표정으로 성큼성큼 성아의 방으로 걸어갔다. 월칠이 곁에서 조용히 말했다.

"성아는 확실히 오늘 하루 종일 작은 주방에 있었습니다. 속하는 그녀가 나가는 것을 보지 못했습니다."

문이 열렸고, 제갈월은 음울한 얼굴로 성아의 방에 들어갔다. 그녀는 창백한 안색으로 침상에 누워 있었다. 정말로 몸이 좋지 않은 모양새였다.

제갈월은 조금 당황했다. 성아가 정말로 방 안에 있을 줄은 몰랐던 것이다. 그러나 왜인지 모르게, 그녀가 방 안에 잘 누워 있는 것을 보자 갑자기 안도감이 들었다. 마치 무거운 바윗덩이를 들고 있다가 내려놓은 듯, 제갈월은 뭐라 표현할 수 없이 안심하고 있었다.

"넷째 도련님?"

초교는 놀란 듯 이불을 꽉 끌어안고 몸을 일으켜 앉았다. 막 잠에서 깨어난 듯한 목소리였다.

"성아가 뭔가 잘못했나요?"

제갈월은 멈칫했다가 고개를 흔들며 약간 쑥스럽게 답했다.

"아니다. 환아에게서 네가 아프다는 이야기를 듣고 보러 왔다."

"아!"

초교가 고개를 끄덕였다.

"이렇게 많은 사람을 데리고 성아를 보러 와 주시다니, 성아가 도련님께 감사드립니다."

제갈월은 즉시 얼굴이 붉어지고 말았다. 그는 당황하여 뭐라 말해야 할지도 모르고 그저 그 자리에 서서 목을 가다듬으며 기침만 한 번 했다.

주성은 제갈월이 쑥스러워하는 것을 보고 분위기를 바꾸기 위해 앞으로 나서서 말했다.

"성아, 도련님께서 너를 보러 오셨는데 몸도 일으키지 않는 것이냐?"

성아가 당황했다. 그녀는 긴장한 표정으로, 입술을 깨물고 미동도 하지 않았다.

제갈월의 눈빛이 차가워졌다. 의심이 다시 솟아 올라왔다. 오늘의 일은 상당히 수고를 들여야 하는 일이었다. 그녀가 겹겹이 있는 초소들을 피하려면 조심스럽게 잠행했어야만 했을 것이다. 그렇다면 몸에 걸친 옷에 분명 어떤 흔적이 남았을 것이다. 자신이 소식을 듣자마자 서둘러 돌아왔으니, 사람들의 눈을 피해 움직인 사람보다 그렇게 많이 늦지는 않았을 것이다. 성아가 저리 긴장하고 있는 것은, 저 이불 아래에 자신이 보아서는 안 될 것이 있기 때문이 아닐까?

"성아."

제갈월이 그녀를 노려보며 천천히 앞으로 걸어갔다.

"차를 우려 다오."

성아가 당황한 얼굴로 입술을 깨문 채 말했다.

"도련님께서 먼저 나가 주시면…… 성아가 잠시 후에……
잠시 후에 일어나 문후 올리겠습니다."

"그럴 수 없다."

제갈월은 침상가로 다가가 가늘고 긴 손가락으로 초교의 몸
위에 얹힌 얇은 비단 이불을 잡았다. 칠흑과 같은 두 눈이 초교
의 커다란 눈망울 가까이 다가갔다. 제갈월은 단호하게 말했다.

"지금 마시고 싶다."

"아!"

놀란 비명이 갑자기 터져 나왔다. 모든 이들이 즉시 눈을 휘
둥그렇게 떴고, 여기저기서 탄식이 섞인 비명 소리가 들렸다.

작은 침상 위에 깡마른 아이가 두 무릎을 끌어안고, 얼굴을
팔 깊은 곳에 묻고 있었다. 두 어깨는 떨리고 있었고, 검은 머
리카락이 어깨 위로 흘러내리고 있었는데, 뜻밖에도 그녀는 실
오라기 하나 걸치고 있지 않았다.

제갈월은 당황한 나머지 이불을 잡은 채로 굳어 버렸다. 한
참 후, 그의 잘생긴 얼굴이 새빨갛게 달아올랐다. 그는 재빨리
몸을 돌리고, 눈을 크게 뜨고 있는 하인들에게 노한 목소리로
외쳤다.

"다들 뭘 보고 있는 게냐? 어서 꺼져라!"

하인들도 꿈에서 깨어난 것처럼 분분히 방에서 나갔다.

제갈월은 이불을 초교의 몸 위에 떨어뜨리고는 평소의 진중
한 어조와는 달리 약간은 안달이 난 듯 외쳤다.

"어서 옷을 입어라!"

그러나 대답은 돌아오지 않았다. 웅크린 아이는 그저 낮은 흐느낌 소리만 내고 있었다. 제갈월은 이맛살을 찌푸렸지만 자신이 누구에게 화가 난 것인지조차 알 수 없는 심정이었다. 그는 결국 성가시다는 듯 소리쳤다.

"됐다. 그대로 누워 있어라."

제갈월은 바로 성큼성큼 방문을 나서서 쾅 소리가 나도록 문을 닫았다. 방 안에 혼자 남은 초교가 고개를 들었다. 여전히 담담한 안색에 눈빛은 고요했고, 상처받은 표정은 전혀 보이지 않았다.

초교는 요를 들고 그 아래 뭉쳐 놓은, 진흙으로 더러워진 옷을 땅 위로 내던졌다. 제갈월은 확실히 경계해야 하는 인물이었다. 그가 어찌나 빨리 도착했던지, 초교는 채 옷을 새로 입을 시간조차 없었다.

그러나 이렇게 된 것도 좋은 일이었다. 이런 상황이니, 아마 오후 내내 아무도 감히 그녀의 방에 들어올 엄두를 내지 못할 것이다. 이대로라면 그녀는 다음 일을 처리할 시간을 번 셈이었다.

초교는 고개를 숙이고 살며시 웃었다. 어린 얼굴에 어울리지 않는 음침한 기색이 어리고 있었다.

빚을 돌려줄 때였다.

제10장 원수를 베다

초교가 옷을 막 새로 입었을 때, 누군가가 문을 두드렸다. 환아가 흥분한 표정으로 웃으며 방 안으로 들어왔다.

"성아, 좋은 소식이 있는데 들어 볼래?"

초교가 높은 의자에 걸터앉아 차를 한 잔 따르며 얌전하게 말했다.

"말해 봐."

"성아!"

환아는 불만족스러운 듯 입술을 삐죽거렸다.

"대체 듣고 싶은 거야, 아닌 거야. 조금도 흥분하는 기색이 없잖아."

초교는 입을 다물고 웃기만 했다.

"말할 거면 그냥 말해. 내가 듣고 싶지 않다고 해도 어차피 말할 거잖아."

"흥, 너랑은 시시콜콜 따지지 말아야 해. 어쨌든 정말 좋은 소식이라고."

환아가 웃으며 말했다.

"외부의 주 집사와 내부에서 새로 총애를 받은 가희가 사통하다가 일곱째 마님께 현장을 들켰다지 뭐야. 셋째 마님과 큰 도련님께서도 모두 놀라셨어. 그 가희는 우물에 던져졌고, 주 집사는 곧장 50대를 맞는다고 하더라. 어때, 좋은 소식이지?"

찻잔을 받쳐 든 손이 잠시 멈췄다. 초교는 두 눈을 천천히 가늘게 뜨며 자신 안에 요동치는 감정을 살그머니 감추고, 고개를 끄덕였다.

"확실히 좋은 소식이네."

환아가 화를 내며 말했다.

"그러니까. 주순은 계속 다른 사람들을 괴롭혔잖아. 우리 같은 노비 중에 어디 주순에게 한 번 안 당해 본 사람 있나? 너희 형가 아이들이 둘째 어르신의…… 그곳에 보내진 것도 결국 그가 관련되어 있고. 오늘 호되게 한바탕 맞는다니, 그야말로 하늘이 눈을 뜨신 거지. 우리를 대신해 마음속 원한을 풀어 주시려는 거라고."

초교는 안색 하나 변하지 않고, 의기소침한 기분을 억누르려고 노력하며 온화하게 말했다.

"내방의 가희와 함부로 사통했는데 겨우 50대라니, 벌이 너무 어린애 장난 같은걸."

"누가 아니래?"

환아가 말했다.

"일곱째 마님께서도 화를 이기지 못하고 넷째 도련님께 시비를 가려 달라고 하셨지. 안타깝게도 우리 도련님께서는 이 일에 관여하고 싶지 않다고 하셨어. 큰 마님과 어르신께서 모두 부에 계시지 아니 하니, 모든 것은 큰 도련님의 말씀을 따르면 된다고 말이야. 주순은 또 큰 도련님의 사람이니, 후."

초교가 고개를 끄덕이며 천천히 말했다.

"그래, 잘 알았어. 알려 주러 와서 고마워."

환아는 초교가 뭔가 이상하다는 것을 깨닫고 자신도 모르게 불안한 마음이 들었다.

"성아, 몸이 불편한 건 아니니? 의원님을 불러다 줄까?"

"아니야."

초교는 담담하게 웃으며 대답했다.

"조금 쉬면 괜찮아질 거야."

"응."

환아는 고개를 끄덕이며 방을 떠났다. 문이 닫히자, 초교의 안색이 즉시 가라앉았다. 이렇게 했는데도 주순을 쓰러뜨릴 수 없다니. 그렇다면 직접 손을 쓰는 수밖에 없다.

초교는 천천히 입술을 깨물었다. 아무리 봐도 새로 계획을 짜야 할 것 같았다.

주순이 사는 곳 대문은 꽉 닫혀 있었다. 그러나 멀리서도 남자의 돼지 멱따는 듯한 비명 소리를 들을 수 있었다. 지나가는 하인들은 모두 눈을 내리깔고 고개를 숙였다. 그들 중 누구도 감히 제대로 고개를 들지 못했지만, 동시에 모두의 얼굴에는 주순의 불행을 기뻐하는 표정이 떠올라 있었다. 그들 모두 설에 품삯을 받을 때보다 더 즐거운 듯했다.

엉덩이를 드러낸 채 침상 위에 엎드려 있는 주순은 처참하게 울부짖는 한편, 약을 발라 주는 시종들에게 욕설을 퍼붓고 있었다. 마치 자신을 때려 이 꼴로 만든 것이 그들이라는 듯.

"이 자식들이! 노부를 아프게 만들어 죽일 셈이냐!"

시종 하나가 식은땀을 흘리며 조심스럽게 말했다.

"주 집사님, 조금만 참으시지요. 피부와 바지가 엉겨 붙어서 떼어 내야 합니다."

방 동쪽으로는 호수가 있었는데 그쪽 창밖에 나무가 몇 그루 있었다. 그중 한 나무 위에서 초교가 날카로운 비수를 창틈으로 끼워 넣었다. 주 집사가 비명을 지르는 틈을 타 소리 없이 창의 빗장을 벗겨 낸 그녀는 자신이 만든 접이식 활과 화살을 받쳐 든 채 천천히 몸을 일으켜 주순의 머리를 겨냥했다.

이 활과 화살은 남아프리카의 밀림 부족이 대대로 쓰던 물건으로, 쉽게 분해하거나 접을 수 있고, 근거리에서 발사할 경우 매우 정확하고 소리도 나지 않았다. 초교는 예전에 국외에서 잠복 임무를 맡았을 때, 경계가 심한 프라이빗 파티에 숨어들어 이 활로 목표 인물을 죽인 적이 있었다. 이 활은 휴대하기 간편하면서도 살상력이 매우 뛰어나, 기교가 좋은 사냥꾼이라면 이 활만으로도 호랑이를 잡을 수 있을 정도였다. 마땅한 병기가 드문 시대에, 이 활은 자객을 위해 맞춤 제작된 무기나 마찬가지였다. 주순은 어떤 의미에서 행운아였다. 그는 시대와 지역을 뛰어넘은 훌륭한 무기에 죽는 첫 번째 사람이 될 테니까.

그때, 하인이 대경실색하며 뛰어 들어와 큰 소리로 외쳤다.

"집사님, 집사님!"

"왜 이리 소란스러워?"

주순이 욕설을 섞어 투덜거렸다.

"초상이라도 났나? 노부는 아직 죽지 않았다!"

그 하인이 서둘러 말했다.

"집사님, 별원에서 사람이 왔습니다요. 둘째 어르신께 약속했던 소녀 노비가 어찌 아직 오지 않았느냐고······."

주순은 당황하여, 맞아서 문드러진 엉덩이도 잊고 즉시 펄쩍 뛰어올랐다가, 신음을 내뱉으며 침상에 엎드려 처절하게 통곡하며 말했다.

"그 시녀는 아마 안 될 것 같다. 넷째 도련님께서 놓아주지 않으실 게야. 대신 내가 새로 사 온 노비 열을 희락원에 준비해 두었으니, 일단 그들을 먼저 데려가거라."

"예, 알았습니다요."

하인이 대답하고 밖으로 뛰어나가자 주순이 그의 뒤통수에 대고 큰 소리로 외쳤다.

"어르신께 꼭 말씀드려라! 내가 중병에 걸렸다고 말이다. 병이 나으면 다시 문후를 올리러 간다고."

창밖의 초교는 활을 조용히 내려놓았다. 마음속에 다른 생각이 떠오르고 있었다.

아마도 주순을 다른 방법으로 제거할 수 있을 것이다. 손에 피를 묻히지 않고도.

희락원의 우리를 열자 도저히 참고 맡기 힘든 악취가 쏟아져 나왔다. 아이들을 데리러 온 별원 집사는 미간을 찡그리며 코를 잡고 말했다.

"이게 다 뭐야? 이런 더러운 것들을 어르신께 올리란 말인가?"

하인이 재빨리 허리를 굽실거리며 말했다.

"최근 노비를 사기가 쉽지 않습니다. 우리 제갈부에서 사겠다고만 하면 모두 죽어라고 값을 올리거든요. 이 몇 명도 온갖 궁리를 짜내 찾아온 애들입니다. 하지만 안심하세요. 일단 깨끗하게 씻기면 분명히 모두 어린 미인들일 테니까요. 어르신께서 보시면 마음에 꽃이 핀 것처럼 기쁘실 것입니다."

"됐다. 쓸데없는 소리는 그만하고, 끌어내라."

우리 안에 있던 아이들은 팔려 온 후로 계속 우리 안에 갇혀 있었기 때문에 오랫동안 햇빛을 보지 못한 참이라, 놀라고 두려운 표정으로 눈을 가리고 한데 모여 있었다.

별원의 집사가 흘깃 보더니 눈가를 찌푸렸다.

"열 명이라 하지 않았느냐? 어째서 열하나지?"

"예?"

하인이 서둘러 수를 센 후 말했다.

"아무래도 집사님이 잘못 기억하신 것 같습니다. 제가 가서 여쭤 보겠습니다."

"됐다, 내가 그리 한가한 줄 아느냐? 물어볼 필요 없으니 데려가라!"

힘이 세 보이는 장정 몇 명이 앞으로 나오더니 한 아이를 힘껏 밀치며 큰 소리로 외쳤다.

"모두 따라와라!"

아이들은 겁에 질렸고, 즉시 누군가가 작은 소리로 울기 시작했다.

"감히 우는 소리를 내면 단칼에 베어 버릴 테다! 어서 그치지 못해!"

하인은 사납게 소리치며 그중 그나마 깔끔해 보이는 아이를 잡아끌었다.

바로 그때, 그 아이가 하인의 손목을 물었다. 하인이 비명을 지르며 아이의 손을 놓자, 그 아이는 즉시 토끼라도 된 것처럼 재빠르게 도망쳤다.

"악! 도망친다! 쫓아라, 어서 잡아 와!"

제갈부 하인들은 그 아이가 뛰는 방향을 보고는 즉시 대경실색하여 별원의 집사를 잡고 큰 소리로 외쳤다.

"축祝 집사, 그쪽은 넷째 도련님의 청산원입니다. 가면 안 됩니다!"

"도망친 노비를 잡으려는 것뿐인데, 가면 안 될 것은 또

뭐냐?"

화난 축 집사가 그렇게 소리치며 자신을 잡은 하인의 손을 밀어 버리고는, 아이가 도망친 방향을 따라 쫓기 시작했다.

청산원의 대문이 쾅 소리와 함께 열리고, 제갈석의 수하들이 정원으로 들어왔다. 낭하에 쭈그리고 앉아 화병을 닦고 있던 환아 등 어린 시녀들은 깜짝 놀랐다.

제갈월은 막 제갈회의 부름을 받고 홍산원으로 갔고, 주성 등 몇몇 시위들도 모두 자리를 비운 참이었다. 제갈월은 조용한 것을 좋아하여 자신의 정원에 사람을 많이 두지 않았기 때문에, 지금 청산원에 있는 것은 시녀 몇 명뿐이었다.

환아는 시녀들 중에서 나이가 많은 편이었기 때문에, 떨면서도 앞으로 나섰다.

"다들 뭐 하는 자들이냐? 어찌 이리 대담하지? 이곳이 제갈부 넷째 공자님의 정원이라는 것을 모르느냐?"

"아가씨, 우리는 그저 도망친 노비를 잡으러 온 것뿐이니, 만약 우리가 무례를 저지르더라도 양해해 주시지요."

"노비를 잡으러 어찌 이곳으로 온단 말이냐?"

환아는 상대의 말투가 어느 정도 예의 바른 것을 듣고, 조금 대담해져서 소리쳤다.

"너희들은 어느 저택에서 온 노비들이냐? 어찌 규칙을 하나도 모른단 말이냐?"

"우리는 외부 별원에 계신 둘째 어르신의 사람입니다. 아가씨가 일러바치고 싶다면 얼마든지 넷째 도련님을 찾아가시면 됩니다. 잠시 후에 우리도 어르신께 알리러 갈 테니까요."

제갈석의 이름을 듣자마자 환아는 바로 진저리를 치며 숨도 제대로 쉬지 못했다.

"우리는 아무 노비도 보지 못했어요. 당신들은······ 당신들은 함부로 들어오지 말아요."

시종 하나가 앞으로 나섰다.

"바로 저 방입니다. 제가 직접 그 애가 창문을 통해 저 방으로 들어가는 것을 보았습니다."

환아가 놀라며 서둘러 말했다.

"거기는 도련님께서 곁에 두시는 시녀의 방이에요. 들어갈 수 없어요."

축 집사가 의심스럽다는 듯 환아를 흘깃 보더니 나지막하게 말했다.

"들어가 잡아 와라."

"안 된다고요!"

환아가 앞으로 나섰지만 한 장정이 그녀를 꽉 붙잡았고, 다른 이들은 사납게 방 안으로 들어갔다.

"축 집사님, 이 아이입니다!"

"성아!"

환아가 발버둥 치며 큰 소리로 외쳤다.

"잘못 찾았어요! 이 아이는 우리 청산원의 시녀라고요, 당신들이 찾던 노비가 아니라!"

그러나 축 집사는 차가운 눈으로 환아를 일별하며 말했다.

"너희 노비들끼리 서로 비호하는 광경이야 많이 봤다. 앞으로는 좀 솔직하게 굴도록 해라. 계속 그런 식으로 굴면 일이 시끄러워지고, 너에게 좋을 일이 없을 테니까."

말을 마친 축 집사는 장정 무리들을 모아 초교를 데리고 청산원을 빠져나갔다.

"성아!"

환아는 소리 지르다가 마지막으로 청산원을 빠져나가려는 제갈부의 장정을 잡았다.

"너는 주순 집사 곁에 있는 노비가 아니냐? 네가 저들을 데려온 것이냐? 어서 성아를 다시 데려오지 못해!"

하인은 도무지 영문을 알 수 없었다. 그 어린 노비가 몸을 굴려 방으로 들어가는 것을 직접 보았는데, 이 청산원의 시녀가 뜻밖에도 그 어린 노비와 잘 아는 사이인 모양이었다. 그는 인상을 찌푸리며 투덜거렸다.

"막무가내로 굴지 말라고. 저들은 모두 주 집사님이 둘째 어르신께 보내기로 결정하신 여자 노비들이라고. 네가 계속 말썽을 피우면, 주 집사님은 너도 어르신께 보내려고 하실걸."

말을 마친 하인은 냉정하게 청산원을 떠났고, 환아는 눈만 크게 뜬 채 못 박힌 듯 그 자리에 서 있었다. 다른 시녀들은 움츠러든 채 뒤에 서서 차마 앞으로 나서지 못했다.

"맞아, 넷째 도련님을 찾으러 가야겠어!"

겨우 정신을 차린 환아는 눈물을 훔치며 홍산원 방향으로 빠르게 뛰기 시작했다.

제갈월은 제갈회의 서재에서 함께 이야기를 나누고 있었다. 그때 갑자기 주성이 밖에서 제갈월을 불렀다.

"넷째 도련님, 환아가 급한 일이 있어 뵈어야겠다고 합니다."

제갈월은 미간을 찌푸리며 나지막하게 말했다.

"돌아가서 하면 안 될 이야기라도 있다더냐? 다들 점점 막무가내로 구는군. 돌아가 기다리라고 해라."

그러나 잠시 침묵이 흐른 후, 주성이 다시 문을 두드리며 외쳤다.

"넷째 도련님, 성아…… 성아 아가씨가 주순 집사가 보낸 사람들에게 끌려갔다고 합니다."

제갈월이 자리에서 벌떡 일어나 방문을 열고 차갑게 물었다.

"그게 무슨 소리냐?"

주성의 이마에 식은땀이 흐르고 있었다. 방 안에 있는 제갈회가 의심스러운 표정으로 이 장면을 지켜보고 있었다. 주성은 입술을 핥으며 천천히 말했다.

"주 집사의 하인이, 노비 하나가 도망쳤다고 했답니다. 그들이 성아 아가씨를 도망친 노비라고 우기면서, 억지로 청산원에서 끌고 갔다고 하더군요."

"끌고 갔다? 어디로 말이냐?"

"……둘째 어르신의 별원으로 데려간다 했다고 합니다."

순간 제갈월의 얼굴이 더 이상 일그러질 수 없을 정도로 일

그러졌다.

"아마 사람을 잘못 본 모양이지. 주순이 상처를 입은 후로 실수가 잦아졌어."

제갈회가 자리에서 일어나 제갈월의 어깨를 두드리며 담담하게 미소 지었다.

"넷째야, 기왕 이렇게 된 것 그냥 잊어버려라. 그래 봐야 겨우 시녀 하나 아니냐. 며칠 후 큰형이 괜찮은 아이들로 몇 명 뽑아 너에게 보내 주마. 결코 네가 손해 보는 일은 아닐 거라고 장담하지."

그러나 제갈월은 제갈회의 말이 들리지 않는 것처럼 주성을 노려보며 나지막하게 물었다.

"간 지 얼마나 되었지?"

"반…… 반 시진 좀 못 되었다고 합니다."

제갈월이 말없이 성큼성큼 걸어 나갔다. 주성과 청산원의 하인들은 그럴 줄 알았다는 듯, 조용히 그 뒤를 따랐다.

초교가 제갈석에게 잡혀갔다는 소식을 제갈월이 듣고 있던 그 순간, 위씨 문벌의 사당에서 위광이 황금으로 만든 화살 하나를 위서엽에게 건네주고 있었다. 노인은 진지한 표정으로 천천히 말했다.

"엽아, 숙부를 실망시키지 말아 다오. 위가의 선조들을 실망시키는 것은 더더욱 아니 될 일이고."

위서엽은 두 손으로 황금 화살을 받쳐 들고 바라보았다. 그의 눈에서는 격렬한 빛이 요동쳤다. 그는 무슨 말을 하려 했지만, 마치 물에서 나온 물고기처럼 입술만 움직일 뿐 결국은 단한 마디도 토해 내지 못했다.

"엽아, 위가의 선조들이 너를 지켜보고 있다. 네 부친도 너를 보고 있을 게다. 어떻게 해야 할지는 스스로 알 것이라 믿는다."

위서엽은 한참 후에야 겨우 천천히 입을 열었다.

"누구입니까?"

위광은 담담하게 미소 지으며 손가락을 찻잔 안에 담갔다. 그 후 향대 위에 천천히 한 글자를 썼다.

위서엽의 눈이 커졌다. 그는 얼굴을 찌푸리며 믿을 수 없다는 듯 늙은 위광을 바라보았다. 마치 해답이라도 구하는 표정이었다.

"성금궁 주인 되시는 분의 뜻이다. 얘야, 가거라. 너는 이유를 알 필요가 없다. 네가 알아야 하는 것은 이 모든 일이 위가를 위한 것이라는 것, 우리 위씨 일족 300년의 영예를 위한 것이라는 것이다. 그것이면 족하다."

위서엽이 물러 나갔다. 그가 떠난 빈 공간으로 석양이 들어와 모든 것을 피와 같은 붉은빛으로 물들여 버렸다.

짙은 녹색의 금포를 입은 위경魏景이 후당에서 걸어 나와 노인 곁으로 다가왔다. 그의 눈빛은 얼음처럼 차가웠고, 평소의 잘난 척하는 모습은 찾을 길이 없었다. 그가 공손하게 예를 행했다.

"숙부님."

"모두 준비되었느냐?"

"안심하십시오. 준비를 끝냈습니다."

"그렇구나."

위광은 살짝 고개를 끄덕이더니, 조상의 영위에 고개를 조아리며 향을 살랐다. 화려한 옷자락이 땅 위에 끌리고, 은은한 향의 재가 말려 올라갔다.

위광이 몸을 일으키자 위경이 서둘러 그를 부축하며 담담한 어조로, 마치 잡담이라도 건네듯 말했다.

"숙부님께서 보시기에, 이번 북쪽의 그분은 승산이 얼마나 있겠습니까?"

"아……."

위광이 낮게 조소했다.

"10분의 1도 없지."

위경은 이맛살을 찌푸리고 의심스럽다는 듯 말했다.

"연북은 땅이 광활하고, 사람들은 용맹합니다. 비록 기후가 매우 춥다 하나, 서역에 접하고 있어 무역도 번화하고요. 북선北選을 실행한 후로는 인재도 모이고 있지 않습니까. 연왕이 대단한 영웅으로 보이지는 않지만, 백성들에게는 선정을 베풀어 사랑을 받고 있지요. 승산이 그리 없다고 보이지는 않습니다."

위광은 얼굴 가득한 주름을 찡그리며 깊이 숨을 들이마셨다.

"필부는 죄가 없으나, 몸에 옥을 지니면 죄를 얻게 되는 법이다. 너는 성금궁의 그분께서 무엇 때문에 그를 제거하기로 결정하셨는지 아느냐? 오랫동안 아무 잘못도 저지르지 않는 사람이 있다면, 그의 존재 자체가 잘못이 되는 것이다. 권모술수의 도라는 것은, 균형을 중시해야 한다. 극도로 성하면 쇠락하게 되어 있고, 모든 것은 한 바퀴 돌면 다시 돌아가기 마련이다. 연세성燕世城은 바로 그렇게 좋은 조건을 많이 가지고 있기 때문에 죽을 운명에 처하게 된 것이다. 게다가."

위광은 흐흐 웃었다.

"한 나무에 어찌 두 열매가 열리겠느냐? 연북이 대동大同으로 흥하였다면 대동으로 인해 망하는 법이지."

위광은 자신이 가장 아끼는 조카를 바라보며 의미심장하게 말했다.

"경아, 사람들은 모두 장로회의 권력이 대하를 제패했고, 칠대가문이 이름만 신하일 뿐 실제로는 황가나 마찬가지라고 말한다. 그러나 숙부가 진실을 알려 주마. 궁에 계신 그분이야말로 대하의 진정한 주인이시다. 이것만은 영원히 잊지 말아야 한다."

위경은 위광이 이렇게 정색하고 이야기하는 것을 거의 본적 없었다. 그는 재빨리 고개를 숙이고 공손하게 답했다.

위광이 심호흡을 하고 다시 천천히 말했다.

"연왕은 그런 이유로 승산이 없는 것이다. 그는 단 한 번도 반란을 꿈꾸어 본 적이 없지. 그리고 그렇기 때문에 죄를 뒤집어씌우려 한다면야 얼마든지……. 하하."

핏빛 석양이 내려앉았다. 진황성 거리에서 누군가가 갑자기 하늘을 가리키며 놀란 비명을 질렀다. 사람들이 고개를 들어

보니 마치 피를 흘리는 듯한 붉은 별이 채 어두워지지 않은 하늘의 장막 위에서 기이할 정도로 반짝이고 있었다.

자신이 초래한 일을 알게 된 주순이 제갈부의 대문 밖으로 내쫓기고 있었다. 제갈월은 살기등등하게 말 위에 올라탔고, 주순은 잠시 모든 고통을 잊은 채 제갈월을 향해 슬프게 울부짖었다.

"넷째 도련님, 노비의 설명을 들어 주십시오! 이것은 오해입니다!"

철썩 소리와 함께, 한 줄기 핏물이 삽시간에 하늘로 치솟았다. 주순의 참혹한 비명 소리 속에 투실투실 살찐 귀 하나가 땅 위에 떨어졌다.

"목숨을 부지한 채, 내가 돌아올 때까지 기다려라."

제갈월의 표정은 침울했다. 어조는 평온했지만, 모든 이의 귀에 들리는 그의 목소리는 이유 없이 음산했다. 제갈월은 차가운 눈길로 말을 돌렸고, 시위들은 동정하듯 주순을 흘깃 보고는 즉시 제갈월을 따랐다.

최근 손 하나를 잃은 남자가 또다시 귀 하나를 잃고 땅 위를 구르며 슬프게 울부짖었으나, 과거 그의 심복이라고 자처하던 자들도 감히 그를 부축하러 나서지 않았다.

저녁 무렵, 하늘에서 눈발이 날리기 시작했다. 연순은 설백의 담비 모피를 입고 방한모를 쓴 채 은빛으로 물든 적수의 호반에 서 있었다. 얼핏 보면 화려한 옷을 입은 소년이 고요한 눈길로 이 얼어붙은 호수의 설경을 바라보고 있는 것 같았다. 소년의 몸가짐에는 자연스러운 품위가 배어 있었고, 호방하고 세상에 구속받지 않는 매력도 아울러 지니고 있었다.

석양이 점차 산 아래로 떨어졌고, 성금궁 쪽에서는 만 년 동안 꺼지지 않는다는 고래 유등이 찬란하게 빛을 발하고 있었다. 연순은 궁문 쪽을 바라보다가 점차 눈길을 모으고 생각에 잠겼다. 그때였다.

"저하!"

서동 풍민이 숨을 헐떡거리며 달려왔다.

"큰일 났습니다!"

연순이 눈썹을 치켜세웠다.

"무슨 일이냐?"

"그 성아 아가씨 말인데요, 듣자 하니 제갈부의 둘째 어르신이 팔흥호동八興胡同에 있는 별원으로 데려갔다고 합니다."

"뭐라고?"

연순의 날카로운 눈썹이 즉시 위로 올라갔다.

"언제의 일이냐? 그 이야기는 어디서 들었고? 정확한 소식인가?"

"제갈부에서 청소하는 하인에게 들었습니다. 자세한 내용은 저도 모릅니다. 그저 청산원의 성아 아가씨라고……."

연순은 미간을 찌푸린 채 한참 망설이더니 갑자기 말 위에 올라탔다.

"풍민, 팔흥호동으로 가자."

"아?"

풍민이 당황하여 외쳤다.

"저하, 정말 가시려고요? 만일 제가 들은 이야기가 정확한 것이 아니면 어쩌시게요? 더 기다리시는 것이 어떨까요?"

연순이 고개를 저었다.

"정확한 소식이 아니라면 다시 돌아오면 될 일이다."

"어떤 핑계라도 있어야 하지 않을까요? 떠들썩하게 판을 벌이며 쳐들어가서 사람을 찾을 수는 없는 노릇 아닙니까?"

연순이 눈을 한 바퀴 굴리더니 말했다.

"진황성을 떠나기 전에 인사차 들른 것이라고 하면 되겠지. 가자."

성의 서쪽 방향에 3백 명의 병사들이 조용히 기다리고 있었다. 척후병이 말을 타고 빠른 속도로 달려오더니 젊은 장수에게 말했다.

"소장께 보고드립니다. 연순 세자는 팔흥호동의 제갈부 별원으로 향하고 있습니다."

"제갈가라고?"

위서엽이 미간을 찌푸리며 중얼거렸다.

"연순이 제갈가에 무엇 때문에 가고 있는 거지? 설마 제갈가가 끼어들기로 한 건가? 제갈목청은 장로회에도 참가하지 않았는데, 설마 다른 뜻이 있어 이번 일을 피했던 것인가?"

"소장."

강하가 위서엽을 불렀다.

"속하는 그럴 리 없다고 생각합니다. 제갈목청은 평소 파도와 사이가 좋은 편이었지요. 이번 장로회도 동쪽 봉지에 홍수가 들어 참가할 수 없었던 것뿐이니, 속하 생각에 연순 세자가 제갈별원으로 가고 있는 것은 그저 공교로운 우연에 불과합니다."

위서엽이 고개를 끄덕였다.

"그렇다면 일이 아주 쉬워지겠군."

위서엽이 고개를 들어 하늘을 바라보았다. 차가운 달은 텅비어 있었다. 위서엽이 천천히 말했다.

"시간이 되었다."

대군이 제갈가의 둘째 어르신 제갈석의 저택을 향해 빠르게 움직이기 시작했다.

제갈월, 연순, 위서엽 세 사람이 말을 달려 제갈석의 저택으로 향하고 있을 때, 본래 사죽 소리가 끊이지 않아야 할 추낭관雛娘館은 죽음과 같은 적막함에 빠져들고 있었다.

날카로운 비수 끝에서 흘러내린 선혈이 낙타털로 짠 깔개에 스며들어 새빨간 무늬를 만들고 있었다. 창밖에서 불어온 밤바람이 방 안의 열기를 식히며, 사치스러운 동시에 부패한 향기를 몰아내고 있었다. 제갈석의 늙은 얼굴은 공포에 질려 있었다. 그는 도저히 믿을 수 없다는 듯, 제 어깨까지도 오지 않는 작은 아이를 바라보았다. 모래시계 안의 모래가 천천히 흘러내렸다. 마침내, 쿵 소리와 함께 제갈석이 쓰러졌다.

"살려 달라는 건가?"

초교가 속삭였다. 그녀는 살짝 고개를 숙이고 경멸하듯 노인의 얼굴을 바라보았다. 자꾸만 구역질이 올라왔다. 그 어두운 밤에 보았던 즙상의 시신이 칼처럼 그녀의 신경을 베고 있었다. 초교는 노인의 얼굴을 응시하며 말했다.

"예전에 아주 많은 사람들이 너에게 살려 달라고 애원했겠지. 그때 너는 왜 그들을 살려 주지 않았지?"

제갈석의 목에서 선혈이 분수처럼 뿜어 나왔다. 높은 지위와 부유한 생활을 누렸지만, 비겁하게 죽음을 두려워하는 귀족 노인은 몸을 떨면서도 계속 앞으로 기어가고 있었다. 어떻게든 이 마귀 같은 아이에게서 멀어지고 싶었다. 그의 몸에서 흘러나온 선혈이 바닥에 긴 혈흔을 남겼는데, 보통 사람이라면 보기만 해도 몸서리를 칠 만큼 끔찍한 풍경이었다.

"너는 이미 충분히 오래 살았고, 이제 과거에 저지른 짓의 대가를 치를 때가 된 거야. 하늘이 너를 거두지 아니 하셔서 내가 대신 거두러 온 것이다."

툭, 무엇인가가 부서지는 소리가 났다. 초교의 비수가 노인의 뼈를 가르고 깨끗하게 절단했다. 노인의 피가 삽시간에 사방으로 쏟아지고, 바닥은 어두운 자색으로 물들고 말았다.

초교는 무표정한 얼굴로, 눈도 채 감지 못한 제갈석의 머리를 바닥에 내던진 후 구석에서 떨고 있는 소녀들에게 다가갔다. 소녀들은 공포에 질려 한곳에 뭉쳐 있었다. 갑자기 포승줄에서 벗어나 대담하게 제갈석을 죽여 버린 초교는, 소녀들의 눈에 지옥의 악귀처럼 무서워 보였다. 소녀들은 초교가 없었다면 자신들이 지금 몇 명이나 살아 있을지 모른다는 사실을 깨닫지 못하고 있었다.

초교는 열 살 남짓한 소녀의 손을 잡았다. 소녀는 놀라서 창백해졌고, 입술도 덜덜 떨고 있었다. 초교는 담담한 목소리로 물었다.

"무서워?"

소녀는 넋을 잃은 듯한 눈길로 고개를 끄덕였다. 자신도 머리 없는 시체가 될까 봐 두려운 모양이었다. 소녀는 눈물 콧물을 다 흘리면서도 소리조차 내지 못했다.

"무서우면, 소리를 지르렴."

이곳에 끌려온 것을 보면 가난한 집 출신 아이임에 분명했다. 소녀는 나이는 어려도 세상일을 이해하고 있었다. 소녀는 재빨리 고개를 저었다.

"소리 내지 않겠어요, 아무것도 보지 못했어요, 제발 살려 주세요."

초교는 귀찮다는 듯 눈가를 찌푸렸다.

"내 말을 알아듣지 못하겠어? 소리를 지르라고."

"제발."

소녀가 울며 애원했다.

"살려 주세요, 내가 소나 말이 된 것처럼 무슨 일이라도 할 테…… 악!"

초교가 사납게 비수를 치켜들더니 소녀의 목을 향해 찔러 갔다. 본래 숨죽인 목소리로 애걸하던 소녀는 너무 놀란 나머지 큰 소리로 비명을 질렀다. 그러나 비수는 소녀의 목을 지나 뒤에 있는 침상의 기둥에 박혔고, 비명을 지르던 소녀는 전혀 상처를 입지 않았다.

"무슨 일이지? 어르신, 무슨 일이라도…… 앗! 살인이다!"

문밖을 지키던 시종이 비명 소리를 듣고 조심스럽게 머리를 들이밀었다가, 말을 끝내기도 전에 제갈석의 시신을 발견했다. 젊은 시종은 혼비백산하여 비명을 지르며 바닥에 주저앉았다가 겨우 몸을 일으켜 비틀거리며 달려 나갔다.

초교는 비수를 어루만지며 묵묵히 시간을 계산했다. 부 전체의 시위들이 시종의 비명을 다 들었을 때, 공중을 가르고 날아간 초교의 비수가 순식간에 시종의 뒤통수를 꿰뚫었다.

다들 허둥거리며 달려오는 소리가 들렸다. 초교는 재빨리 어린 노비들 틈에 끼어들었다. 스물이 넘는 장정들이 제갈석의 시신을 발견하고 얼굴이 흙빛이 되었다.

"어찌 된 일이냐?"

우두머리인 듯한 시위가 방 안의 노비들에게 고함쳤다.

"살인이에요!"

여덟 살 먹은 아이가 모든 이의 앞으로 나와 소리쳤다. 아이는 눈물을 줄줄 흘리면서 두려움에 떨며 외쳤다.

"사람이 죽었어요, 아…… 제갈 어르신을 죽였어요, 그리고 죽이고…… 무서워, 아……."

아이는 눈물 콧물을 한바탕 쏟아 내며 하소연했다. 아이의 작은 얼굴은 놀라서인지 창백하고, 부들부들 떨며 말하느라 혀까지 떨리는 것 같았다.

시위가 노한 목소리로 물었다.

"그래서 그자가 어디로 갔느냐?"

"저쪽!"

초교가 남쪽으로 살짝 열린 창을 가리켰다.

"저리로 뛰어갔어요!"

"몇 사람만 남아 있고, 모두 나를 따라와!"

시위들이 우르르 방을 나갔다. 제갈석의 시신을 지키기 위해 남은 것은 세 사람이었다.

다른 아이들은 모두 두려운 눈으로 초교를 바라보았다. 막 제갈 별원의 시위들을 속여 넘긴 초교는 두려운 기색이라고는 전혀 없이 손에 활을 들었다. 그녀는 시신을 살펴보는 하인들을 웃으며 흘깃 바라보고는, 상쾌한 표정으로 휘파람을 불었다.

"이봐요! 다들 너무 헛고생하지 말아요."

세 사람이 무슨 일인가 돌아보다가 대경실색했지만, 비명을 지르기도 전에 화살 세 대가 연속해서 날아왔다. 세 사람은 머리를 꿰뚫린 채 피를 흘리며 바닥에 쓰러졌다. 얼핏 보기에는 충성심 강한 그들이 제갈 노인을 따라 황천으로 따라가는 것 같았다.

"악!"

이 장면을 본 어린 노비 하나가 비명을 질렀고, 초교가 아이

266

의 입을 틀어막았다.

"소리를 지르라고 할 때는 지르지 않더니, 이제 와서 일을 망치려 한담."

모든 아이들이 안색이 흙빛이 되어 흑흑, 흐느껴 울기 시작했다. 초교는 길게 한숨을 내쉬며 천천히 말했다.

"지금부터 내가 아주 중요한 이야기를 해 줄 테니 모두 정신 차리고 듣도록 해. 너희가 생명을 보전할 방법을 알려 줄 테니까."

아이들은 즉시 울음을 멈추고, 눈을 크게 뜬 채 초교를 바라보았다.

"나는, 주순 집사님의 사람이야. 이 늙은 노인은 인간성이라고는 완전히 멸절된 존재라, 항상 아이들에게 큰 화를 입혀 왔어. 주순 집사님은 그런 모습을 차마 볼 수가 없어서, 나에게 이자를 죽이라고 했지. 이건 영웅이 백성을 위해 해악을 없애는 것과 마찬가지인 행동이라고. 그러니까 너희 중 누구라도 주순 집사님의 이름을 대서는 안 돼. 제갈부의 사람들이 너희에게 어떤 고문을 가하더라도, 절대로 그분의 이름을 말해서는 안 되는 거야. 너희가 말을 하지 않고만 있으면, 집사님이 어떻게든 너희들을 구해 주실 거야. 알겠어?"

아이들은 겁에 질린 토끼처럼 고개를 끄덕였다.

초교는 담담하게 미소 지었다. 그물을 펼친 셈이니 이제 물고기가 잡히기만을 기다리면 된다. 이 아이들이 주순의 이름을 말하건 아니건, 제갈부의 사람들이 아이들의 말을 곧이곧대로 믿을 리 없었다. 그러나 청산원의 하인들 모두 주순의 수하가 초교를 제갈석의 저택으로 끌고 가는 것을 목격했고, 그것만으로도 주순은 발뺌할 수 없을 것이다. 이제 주순은 필연적으로 죽게 되어 있었고, 초교의 관심사는 그가 어떤 죽음을 맞이할 것인가였다.

초교는 모래시계를 보며 시간을 계산했다. 얼추 시간이 된 듯했다. 살며시 빠져나가면 후문으로 나올 소팔과 만날 수 있을 것이다.

그러나 초교가 막 문을 나설 때, 갑자기 누군가가 그녀의 발목을 잡았다. 뜻밖에도 세 명의 시위 중 하나가 아직 죽지 않고 기어와서 그녀의 발목을 잡고 있었다.

"저자의 앞잡이 노릇이나 했던 인생, 너도 죽어야 마땅해!"

초교는 차갑게 눈을 빛내며 남자의 머리에 박혀 있는 화살을 뽑았다. 남자는 몇 번 경련을 일으키더니 더 이상 움직이지 못했다. 초교는 그의 손을 떨치고 자리를 떠나려 했지만, 아무리 노력해도 발을 뺄 수가 없었다. 그녀는 즉시 그 시위의 허리에서 칼을 뽑아 그의 손을 잘라 냈다.

"지금 무슨 짓을 하고 있는 것이냐?"

그때, 익숙한 목소리가 들려왔다. 크고 맑았지만, 강한 살기가 배어 있는 목소리였다. 제갈월이 불타는 듯한 붉은 모피를 입고, 청산원의 시위들을 거느린 채 초교를 바라보고 있었다. 급하게 달려온 듯, 제갈월의 머리에는 눈이 쌓여 있었다. 그는 침울한 눈길로 피에 물든 초교의 두 손을 응시했다.

초교는 아름다운 눈썹을 천천히 찡그렸다. 제갈월은 대체 무엇 때문에 여기에 온 것일까? 그러나 그 이유는 이제 더 이상 중요하지 않았다. 초교는 침착한 표정으로 그를 바라보며 냉담하게 미소 지었다.

"보시다시피, 만 번 죽어도 부족할 더러운 늙은이를 죽였답니다."

제갈월의 두 눈이 경악으로 어둡게 요동쳤다.

"이전의 일들도 모두 네가 저지른 것이었던가?"

"물론이지요!"

초교가 환하게 미소 지었다. 피에 물든 풍경과는 어울리지 않는, 달콤하고도 순진해 보이는 미소였다. 그녀는 시위에게서 잘라 낸 손을 든 채 해맑게 말했다.

"하지만 이제 아셔도 너무 늦었지요. 저라면 일단 제갈가의 다른 이들이 꼬치꼬치 캐물을 때 대답할 말을 고민하겠어요. 어쨌든 저는 당신의 노비였으니까요. 또, 제갈석이 죽은 후 이익을 가장 많이 보는 것도 결국 당신들 종가의 일맥이니까요."

"여봐라!"

제갈월이 가라앉은 목소리로 외쳤다.

"저 아이를 잡아라!"

"그러고야 싶겠지!"

냉소한 초교가 손을 내저으며 외쳤다.

"암기!"

청산원의 하인들이 재빨리, 제갈월을 지키기 위해 겹겹이 둘러쌌다. 월칠은 나이는 어리지만 솜씨가 뛰어난 무사였다. 곧바로 장도를 뽑은 그는 거센 바람이 비를 뿌리듯 빠르게 휘두르며 달려 나갔다. 장도의 움직임에 따라 흰 빛이 현란하게 번쩍였고, 다른 이는 도저히 그 사이에 낄 수 없을 정도였다.

퍽 소리와 함께 무엇인가가 월칠의 장도에 부딪쳤고, 핏물이 사방으로 튀었다. 사람들이 고개를 숙여 보니 시위에게서 잘라 낸 손이 피범벅이 되어 떨어져 있었다.

"제갈월, 임석을 죽인 대가를 치르게 될 거야!"

어느새 초교는 창밖으로 빠져나가 있었다. 제갈월에게 차갑게 외친 그녀의 작은 몸이 순식간에 하늘 저편, 밤의 경치 속으로 사라져 버렸다.

제갈월은 파랗게 질려 미동도 없이 그 자리에 서 있었다. 그의 눈은 붉게 충혈되어 있었다. 주성이 조심스럽게 제갈월을 살피다가, 다급하게 다른 시위들에게 외쳤다.

"무엇 하고들 있느냐? 쫓아라!"

시위들은 그제야 꿈에서 깨어난 것처럼, 앞다투어 추격해 나갔다.

초교는 마치 작은 고양이처럼 재빨리 구불구불한 오솔길을 따라 뛰고 있었다. 그때, 앞쪽에서 수많은 이들이 빠르게 달려왔다. 초교는 차가운 얼굴로 즉시 발걸음을 멈췄다.

"아! 당신들이군요!"

다가온 이들을 확인한 후, 초교가 재빨리 앞으로 나섰다.

"자객은 잡았나요?"

그 우두머리는 울먹이는 초교를 보며 이맛살을 찌푸리고는 사납게 말했다.

"꺼져라! 여기가 어디라고 네가 일이 어찌 돌아가는지 묻는 게냐. 길이나 막지 마라!"

말을 마친 우두머리는 그녀의 어깨를 밀어 버렸지만, 초교는 아랑곳하지 않고 계속 이야기했다.

"방 안에 또 자객이 들어와서 당신들 동료들을 모두 죽여 버렸어요. 그들이 자신들은 청산원 넷째 공자님의 사람들이라고 하더군요. 저는 이 소식을 알려 드리려고 뛰어나온 걸요."

"뭐라고?"

사내는 즉시 대경실색했다.

"그야말로 말도 안 되는 소리다. 저택 밖에도 적들이 있는데 대략 3백 정도야. 수상하기 짝이 없어. 보기만 해도 우리 제갈가의 사람들이 아닌 것을 알 수 있는데, 우리 형제들의 힘으로는 역부족이라 사람들을 더 부르려고 온 참이란 말이다."

저택 밖에도 사람이 있다고? 그런데 제갈월의 시종들이 아니란 말인가? 초교는 이맛살을 찌푸리며 냉정하게 말했다.

"그쪽 길로는 가지 마세요. 그 사람들 숫자가 훨씬 많으니까. 이러면 어떨까요? 여기 숨어 있으면 내가 그들을 유인해 데려올게요."

남자는 기뻐하며 속으로 이 어린 노비가 상당히 용감하다고 여겼다.

"좋다, 일이 잘되면 내가 위에 꼭 보고를 올려 주마."

"그래요."

아이는 찬란하게 웃었다.

"나를 노비 신분에서만 벗어나게 해 주세요."

잠시 후 청산원의 하인들이 이곳으로 초교를 추격해 오자, 어둠 속에서 제갈 별원의 하인들이 달려 나와 손을 쓰기 시작했다. 월칠이 제일 앞으로 나와 노한 목소리로 외쳤다.

"무엇 하는 자들이냐? 둘째 어르신의 수하들인가? 나는 넷째 도련님을 곁에서 모시는 시위다!"

"제기랄!"

장정이 퉤 소리를 냈다.

"그럼 나는 성금궁에서 나온 위병이겠지. 형제들, 가자!"

격투 소리가 난무한 가운데, 초교의 그림자는 점차 그곳에서 멀어지고 있었다.

초교는 마침내 주변을 둘러싼 높은 담장에 도착했다. 그녀가 주변을 둘러보며 기어오를 만한 도구를 찾았다. 바로 그때, 등 뒤에서 갑자기 강한 바람이 불어오자 초교는 재빨리 몸을 돌려 바로 활을 겨눴다. 그러나 상대는 매우 민첩하게 그녀를 감싸 안고 훌쩍 뛰어올라, 높은 담장 위에 내려섰다.

"아, 정말이지 귀여운 구석이라고는 없다니까. 만나기만 하면 칼을 꺼내지를 않나, 활을 쏘지를 않나."

연순의 눈이 별처럼 반짝였다. 그의 입가에는 온 세상을 무시하는 듯한 웃음기마저 떠올라 있었다.

제갈부 도처에 불을 밝힌 횃불이며 혼잡하게 오가는 사람들의 무리가 가득했다. 부 안에서도 밖에서도 한바탕 싸움이 벌어지고 있었고, 고함 소리가 끊이지 않고 들려왔다. 연순이 사방을 둘러보고 고개를 흔들며 감탄했다.

"조그만 아이가 또 이렇게 엄청난 말썽을 일으키다니. 제갈가에서 너를 하인으로 삼은 게 진짜 재수가 없는 거지."

초교는 차갑게 코웃음 치며 발버둥 쳤다.

"놓아줘!"

그러나 연순은 그저 싱글거리기만 했다.

"계집애, 네가 약속 장소에 오지 않으려고 한 것은 그렇다 치고, 지금 또 나에게 빚을 하나 진 것 같은데 이건 어떻게 갚을 작정이냐?"

"누가 도와 달라고 한 적 있나? 잘난 척하고 싶어서 도와준 거잖아!"

"흠, 또 이렇게 말하네. 나는 정말 좋은 마음으로 구해 주었는데, 배은망덕하기는."

연순은 차갑게 코웃음 쳤지만, 곧 다시 명랑하게 웃기 시작했다.

"어쨌든 상관없다. 본 세자가 지금 기분이 좋으니까. 자, 시끄러운 구경은 끝났다. 여기서 더 꾸물거리면 나까지 큰일에 휘말릴 것 같으니. 자, 나를 꼭 붙잡아 봐!"

말을 마친 연순은 나는 듯이 높은 담장에서 뛰어내렸다. 초교는 속으로 미련한 놈이라고 욕설을 내뱉으며 즉시 연순의 몸에 달라붙었다. 전설에 나오는 것 같은 그런 고명한 경공법이 정말로 존재하기를 바라면서. 그렇지 않다면 이렇게 높은 담장에서 뛰어내린 이상, 온몸이 부서질 수밖에 없었다.

쿵 소리와 함께, 전마의 긴 울음소리가 들렸다. 풍민이 입을 헤 벌리고 웃으며 말했다.

"세자 저하, 제가 여기서 얼마나 오래 기다렸는지 아시나요?"

연순은 말 위에서 자세를 고쳐 앉으며 쾌활하게 웃었다.

"그럼 이만 가자."

등 뒤에서는 고함 소리가 하늘을 찌르고 불빛이 잇달아 번쩍였다. 그러나 연북의 세자는 전혀 아랑곳하지 않고 말을 달리기 시작했다.

그리고 그 순간, 위경과 제갈회는 한 통의 밀서를 받았다. 깜박이는 등불 아래, 두 걸출한 청년이 무거운 표정을 지었다. 한참을 생각에 잠겨 있던 그들은 몇 마디 분부를 내린 후 각자 가문의 저택을 빠져나왔다.

하늘에 구름이 겹겹이 쌓인 가운데 대설이 내리고 있었고, 차가운 달은 은은하게 이 세상 인간사를 비추고 있었다.

제11장 화와 복을 함께하네

진황성 백류묘 옆, 연북 세자부의 시위 연십칠燕十七이 연순의 말을 막아 세우고 초조한 표정으로 말했다.

"전성 효기군前城驍騎軍의 송宋 참장이 병사들을 이끌고 세자부를 포위했습니다. 제갈가의 첫째 공자도 친위군을 이끌고 팔홍호동으로 갔고요. 지금, 그들 모두 이쪽으로 오고 있습니다."

연순은 이맛살을 찌푸리며 낮은 목소리로 말했다.

"효기영이 왜 끼어드는 거지? 제갈가가 이렇게 빨리 장로회에 통지했다는 건가?"

"세자 저하!"

풍민이 큰 소리로 외치는 것과 동시에 대군의 말발굽 소리도 요란하게 다가왔다. 어린 서동의 얼굴은 이내 공포에 질리고 말았다.

"군사들이 뒤쪽에서 추격해 오고 있습니다."

연순이 물었다.

"얼마나? 제갈월 쪽인가?"

"아닙니다."

풍민의 몸은 전부 눈으로 덮여 있었다. 그가 격동적으로 말할 때마다 모자 위의 눈이 흘러내렸다.

"위씨 문벌 쪽입니다. 위서엽이 직접 이끌고 있습니다."

"위씨 문벌?"

연순은 두 눈썹을 살짝 찡그리며 낮은 소리로 물었다.

"위씨 문벌이 언제부터 제갈부와 한패였지? 게다가 이렇게 짧은 시간에 어떻게 그리 빨리 위가의 군대를 동원할 수 있었던 거지?"

그는 고개를 숙여 제 앞에 앉아 있는 초교에게 물었다.

"계집애, 네가 위씨 문벌까지 끌어들였느냐?"

초교는 작은 얼굴로 진지하게 고민하더니, 단호하게 고개를 저었다.

"아니."

"그렇다면 정말 이상한데."

그렇게 중얼거린 연순이 미간을 찡그린 채 생각에 잠겼다.

초교가 고개를 들고 연순에게 말했다.

"일은 저지른 사람이 감당해야 하는 법이야. 어쨌든 이건 내가 저지른 일이니까, 당신이 끼어들 필요는 없어."

연순은 잠시 얼이 빠지고 말았다. 분명 어린아이인데도 표정이나 말투가 너무 침착하고 냉정하여, 보고 있노라면 저절로 넋을 잃게 되고 말았다.

"계집애, 난 네가 무척 궁금하다. 네가 자초지종을 다 밝히기 전에 너를 다른 사람들에게 넘겨줄 생각은 없다."

초교는 눈썹꼬리를 들고 냉정하게 말했다.

"청산은 변하지 않고, 푸른 물은 길게 흘러가는 법이니 우리도 다시 만날 날이 있을 거야. 어쨌든, 그들이 나를 잡으려 해도 그렇게 쉽지는 않을 거야. 나는 몸집도 작고 혼자 움직이니 오히려 도망치기가 쉽거든. 당신은 신분이며 지위가 다 드러나 있으니 사람들 눈을 피하기 어려워. 그리고 나는 당신을 이 일에 연루시키고 싶지 않아."

연순의 두 눈이 타오르듯 초교를 바라보고 있었다. 그러나 초교는 재빨리 말에서 내려 연순에게 마지막 인사를 건넸다.

"나는 이만 가겠어. 우리는 신분도 지위도 다르지만, 당신은 몇 번이나 나를 도와주었지. 그 고마움은 마음에 새겨 두겠어. 훗날 기회가 되면 반드시 갚을 거야."

연순은 담담하게 웃으며 대답하지 않았다. 초교는 그의 기색이 이상하다 싶기는 했지만, 깊이 생각하지 않기로 했다. 어쨌든 지금은 미적거릴 여유가 없었다. 오늘 밤 계획은 상당히 어그러진 편이었다. 제갈월이 현장에 나타났고, 위씨 문벌과 효기영의 병마까지 움직이고 있으니 생각보다 훨씬 난처해진 셈이었다. 그러나 그녀는 이미 이 거대한 진황성에서 안전하게 숨을 방법을 파악하고 있었다.

초교는 옷을 꽉 조여 입고, 마지막으로 연순에게 눈길을 던지고는 바로 몸을 돌려 광활한 거리를 향해 뛰기 시작했다. 그러나 갑자기 등 뒤에서 말발굽 소리가 들렸다. 초교가 고개를 돌려 보기도 전에 누군가가 그녀의 작은 몸을 안아 들었다. 그녀의 귓가에 연순의 따뜻한 웃음소리가 울렸다.

"내가 너 같은 작은 계집애 하나 지켜 줄 수 없다고 생각하느냐? 가자, 우리 밤을 새워 연북으로 가면 되겠지. 나야말로 위씨 문벌과 효기영의 장수들이 대체 뭘 할 수 있을지 구경 좀 해 봐야겠다!"

말을 마친 연순은 재빨리 채찍을 뽑아 들더니 성문 방향으로 질주하기 시작했다.

"세자 저하!"

풍민과 연십칠 모두 놀라 함께 소리쳤으나, 연순은 그저 웃을 뿐이었다.

"십칠, 돌아가 병마를 정비하라. 본 세자를 따라 성을 나갈 것을 명한다."

하늘 가득 눈보라가 치고, 북풍은 날카로운 소리를 내며 불어왔다. 100여 기의 인마가 거리를 질주하는 소리에 진황성 백성들 대부분이 잠에서 깨고 말았다. 그러나 누구도 지금 무슨 일이 벌어지고 있는지 관심을 두지 않았다. 백성들은 문과 창을 조심스럽게 꽉 닫으며, 혹시라도 안 좋은 일에 연루되지 않을까 두려워했다.

연순이 말고삐를 잡아당기고 손을 세워, 뒤에 따라오던 시위들의 움직임을 제지했다. 소년 세자는 살짝 턱을 치켜든 채, 차가운 눈으로 건너편의 빽빽한 관병을 바라보았다. 연십칠이 앞으로 달려 나가 소리쳤다.

"우리는 연순 세자 저하의 사람들이다! 너희들은 누구냐? 어찌하여 길을 막고 있느냐?"

"나는 효기영 북원의 병마소장으로, 명을 받들어 이 길을 봉쇄하고 있다."

건너편에서 낮고 힘찬 목소리가 들렸다. 연순이 미간을 찌푸리며 큰 소리로 외쳤다.

"본 세자는 성금궁의 뜻을 받들고 있거늘, 누가 감히 본 세자의 길을 막는다는 말이냐!"

"그거 정말이지 공교롭군."

유순한 목소리가 되돌아왔다. 큰 목소리는 아니었지만, 이렇게 적막한 밤에 들으니 이상할 정도로 자극적이고 무시무시한 한기마저 느껴지는 목소리였다.

검푸른 금포를 입은 소년이 천천히 앞으로 나오더니, 미소 지으며 느긋하게 말했다.

"연 세자, 정말이지 공교롭게도 나도 성금궁의 뜻을 받들고 있지. 오늘 밤, 그 누구도 성 밖으로 나갈 수 없어. 이를 어기는 자는……."

소년은 일부러 말을 잠시 멈추고 연순을 한 바퀴 훑어 내리더니, 담담하게 미소 지으며 다음 말을 토해 냈다.

"죽음을 맞을 것이다."

"위경?"

연순이 눈썹을 치켜세웠다. 그보다 말 하나만큼 뒤에 떨어져 있던 초교도 한 걸음 앞으로 나왔다. 그러자 채찍을 든 연순이 재빨리 팔을 뻗어 초교를 잡더니 자신의 등 뒤로 숨겼다.

초교는 고개를 들고 연순의 꼿꼿한 등을 바라보았다. 마음속에 한 오라기 따뜻함이 퍼져 나가기 시작했다. 이렇게 추운 밤, 더욱 귀하게 여길 수밖에 없는 마음이었다.

"또한 내가 잘못 기억하고 있는 것이 아니라면, 세자께서 받드신 성지는 내일 아침 성을 나가는 것이었지."

연순은 눈썹을 추켜세우며 미소 지었다.

"본 세자는 모친이 그리워 오늘 밤 나가려 했을 뿐이야."

"효를 다하는 것은 본래 좋은 일이나, 잠시만 참으면 될 것을 그리 급하게 떠날 필요야 없겠지."

"위 둘째 공자께 웃음거리가 됐군. 연순이 아직 나이가 어려 제멋대로라, 결정을 내리고 나면 바로 행하는 버릇이 있어. 그러지 아니하면 밤에 잠도 이루지 못하거든."

"그러한가?"

위경의 어조는 여전히 온유했다.

"그렇다면, 연 세자께서는 오늘 밤 아예 잠을 못 이루겠군."

"무례하다!"

마침내 참지 못한 서동 풍민이 앞으로 한 걸음 나와 호되게 외쳤다.

"지금은 말할 것도 없고, 평소에도 우리 세자 저하께서는 언제든지 성을 나가 사냥을 하셨고, 그 누구도 감히 막지 못했다. 위 둘째 공자가 이곳에서 무뢰하게 가로막고 있으니, 대체 누구를 믿고 그런 행동을 한단 말이냐!"

"바로 성금궁이지!"

갑자기 등 뒤에서 차가운 목소리가 들려왔다. 연순이 돌아보니, 인마 두 무리가 앞으로 달려왔다. 말을 한 사람은 푸른 모피를 입은 위서엽이었고, 제갈회도 곁에 있었다. 그들의 얼굴은 평소의 웃음기는 전혀 없이, 단단한 얼음처럼 감정을 드러내지 않고 굳어 있었다.

"성지를 받드노니, 연북왕 연세성은 적과 내통하여 나라를 배신하고 반란을 일으켰도다. 위서엽 소장에게 특별히 명을 내리니, 연북왕의 적자 연순을 억류하고 판리원判理院에 넘겨 구류하도록 하라."

말이 떨어지자 모두 도검을 빼어 들었고, 줄기줄기 은빛 광선이 사납게 번쩍이기 시작했다. 연의 시위들은 대경실색하여 재빨리 연순의 앞을 막아섰다.

"하!"

초교도 허리춤의 활을 뽑았다.

"보아하니 당신을 쫓아온 거였군."

놀라서 잠시 굳어 있던 연순의 표정이 풀어지기 시작했다. 그가 앞을 노려보며 나지막하게 속삭였다.

"미안하다. 너를 끌어들여서."

"괜찮아."

초교가 미소 지었다.

"받은 만큼 돌려줘야지. 이번 전투가 끝나면, 우리는 서로 비기는 거야."

농후한 빛깔의 밤이었다. 세찬 바람이 구유대九幽臺가 있는 방향에서 스산하게 불어와 소년들의 옷자락을 말아 올렸다. 소년들의 펄럭이는 옷자락은 마치 아무것도 돌아보지 않고 불 속으로 뛰어드는 나방 같아 보였다.

거대한 검은 새는 겹겹이 구름이 쌓인 하늘 속에서 처량한 울음소리를 내고, 말들이 내뿜는 뜨거운 숨은 눈 깜짝할 사이에 서리로 내려앉았다. 구외주 거리는 칼날이 부딪치는 차가운 빛살이 달도 베어 버릴 듯 번쩍였고, 횃불의 붉은 빛은 마치 상고 시대 야수의 눈빛 같았다.

날카로운 화살들이 잇달아 날아왔고, 연북의 시위들은 하나하나 쓰러져 갔다. 연십칠은 어깨를 피로 물들인 채, 온 힘을 다해 날아오는 화살을 막으며 큰 소리로 외쳤다.

"세자 저하를 지키며 포위를 뚫어라!"

시위 몇 명이 우레 같은 소리로 대답하고는 춤추는 만월처럼 검을 휘둘렀다.

쾅 하는 큰 소리가 나더니, 작은 투석기가 진 앞으로 나왔다. 거대한 돌이 날카로운 소리를 내며 날아왔고, 한순간에 연의 시위들이 몸으로 둘러싸 만든 보호막을 무너뜨리고 말았다.

연북의 전사들은 선혈을 내뿜으며 땅 위로 쓰러졌고, 그 자리마다 커다란 눈보라가 일어났다.

"대체 뭘 하려는 거야?"

연순은 사람들 틈에 섞여 싸우려 하는 초교를 잡아끌었다. 겨우 활 하나를 손에 쥐고 있는 그녀는 너무 작고, 공격력이라고는 전혀 없어 보였다. 연순은 초교를 제 옆으로 끌어당기며 외쳤다.

"살고 싶지 않은 모양이지?"

"놓아줘!"

초교가 연순의 손아귀에서 벗어나기 위해 발버둥 치며 건너편 무리들을 초조하게 훑어보았다. 연순은 자신에게 날아오는 화살 한 대를 쪼개며 노한 목소리로 외쳤다.

"지금 이런 행동은 죽음을 자초하는 거다! 네가 그러도록 둘 수는 없어!"

"지금 뚫고 나가면 살 기회는 있어."

초교는 고개를 돌리고 날카롭게 말했다.

"여기 있어 봐야, 결국은 죽음을 기다리는 거잖아!"

연순이 잠시 멈칫했다. 그의 눈빛이 침울하게 일렁거렸다. 그는 아이처럼 토라져서 의기소침한 목소리로 말했다.

"안심해라. 내가 오늘 여기서 죽는 한이 있어도, 절대로 너만은 죽게 하지 않을 테니까."

초교는 연순이 자신의 뜻을 오해했다는 것을 알았지만, 굳이 설명하고 싶지 않아 그저 가볍게 코웃음만 쳤다.

"십칠."

연순이 말했다.

"잠시 후 혼란스러워질 게다. 그 틈에 이 아이를 호위해 빠져나가라. 반드시 안전한 곳까지 데려다주어야 한다. 알겠느냐?"

"주군!"

연십칠이 미간을 찡그리며 반박했다.

"속하의 사명은 주군을 지키는 것입니다!"

"너의 사명은 내 분부를 듣는 것이다!"

초교는 눈가를 찌푸리며 그들을 바라보다가, 연순이 주의를 기울이지 않는 틈을 타서 재빨리 그의 손에서 빠져나왔다. 초교의 몸은 작았기 때문에 일단 말에 올라타면 생각 외로 민첩했고, 순식간에 포위망을 뚫을 수 있었다.

"너!"

연순이 대경실색하여 날카롭게 외쳤다. 피아를 막론하고 모든 이의 눈길이 삽시간에 초교에게 쏠렸다. 그녀의 기마술은 매우 뛰어났다. 마치 우리에서 나온 맹호처럼, 연의 시위 두 사람 곁을 지나치며 손이 가는 대로 날카로운 칼을 두 자루 빼앗아 들었다. 초교는 몸을 좌우로 움직이며 손에 든 작은 활을 여러 방향으로 쏘았는데, 현묘함이 절정에 달해 있었다. 어두운 밤, 사방에서 끊임없이 날아드는 화살은 뜻밖에도 초교를 전혀 상처 입히지 못했다.

"어서! 저 애를 엄호해 줘!"

연순이 화살을 메겨 활을 쏘았다. 휙 소리와 함께 화살이 초교를 노리던 궁노수의 이마를 꿰뚫었다. 연순의 궁술은 출중하고 무예는 고강하여, 눈 깜빡할 사이에 이미 적 근처까지 접근해 있었다.

초교는 힘은 약했지만 그 움직임만은 극도로 민활했다. 누가 보아도 그녀는 무공을 배운 적 없는 어린아이였지만, 대담하면서도 신중하게 사람들 무리 속으로 단숨에 뛰어들었다. 초교는 칼을 휘둘러 두 사람을 제치고, 다시 비수를 던져 상대의 공격을 유도했다. 그리고 상대가 공격하기 전에 날카로운 병기로 그 목을 찔렀다.

작디작은 아이가 이리도 용맹하게 구니, 연의 시위들은 저절로 사기가 올랐다. 연십칠도 상황이 호전되자 기운이 나서 대갈일성을 질렀다.

"가자!"

"궁지에 물린 짐승이 물불을 못 가리는군!"

위경이 차갑게 코웃음 치며 재빨리 화살을 메겼다. 은빛 화살이 유성처럼 빛을 발하며 날아갔다.

초교가 화살이 내는 파공음을 들었을 때는 이미 너무 늦어 있었다. 그녀가 고개를 돌렸을 때, 날카로운 화살은 바로 두 눈앞에서 빛나고 있었다. 초교는 얼굴에 화살을 맞고 말에서 떨어지고 말았다.

"안 돼!"

연순이 비명을 지르며 위경을 노려보았다. 마치 위경을 살라 버릴 정도로 불타는 눈빛이었다. 그러나 위경은 냉소하며 커다란 목소리로 외쳤다.

"연 세자께서 반항하고 따르지 아니 하시니, 잡기만 하면 생사는 불문에 부친다!"

위씨 문벌 병사들이 고함을 지르며 효기영 병사들과 함께 앞으로 달려 나왔다. 화살이 오가던 전장은 즉시 육박전으로 변했다. 연순은 체격이 우람한 사내 하나를 발로 차 날려 버리고, 3척 길이의 청봉을 휘두르며 자신을 덮쳐 오던 적 두 사람을 바로 처리했다.

"연순, 반란을 생각하는 게냐?"

제갈회는 전투에 참여하지 않고, 제갈가의 병사들과 함께 멀리서 관전하다가 외쳤다.

"죄를 뒤집어씌우려 한다면, 그 구실이야 만들기 나름이겠지. 연순은 단 한 번도 반란을 생각한 적 없건만, 위씨 문벌이 충신을 모함하는데, 연북의 사내들이 돼지처럼 아무렇게나 유린당할 수는 없지!"

"거만한 자식!"

위경이 차갑게 코웃음 치며 말을 달려 나왔다.

"기왕 이리 된 바, 과거 동창의 정을 돌아보지 않는다고 탓하지 마라."

위경이 병사들에게 전면 공격을 명하려고 했을 때, 갑자기 귓가에 날카로운 소리가 들렸다. 위경이 멈칫하며 돌아보니, 효기영 북원의 병마소장이 말에서 떨어지고 있었다. 이미 시체가 된 병마소장은 두 눈을 크게 뜨고, 이마를 화살에 꿰뚫린 채 믿기 어렵다는 듯 입을 크게 벌리고 있었다.

위경은 본능적으로 격렬한 위기감을 느꼈다. 자신과 효기영의 소장은 화살의 사정거리 밖에 있었다. 그런데 효기영 병마소장의 이마를 꿰뚫은 화살은 어디서 날아온 것일까?

위경은 재빨리 말 머리를 돌렸다. 그러나 바로 그때, 그의 말이 앞다리에 공격을 받고 쿵 소리와 함께 쓰러졌다. 위경 역시 말에서 떨어져 구르는 수밖에 없었다. 그리고 그가 몸을 일으키기도 전에, 날카롭게 빛나는 차가운 비수가 그의 목을 내리눌렀다.

"위가의 공자님, 놀라셨나요?"

초교가 놀리듯 묻더니, 모두를 향해 외쳤다.

"모두 멈춰! 그렇지 않으면 이자를 죽여 버릴 테니까!"

거센 바람이 불어오고 대설이 흩날리는 가운데, 유난히 마른 초교의 얼굴은 잔혹해 보였다.

"멈춰라!"

위서엽이 이맛살을 찌푸리며 큰 소리로 외쳤다.

그때 휙 소리와 함께 화살 한 대가 공기를 가르고 날아가, 더할 나위 없이 정확하게 위서엽의 말 머리를 맞혔다. 말의 양쪽 눈이 꿰뚫리고, 선혈이 사방으로 튀며 뇌수도 함께 흘러나왔다. 말의 처량한 울부짖음이 하늘을 찌를 듯 울려 퍼졌고, 위서엽도 말에서 떨어져 한 바퀴 굴렀다.

초교는 왼손에 든 칼로 위경의 목을 누르며, 오른손으로는 제 견갑골 위에 올려놓은 활을 잡고 있었다. 그녀는 고개를 비스듬히 돌리고, 등에 지고 있던 작은 화살통에서 화살을 하나 더 꺼내 입과 팔뚝으로만 화살을 하나 더 메겼다. 초교는 냉담한 눈길로 위서엽을 바라보며 느긋하게 말했다.

"이번에는 말을 향해 쏘지 않을 거야. 더 이상 앞으로 나오지 않는 게 좋아."

모두 얼이 빠진 것처럼 굳어 있었다. 차가운 날씨에 모두 얼어붙은 것 같기도 했다. 수천에 이르는 진황성의 정예병들, 세가 대족의 왕손이며 공자들, 제국 점장당 출신의 우수한 장수들이 모두 3척도 되지 않는 작은 아이를 보고 있었다.

초교는 몸에 비해 너무 큰 가죽 갑옷을 입고 있었고, 푸른 가죽으로 만든 옷깃이 그녀의 마른 얼굴을 감싸고 있었다. 그녀의 얼굴은 어른의 손바닥보다도 작았고, 두 눈은 또렷하게 반짝이고 있었다. 작은 코는 살짝 위로 오똑하고, 팔은 호리호리하게 말라 있었다. 힘만 한번 쓰면 바로 비틀어 죽일 수 있을 듯한 어린 모습이었다.

그러나 이렇게 바람이 불면 날아갈 것 같은 아이가 위씨 문벌 정예병의 봉쇄를 돌파했다. 그녀는 두려운 기색이라고는 전혀 없이 홀로 수천의 군대를 상대하고 있었다. 군대 뒤의 장로회에 대항하고 있었고, 동시에 성금궁의 주인에게 대항하고 있었으며, 대하 제국 전체에 대항하고 있었다.

이 순간, 초교는 처음으로 대하 황조의 통치에 반항하고 대하 황조의 위엄을 무시한 셈이었다. 그러나 사실 지금 그녀의 머리를 채우고 있는 생각은 아주 간단했다. 그녀는 그저 도망치고 싶었을 뿐이었다. 연순과 함께 이곳에서 도망치고 싶었다.

"무기를 내려놓고 성문을 열어라. 두 번 말하게 하지 마."

초교가 나지막하게 말하며 사람들을 천천히 훑어 내렸다. 그녀의 움직임에 따라 어깨에 받쳐 든 활도 따라 움직였고, 초교의 눈빛은 마치 피를 갈망하는 것처럼, 주변의 마음들을 흔들어 놓았다.

"잡아라!"

위경이 갑자기 큰 소리를 쳤다. 높은 지위에서 부유한 생활을 누리던 귀공자는 일개 천민에게 위협당하는 굴욕감을 도저히 참을 수가 없었다. 그는 고집스럽게 머리를 치켜들고, 제 피부를 긋고 있는 칼이 조금도 겁나지 않는다는 듯 노한 목소리로 외쳤다.

"나는 괜찮으니 저들을 잡아!"

그러나 바로 그 순간, 썩둑 소리와 함께 위경의 손가락 두 개가 잘려 나갔다. 위경은 하던 말도 채 끝내지 못하고 참혹한 비명을 질렀다. 손가락이 잘려 나간 곳에서 선혈이 뚝뚝 흘러 땅을 물들이기 시작했다.

"위 공자, 입을 좀 다물고 있는 것이 좋겠어."

초교는 위씨 문벌의 병사들을 바라보며 차갑게 웃었다.

"내 말을 듣지 못한 건가, 아니면 아직도 내 말을 듣지 않을 생각인가? 아니면, 다른 명을 받들고 있는 건가?"

초교의 시선이 위서엽에게로 향했다.

"경쟁자가 죽으면 다음 가주의 자리에 오르기 쉬워지지. 위서엽 소장, 위씨 문벌의 다음 장로는 과연 누가 될까? 당신? 아니면……."

"천한 것!"

위경이 이를 갈며 외쳤다.

"우리 형제의 정은 깊다. 그런 식으로 도발해도 소용없다."

"형제의 정이 깊은지 아닌지는, 지켜보면 알 일이지."

초교는 위서엽의 눈을 똑바로 바라보며 위경의 목 위에 있는 칼을 놀리듯 한 번 그어 보였다. 그런 그녀의 얼굴에 떠오른 사악한 미소는 결코 여덟 살 아이의 것으로는 보이지 않았다.

초교가 재빨리 위경을 묶었다. 몸이 작았기 때문에 힘은 부족했지만, 포승을 묶는 솜씨는 매우 훌륭했기 때문에 위경의 힘으로는 벗어날 수 없었다.

"말에 올라타."

초교가 말했다.

"위 공자께서 우리를 배웅해 주셔야겠어."

하늘에는 두툼한 구름이 겹겹이 쌓여 있어 차가운 달빛조차 보이지 않았다. 초교는 위경과 같은 말을 타지 않고, 매우 대담하게 다른 말 위로 올라탄 후 말 두 필 정도의 거리를 두고 뒤에서 따르기 시작했다. 그녀의 손에 들린 작은 활은 언제라도 앞에 있는 결박당한 남자에게 치명적인 일격을 가할 준비가 되어 있었다.

"연순, 어서 가요."

연순은 두 눈을 가늘게 뜨고 쾌활하게 웃기 시작했다. 그리고 재빨리 말 위에 올라, 부하들을 이끌고 앞으로 달려 나왔다. 그는 평소처럼 싱글거리며, 주변에 있는 상대편 병사들은 전혀 돌아보지 않고 초교와 함께 달리기 시작했다.

초교의 작은 몸에서는 그 누구도 얕볼 수 없는 삼엄한 위엄이 배어 나왔다. 그녀가 가는 곳마다, 새까맣게 몰려 있던 진황성의 정예병들은 조수가 밀려 나가듯 길을 열어 주었다.

마침내 성문이 열렸다. 장렬하게 불타는 횃불이 천지를 붉은 빛으로 비추고 있었다. 제국 북쪽의 전쟁은 여전히 계속되고 있었고, 대하의 백성들은 전란에 시달리고 있었으며, 연북 고원은 선혈로 물들고 있었다. 그리고 바로 이 순간, 제국이 반란의 수뇌로 결정한 연왕의 세자 연순이 당당하게 진황성의 두꺼운 성벽을 빠져나가고 있었다. 대하의 정예병들은 그것을 두 눈 뜨고 지켜보면서도 미동도 하지 못하고 그를 놓아주고 말았다.

이 장면을 지켜본 제갈회가 보일 듯 말 듯 냉담한 미소를 지었다. 제갈가에게는 연순이 연북으로 돌아가는지 아닌지는 중요하지 않았다. 그들에게 중요한 것은 성금궁이 이 임무를 위씨 문벌에게 맡겼고, 위씨 문벌이 임무를 달성하는 데 실패했다는 것뿐이었다. 어떤 일이라도 이보다 즐거울 수는 없었다. 제갈회는 미소 띤 얼굴로 곁에 있는 시종에게 말했다.

"넷째에게 바로 부로 돌아오라고 전갈을 보내라. 내가 함께 의논할 중요한 일이 있다고 말이다."

그러나 시종은 뜻밖의 대답을 했다.

"넷째 도련님께서는 진황성 밖으로 나가셨습니다."

"뭐라고?"

제갈회는 당황하여 되물었다.

"성을 나갔다고?"

"지금 막 북성문으로 나가셨지요. 말씀하시기를…… 부에서 도망친 노비를 잡으러 가신다고."

"도망친 노비라고?"

제갈회가 얼굴을 찌푸렸다.

"대체 어떤 노비기에 그 애가 직접 쫓아갔다는 말이냐?"

"정확히는 알지 못합니다. 속하가 바로 알아보러 가겠습니다."

제갈회는 고개를 들어 칠흑과 같은 밤의 장막을 바라보며 중얼거렸다.

"그 애가 나쁜 일에 휘말리지 말아야 할 텐데."

반 시진 후, 황량한 잔도에 도착한 연순은 위경의 포박을 풀어 주며 차가운 목소리로 말했다.

"내가 너를 풀어 주기로 약속했으니, 아무리 후회스럽다 해도 번복할 수는 없지. 가라."

위경은 연순과 초교를 사납게 노려본 후 진황성 방향으로 걷기 시작했다.

"저자를 풀어 주지 말았어야 했어."

초교가 연순 뒤에서 차갑게 말했다.

"저자의 눈길을 보면 모르겠어? 저자는 조만간 큰 우환거리가 될 거야."

연순이 고개를 저으며 멀어져 가는 위경의 모습을 바라보았다.

"저자를 죽이면, 연북은 확실하게 모반의 죄명을 뒤집어쓰게 된다. 지금 우리 가문에 어떤 일이 벌어지고 있는지 아직 모르니, 그런 모험을 할 수는 없지."

말을 마친 연순은 고개를 돌렸다.

"앞으로 어찌할 작정이냐? 제갈가는 결코 너를 그냥 놔두지 않을 거다. 함께 연북으로 가자."

초교는 고개를 들고 살짝 웃으며 말했다.

"호의는 고맙지만, 해야 할 일이 아직 남아 있어."

연순은 미간을 찡그리며 의기소침하게 중얼거렸다.

"아직 어린아이면서, 대체 무슨 일을 그리하는 거지."

초교는 눈썹을 치켜세우며 연순을 바라보았다.

"나를 계속 봐 오고도, 대체 내 어디를 보고 나를 아이라고 생각하는 거지?"

연순은 당황해서 말문이 막혔다. 생각해 보니 정말로 이 소녀에게는 아이 같은 구석이 전혀 없었다. 연 세자는 얼굴을 찡그린 채 한참 생각하다가 괜히 울컥하여 초교의 손을 잡았다.

"내가 보기엔 전부 다 아이 같은데. 이 손을 봐. 또 이 작은 팔에 작은 다리에 작은 머리, 넌 분명히 아이라고. 아무리 독하고 악랄하다 해도 넌 아직 아이라고."

초교는 바로 연순을 뿌리치고 이맛살을 찌푸리며 중얼거렸다.

"함부로 치근거리지 마."

"이봐!"

연순이 화제를 바꿔 초교의 앞을 가로막았다.

"정말 갈 거야?"

"가야만 하니까."

"네가 해야 한다는 그 일, 내가 사람을 시켜서 대신 해 주면 안 되는 건가?"

연순은 어쩐지 부끄럽기도 하고 분하기도 해서 괜스레 목소리를 높였다. 초교가 그런 그의 맑고 투명한 눈을 들여다보며 속삭였다.

"연순, 당신과 나는 본래 같은 종류의 사람이 아니야. 우리는 지금까지 함께 있었던 것만으로도 이미 충분해."

연순은 침묵했다.

"당신과 나는 서로 한 번씩 주고받은 셈이야. 앞날은 예측하기 어려우니, 앞으로 조심하도록 해."

마치 어른처럼 나지막이 말한 초교는 바로 말 머리를 돌려 채찍질해 가기 시작했다.

달도 별도 빛을 잃은 밤, 하늘을 가득 채운 눈보라 속에 초교의 외로운 그림자가 점차 사라져 갔다. 넋을 잃고 있던 연순이 갑자기 말을 달려 몇 걸음 따라가다가 마침내 헛수고라는 것을 깨닫고, 눈보라 속으로 사라진 초교를 향해 큰 소리로 외쳤다.

"이봐! 언제라도 좋으니 연북에 와서 나를 찾도록 해!"

그의 목소리가 눈보라를 뚫고 망망한 어둠 속에 울려 퍼졌다. 이 기나긴 밤이 끝나기까지는 아직 한참을 더 있어야 했다. 칠흑 같은 어둠 속을 스쳐 가는 차가운 바람이 뼈에 스며들었다.

진황성 밖, 한 치 앞도 볼 수 없는 어둠 속을 한 작은 그림자가 서둘러 걷고 있었다. 거대한 가죽옷이 얼굴과 몸을 가려 주고 있었다. 등에 지고 있는 가죽 보따리가 울룩불룩한 것이 얼핏 보기에도 매우 무거워 보였다.

눈보라가 점점 더 거세져 눈도 제대로 뜰 수 없을 지경이었다. 그러나 그 작은 그림자는 힘들게 걸으면서도 결코 멈춰 서지 않았다. 마치 뒤에서 흉악한 야수라도 쫓아오고 있는 것 같았다.

울부짖는 바람 소리 속에 말발굽 소리가 갑자기 들려왔다. 먼 평원에서 한 필의 검은 전마가 빠르게 달려오고 있었다. 말 위의 아이는 왜소한 신형에 일고여덟 살을 넘지 않아 보였다. 연북 시위의 옷을 걸친 아이는 새까만 눈동자로 어두운 밤을 날카로운 매처럼 훑다가 홀로 걸어가는 앞 사람의 그림자를 발견하고는 매우 기뻐하며 말채찍을 휘둘러 빠르게 쫓아왔다.

"소팔!"

초교가 큰 소리로 외쳤다. 그러나 그때 불어온 광풍에 순간적으로 그녀의 목소리가 뒤섞여 버리고 말았다. 앞에 걸어가는 이는 아무 소리도 듣지 못한 듯, 여전히 고개를 숙인 채 빠르게 걸어가고 있었다. 초교는 말을 달려 앞으로 나아가 그 사람을 막아서고는 미간을 찌푸리며 물었다.

"소팔?"

"헤헤."

낮고 쉰 웃음소리가 바로 흘러나왔다. 왜소한 신형의 사람이 고개를 들었다. 얼굴 가득 주름이 가득했다. 분명 마흔이 넘은 중년의 난쟁이였다!

눈 깜짝할 사이에, 난쟁이의 소매에서 화살 한 대가 초교의 얼굴을 향해 날아왔다. 차가운 바람이 불어오는 가운데 너무 갑작스러운 공격이라 초교는 제대로 방어하지 못하고 신음 소리를 내며 말에서 곤두박질쳤다.

난쟁이는 등에 진 보따리를 내던지고 천천히 앞으로 걸어 나와 초교를 발로 찼다. 그녀가 죽은 것처럼 아무 반응도 하지 못하는 것을 보고, 몸을 굽혀 초교의 숨을 살펴보았다.

"주인 어르신도 확실히 이상해지셨어. 나에게 이런 애송이를 상대하라 하시다니."

난쟁이가 쉰 목소리로 냉소했다. 차가운 밤의 장막 아래, 그 웃음소리는 더욱 기이하게 들렸다. 난쟁이는 땅에 엎드린 초교의 몸을 뒤집었다.

바로 그 순간, 초교가 전광석화와 같이 일어났다. 그녀의 두 눈은 별과 같이 반짝이고, 움직임은 곧 폭발할 것처럼 힘이 넘쳤다. 차가운 바람 같은 살기가 난쟁이를 덮치는가 싶더니, 아이가 차갑게 반짝이는 비수를 난쟁이의 대동맥에 가져다 대고 입에 물고 있던 화살을 토해 냈다.

"소팔은 어디 있지?"

초교가 냉랭하게 물으며 비수로 난쟁이의 피부를 살짝 베었다. 검붉은 선혈이 즉시 배어 나오기 시작했다.

"무슨······ 무슨 소팔?"

새파래진 난쟁이는 지금까지의 교만한 기색을 잃고 몸을 떨며 되물었다.

"소팔인지 뭔지 모른다고. 난 그저 심부름을 한 것뿐이야."

"소팔은 이 보따리의 주인이지. 바로 네가 가장하고 있던 아이."

"난······ 난 몰라."

난쟁이가 말했다.

"제갈가 넷째 공자의 사람이 찾아왔어. 나는 제갈가의 문객이고, 너랑은 본래 어떤 원한도 없어."

"모른다고?"

초교가 미간을 찡그린 채 그를 몇 번 위아래로 훑어보자, 난쟁이는 계속 고개를 끄덕였다. 마음속에 분노가 치민 초교는 즉시 손목에 힘을 주었다. 난쟁이의 목에 구멍을 내고, 비수를 회전시킨 후 가로로 긋자 난쟁이의 동공이 확장되었다. 곧 그는 호흡을 멈추고, 손발이 굳어 가기 시작했다.

"당신은 살수가 되기엔 자질이 부족하니, 조만간 죽음을 맞을 운명이었을 거야. 기왕 죽을 거라면 죽기 전에 좋은 일을 하나라도 하는 것이 낫겠지."

초교는 냉정하게 말하며 난쟁이의 시체가 걸치고 있는 커다란 모자며 외투를 벗겨 냈다.

오늘 밤, 진황성의 사람들은 평온하게 잠들 수 없는 운명이
었다. 깊은 밤이었지만 동성문 밖에는 여전히 등불이 환하게
켜져 있었다. 제갈부의 넷째 공자는 직접 진을 치고, 제갈부에
서 도망친 노비를 잡겠다며 진황군에게 병력을 요구했다.

제갈월은 말 위에 앉아 기다리고 있었다. 몇 번이나 인마를
뽑아 성 밖으로 내보냈지만, 여전히 기별은 오지 않았다. 그의
뒤로 보이는 동성문은 어두운 밤의 장막 아래 깊이 잠든 거대
한 사자처럼 보였다. 제갈부의 하인들은 격렬하게 분노를 삭이
고 있는 주인의 노여움을 사지 않기 위해 숨을 죽이고 있었다.

"넷째 도련님!"

회색 옷을 걸친 주성이 빠르게 달려와 제갈월의 귓가에 속
삭였다.

"도련님, 큰 도련님께서 바로 부로 돌아오라는 전갈을 보내
셨습니다."

그러나 제갈월은 아무 말도 듣지 못한 것처럼, 계속 무표정
하게 전방을 주시하고 있었다.

주성이 조급하게 말했다.

"연순이 도망쳤다고 합니다. 질자부의 사람들을 데리고 강
제로 성을 나갔다고 하는군요. 그 와중에 위경이 손가락을 두
개 잘리고, 인질이 되어 함께 끌려 나갔답니다. 위씨 문벌 입장
에서는 아주 쓰라린 일입니다."

제갈월이 말없이 한참을 생각하다가 곧 미간을 찌푸리며 중얼거렸다.

"연순?"

"예."

주성이 답했다.

"백란사와 자미광장 중간의 구외주 거리에서 그랬다는군요."

제갈월이 나지막하게 물었다.

"연순, 그들이 어느 방향에서 왔다더냐?"

"아마도…… 아마도 적수 쪽에서 구외주 거리로 들어선 것 같더군요."

"대담하군!"

제갈월이 차갑게 코웃음 치며 눈썹을 날카롭게 세웠다. 제갈월은 바로 상황을 파악했다. 위서엽이 무엇 때문에 사람들을 이끌고 팔홍호동의 제갈 별부를 포위하고 있었는지, 그리고 그 안의 하인들과 왜 다퉜는지.

"연순이 어느 방향으로 도망쳤다던가?"

"도련님, 큰 도련님께서 특별히 이 일에 끼어들지 말라고 분부하셨습니다. 절대로 아니 된다고요!"

제갈월이 눈썹 끝을 들어 올리며 무슨 말을 하려는데, 갑자기 말발굽 소리가 들려왔다. 왜소한 신형에 커다란 모자를 눌러쓴 사람이 말을 타고 돌아온 것이었다.

말 위의 사람은 깡마른 시신 하나를 쿵 소리가 나도록 눈 덮인 땅 위에 내던졌다. 시신이 입고 있는 푸른 가죽옷은, 명백하게 연순의 시위들이 입는 복장이었다.

곁에 있던 하인이 큰 소리로 외쳤다.

"도련님, 호생蠚生이 돌아왔습니다."

제갈월이 바닥에 놓인 시신을 바라보았다. 눈 위에 엎드린 시신은 이미 뻣뻣하게 굳어 있었다. 머리는 봉두난발에 옷에는 피와 진흙이 뒤엉킨 것이, 얼핏 보아도 이미 죽은 지 오래된 것 같았다. 제갈월의 마음속에 도저히 억제할 수 없는 분노가 솟구쳤다. 그는 천천히 고개를 들었다. 그의 눈빛은 날카롭게 빛나고 있었다. 제갈월은 난쟁이를 노려보며 한 마디 한 마디 분명하게 말했다.

"네가 저 아이를 죽였느냐?"

호생이라 불린 자가 재빠르게 말에서 내려 땅에 꿇어앉았다. 북풍이 시끄럽게 불어와 다른 소리를 집어삼키는 가운데 나지막한 대답이 돌아왔다.

"다행히도 명을 욕되게 하지 않았습니다!"

"내가 언제 이 아이를 죽이라고 했더냐?"

제갈월이 채찍을 상대의 등에 사납게 휘두르며 노한 목소리로 외쳤다.

"너를 죽여 버리겠다!"

그러나 제갈월의 채찍이 상대의 등에 떨어지던 바로 그 순간, 땅에 무릎을 꿇고 있던 이가 갑자기 고개를 들었다. 연꽃과 같은 여린 얼굴이 드러났다. 초교는 차갑게 웃으며 마치 한 마리 재빠른 표범처럼 순식간에 땅을 박차고 일어나 제갈월의 목

앞에 비수를 가져다 댔다.

"도련님!"

"악! 자객이다!"

이 작은 포획의 명수는 바로 제갈월의 몸부림마저 제압했고, 이를 지켜보던 이들은 모두 놀라 비명을 질렀다.

"아직 죽지 않았군?"

"당신의 축복 덕분에 여전히 아주 잘 살아 있지."

초교는 제갈월을 쏘아보았다. 그 눈길은 더할 나위 없이 차가웠다. 초교가 천천히 덧붙였다.

"그러나 당신이 앞으로 얼마나 더 살지는 모르겠군."

들판에는 눈이 쌓이고 산악은 강철과 같았다. 북풍이 거위털 같은 대설을 말아 올려 사람들 눈앞으로 어지러이 날리는 가운데, 초교는 어두운 회색 옷을 입고 커다란 모자로 맑은 눈매를 가리고 있었다. 차게 빛나는 비수를 꽉 쥔 작은 손이며 단단한 얼굴, 그녀에게서는 두려워하는 기색이나 유약한 모습은 전혀 보이지 않았다.

"소팔을 풀어 줘!"

초교의 목소리가 더욱 커졌다.

"그렇지 않으면 당신은 저승에서 둘째 어르신과 만나게 될 테니까!"

그녀의 말을 들은 제갈월이 차갑게 웃더니, 나지막하게 속삭였다.

"정말로 나를 죽일 수 있겠느냐?"

두 사람 사이에 눈보라가 불어왔다. 어둠이 짙게 깔린 밤하늘 아래, 올빼미 한 마리가 홀연히 울부짖었다. 마치 원한을 품고 죽은 영혼들의 울음인 양.

초교의 눈빛은 점점 더 차가워져 갔다. 그 낡은 장작 창고, 해맑게 웃던 소년의 얼굴, 향기롭던 홍소육 한 점. 그 모든 기억이 그녀의 마음속에서 폭발했다. 초교는 천천히 고개를 숙이고, 제갈월의 눈을 차갑게 응시하며 말했다.

"한번 시도해 보시든지."

"그래?"

제갈월이 눈을 가늘게 뜨며 천천히 입 끝을 올렸다.

"좋다."

말을 마치자마자 그는 갑자기 통제력을 잃은 것처럼 고개를 늘어뜨리더니, 마치 자살이라도 하려는 것처럼 날카로운 칼끝을 향해 곧게 세운 몸을 던졌다.

"도련님!"

"주인님!"

모든 이들이 대경실색했다. 초교도 깜짝 놀랐다. 제갈월의 성격이 이렇게나 단호하고 강렬할 줄은 상상도 하지 못했기 때문이다. 그가 차라리 자살을 할지언정 자신의 위협을 받아들이지 않을 줄은 미처 몰랐다.

이 순간, 시간이 정지해 버린 것만 같았다. 수많은 상념들이 머리를 스치고 지나가고, 떠들썩한 온갖 소리들이 한곳에 모여 혼잡하고 어수선한 강을 이루어 포효하기 시작했다. 초교는 제갈월의 행동에 숨은 뜻을 생각할 여유조차 없었다. 그가 자신의 비수로 몸을 던짐과 동시에, 초교는 재빨리 칼을 거둬들였다.

그녀가 비수를 거둬들이기는 했지만, 제갈월의 목에서 귀까지 날카로운 칼끝에 베인 혈흔이 생겼다. 그리고 제갈월은 초교가 비수를 거둬들이는 그 순간, 바로 몸을 세우고 한 걸음 물러나 제 칼을 뽑아 자세를 취했다.

이 모든 동작은 전광석화처럼 빠르게 이루어졌다. 사람들의 비명이 끝나기도 전에, 제갈월은 비록 정상적인 방법은 아니었지만 몸을 빼냈다. 그리고 그는 자신의 장도를 뽑아 들어 초교를 가리키고 있었다.

"너는 나를 죽이지 못한다."

제갈월이 차갑게 말했다. 그의 목에서 선혈이 흐르고 있었다. 상처는 깊지 않았지만, 피가 그의 창백한 피부를 타고 끊임없이 흘러내려 두툼한 갑옷 사이로 스며들고 있었다. 이 장면을 본 주성이 공포에 질려 외쳤다.

"도련님, 상처를 입으셨습니다. 어서! 어서 부로 돌아가야 합니다. 부로!"

그러나 제갈월은 아무 소리도 들리지 않는 것처럼, 그저 얼음처럼 차가운 눈으로 초교를 응시했다. 한참 후, 그는 품에서 순백의 비단 손수건을 하나 꺼냈다. 그의 목에서 흐르는 선혈이 손수건 위로 떨어졌다. 손수건 위에 점점이 번져 나가는 붉은빛은 마치 눈 속에 피어난 붉은 매화 같았다.

"어서, 도련님, 일단 앉으시지요. 노비가 상처를 싸매 드리겠습니다."

그러나 소년은 창백하게 질린 얼굴로 여전히 망망한 설원에 서서 초교를 바라보고 있었다. 그의 두 눈에 의미를 알 수 없는 날카로운 빛이 서서히 스쳐 갔다. 제갈월이 천천히 오른손을 들어 올렸다. 주먹을 쥔 그의 손목에 푸른 정맥이 드러나 있었다. 그는 그 자세로 한참을 서 있더니, 마침내 결심한 듯 손을 펼쳤다. 그의 손 안에 있던 구겨진 손수건이 북풍을 따라 팔랑이다가, 날리는 눈에 덮여 곧 흔적조차 없이 사라지고 말았다.

한때 누군가의 눈물을 닦아 주었던 손수건이었다. 제갈월의 알 수 없는 마음에는, 여전히 지켜 주고 싶었던 이가 존재하고 있었다. 그러나 거센 바람이 불어왔고, 그 모든 마음이 결국은 흩어져 버렸다. 두 사람이 함께 올렸던 연극은 마침내 마지막 장에 이르렀고, 연극에 빠져 사실이라 믿었던 이는 결국 이렇게 철저하게 무너져 버리고 말았다.

"잡아라!"

제갈월이 냉담하게 몸을 돌렸다. 청아한 그의 목소리에서는 어떤 감정도 느껴지지 않았다.

제갈가의 시위들이 앞다투어 초교를 포위했다. 초교도 칼을 뽑았다. 빛나는 칼날에 그녀의 강철 같은 눈빛이 비쳤다. 그녀의 눈빛 안에 있는 것은 냉정함, 그리고 원한이었다. 상황을 살피는 신중함도 있었고, 싸움에 임하는 결사의 각오도 있었다. 그러나 유약한 후회는 단 한 오라기도 보이지 않았다.

초교는 자신이 어떻게 생존해 왔는지 알고 있었다. 자신이 등에 지고 있는 원한도 알고 있었으며, 자신이 빚지고 있는 마음이 무엇인지도 알고 있었다.

그러하니 제갈월, 당신이 소칠의 팔을 잘라 냈을 때, 당신이 임석이 죽을 때까지 매질하도록 했을 때, 우리의 운명은 이미 결정되었지. 우리는 이렇게 서로를 마주 보며 대립할 수밖에 없는 운명인 거야. 그리고 나는, 나는 당신을 죽일 수 없으니 당신에게 죽을 수밖에 없겠지. 이제 나에게 다른 길은 없는 거야.

"시작하자!"

사람들이 고함을 질렀다. 제갈가의 하인들은 더 이상 어리고 연약해 보이는 초교를 무시하지 않았다. 무예가 뛰어난 장정이 연이어 공격해 왔다. 칼날을 따라 차가운 빛이 번쩍이고, 칼날끼리 부딪치는 쟁쟁한 소리가 귀에 울려 왔다. 초교는 살쾡이처럼 민첩하게 왼 다리를 굽히면서 오른 다리로는 옆을 차고, 공중제비를 한 바퀴 돌며 칼을 피로 물들였다. 오른손으로 장정의 목을 잡고 손가락에 힘을 주어 사내의 힘줄을 끊고 뼈를 찔렀다. 사내의 눈이 갑자기 튀어 나오며 천천히 땅에 쓰러졌다.

모두 경악했지만, 그렇다고 뒤로 물러서는 사람은 없었다. 초교의 등 쪽으로 거대한 칼이 찍어 내리듯 공격해 왔고, 초교는 팔을 들어 막았지만 작고 연약한 몸으로는 한계가 있었다. 아무리 각도를 틀더라도 여전히 힘에 밀려 물러설 수밖에 없었고, 초교의 어깨도 피로 물들기 시작했다.

제갈가의 시위들은 그녀가 상처 입은 것을 보고 기뻐했다. 초교가 아무리 지모가 뛰어나고 악랄한 수단도 불사한다지만,

아직 어린아이니 힘으로는 그들을 당해 낼 수 있을 리 없었다. 그들은 모두 한꺼번에 초교에게 달려들었다.

그리고 제갈월은 조금 떨어진 곳에서 냉담한 눈길로 이 광경을 지켜보고 있었다. 그의 입술은 파랗게 질려 있었고, 주성이 걱정스러운 표정으로 그의 상처를 감싸고 있었다. 하늘 가득 대설이 내려오고, 이 세상은 적막하기만 한 것 같았다.

"이럇!"

그러나 바로 이때, 고요함을 깨는 청아한 외침 소리와 함께 어지러운 말발굽 소리가 들려왔다. 모두 고개를 돌려 보니 멀리 북쪽에서, 1백이 넘는 용맹스러운 준마가 달려오고 있었다. 선두에 선 소년은 흰 갑옷을 입고 검은 머리를 흩날리고 있었는데, 손에 쥔 쇠뇌를 유성처럼 빠르게 쏘아 제갈가의 시위 여럿을 맞혀 쓰러뜨렸다.

"계집애!"

전마가 나는 듯 달려와 순식간에 사람들 사이로 파고들었다. 말 위의 소년은 단숨에 초교의 허리를 감싸 안아 말에 태우고, 눈을 빛내며 소리 내어 웃었다.

"또 한 번 구해 주었으니, 어떻게 보답할 생각이냐?"

초교가 칼로 자신을 공격해 들어오는 장창 하나를 쪼개며 연순을 노려보았다.

"제정신이야? 돌아오다니, 살고 싶지 않은 모양이지?"

"내가 오지 않으면 너는 어쩌란 말이냐? 너는 항상 내 호의를 나쁘게 받아들이는구나!"

연순은 입을 비죽였다.

"어쨌든 꽉 잡아!"

그가 채찍을 들어 말의 엉덩이를 내려쳤다. 연순의 전마가 긴 울음소리와 함께 바람같이 질주하며 사람들의 머리를 뛰어넘었다!

"연순!"

제갈월이 대로하여 옷을 걷어 올리고 큰 소리로 외쳤다.

"네가 감히 내 일에 끼어들어!"

연북의 전마는 과연 당대의 걸출한 말이었다. 평원에서 연북의 말을 따를 수 있는 자는 아무도 없었다. 연순은 초교를 품에 안은 채 큰 소리로 웃으며 낭랑하게 외쳤다.

"제갈 넷째 공자는 정말이지 예의가 바르기도 하지. 하지만 연순은 더 이상의 배웅은 필요 없다. 청산은 변하지 않고, 푸른 물은 길게 흘러가는 법. 우리 다른 날에 다시 만나자!"

연순이 말을 마치자 연북의 전사들은 모두 바람처럼 사라졌다.

"도련님!"

주성이 놀라 비명을 질렀다. 중상을 입은 제갈월이 신음을 내뱉으면서도 목을 감싼 천을 떼어 던지고 말에 오르고 있었다. 제갈월은 분노에 가득 찬 표정으로 채찍을 휘둘러 연순의 뒤를 쫓기 시작했다.

"어서! 어서, 도련님을 따라라!"

강철과 같은 밤바람이 땅을 덮고 있던 눈을 버들 솜처럼 말아 올렸다.

제12장 철갑과 빙하

연순과 초교를 태운 말은 광활한 설원을 나는 듯 질주했다.

"나와 함께 연북으로 가자!"

"싫어!"

"싫다는 건 말이 안 되지."

연순이 쾌활하게 웃었다.

"네가 달리 도망칠 곳이 있는지 잘 생각해 보려무나."

그때 평원의 고요함을 깨트리는 말발굽 소리가 들렸다. 거센 바람이 들판에 휘몰아치는 가운데 마치 천둥이 울리고 있는 것 같았다. 초교는 긴장한 나머지 연순의 팔을 꽉 잡고 외쳤다.

"뒤에 누가 쫓아오고 있잖아!"

연순은 아무렇지도 않다는 듯 웃기만 했다.

"괜찮아. 연북의 땅은 넓고 물자도 풍부하다. 위씨 문벌이 우리랑 함께하고 싶어 한다 해도 크게 문제 되지는 않아."

초교는 이맛살을 찌푸린 채 계속 고개를 돌려 뒤를 살폈다. 멀리 선과 같던 눈보라가 점차 한 면을 이루기 시작한 것이, 쫓아오는 숫자가 적지 않은 듯했다. 초교는 입술을 깨물고 주변 지형을 살핀 후 외쳤다.

"당신은 정말 제정신이 아냐. 사지로 몰릴 줄 알면서도 돌아오다니!"

연순은 눈썹 끄트머리를 들어 올리며 같은 말을 반복했다.

"내가 돌아가지 않았으면 너는 어떻게 됐을까?"

초교의 눈가가 갑자기 조금은 시큰해 왔다. 그녀는 연순의 매끄러운 턱을 바라보았다. 연순은 아직 수염조차 자라지 않은 아이일 뿐이었다. 온종일 물불을 가리지 않고 무모하게 구는, 제멋대로인, 이 세상살이의 어려움이라고는 전혀 모르는.

연순은 그녀의 표정을 보더니 소리 내어 웃으며 놀리듯 말했다.

"왜 그래? 감동해서 몸과 마음을 바칠 마음이 든 건 아니겠지? 그건 필요 없어. 너는 아직 어리고, 장래 어떤 모습으로 자랄지도 모르잖아. 아니면 우리 이렇게 할까? 너는 그냥 본 세자를 따라오는 거야. 천천히, 네가 자라는 걸 지켜보며 다시 이야기하자고."

그때 고함 소리가 들려왔다.

"연북의 반역자! 말에서 내려 순순히 투항하라!"

연순은 잠시 멈칫하더니 바로 기분이 상한 듯 투덜거렸다.

"보아하니 또 귀찮은 일이 생긴 모양이야."

연순은 채찍을 휘둘러 말을 재촉했다. 말은 더욱 속력을 냈다.

어두운 밤, 칠흑과도 같은 갑옷이 더욱 흉악하게 보였다. 상대편 말발굽 소리는 끊임없이 울리는 천둥처럼 요란하게 다가왔고, 그들의 움직임을 따라 큰 눈보라가 자욱하게 일었다. 마치 창직산蒼稷山 꼭대기의 눈이 모두 무너져 내리는 것처럼 대단한 위세였다. 발아래 대지도 미친 듯 떨고 있었다. 마치 상고시대 야수가 갑자기 깨어나, 지표면을 뚫고 뛰어오르려고 하는 것 같았다.

"꽉 잡아!"

연순의 얼굴이 강철처럼 단단해지고 눈매는 날카로워졌다. 그는 말고삐를 꽉 쥐고 큰 소리로 고함을 질렀다. 전마가 순간적으로 말발굽을 들어 뛰어오르더니, 길게 울부짖으며 마치 질풍처럼 달리기 시작했다. 귓가를 때리는 차가운 바람은 날카로운 칼처럼 스쳐 갔고, 말은 더 이상 빠를 수 없이 빠른 속도로 달렸다. 눈 깜빡할 사이에, 등 뒤의 추격병들을 저 멀리로 따돌렸다.

"하하하!"

연북의 전사들이 다 함께 쾌활하게 웃으며, 위씨 문벌 병사들의 놀란 얼굴을 바라보았다. 서동 풍민이 웃는 얼굴로 소리쳤다.

"세자 저하, 저들에게 진정한 연북 전마가 무엇인지, 견식을 넓혀 드려야 하지 않겠습니까?"

연순도 쾌활하게 웃었다.

"좋아, 그들에게 새로운 세계를 보여 주자!"

말이 떨어지자마자, 연북의 철기병들이 말고삐를 감아쥔 채 손가락을 입에 물고 휘파람을 불었다. 낭랑하고 맑은 휘파람 소리가 울려 퍼지자, 전마들이 갑자기 앞다리를 들어 올리더니 갈기를 꼿꼿하게 세웠다. 전마들의 울음소리는 사자의 그것처럼 하늘을 부술 듯 퍼져 나갔다. 그 무엇과도 비교할 수 없는 위엄과 왕자의 패기가 서린 울음소리였다. 듣는 것만으로도 피가 끓을 수밖에 없는 그런 소리였다.

진황성 병사들이 타고 있던 말들은 슬피 울며 네 다리에 힘이 풀린 듯 바닥에 무릎을 꿇었다. 장수들이 아무리 채찍을 휘둘러도 그들의 말은 일어나려 하지 않았다.

초교가 신기한 눈으로 바라보자 풍민이 의기양양하게 설명했다.

"우리 연북의 전마는 천목산天目山 아래에서 암말과 야생 늑대를 교배해서 낳은 말들이야. 발이 극히 빠를 뿐 아니라, 전장에서 늑대 무리를 불러 전투를 돕게 할 수도 있지. 진황성에서 세가 대족의 공자들이 기르는 말이라는 것은 대부분 전장조차 나가 본 적 없는 것들이니, 우리 연북 전마의 울음소리를 듣는 것만으로도 오줌을 지릴 정도로 놀랄 수밖에 없지. 저들이 우리를 추격한다고? 차라리 뜬구름을 잡는 것이 빠를걸."

연북의 전마들이 모두 함께 큰 소리로 울었다. 연순이 북풍 속에서 모피를 펄럭이며 쾌활하게 외쳤다.

"가자, 연북으로 돌아가자!"

전사들도 큰 소리로 외쳤다.

"연북으로 돌아가자!"

말발굽을 따라 작은 눈보라가 피어올랐다. 칠흑 같은 밤의 장막 아래, 연북의 전사들은 채찍을 휘두르며 말을 달리기 시작했다.

그러나 바로 이때, 초교에게 위기감이 엄습했다. 위험한 분야에서 다년간 종사하며 자연스럽게 생겨난 경계심이 시한폭탄에 붙은 시계 장치처럼 그녀에게 날카로운 경고음을 보내고 있었다. 그러나 그녀가 어디서 왔는지 알 수 없는 긴장감에 대해 깊이 생각하기도 전에, 어두운 밤을 가르고 날카로운 바람 소리가 길게 들려왔다.

손가락 한 번 튕길 정도의 짧은 순간, 초교는 바로 반응했다. 그녀는 온 힘을 다해 주먹으로 연순의 배를 쳤고, 연순은 신음 소리를 내며 허리를 굽혔다. 그가 배은망덕한 초교에게 욕설을 퍼부으려는 찰나, 화살 한 대가 날아와 그의 왼쪽 어깨에 박혔다. 화살은 그의 몸을 뚫고 나왔고, 바로 선혈이 솟구치기 시작했다. 연순의 몸은 순식간에 실이 끊어진 연처럼 쿵 소리를 내며 눈 덮인 땅 위로 굴러떨어졌다.

"연순!"

초교는 자신도 모르게 날카로운 비명을 지르며 말고삐를 잡았다. 그러나 이 전마는 빠른 속도로 질주하던 참이라, 말고삐에는 신경도 쓰지 않고 여전히 울부짖으며 달렸다. 초교는 급한 나머지 재빨리 말 위에서 뛰어내려 앞으로 한 바퀴 구른 후, 흔들림 없이 설원에 착지했다.

"연순!"

초교가 그의 어깨를 부축했다.

"괜찮아?"

소년은 얼굴을 찡그리며 말했다.

"아직 죽지는 않았어."

휙 소리와 함께 다시 화살 한 대가 날아왔다. 초교가 재빨리 자세를 바꿔 칼을 휘둘러 화살을 쪼갰다. 빠르게 날아오던 화살이 칼날과 부딪치며 불티가 튀어 어두운 밤을 밝혔다.

"무기를 버려라!"

수천은 족히 될 듯한 인마가 땅에서 솟아오른 듯 나타났다. 그들은 모두 설백의 긴 모피를 입고 지금까지 눈 쌓인 땅에 엎드려 있었다. 전마가 전혀 눈치채지 못하고 달렸던 것도 탓할 수 없었다. 그들의 칼날은 모두 두 사람을 겨냥하고 있어, 지금 초교와 연순에게 날개가 달렸다 해도 도망칠 수 없을 것 같았다.

멀지 않은 곳에서 격렬한 교전 소리가 들려왔다. 말에서 내리지 못한 연북의 전사들이 겹겹이 포위되어 있었다.

무리 뒤에서, 검은 모피를 입은 소년이 말을 타고 앞으로 나왔다. 모피 외투 안의 금포에는 상서로운 황금 용이 수놓여 있었는데, 날카로운 용의 발톱이 불타오르는 횃불 아래 눈을 찌르듯 빛나고 있었다.

조철이 눈을 가늘게 뜨고 차갑게 코웃음 쳤다.

"위씨 문벌이 일을 제대로 끝내지 못할 줄 알았지."

두 사람 목에 날카로운 칼날이 들어왔다. 칼날에 성금궁 특유의 자미화가 새겨져 있었기 때문에, 바로 그들이 대내금위라는 것을 알 수 있었다. 소년의 나이로 왕에 봉해진 칠황자 조철이 연순을 일별하고는, 그 곁에 있는 초교까지 한번 훑어본 후 나지막하게 명을 내렸다.

"데려가라."

"칠황자님."

시종 하나가 먼 곳에 있는 연북의 전사들을 살짝 곁눈질하며 작은 소리로 물었다.

"다른 병사들은 어찌할까요?"

조철이 미간을 가볍게 찡그리며 차갑게 대꾸했다.

"왕령을 따르지 않고 나라를 배신한 자들이다. 남겨 둔들 무슨 소용 있겠느냐?"

시종은 조철의 뜻을 깨달은 듯, 먼 곳을 향해 큰 소리로 외쳤다.

"모두 죽여라!"

함성이 울려 퍼졌고, 삽시간에 빽빽한 화살비가 쏟아졌다. 조금 전까지만 해도 호방하게 웃고 있던 연북의 전사들이 순식간에 시체가 되어 얼음과 같이 차가운 설원에 쓰러졌다.

초교의 귓가에 풍민의 비명이 들려왔다. 초교는 분노했다. 그녀는 두 주먹을 꽉 쥔 채 차가운 눈으로, 높은 말 위에 앉아 있는 조철을 노려보았다.

조철도 초교를 훑어보며 살짝 눈썹을 치켜세웠다. 어딘가 익숙하긴 한데, 어디서 본 적이 있는지는 생각나지 않았다.

"다른 것들은 모두 끌어내어 베어라."

"감히!"

연순이 초교를 제 품에 꽉 안았다. 그러더니 조금도 두려워하는 기색 없이 말 위의 조철을 바라보았다.

조철은 당황했다. 분노가 극에 달한 나머지 도리어 웃음이 나오는 모양이었다.

"물불을 가리지 못하는군. 아직도 자신이 연북 세자인 줄 아느냐?"

연순이 차갑게 말했다.

"조철, 네가 이 애를 죽인다면 분명히 후회하게 될 것이다."

조철이 인상을 쓰며 냉소했다.

"나야말로 너, 우리에 갇힌 짐승이 어떻게 내가 후회하게 할 수 있는지 보고 싶군. 여봐라!"

양쪽에서 정예병이 갑자기 칼날을 세우며 앞으로 나왔다. 그러자 연순이 비수를 빼어 들고 제 가슴에 가져다 댔다. 그의 눈빛은 칼날처럼 날카롭고 얼음처럼 차가웠으며, 평소에는 보지 못한 단호함으로 가득 차 있었다.

"멈춰라!"

조철은 당황하여 믿을 수 없다는 듯 초교를 자세히 훑어본 후, 마침내 나지막하게 말했다.

"연순, 이번은 체면을 세워 주마. 함께 데려가라!"

연순과 초교는 무기를 빼앗기고 미리 준비되어 있던 죄인용 수레에 올랐다. 초교는 계속 연순의 품에 안겨 있었다. 그녀는 작은 얼굴을 그의 가슴에 기대고 있었는데, 연순의 왼쪽 어깨에서 흘러내리는 붉은 피가 목덜미를 따라 초교의 옷까지 적시고 있었다.

"연순, 괜찮아?"

그녀가 작은 소리로 물었다.

"계집애, 내가 너를 끌어들였군."

초교는 코끝이 시큰해져서 고개를 저었다.

"그렇게 말하지 마, 우리는 분명……."

"안심해!"

연순이 갑자기 그녀의 말을 끊더니 단호하게 선언했다.

"내가 너를 지켜 줄 테니까."

초교의 몸이 굳었다. 오래전, 그 낡아 빠진 장작 창고에서 누군가가 이렇게 열심히 그녀에게 같은 말을 했었다.

'오라비가 너를 지켜 줄 테니, 내가 너랑 같이 있어 줄 거야. 그러니까 무서워 마라.'

거센 바람이 날카롭게 불어왔다. 어찌나 추운지 핏줄이 다 얼어 버릴 지경이었다. 연순은 피를 너무 많이 흘려 몸이 얼음장처럼 차가웠고, 계속 몸을 떨고 있었다. 초교는 가느다란 팔을 내밀어 그의 몸을 꽉 끌어안았다.

멀지 않은 곳에 그다지 높지 않은 흙 언덕이 있었다. 검은 구름이 흩어지고 처량한 달빛이 드러나며 언덕 위의 인영이 보였다. 나이가 많지 않은 소년이 전마 위에 앉아 초교를 활로 겨누고 있었다. 연순의 상처 역시 그 소년이 만든 것이었다.

어두운 밤이었지만 초교는 그 소년의 눈매를 똑똑히 알아볼 수 있었다. 그녀는 점점 차가워져 가는 연순의 몸을 꽉 끌어안고 입술을 깨물었다. 연순의 등 뒤에서, 그녀의 작은 두 손은 주먹을 꽉 쥐고 있었다.

처량하고 쓸쓸한 밤이었다. 겹겹이 쌓였던 구름이 흩어지니 물처럼 차고 맑은 달빛이 드러났다. 제갈월은 천천히 활을 내리고, 멀어져 가는 수레를 바라보며 한참 동안 자리를 뜨지 않았다.

마침내 이 길고 긴 밤이 끝나 가고 있었다.

해가 높이 떠올랐다. 높은 천창을 통해 햇빛이 들어오니, 미세한 먼지들이 공중에서 가볍게 떠다니는 것이 보였다. 쓱싹쓱싹, 작은 소리가 들렸는데, 너무 작은 소리라 귀 기울여 듣지 않으면 쥐가 움직이는 소리라고 생각할 정도였다.

초교는 눈을 감은 채 벽에 기대앉아 있었다. 얼핏 보기에는 잠이 든 것처럼 보였지만, 그녀는 등 뒤로 감춘 손을 천천히 움직이고 있었다. 그녀의 손에는 작은 돌멩이가 들려 있었는데, 그녀는 지금 흙벽을 조금씩 갉아 내는 중이었다.

해가 다시 천천히 지고 있었다. 바깥의 시끄러움도 점차 가라앉고, 차가운 밤이 이 번화한 진황성을 뒤덮기 시작했다. 순라를 도는 옥졸들은 두어 번 와 보더니, 하품을 하며 물러갔다.

하늘에 달이 떠오를 무렵, 툭 하는 소리와 함께 커다란 흙벽 돌 하나가 풀 더미 위로 떨어졌다.

"연순……."

초교가 속삭이듯 불렀다. 쥐 죽은 듯 고요한 뇌옥 안에서, 유일하게 온기가 살아 있는 소리였다.

초교가 살며시 머리를 들이밀고 옆방을 살펴보았다. 흰 모피를 입은 소년이 건너편 벽에 기대 있었다. 더러운 마른 풀 위에 다리를 쭉 펴고 앉아 눈을 감고 있는 것이, 아무래도 잠이 든 것 같았다.

"연순."

초교가 목소리를 한껏 낮추고 조심스럽게 불렀다. 연순이 속눈썹을 살짝 떨며 눈을 뜨더니, 당혹한 듯 주위를 둘러보았다. 마침내 초교의 맑고 투명한 눈동자를 발견한 그는 매우 기뻐하며 거의 기다시피 다가와 소리 내어 웃었다.

"계집애, 진짜 영리하다니까."

"바보!"

초교는 서둘러 낮은 소리로 외쳤다.

"목소리를 줄여. 다른 사람이 듣겠어."

"아하."

연순도 초교를 따라 사방을 둘러본 후 고개를 돌려, 바보처럼 새하얀 이를 드러내며 웃었다.

"계집애, 무서워 마라. 부왕께서 분명 사람을 보내 구하러 오실 게다. 그 자식들이 감히 우리를 어떻게 하지는 못할 거야."

"응."

초교는 담담하게 고개를 끄덕였지만 답을 하지는 않았다. 연순이 이맛살을 찌푸렸다.

"이봐, 날 못 믿는 거야?"

"내가 어떻게 감히 믿지 못하겠어?"

초교는 혀를 내밀고 입술을 비죽였다.

"당신 부왕이야 당신을 구하러 오겠지만, 나는 그렇게 능력 있는 친지가 없으니까."

그녀의 말을 들은 연순의 눈이 하늘의 별처럼 반짝였다.

"안심해. 나는 결코 너를 버려두지 않을 테니까. 앞으로 너는 나를 따라다니기만 하면 돼. 내가 너를 지켜 줄 거야."

한바탕 따뜻한 기운이 갑자기 온몸에 퍼져 나가는 것 같아, 초교는 자신도 모르게 찬란하게 웃으며 고개를 끄덕였다.

"그럼…… 여기서 나가게 되면 나에게 맛있는 것을 먹게 해 줘. 배가 고파 죽을 지경이니까."

"문제없어."

연순이 단숨에 대답했다.

"뭘 먹고 싶건 말만 하라고. 뭐든지 다 준비해 줄 테니까."

언제부터인지, 바깥에는 또 대설이 내리기 시작했다. 높은 천창을 통해 눈꽃이 흩날리며 들어왔고, 차가운 바람도 함께 들어왔다. 뇌옥 안은 뼈가 사무치도록 추웠다. 초교가 갑자기 온몸을 떨며 몸서리를 치자 연순이 서둘러 얼굴을 들이밀고는 그녀를 살펴보았다. 그녀가 입고 있는 옷이 얇은 데다 입술은 이미 얼어 보랏빛으로 변한 것을 보자 그의 얼굴에 걱정의 빛이 떠올랐다.

"추우냐?"

"괜찮아."

"그렇게 얇게 입었으니, 얼어 죽겠군."

연순은 갑자기 몸을 일으켜 입고 있던 모피를 벗었다. 그리고 구멍을 통해 그것을 초교에게 건네주려 했지만, 모피가 너무 두툼한 나머지 소매 하나도 보낼 수가 없었다. 초교는 재빨리 그의 옷을 밀어냈다.

"그러지 마. 들키면 안 좋은 일이 벌어질 테니까."

"좀 들키면 어때서?"

연순이 차갑게 웃었다.

"내가 나가면, 모두 가만두지 않을 거야."

"그런 말은 목숨이 붙어 나갈 때에나 하는 거야."

초교가 조소하며 고개를 살짝 치켜세웠다. 그러나 연순은 고집스럽게 코웃음 쳤다.

"어떻게 될지 지켜보기나 하라고."

뇌옥 안은 점점 더 추워졌다. 연순이 구멍 쪽으로 바싹 다가앉더니 말했다.

"손을 줘 봐."

"응? 뭐라고?"

초교는 당황했다.

"네 손 말이다."

연순이 손짓하며 말했다.

"손을 줘 보라고."

초교가 눈가를 찌푸렸다.

"뭘 하려고?"

"묻지 말고."

연순이 귀찮다는 듯 말했다.

"손을 달라고 하면 그냥 주면 되는 거야."

초교는 작은 소리로 투덜거리면서 가느다란 팔을 내밀었다. 얼어서 파랗게 질린 손이 구멍을 통해 넘어가 허공 속에서 뭔가를 잡으려는 듯 흔들거렸다. 초교가 작은 소리로 물었다.

"왜 그래?"

갑자기 소년이 차가운 작은 손을 잡았다. 소년의 손은 큰 편이었다. 연순은 초교의 손을 잡은 채 계속 입김을 불어 넣어 주었다. 그의 눈은 빛나고 있었지만 행동은 매우 서툴기 짝이 없었다. 그래도 연순은 계속 숨을 불어 넣으며 물었다.

"좀 나아? 따뜻해지는 것 같아?"

처량하고 쓸쓸한 밤, 서릿발 같은 차가운 달 아래 눈송이가 천창을 타고 잇달아 들어와 차가운 뇌옥을 가득 채우고 있었다. 벽에 기대앉은 초교의 물기 서린 커다란 눈이 살짝 붉어졌다. 그녀는 잠시 멍한 상태로 고개를 끄덕이다가, 건너편의 연순이 자신을 볼 수 없다는 것을 떠올리고는 살짝 비음 섞인 목소리로 그저 "응."이라고 답했다.

"하하."

연순이 명랑하게 웃으며 물었다.

"네 이름은 뭐야? 제갈가 넷째가 성아라 부르는 것은 들었는데, 그게 네 본명이야?"

"아니."

초교는 낮은 목소리로 답했다. 따뜻한 기운이 끊임없이 팔에서 전해져 올라왔다. 혈맥도 조금씩 원활하게 통하기 시작했다. 그녀는 벽에 기댄 채 소곤거렸다.

"내 이름은 초교야."

"초?"

연순은 미간을 찌푸리며 자신도 모르게 동작을 멈췄다.

"너는 전 이부창조 형의전荊義典의 딸이 아닌가? 어째서 성이 초라는 거지?"

"그건 묻지 마."

초교는 나지막하게, 그러나 뭐라 표현하기 어려울 정도로 진지하게 말했다.

"아직 이 이름을 아는 사람은 없어. 당신에게만 알려 주는 거야. 그러니까 꼭 기억해 줘. 그리고 다른 사람에게는 말하지 말아야 해."

연순은 당황했지만 바로 짚이는 바가 있었다. 아마 형가 집안에는 은밀한 비밀이 있었을 것이다. 입 밖에 내면 체면을 잃을 만한 일이라 지금 이렇게 다른 이에게는 말하지 말라고 하는 것일 것이다. 갑자기 슬며시 만족스러운 기분이 들었다. 초교가 그런 비밀을 자신에게 말해 준 것이다. 그건 바로 자신을 믿을 만한 사람으로 여긴다는 의미일 것이다. 연순은 가슴을 두드리며 약속했다.

"응, 안심해도 좋아. 죽어도 말하지 않을 테니까. 그럼 앞으로 너를 뭐라 부르면 좋을까?"

연순은 이맛살을 찌푸리며 한참 고민했다.

"소교小喬는 어때?"

"싫어."

초교는 즉시 삼국 시기 동오의 미인*을 떠올리고 얼굴을 찌푸리며 거절했다.

"그건 싫어."

"어째서?"

연순은 초교의 반응을 이해하지 못했지만, 다시 고민에 잠겼다.

"그럼 아초阿楚는 어때?"

"음⋯⋯."

초교는 잠시 생각하다가 고개를 끄덕였다.

"그래, 그렇게 부르도록 해."

연순은 무척 기뻐 보였다.

"아초!"

"응."

"아초!"

"들었어."

"아초! 아초!"

---

* 《삼국지》에 나오는 동오의 제독 주유의 아내가 소교였다. 그 언니는 손책의 아내로 대교로 불렸다.

"아직도 안 끝난 거야?"

"아초아초아초!"

"……."

"아초, 저쪽 손을 줘."

초교는 얌전히, 따뜻해진 손을 거둬들이고 다른 쪽 손을 내밀었다. 연순은 그녀의 손을 잡고 두어 번 입김을 불다가 자신의 손도 차가워졌다는 것을 깨달았다. 차라리 옷 안에 품어 주는 것이 나을 것 같았다.

"어머!"

초교는 낮게 소리치며 갑자기 손을 거둬들이려 했다.

"하하."

연순은 소리 내어 웃으며 그녀의 손을 꽉 잡고 놔주지 않았다.

"속으로는 좋으면서."

"꼴불견이야!"

초교는 코웃음 치면서도 작은 손을 소년의 가슴속에 맡겨 두었다. 고요한 밤, 초교는 연순의 심장이 뛰는 것도 느낄 수 있었다. 한 번, 또 한 번, 연순의 심장은 힘차게 뛰고 있었다. 그는 마른 편이었지만 항상 말을 타고 무술을 수련하다 보니 가슴은 아주 단단한 근육으로 이루어져 있었다.

연순은 초교의 손을 잡은 채 벽에 기대앉아 온화한 목소리로 이야기하기 시작했다.

"아초, 여기서 나가면 함께 연북으로 가자. 네가 해야 한다는 일은 내가 사람을 시켜 처리해 줄게. 이 세상이 이렇게 무서운데, 너 같은 작은 아이가 어디로 갈 수 있겠어? 나쁜 사람을 만나 괴롭힘을 당하지 않는다는 법도 없어. 너 스스로 악하다고도 생각하지 마라. 그건 네가 정말로 악한 사람을 만나 보지 않았기 때문이야. 만약 네가 진짜 악인을 만났을 때 내가 곁에서 지켜 주지 못하면, 너 혼자서는 어떻게 하기 어려울 거야."

초교도 벽에 기대앉아 있었다. 발아래는 마른 볏짚뿐이고, 앞에는 분분히 흩날리는 흰 눈이었다. 그녀의 두 눈은 먼 곳을 보고 있는 것 같기도 했고, 또 눈앞의 이 순간에 집중하고 있는 것 같기도 했다. 그녀는 어디로 가고 싶은 걸까? 그녀 자신도 알 수 없는 문제였다.

초교는 대답하지 않았지만, 연순이 계속 말했다.

"나도 이유는 모르지만, 너를 도와주고 싶다. 처음에 사냥터에서 너를 처음 보았을 때는 그저 재미있는 아이구나 생각했지. 이렇게나 작은데, 또 그렇게나 사납고. 그래서 독하게 마음먹고 손을 쓰지 못했다. 진황성에서 꽤 오랜 시간을 보냈지만, 조철, 그 망할 놈에게 진 건 그때가 처음이었어."

삼경을 알리는 북소리가 들려왔다. 소년의 목소리는 조금은 몽롱하게 들리기도 했고, 또 희미하게 먼 곳에서 들려오는 것 같기도 했다.

"아초, 연북은 무척 아름다워. 전쟁도 거의 없고. 여름이 되면 도처에 푸른 목초가 자란다. 연북에 있던 시절, 나는 부황과 큰형, 그리고 작은형과 함께 항상 말을 타고 화뢰원火雷原에 가서 야생마를 사냥했어. 그때 나는 일고여덟 살도 되지 않기 때문에 아직 큰 말을 탈 수 없었어. 큰형은 자기가 사냥해 온 말이 낳은 망아지를 나에게 타게 해 줬고, 나는 화를 냈지. 큰형이 날 무시한다고 생각했거든. 나중에야 큰형은 그저 내가 다칠까 봐 걱정했다는 사실을 깨닫게 되었어. 작은형은 성격이 좋지 않아 항상 나와 다투곤 했는데, 화가 나면 나를 높이 들어 올리고 내던지겠다고 고함을 질렀어. 그러면 누나가 달려 나와 채찍으로 작은형을 때렸고, 그 다음엔 둘이 싸우기 시작했지. 작은형은 비록 힘은 세지만, 누나를 이기지 못해. 나는 작은형이 누나를 이기지 못하는 것을 보고 무시했지만, 지금 생각하면 작은형은 그저 누나와 싸우기 싫었던 것뿐이겠지. 겨울이 되면, 연북에는 한 달 넘게 큰 눈이 내려. 우리는 그럼 삭북朔北 고원으로 가지. 그곳에는 회회산回回山이 있는데, 높고 또 험하지만, 산 위에 온천이 아주 많아. 모친은 변당 출신이셔서 북방의 한기를 견디지 못하고, 몸도 좋지 않으신 편이야. 그래서 1년 중 절반은 항상 온천가의 행궁에 계시지. 우리는 항상 부왕 몰래 학당을 빠져나와 모친을 뵈러 가곤 했는데, 모친이 계신 곳에 가 보면 항상 부왕이 우리보다 먼저 도착해 계시곤 했어."

맑은 달빛이 바닥에 빛을 뿌려 주었다. 소년의 얼굴이 온화하게 변했다. 초교로서는 본 적 없는 따뜻한 표정이었다.

"아초, 우리 연북은 이곳 진황성처럼 부자와 형제자매, 그리고 부부가 서로 적이 되는 일도 없고, 이렇게 도처에 모함과 음모가 난무하거나, 명예나 재물을 탐내는 일도 없어. 또 썩어 빠진 연회와 굶어 죽는 백성이 공존하는 일도 없지. 우리 연북의 땅은 전란이 거의 없고, 떠도는 백성도 없어. 모두 배불리 먹고, 노비들도 자신의 뜻에 따라 살아 나가고 있어. 아초, 나와 연북으로 가자! 그곳에서라면 너도 지금보다 훨씬 잘살 수 있어. 내가 지켜 줄 수도 있고. 아무도 너를 괴롭히지 못할 거야. 누군가가 너에게 화살을 쏘는 일도 없을 거고. 그래, 화뢰원에 데려가 줄게. 함께 야생마를 사냥하자. 그리고 너를 데리고 회회산에 모친을 뵈러 갈 거야. 우리 모친은 아주 온유한 분이니, 너도 분명히 그분을 좋아하게 될 거야."

그들이 있는 뇌옥은 매우 조용했고, 연순의 나지막한 목소리만 조용하게 들리고 있었다. 초교는 갑자기 따뜻한 기분을 느끼며 고개를 들어 보았다. 연순이 이야기하는 연북이 보이는 것 같았다. 푸른 목초, 설백으로 투명하게 빛나는 회회산, 울부짖으며 달려 나가는 야생마들, 그리고 소년들의 명랑한 웃음과 자유로운 바람 소리.

초교의 얼굴에 희미한 미소가 떠올랐다. 그녀는 힘차게 고개를 끄덕이며 소곤거렸다.

"좋아, 함께 연북으로 가."

끝없이 긴 밤, 차갑고 축축한 진황성의 뇌옥 안에서 두 아이는 벽을 사이에 두고 기대앉아 있었다. 두 아이의 손은 견고한 벽을 뚫고 서로를 꽉 잡고 있었다.

우리는 연북으로 갈 거야. 우리는 반드시 여기서 도망칠 거야.

하늘이 다시 희미하게 밝아 왔다.

무거운 발걸음 소리가 꿈을 꾸고 있던 두 아이를 깨웠다. 그들은 재빨리 손을 거둬들이고 구멍을 막았다. 검은 털이 붙어 있는 장화가 먼지가 쌓인 뇌옥 속을 한 걸음 한 걸음 걸어 들어왔고, 열쇠끼리 잘랑잘랑 부딪치는 소리도 들려왔다.

찰칵 소리와 함께 연푸른 갑옷에 황갈색 바람막이를 걸친 병사들이 들어왔다. 최소한 쉰 명은 넘는 일행이 들어오자 크지 않은 뇌옥이 가득 찼다. 옥졸은 조심스럽게 그들의 뒤를 따르며 허리를 굽실거리고 있었다. 초교는 구석에 웅크리고 앉아 차가운 눈으로 이 대내금위들을 바라보았다. 심장이 점차 가라앉는 것 같았다.

연순은 대문을 등진 채 바닥에 앉아 눈을 감고 있었다. 밤사이 온화하던 기색은 간데없이, 예리한 칼날로 자신을 한 겹 또 한 겹 싸고 있었다. 마치 노승이 입정에 든 것처럼, 바깥에서 찾아온 이를 조금도 신경 쓰지 않았다.

시위들의 우두머리는 대하 황족의 피가 흐르는 연북 세자를 보고도 공손하게 예를 표하거나 하는 일 없이 차가운 얼굴로 품에서 성지를 꺼내 읽기 시작했다.

"성금궁에서 명하노니, 연북 세자 연순은 구유대에서 처분을 기다리도록 하라."

다른 시위 하나가 앞으로 나와, 무시하듯 말했다.

"연 세자, 가시지요."

연순이 천천히 눈을 떴다. 소년의 눈에 날카로운 빛이 요동쳤다. 연순이 가볍게 바라보는 것만으로도, 그 시위는 자신도 모르게 등에 식은땀이 났다.

연순은 무엇인가를 깨달은 것처럼, 그러나 여전히 오만한 얼굴로 몸을 일으켜 스스로 뇌옥 밖으로 걸어 나갔다. 시위들이 이미 준비해 둔 칼과 족쇄를 가져왔으나, 한참 생각한 후에 서로 눈짓하며 다시 내려놓았다. 그들은 그저 연순을 포위한 채 걷기 시작했다.

설백의 모피가 땅을 쓸자 더러운 먼지가 가볍게 일어나 떠돌다가 연순의 하얀 사슴 가죽 장화 위에 내려앉았다. 그 장화 위에는, 황가만이 쓸 수 있는 다섯 발톱의 황금 용 문양이 수놓여 있었다. 찬란한 새벽 햇빛 아래 황금 용은 더욱 눈부시게 빛나고 있었고, 모든 이들은 연북의 일맥 역시 대하 황족의 한 일파라는 것을 다시금 깨달을 수밖에 없었다.

어두운 복도를 통해 바람이 천천히 불어와 바깥의 맑은 공기를 전해 줌과 동시에, 뼈에 스며드는 한기도 함께 전해 주었다.

그때 뇌옥의 울타리에서 손 하나가 나왔다. 창백하고 가느다란, 마치 도자기처럼 새하얀 손이었다. 조금 힘을 주기만 하면 쉽게 꺾을 수 있을 것처럼 연약해 보이는 손이었지만, 이 가느다란 손이 모든 이의 길을 막았다. 손은 연순의 바지를 꽉 쥔 채 놓으려 하지 않았다.

"뭐 하는 짓이냐? 살기 싫은 모양이지?"

한 금군이 노한 목소리로 외쳤다. 그러나 연순이 바로 차갑고 냉정한 눈으로 그 금군을 노려보았다. 연순은 뇌옥 앞으로 다가가 초교의 마른 손가락을 잡고, 미간을 찡그리며 나지막하게 말했다.

"아초, 이러지 마."

"약속을 했으면 책임을 져!"

초교는 고집 세게 고개를 들어 올리며 단호하게 말했다.

"나를 버리지 않을 거라고 했잖아."

연순은 이맛살을 찌푸렸다. 대내금군을 본 그 순간부터, 진황성 권력의 중심에서 오래 생활한 소년은 이 일이 자신이 생각했던 것처럼 간단하게 해결되지 않을 거라는 사실을 깨달았다. 그가 알지 못하는 상황에서 그가 통제할 수 없는 무슨 일인가가 발생한 것이 분명했다. 지금 그가 가는 곳에 복이 있을지화가 있을지도 예측할 수 없으니 초교를 데려가는 모험을 하고 싶지 않았다. 연순은 계속 초교를 달래듯 말했다.

"나는 결코 너를 버리지 않는다. 그저 여기서 얌전하게 내가 돌아오기를 기다리면 돼."

"믿을 수 없어."

초교는 고집스럽게 말했다. 손의 힘도 전혀 빼지 않은 상태였다.

"나도 데려가."

시위 하나가 갑자기 소리쳤다.

"대담한 노비로구나! 어디서 감히……."

"노비라면, 너 또한 노비가 아닌가?"

연순이 재빨리 고개를 돌리고, 날카로운 눈으로 그 병사를 바라보며 차가운 목소리로 말했다.

"언제부터 너와 같은 천민이, 감히 내 앞에서 큰소리를 치게 되었지?"

그자의 얼굴이 즉시 붉어졌다. 시위들은 그자가 화가 나서 관례를 벗어나는 행동이라도 할까 두려운 나머지 서둘러 그를 끌어냈다. 연순은 더 이상 시위들을 상대하지 않고 다시 고개를 돌려 초교의 창백한 얼굴을 바라보았다.

"아초, 말을 들어라. 너를 위해 이러는 거다."

"나를 위해서라면 나를 데려가."

초교는 고개를 들고, 여전히 연순의 바지를 꽉 쥔 채 말했다. 절대로 양보하지 않겠다는 완고한 고집이 느껴졌다. 그녀는 나지막하게 되풀이했다.

"나를 데려가."

시간이 빠르게 지나갔다. 두 사람 사이에 가라앉은 바람이 흩어졌다. 연순은 묵묵히 초교의 눈을 들여다보았다. 그녀의 눈 안에 날카로운 빛이 요동치고 있었다. 연순은 깨달을 수 있었다. 그녀라면 이것이 모험이라는 사실을 모를 리 없었다.

연순이 입술을 움직여 무슨 말을 하려다가, 마침내 초교의 고집 센 눈빛 앞에 멈추고 말았다. 한참 후, 연순은 몸을 일으키고 뒤에 있는 금군에게 나지막하게 명령했다.

"문을 열어라."

"연 세자, 성지는 세자 한 사람에게만……."

그자의 말이 끝나기도 전에 연순이 갑자기 자신이 있던 뇌옥으로 성큼성큼 들어가며 차갑게 말했다.

"내 시체를 떠메고 성금궁으로 돌아가든지."

금군들은 한참을 의논하다가 어쩔 수 없이 초교의 뇌옥도
열기로 했다. 어차피 어린 노비 하나에 지나지 않으니 별일 없
을 거라는 생각에서였다.

창밖은 이미 밝아진 후였다. 연순은 모든 이가 보는 앞에서
초교의 손을 잡아, 시위들이 그녀를 결박하지 못하게 했다. 연
순은 날카로운 눈으로 자신보다 머리 하나는 작은 초교를 바라
보며 작은 소리로 물었다.

"무섭지 않아?"

그녀가 생긋 웃었다.

"무섭지 않아."

연순도 희미하게 미소 지으며 초교의 손을 잡고 걸어 나갔다.

뇌옥 밖에는 병사들이 열 지어 서 있었다. 도검이 **빽빽**하게
늘어서고, 차가운 갑옷은 눈부시게 빛나고 있었다. 병사들은
마치 강력한 적을 만난 듯 장중한 표정을 짓고 있었고, 백성들
은 먼 곳에서 빙 둘러싼 채 까치발을 하고 흘깃거리고 있었다.
그들의 눈빛에는 호기심과 두려움이 가득했다. 성금궁의 황금
위가 직접 호송하러 온 자는 대체 누구일까?

먼 곳에서 거센 바람이 불어왔다. 흰 매가 구름이 두툼하게
쌓인 진황성 상공에서 날갯짓하다가 갑자기 날카로운 울음소
리를 냈다. 백성들 모두 깜짝 놀라 고개를 들어 하늘을 바라보
았다. 그 순간, 그들은 대하 제국의 붕괴를 알리는 첫 번째 울
림을 들은 것만 같았다.

제13장 구유의 피눈물

　진황성의 뇌옥은 진황성 한가운데에 자리 잡고 있어, 뇌옥에서 나오면 바로 동과 서로 갈라지는 두 갈래 가도가 나왔다. 동쪽 가도는 구외주 거리로 통하는데, 죄수가 석방되거나 유배를 갈 때 가는 길이었다. 서쪽 가도는 구유대로 통하는데, 사형당할 죄수가 가는 길이었다.

　소위 심사, 고문, 본인임을 증명하는 절차 등은 생략되었다. 뇌옥 앞에는 수레 대신 칠흑과도 같은 전마가 한 필 준비되어 있었다. 전마는 연순을 보자 기쁜 듯 콧소리를 냈고, 연순도 입가를 살며시 들어 올리며 미소 짓고는 말 머리를 쓰다듬어 주었다. 그리고 초교를 먼저 말 위로 올린 후 자신도 올라탔다.

　일행은 곧장 주무가朱武街로 직행했다. 구경하던 백성들은 길을 열어 주면서도, 계속 흘깃거리며 연순의 뒤를 따라 구유대까지 왔다.

하늘에 구름이 겹겹이 쌓여 있었다. 검은 구름이 소용돌이
치며 마치 사람의 머리를 내리누르는 듯했다. 거센 바람이 일
어나 먼 여정에 지친 두 아이를 맞이하듯 불어왔다. 연순이 모
피 앞자락을 열어 초교의 작은 몸을 그 안에 품었다. 이제 보이
는 것은 초교의 작은 머리뿐이었다.

초교가 연순의 눈매를 바라보았다. 연순이 물과 같이 맑은
눈빛으로 그녀를 향해 가볍게 웃더니, 모피 안에서 두 손으로
그녀를 꽉 잡았다.

그들은 자신들 앞에 어떤 운명이 펼쳐질지 전혀 모르고 있
었다. 이 세상의 바람은 너무 거셌고, 그들은 그저 비틀거리며
앞으로 나아가는 수밖에 없었다. 그들은 고집스럽게 고개를 들
고, 거센 비바람이 자신들에게 몰아칠 그 순간을 기다릴 작정
이었다.

둥, 갑자기 거대한 소리가 울려 퍼졌다. 거리를 가던 이들
모두 자신도 모르게 발걸음을 멈추고, 고개를 들어 우뚝하게
높은 홍천동원紅川東原의 애랑창산崖浪蒼山을 바라보았다. 그
곳에 위치한 성금궁의 승광조묘承光祖廟에서 무거운 종소리가
울리고 있었다. 금으로 만든 기둥이 거대하고 검푸른 종을 한
번, 또 한 번 때렸고, 그 소리는 홍천 땅을 격렬하게 흔들었
다. 종소리는 모두 서른여섯 번, 온전하게 서른여섯 번 울려
퍼졌다.

연순의 안색이 창백해졌다. 초교를 잡고 있는 두 손 또한 부

들부들 떨고 있었다. 초교는 눈썹을 치켜세우고 왜 그러냐는 듯 그를 쳐다보았지만, 연순은 단 한 마디도 하지 않았다.

제국의 황제는 천명을 받아 존귀한 자리에 오른다. 대하의 황제가 세상을 떠나면 종은 마흔다섯 번 울게 되어 있었다. 그리고 서른여섯 번은, 황실의 종친을 떠나보내는 예절이었다.

연순의 몸에는 대하 황족의 피가 흐르고 있었다. 본래 조씨 황족과 같은 조상에게 제사를 올리던 연가의 세자는 입 끝을 올리며 냉랭하게 조소했다. 어차피 올 것이라면 피하지 않겠다. 모두 오너라.

구유대에 도착하니 깃발이 빽빽하게 늘어서 있었다. 북쪽 멀리로 웅장한 자금문紫金門의 붉은 담과 금빛 기와가 보였다. 거대한 묵란석으로 조각한 구유대는 평지 위에 장엄하게 우뚝 서 있었는데, 칠흑처럼 검은 표면에 새하얀 눈빛이 반사되어 더욱 엄숙해 보였다.

연순이 말에서 내렸다. 조복을 입은, 얼굴이 네모난 중년 남자가 연순에게 다가와 나지막하게 말했다.

"연 세자, 이쪽으로 오시지요."

"몽전蒙闐 장군?"

연순이 살짝 눈썹을 치켜세우고 중년 남자가 가리킨 방향을 바라보았다.

"저기라면, 내가 앉을 곳이 아닐 텐데요?"

"성금궁에서 명이 내려왔습니다. 연 세자께서는 저곳에 앉으셔야 합니다."

연순은 높은 대 옆에 있는, 감참監斬*을 맡은 자를 위한 자리를 바라보았다. 만약 오늘 죽는 자가 자신이 아니라면, 대체 어느 왕족이란 말인가?

"그렇다면, 분부대로 따르는 것이 좋겠군."

냉담하게 몸을 돌린 연순은 감참대로 올라가 감참관석에 앉았다. 모든 이들이 놀란 눈길로 연순을 바라보고 있었다. 연순 곁에 앉은 자들은 모두 장로원의 관리들이었다.

소년의 눈썹이 나는 듯이 위로 올라갔다. 잘생긴 얼굴은 얼음처럼 차갑게 굳어 있었지만, 긴장한 기색은 전혀 없었다.

시간이 서서히 흘러갔다. 죄수는 아직도 끌려오지 않은 상태였다. 갑자기 쾅 소리와 함께 자금문의 측문이 열렸다. 장로원 각 가문에서 권력을 장악한 인물, 외정의 병마장군, 내정의 무사와 문관들이 줄줄이 나왔다. 심지어 제갈회, 위경 등도 무리에 섞여 있었다. 각 가문의 가주들은 참형을 볼 수 있는 위치에 자리 잡고 앉았다.

위경의 안색은 살짝 창백했다. 손목은 넓은 옷소매 안에 감추고 있어 얼핏 보기에는 아무 문제도 없어 보였다. 그는 날카로운 눈빛으로 연순 뒤에 서 있는 초교를 노려보았다. 연순이 돌아보자 둘의 눈빛이 번개처럼 공중에서 맞부딪쳤다. 두 사람은 차갑게 웃으며 바로 아무 일도 없었던 것처럼 각자 몸가짐을 바로 하고 평온한 안색을 유지했다.

---

* 참수형을 감독함.

무거운 구름 위로 해가 공중에 떠올랐다. 이제 정오 무렵이었다. 감참을 맡은 형부사마 황기정黃奇正이 허리를 구부린 채연순에게 다가와 구유대 중심에 있는 해시계를 가리키며 공손하게 지시를 요청했다.

"연 세자, 시간이 되었습니다. 형을 집행할 때입니다."

연순은 담담하게 웃었다. 병사가 오면 장수로 막고, 홍수가나면 흙으로 둑을 쌓듯이, 상황에 따라 대응하는 방법밖에는없었다.

"황 대인 뜻대로 하시지요."

황기정이 부들거리며 앞으로 나가, 늙은 울대뼈를 위아래로움직이며 외쳤다. 그의 목소리는 어쩐지 아주 먼 곳에서 들려오는 것 같았다.

"시간이 되었다. 죄수를 데려와 형을 행하라!"

"형을 행하라!"

거대한 목소리가 동시에 울려 퍼졌다. 구유대 아래 금시金翅광장에 열병해 있던 병사 3천이 동시에 환호성을 질렀는데, 날아가는 새도 떨어질 듯한 기세였다. 쾅, 무거운 자금대문이 다시 한 번 열렸다. 군장을 입은 군인 스물이 차가운 얼굴로 흰비단을 덮은 쟁반을 들고 한 걸음 한 걸음 나와 먹처럼 어두운구유대 위로 올랐다.

위경이 갑자기 차갑게 조소하며 날카로운 눈빛으로 감참대쪽을 바라보았다.

연순은 미간을 팽팽하게 조이며 긴장하고 있었다. 불길한

예감을 도저히 떨칠 수가 없었다. 의자 손잡이를 꽉 잡은 그의 손에 푸른 힘줄이 돋아나 있었다.

점장당 출신의 제국군 스물이 구유대 위로 올라섰다. 제국의 원수, 몽전도 구유대 위로 올라가 그중 우두머리에게 낮은 소리로 물었다.

"범인의 신분을 확인하였는가?"

군인은 무표정한 얼굴로 힘차게 대답했다.

"원수께 보고드립니다. 하지 않았습니다!"

몽전이 이맛살을 찌푸렸다.

"무엇 때문이지?"

"원수께 보고드립니다. 변별할 수 있는 자가 없었습니다. 성금궁에서 성지를 내려, 감찰관에게 그 일을 맡기라고 하셨습니다."

몽전은 고개를 끄덕이더니, 주빈석에 앉아 있는 연순에게 우렁찬 목소리로 말했다.

"연 세자, 수고해 주시기 바랍니다."

연순은 입술을 깨문 채, 미간을 한껏 찌푸리고 있었다. 거대한 불안과 공포가 도저히 억제할 수 없을 정도로 엄습해 왔다. 그는 더 이상 평소의 품위와 냉정함을 유지할 수 없었고, 심지어 한마디 대답하는 것조차 힘이 들 정도였다.

뒤에 서 있던 초교가 무엇인가를 눈치챈 것처럼 새하얀 작은 손을 내밀어 소년의 팔을 꽉 잡아 주었다.

"합을 열고, 확인을 시작하라!"

대내금위 스물이 나란히 앞으로 나와 쟁반을 덮고 있던 비단을 벗겼다. 비단 안에 있던 것은 황금으로 만든 화려한 상자였다. 황금빛 열쇠로 상자를 열자, 찰칵 하는 소리가 계속 귀에 울렸다. 모든 이들이 잠시 멈추었다가, 동시에 상자의 뚜껑을 열었고, 그 안에 들어 있던 물건이 푸른 하늘 아래 나타났다!

연순이 두 눈을 크게 떴다. 이마에 푸른 힘줄이 솟아오르고, 목에서는 마치 야수 같은 으르렁거림이 흘러나왔다. 연순은 바로 대 위로 달려가려 했다.

양쪽에 있던 제국군들이 재빨리 칼집에서 칼을 뽑으며 달려나왔다. 도저히 저항할 수 없는 번개 같은 움직임이었다. 그러나 거의 동시에, 한 작은 신영이 모든 이의 앞을 막아섰다. 그 누구도 연순에게 접근하게 두지 않겠다는 단호한 움직임이었다.

거센 바람이 사납게 일어 천지가 어스레해졌다. 하늘에 두껍게 깔린 검은 구름이 용솟음치고, 새까만 까마귀가 날카롭게 울부짖으며 높이 날아올랐다. 뼈에 사무치는 한기에 모두 자신도 모르게 두 눈을 가리고 제멋대로 불어오는 광풍을 막으려 했다.

그러나 몇몇은 두 눈을 뜨고 구유대 위를 주시하고 있었다. 어두운 하늘에서 무신의 미친 웃음소리 같은 바람 소리가 사람의 마음을 꿰뚫고 있었다. 이 세상의 바른 도리란 모두 쓸어버리고자 하는 소리 같았다.

몽전이 무거운 갑옷을 입은 채 낮은 소리로 외쳤다.

"사도 운등雲登, 이름을 불러라!"

"예!"

어깨에 금빛 새를 수놓은 젊은 장수가 앞으로 나오더니, 첫 번째 황금 합 안에 들어 있는 수급을 가리키며 낭랑한 목소리로 외쳤다.

"연북의 세습 번왕! 배라대제의 제24대손! 제국 서북병마대원수! 성금궁 승광조묘 제576위패! 연북왕 연세성, 4월 16일에 연북 화뢰원에서 베었다!"

말을 마치자 다음 합 앞으로 가서 차가운 목소리로 계속했다.

"연북의 세습 분왕! 배라대제의 제25대손! 제국 서북진복사! 성금궁 승광조묘 제577위패! 연북왕 연세성의 장자 연정燕霆, 4월 14일, 연북 손렬원遜烈垣에서 베었다!"

"연북의 세습 분왕! 배라대제 제25대손! 제국 서북진복부사! 성금궁 승광조묘 제578위패! 연북왕 연세성의 삼남 연소燕嘯, 4월 16일, 연북 화뢰원에서 베었다!"

"연북의 세습 옹주! 배라대제 제25대손! 성금궁 승광조묘 제579위패! 연북왕 연세성의 장녀 연홍초燕紅綃, 4월 16일, 궁지에 몰려 위수衛水 홍호洪湖에서 자진하였다!"

"연북의 세습 분왕, 배라대제 제24대손! 제국 서북병마부수! 성금궁 승광조묘 제580위패! 연북왕 연세성의 족제 연세봉燕世鋒, 4월 9일 연북 상신 고원에서 베었다!"

"연북의 세습……."

기나긴 호명의 시간이 마침내 끝났다. 사람의 마음을 갉아 먹는 바람이 거침없이 구유를 훑고 지나갔다. 몽전이 높은 대 위에 선 채, 감참관의 자리에 있는 연순을 굽어보며 낮은 소리로 말했다.

"호명이 끝났습니다. 연 세자께서는 신분을 확인해 주시지요!"

쾅, 거대한 소리가 났다. 광풍이 갑자기 불어와 구유대 옆 하늘 높이 솟아 있던 고목을 부러뜨렸다. 거대한 나뭇가지가 날아올라 금시광장으로 와르르 무너져 내렸다. 바람 소리는 하늘을 가득 채웠고, 헤아릴 수 없는 시선들이 모두 감참대 위의 소년에게 쏟아졌다.

구주의 철을 다 모은들, 이 원한을 주조할 수 있을까. 연순이 천천히 눈을 감았다. 다시 눈을 떴을 때, 이미 모든 것은 핏빛으로 물들어 있었다.

칠흑과도 같은 어둠 속에 천둥소리가 끊임없이 들려오고, 북풍이 미쳐 날뛰는 야수처럼 슬프게 울부짖었다. 겹겹이 쌓인 검은 구름은 지표면을 눌러 부스러뜨릴 것만 같았다. 바람에 일어난 모래 때문에 눈앞이 캄캄했다. 그러나 몽씨 일족의 현 족장이자, 제국의 병마를 동원할 수 있는 철혈 군인은 안색조차 변하지 않고 같은 말을 반복했다.

"연 세자, 신분을 확인해 주십시오."

갑자기 광풍이 또 한 차례 불어왔고, 중앙에 있던 검은 깃발이 노한 듯 펄럭였다. 깃발에 수놓인 황금 용이 깃발을 뚫고 뛰어나오려는 듯 격렬하게 춤을 추었다. 연순의 눈이 붉게 충혈되고, 그의 안색은 창백하다 못해 보랏빛으로 질려 있었다. 하늘에 닿을 만큼 거대한 불길이 그의 가슴속에서 타오르고 있었다.

마침내 연순의 입에서 분노의 외침이 흘러나왔다. 마치 피를 탐하는 표범처럼, 단숨에 자신을 잡고 있던 제국의 병사를 때려눕히고 눈 깜짝할 사이에 칼을 빼앗았다. 그리고 미친 호랑이와도 같은 기세로 사람들을 뚫고, 구유대를 향해 달려갔다.

모두 놀라 비명을 질렀다. 대내금위들이 잇달아 달려 나와 마치 끓어오르는 황천의 물처럼 빽빽하게 연순을 둘러쌌다. 연순 뒤에 있던 초교는 갑자기 한 병사의 정강이를 발로 차 그 반동으로 도약한 뒤 감참대 위의 깃발들을 연결한 밧줄을 잡았다. 흑룡이 그려진 수많은 깃발들이 순간적으로 하늘을 뒤덮는가 싶더니 모든 이들의 머리 위로 떨어졌다.

"잡아라!"

위경이 파랗게 질려 가장 먼저 깃발 아래에서 기어 나오며, 구유대 아래로 달려간 연순을 가리켰다.

"저 흉악한 연북의 개, 저자를 도망치게 둬서는 아니 된다!"

금시광장에 있는 병사들은 이미 그들 앞으로 달려오고 있었다. 초교는 분노한 연순을 잡아끌고, 병사에게서 빼앗은 칼을 던졌다. 구유대 옆 높은 곳에 놓아둔 화로들이 칼에 맞아 잇달아 기울어지더니, 불붙은 기름이 사방으로 튀며 도처에 화르르 불이 붙었다.

"가요!"

초교는 연순을 끌고 주무가 방향으로 도망치려 했다. 그러나 그녀의 생각과 달리 연순은 그녀를 밀쳐 내고, 병사들이 겹겹이 지키고 있는 구유대를 향해 달려 나갔다.

"연순!"

초교의 머리 위에 있던 모자마저 떨어졌다. 그녀의 머리카락이 바람을 타고 춤을 추었다. 초교는 얼굴을 찌푸리고 온 힘을 다해 외쳤다.

"당신 제정신이야? 어서 돌아와!"

굉음과 함께 사방에서 핏빛이 쏟아지고 있었다. 연북의 세자가 진황성에서 지내는 동안, 연순이 화를 내는 모습을 본 사람은 아무도 없었다. 그는 항상 무엇에도 얽매이지 않는 것 같아 보였고, 제갈회처럼 가깝게 지내던 귀족 소년들도 연순의 깊이를 알지 못했다. 그러나 지금 이 순간, 연순은 표범처럼 맹렬하게 움직이고, 그의 눈길은 이리처럼 잔혹하게 피를 탐하고 있었다. 평소 전장을 다니며 죽은 이들 틈에서 술을 마시던 병사들조차 간담이 서늘해질 정도였다.

연순이 지니고 있는 그것은 일종의 힘이었다. 무예도 아니고 지혜도 아니었으며, 소위 산을 뽑고 세상을 덮을 만한 기개도 아니었다. 연순에게 있는 것은 그저 뼈에 사무치는 원한이었고, 견고한 신념이었다. 사람이 막으면 사람을 베고, 부처가 막으면 부처를 베고 갈 길을 가겠다는 결심이었다.

거센 바람이 불어와 초목이, 귀신이 처절하게 우는 듯한 소리를 내며 부러졌다. 소년의 검은 머리가 흐트러져 눈앞을 가리고, 어깨의 상처가 터졌는지 피로 물들고 있었다. 연순이 입고 있던 모피는 바닥에 떨어진 지 오래였고, 그의 손목에는 푸른 힘줄이 거칠게 돋아 있었다. 연순은 마치 궁지에 몰린 야수처럼 한 걸음 한 걸음 구유대로 향하는 계단을 올라가고 있었다.

병사들은 머뭇거리며 연순에게 달려들지 못하고, 조심스럽게 반쯤 허리를 굽혔다. 그들은 상황을 제대로 판단할 수 없었다. 수천 명 제국의 정예병들 중 누구도 앞으로 나설 엄두를 내지 못하고 있었다. 연순의 몸에 흐르는 살기는 온 공중을 가득 채웠고, 하늘 위에서는 매가 성대한 연회를 기다리는 듯 날갯짓하고 있었다.

연순이 마지막 계단을 올랐다. 한 걸음만 더 오르면 바로 구유대였다. 그때, 몽전이 얼음같이 차가운 목소리로 말했다.

"연 세자께서 신분을 확인해 주러 오셨습니까?"

연순이 천천히 고개를 들었다. 다른 이의 피인지 연순의 피인지도 알 수 없는 한 방울 선혈이 그의 또렷한 턱을 타고 천천히 흘러내렸다. 연순은 지옥에서 올라온 악귀처럼 쉰 목소리로 외쳤다.

"비켜라!"

우르릉, 거대한 소리가 울려 퍼졌다. 맑게 갠 겨울날, 뜻밖에도 천둥이 끊임없이 치고 있었다. 온 땅을 뒤덮는 눈발이 광풍을 따라 춤을 추었고, 연순은 천천히 칼을 들어 올려 몽전을 겨누며 다시 한 번 차갑게 외쳤다.

"물러나라!"

펙!

제국의 원수가 갑자기 뛰어오르더니, 연순의 가슴을 발로 찼다. 그 순간 연순의 몸은 공중에 선혈을 흩뿌리며, 마치 끊어진 연처럼 몸 전체가 공중으로 튕겨 올랐다. 몽전에게 차인 연순은 높은 계단에서 바닥으로 데굴데굴 굴러떨어지기 시작했다.

"연순!"

초교가 비명을 지르며 칼을 휘둘렀고, 병사들은 그제야 그녀를 겹겹이 에워쌌다. 초교의 작은 몸으로는 이리 많은 이들의 포위를 뚫을 방법이 없었다. 게다가 그녀의 몸은 이미 여러 곳에 상처를 입은 상태였다. 초교가 한 번 비틀거리자 열이 넘는 칼날이 그녀의 목으로 들어왔고, 그녀는 이제 전혀 움직일 수 없었다.

"연순!"

초교의 두 눈이 핏빛으로 물들었다. 그녀는 병사에게 손을 뒤로 꺾인 채 발버둥을 치며 비명을 질렀다.

무정한 시간은 일견 평온하게 흘러갔다. 바람은 마치 명을 재촉하는 원혼이 내달리듯 거대한 광장을 거침없이 스쳐 갔다. 진황성 안팎의 모든 이들이, 제국의 귀족들과 원로들, 관리들, 장수들, 병사들, 그리고 주위를 둘러싸고 있던 백성들까지 모두 숨을 죽이고 핏물 속에 쓰러져 있는 소년을 지켜보았다.

아주 오랜 시간이 흐른 것 같기도 했고, 찰나에 지나지 않는 짧은 순간이 지난 것 같기도 했다. 연순의 손가락이 꿈틀거리더니 눈 쌓인 땅을 짚었다. 그가 간신히 몸을 일으켰다. 결코 굴하지 않는 외로운 이리 같은 눈빛으로, 그는 비틀거리며, 칼을 지팡이 삼아 다시 계단을 오르기 시작했다.

"구유는 진황에서 중요한 곳입니다. 설령 감찰관이라 하더라도 연 세자께서 올라오신 뜻을 밝히지 않으신다면 구유대를 밟으실 수는 없습니다. 본 장수가 다시 여쭙겠습니다. 연 세자께서는 저들의 신분을 밝히러 오셨습니까?"

하늘에는 깃발이 펄럭이고, 땅에는 소리 없는 적막만이 가득했다. 연순은 얼음처럼 차가운 눈으로 고집스럽게 외쳤다.

"비켜라!"

쿵, 다시 한 번 커다란 소리가 났다. 연순의 몸은 다시 한 번 계단 아래로 굴러떨어졌다.

"연순!"

초교는 마침내 참지 못하고 큰 소리로 외쳤다.

"이 바보, 죽으려는 거야? 돌아와!"

그러나 그에게는 천지간의 모든 소리가 멀어진 것만 같았다. 두 귀에 굉음이 울려 아무 소리도 들을 수가 없었다. 연순의 눈이 붉게 부어올랐고, 얼굴은 돌에 긁힌 상처로 가득했다. 손은 마치 피 웅덩이에 담갔다 뺀 것처럼 피에 젖어 있었고, 그의 가슴은 천 균은 될 듯한 거대한 바위가 내리누르는 것만 같았다.

누군가가 그를 계속 부르고 있는 것 같았지만, 이미 아무것도 들리지 않았다. 연순의 머릿속을 가득 채운 것은 연북의 소리들이었다. 부친의 쾌활한 웃음소리, 끊임없이 잔소리를 퍼붓는 큰형의 목소리. 작은형과 누나가 서로 채찍을 휘두르며 추격전을 벌이고 있었고, 숙부는 연북의 민요를 흥얼거렸다. 그리고 어린 그를 들어 올려 말에 태워 주던 부친의 부하들, 그들이 달리는 말발굽 소리가 연순을 가득 채우고 있었다.

그런데 그들이 점차 멀어져 갔다. 천지 같은 암흑뿐, 아무것도 보이지 않는 가운데 수많은 목소리들이 머릿속에서 아우성치고 있었다. 그들은 차갑고 단단한 목소리로 한 번, 또 한 번 연순을 재촉하고 있었다.

"연순, 일어나라, 일어나, 연북의 사내답게, 일어나!"

모두 두 눈을 크게 뜨고 피에 젖은 소년을 바라보고 있었다. 황조의 귀족이었던 소년, 연순이 다시 한 번 피 웅덩이 속에서 일어나 한 걸음, 두 걸음, 검은 계단에 핏빛 발자국을 남기며 올라가고 있었다. 계단 위에 쌓인 눈이 눈부시게 빛을 반사했다.

몽전이 미간을 찌푸렸다. 그는 비틀거리며 계속 걸어 올라오는 연순에게 무슨 말이라도 건네고 싶었지만, 무슨 말을 해야 할지 알 수 없었다. 결국 그는 다시 한 번 연순을 발로 차서 대 아래로 굴러떨어지게 했다.

백성들 무리 속에서 갑자기 흐느낌이 서서히 퍼지기 시작했다. 신분이 낮고 혈통이 비천한 천민들이, 고귀한 제국의 광장을 바라보며 마음 깊은 곳의 비통함을 참지 못하고 울고 있었다. 저 아이는 그저 아이가 아닌가. 귀족들은 입술을 다문 채 이 광경을 지켜보고만 있었지만, 그들의 냉담한 눈동자에도 감동의 빛이 어리고 있었다.

찬바람이 불어오는 가운데, 소년의 몸은 진흙 더미처럼 뭉그러진 것 같았다. 연순은 더 이상 일어설 수 없었다. 제국의 원수인 몽전은 산과 같이 힘이 센 사내로, 홀로 서막의 고원에서 2백이 넘는 기마대를 물리친 적도 있었다. 그런 그에게 얻어맞으면, 차라리 죽는 것이 낫다 할 정도였다.

몽전은 미간을 찌푸리며 연순을 바라보았다. 대체 무엇이 저 소년을 지탱하고 있는 것일까. 무엇이 저 소년으로 하여금 피에 젖은 손가락으로 구유대의 계단을 잡고 기어오르게 하고 있다는 말인가.

몽전은 마지막으로 연순을 다시 발로 차서 떨어뜨린 후 나지막하게 외쳤다.

"더 이상 확인할 필요 없다. 세자를 끌어내고, 형을 집행하라!"

"몽전 장군!"

위경이 인상을 쓰며 반박했다.

"그렇게 하는 것은 규칙에 어긋납니다. 성금궁에서는 그에게 시신을 감별하게 하라고 명을 내렸습니다. 어찌 이리 졸속으로 일을 처리하시는지요?"

몽전은 인상을 쓰며 이 위씨 문벌 출신의 소년을 바라보더니, 천천히 연순을 가리키며 물었다.

"지금 저런 상태로, 성지를 받들 수 있다고 생각하오?"

대체 누가 연순이 성지를 받들기를 기대하고 있겠는가. 성금궁의 뜻은 그저 연순을 죽이기 위한 합리적인 이유를 찾고자 하는 것뿐이었다. 서북관 패전의 결과를 두고, 제국과 장로회는 연북왕에게 죄를 물었다. 연북왕 일가 모두 비참하게 학살당한 지금, 남은 것은 세자 연순뿐이었다.

연순은 진황성에서 몇 년의 시간을 보내며 연북으로 돌아가지 않았으니 그 일에 연루시킬 방법이 없었다. 연북은 대대로 왕위를 세습했고, 연세성이 죽은 이상 연순이 계승하는 것은 합당한 일이었다. 그러나 제국은 이 늑대의 자식을 연북으로 돌려보내는 위험을 무릅쓰고 싶지 않았기에, 이런 형세를 만든 것이다.

연순이 황명을 받들지 않는다면 그것은 곧 성금궁에서 내려온 성지를 무시한 것이니 신하로서 불충한 것이다. 연순이 조용히 말을 듣는다면 그것은 바로 자식으로서 불효한 것이며, 스스로의 유약함과 무능을 증명하는 것이었다. 어떤 상황을 선택하더라도 연순은 죽을 수밖에 없는 형국이었다.

제국은 그저 사람들의 입을 막고 싶을 뿐이었다. 지금 천하의 백성들과 각지의 번왕들에게 연순을 죽일 합당한 이유를 보여 주기 위해 연극을 하고 있다는 것을 과연 그 누가 모르겠는가. 그러나 또한 그렇기 때문에, 대명천지 아래 연순을 말릴 방법도 존재하지 않았다.

위경은 분노로 이를 갈며 연순을 노려보고는 차가운 목소리로 말했다.

"몽 장군께서 이리하심은, 성상과 장로회의 책망을 두려워하지 않는다는 뜻입니까?"

"책망 여부는 본 장수가 감당할 터이니, 걱정할 필요가 없소이다."

몽전은 사람들에게 붙잡혀 있는 연순을 흘깃 보고는 소리

없이 한숨을 쉰 후, 형을 집행하려 했다. 그러나 바로 이때, 감찰부관 황기정이 눈을 가늘게 뜨고 침착하게 말했다.

"몽 장군, 이곳에 오기 전에 목합穆合 대인께서 당부하신 바가 있소. 만약 계획대로 일이 풀리지 않거든, 이것을 장군께 보여 드리라고 말이오."

몽전이 문서를 받아 들고 읽었다. 그의 안색이 점차 크게 변했다.

몽전은 한참 동안 말없이 서 있다가, 마침내 다시 고개를 들어 침울한 표정으로 연순을 바라보며 말했다.

"연 세자, 고집은 그만 부리시지요. 그저 맞는지 아닌지 고개만 끄덕이면 됩니다. 저들은 모두 당신의 부형이며 친척들이니, 저들을 변별하기에 가장 자격이 있는 사람은 바로 당신입니다."

연순은 사람들에게 붙잡힌 채 땅에 쓰러져 있었다. 지금의 그에게서는 과거 늠름하고 씩씩했던 연북의 세자를 도저히 찾아볼 수 없었다. 지금의 연순은 마치 지옥에서 기어 올라온 악귀처럼, 피를 탐하는 살기로 가득 차 있었다.

몽전이 소년의 고집 센 눈을 바라보며 어쩔 수 없다는 듯이 한숨을 내쉬고는 말했다.

"연 세자께서 성지를 받들지 않으니, 본관이 공평하게 처리하는 것을 탓하지 마십시오. 여봐라, 연 세자를 끌어내라!"

"잠시만!"

거센 바람이 불어와 검은 구름이 용솟음치는 가운데, 갑자기 맑은 목소리가 들려왔다. 자금문 방향에서 말발굽 소리가 들려왔다. 눈처럼 하얀 담비 모피를 걸치고, 물처럼 흐르는 검은 머리카락을 늘어뜨린 여인이 말을 타고 달려오고 있었다. 구유대 앞에 도착한 여인은 모두가 보는 앞에서 단호한 목소리로 외쳤다.

"내가 변별하겠다!"

제14장 언젠가는

"어머니?"

피 웅덩이 속의 소년이 고개를 들고 말 위의 여인을 바라보았다. 여인이 입고 있는 흰 옷은 눈보다도 하얗고, 긴 덧소매는 구름처럼 넘실거렸다. 등으로 쏟아져 내린 검은 머리카락은 아름다운 검은 비단 같았고, 백련처럼 새하얀 얼굴에 설산의 샘물처럼 맑은 눈동자며 눈가의 희미한 주름조차 온유해 보이는 인상이었다.

여인이 말에서 내려 연순에게 다가왔다. 병사들은 당황하여 아무도 막아서지 못했다. 여인은 연순의 머리를 안고, 피에 물든 그의 얼굴을 새하얀 옷소매로 가볍게 닦아 주었다. 그녀의 얼굴에 구름처럼 담담하면서도 따뜻한 미소가 떠올랐다.

"순아."

방금까지 천군만마 앞에서도 얼굴 한번 찡그리지 않던 연순의 눈에서 눈물이 뚝뚝 떨어지기 시작했다. 그는 여인의 옷소매를 잡고 외쳤다.

"어머니, 왜 이렇게 된 건가요? 대체 무슨 일이 있었나요?"

"순아."

여인은 온유하게 연순 눈가의 피를 닦아 주며 물었다.

"네 부친을 믿느냐?"

연순이 오열하며 고개를 끄덕였다.

"믿습니다."

"그렇다면 왜인지 물을 필요는 없단다."

여인은 연순을 안은 채 평온한 눈길로 감찰대 위의 귀족들을 하나하나 훑어보며 나지막하게 말했다.

"이 세상의 모든 일이 뚜렷한 원인을 가진 것은 아니지. 호랑이가 이리를 먹고, 이리는 토끼를 먹고, 토끼가 풀을 먹는 것처럼 아무 이유가 없는, 그런 일들이 있는 법이란다."

"어머니!"

연순이 차가운 눈으로 화려한 의상을 입은 귀족들을 쏘아보며, 한기 서린 음성으로 물었다.

"저들입니까? 저들이 연북을 해친 건가요?"

연순의 눈길은 얼음처럼 잔혹했다. 그 순간, 연순의 기세에 놀란 제국의 권문귀족들은 동시에 몸서리를 쳤다. 난초처럼 아름다운 여인은 은은하게 미소 지으며, 아들의 눈에 흐르는 눈물을 닦아 주었다.

"순아, 울지 말거라. 연가의 아이들은 피를 흘릴지언정 눈물은 흘리지 않는 법이다."

그리고 천천히 몸을 일으켰다.

"몽 장군, 내가 시신을 판별하러 왔습니다. 구유대 위에 있는 그 시신들은, 나의 남편이고 아들이고 딸이며 친척들입니다. 천지간에, 나보다 더 자격이 있는 자는 없을 것입니다."

몽전이 얼굴을 찌푸렸다. 그의 눈빛 속에 검은 물결이 출렁이고 있었다. 새하얀 꽃과 같은 여인의 얼굴 앞에서, 몽전은 갑자기 한 마디도 할 수 없었다. 구름처럼 자유로이 노닐던 시절이 파도처럼 그의 머릿속으로 밀려 들어왔다.

그는 아직도 그해의 이른 봄을 기억하고 있었다. 변당의 청수淸水 호반에서 그와 세성, 그리고 지금은 이름을 직접 부를 수 없는 남자는 이 세상의 존재가 아닌 듯한 여인을 만났다. 그때 그들은 무척 젊었다. 배를 젓고 있던 여인은 연둣빛 바지통을 걷어 올려 백옥 같은 정강이를 그대로 드러내고 있었다. 여인은 눈을 휘둥그렇게 뜨고 있는 세 소년을 바라보며 명랑하게 웃었다.

'이봐요! 거기 세 사람, 배를 탈 건가요?'

그리고 눈 깜빡하는 사이에 서른 해가 흘렀다. 서른 해 동안 그들은 참혹한 살육의 현장을, 수많은 죽음의 역정을, 셀 수 없는 교활한 음모들을 겪었다. 그들 세 사람은 짙은 안개 속에서도 서로 손을 잡고 혈로를 뚫어 왔다.

젊었던 그들은, 서른 해가 지난 오늘 이런 상황을 맞이하게 될 줄은 상상조차 하지 못했다. 그때 이런 날이 올 것을 알았다면, 그들은 서른 해 동안 함께 기뻐하고 함께 괴로워할 수 있었을까? 그들은 한 나무에 자라난 가지처럼 자신의 안위를 돌보지 않고 서로 화와 복을 함께했다. 그들이 과거에 함께했던 시간들은, 그저 서른 해가 지난 오늘 서로에게 도검을 겨누고 상대의 머리를 베기 위해 존재했던 것일까?

몽전이 탄식했다.

"당신은 오지 말았어야 했어."

"그는 내가 진황성을 나가지만 않는다면 나의 자유를 제한하지 않겠다고 했어요. 몽 장군, 당신이라 해도 어길 수 없는 성지예요. 그리고 당신이 병사들을 이끌고 연북에 쳐들어왔을 때처럼, 당신이 원하건 원하지 않건 나를 막을 방법은 없어요."

여인은 치맛자락을 잡고 한 걸음 한 걸음 대 위로 올라갔다. 여인의 몸가짐은 경쾌해 보였지만, 땅에 떨어지는 발걸음은 너무나 무거워 보였다.

"어머니!"

연순이 급하게 몸을 일으켜 여인을 따라가려 했으나, 한 걸음도 채 걷지 못하고 땅에 쓰러져 고통스럽게 신음했다. 그 모습을 본 초교가 병사들의 포위를 뚫고 연순에게 다가와 부축했다.

"괜찮아?"

대설이 어지러이 흩날리는 가운데 매가 처량하게 울고 있었다. 도처에 선혈이 낭자하고, 깃발이며 화로가 여기저기 쓰러져 있었다. 수많은 이들이 한 걸음 한 걸음 구유대로 올라가는 여인의 뒷모습을 주시하고 있었다. 거친 바람이 여인의 치맛자락을 펄럭여, 여인은 마치 격렬한 바람 속에서 날갯짓하는 흰 새처럼 보였다.

여인이 첫 번째 금합을 어루만졌다. 금합 안 남자의 눈썹은 피로 얼룩져 있었지만 흉악하거나 무서워 보이지는 않았다. 눈을 감고 있는 남자의 머리는 잠에 빠진 것 같았다. 높은 콧대와 꽉 다문 입술은 마치 무슨 말인가 하려다 마침내 하지 못한 것 같기도 했다.

여인은 손가락으로 남자의 턱을 허무하게 어루만졌다. 마치 남자의 턱 아래에 여전히 우람한 몸이 있기라도 한 것처럼. 그러나 그녀는 결코 눈물을 흘리지도, 고개를 돌리지도 않았다. 그녀는 그저 온유하게 웃으며 작은 목소리로 말하기 시작했다.

"나의 남편, 연북의 세습 번왕, 배라대제의 제24대 자손, 제국 서북의 병마대원수, 성금궁 승광조묘의 제576위패, 연북왕, 연세성."

눈꽃이 여인의 눈썹이며 귀밑머리 위로 내려앉았다. 그녀의 얼굴은 창백해 보였지만, 여전히 물과 같은 두 눈으로 연왕의 머리를 바라보고 있었다. 마치 그가 금방이라도 눈을 뜨고 그녀에게 미소 지어 줄 것처럼. 여인의 손이 그의 귓가에 있는 작은 흉터를 만졌다. 자세히 보지 않으면 이제 거의 보이지 않을 정도로 오래된 상처였다.

"이 상처는 창란왕滄瀾王이 반란을 일으켰을 때, 성금궁의 유미문幽微門에서 다른 이의 검에 맞아 입은 자상이지요. 그때 아직 태자셨던 황상께서는 누군가의 흉계에 빠져 유혼초幽魂草를 드시고 기력을 잃으셨지요. 세성과 몽 장군이 동서 양쪽 문에서 결사의 각오로 어가를 구하러 들어갔었습니다. 세성이 먼저 황상을 찾아냈지요. 세성은 혼수상태에 빠져 있던 폐하를 등에 업고, 3백 병마가 포위하고 있던 성금궁을 단신으로 빠져나왔습니다. 그때 세성은 스물이 넘는 상처를 입었고, 그 후로 반년이 지난 다음에야 겨우 침상에서 내려와 걸을 수 있었지요. 그래요, 그해, 그는 겨우 열일곱 살이었죠. 이건, 백마관 전투에서 입은 상처군요.”

여인의 손이 남자의 턱에 있는 뚜렷한 붉은 상처를 어루만졌다.

“백창력 756년, 제국이 요수에서 조묘에 제례를 올릴 적에, 모든 귀족 장로들과 황족들이 그 자리에 있었지요. 그때 진강왕晉姜王이 적과 내통하여 반란을 일으켰죠. 진강왕이 서북관의 문을 열었고, 견융족이 입관하여 30만 대군으로 요수를 포위했었지요. 세성은 그 사실을 알자마자 군대를 이끌고 연북에서 출발했습니다. 이레 밤낮을, 갑옷도 벗지 않고 안장에서 내려가지도 않고, 병사들보다 앞장서서 요수의 위기를 해결했지요. 당신들의 황제 폐하께서는 요수의 백마산 정상에서 맹세하셨습니다. 제국과 연북은 대대로 군신 관계를 맺을 것이며, 영원히 서로를 버리지 않으리라고. 그때 당신들 대부분이 그곳에 있었지요.”

구유대 아래에 있던 제국의 대신들이 갑자기 안절부절못하기 시작했다. 먼지 속에 덮어 버렸다 생각했던 옛일이 갑자기 대명천지에 폭로되고 있었기 때문이다. 그들의 늙은 눈앞에 오래전 그날의 오후가 떠올랐다. 피처럼 어스름하던 석양 아래, 연북의 사자기가 포효하며 견융의 야만족들을 모조리 죽여 버렸다. 아직 젊던 그들은 모두 흥분하여 연북의 사자왕을 둘러싸고 어깨를 두드렸다. 모두 함께 술잔을 들고 큰 소리로 웃었다.

"이 상처는, 4월 16일 그날 정오, 몽 장군 당신이 화뢰원에서 직접 벤 상처군요. 장군, 당신도 이제 장년의 나이, 지금까지 당신은 과감하게 전략을 세우고 수많은 곳을 정벌해 왔지요. 그런 당신이 자신의 검을 알아보지 못할 리 없지요. 몽 장군, 당신이 이 상처를, 연세성을 알아보지 못할 수 있습니까?"

몽전은 갑자기 말문이 막힌 듯, 얼굴이 파랗게 질려 한 마디도 하지 못했다.

"내가 확언한다. 이 사람은 나의 남편으로, 연북왕 연세성이다. 결코 거짓은 없다."

말을 마친 여인은 탁 소리가 나도록 금합의 뚜껑을 닫고 다음 합 앞으로 걸어갔다.

"나의 아들, 연북의 세습 분왕, 배라대제의 제25대손, 제국 서북진복사, 성금궁 승광조묘 제577위패, 연북왕 연세성의 장자 연정. 올해 스물한 살로, 열세 살에 종군을 시작했다. 가장 낮은 지위의 소졸에서 시작하여 8년 동안 스물네 번에 걸쳐 승진하였고, 견융의 침범을 예순일곱 번 격퇴하는 등 크고 작은 전공을 무수하게 세웠다. 제국의 성금궁과 장로회는 공동으로 일곱 번에 걸쳐 상을 내렸고, 열여덟 살에 진복사가 되었으며, 병사들을 이끌고 제국의 북쪽 변경을 지킴에 실수한 적이 없었다. 4월 14일, 손렬원에서 만 마리 말에 짓밟혀 죽었기에, 얼굴을 분별하기 어렵다. 나의 아들, 연북의 세습 분왕, 배라대제의 제25대손, 제국 서북진복부사, 성금궁 승광조묘의 제578위패, 연북왕 연세성의 삼남 연소. 올해 열여섯으로 열세 살에 종군을 시작하여 부친을 따라 남쪽을 정벌하고 북쪽에서 전쟁을 치렀으며, 세 번에 걸쳐 북강의 야만인들을 정벌하였다. 싸움터에서 적을 죽일 때 단 한 걸음도 물러선 적이 없었다. 그의 몸에는 40여 곳의 칼에 베인 상처가 있는데, 모두 연북의 백성을 위해 얻은 상처다. 4월 16일, 그는 서정대군의 투석기에 맞아 척추가 부서지고 두 다리가 잘려, 온몸의 피가 흘러 나가 사망하였다. 이…… 이 아이는 나의 딸이다."

여인의 목소리에 갑자기 오열이 섞였다. 금합 안의 머리는 희푸르게 부어 있었는데, 마치 물에 빠졌던 것 같았다. 눈가며 콧날에는 모두 보랏빛 피멍이 가득했다.

"연북의 세습 옹주, 배라대제의 제25대손, 성금궁 승광조묘의 제579위패, 연북왕 연세성의 장녀 연홍초. 4월 16일, 그녀는 말을 몰아 포로로 잡힌 모친을 구하러 오다가, 위수의 홍호를 지나는 사이에 서정군단 제4야전군 목합서풍穆合西風의 부대에게 사로잡혀, 윤간을 당한 후 죽음에 이르렀다. 최후에는 시신이 홍호에 버려졌다."

눈보라는 하늘을 가득 메우고, 여인의 목소리는 더욱 처량하게 들렸다. 여인은 창백한 안색으로 한 마디 한 마디, 마치 피눈물을 흘리듯 말하고 있었다. 날카로운 광풍 속에서 날갯짓 하는 매들은 펄럭이는 흑룡의 깃발을 따라, 칠흑같이 가라앉은 하늘에 대항하려는 것 같았다.

"이들은 모두 연북의 전사들이다. 그들은 적과 내통하여 반란을 일으켰으니, 간신이며 배신자들이다. 몽 장군, 형을 집행해도 좋습니다."

청동으로 만든 거대한 솥이 구유대 위로 올라왔다. 솥 아래 불이 활활 타오르기 시작한 후로도 몽전은 한참 동안 미간을 찌푸리고 있다가 마침내 나지막하게 외쳤다.

"집행하라!"

스무 개의 황금 합이 즉시 청동 솥 안으로 떨어졌다. 연순의 눈이 갑자기 불타오르기 시작했다. 그의 목구멍에서 야수와도 같은 참혹한 비명이 터져 나왔다. 그는 구유대 위로 달려가려 했다.

금군시위들이 연순을 가로막았다. 초교도 있는 힘을 다해 연순의 몸을 끌어안았다. 초교의 눈에서도 마침내 눈물이 흘러내렸고, 연순은 그녀의 품 안에서 처절한 소리를 내며 바닥에 무릎을 꿇었다. 연순은 푸른 힘줄이 돋아난 주먹으로, 있는 힘을 다해 금시광장에 깔린 돌을 내려치고 있었다. 그는 제 주먹에서 선혈이 배어 나오는 것조차 깨닫지 못하고 슬프게 외치고 있었다.

여인은 쓰라린 눈물을 흘리며 불타오르는 솥을 가볍게 어루만졌다. 그러더니 슬픈 얼굴로 고개를 돌려 아들을 바라보고, 다시 몽전을 바라보며 천천히 말했다.

"몽 오라버니, 저 아이는 이제 나에게 유일하게 남은 혈육이에요. 그 사람에게 전해 줘요. 자신이 했던 말을 잊지 말아 달라고."

몽전은 온몸을 떨었다. '몽 오라버니'라는 말이 순식간에 그를 서른 해 전으로 끌고 갔다. 지금까지 인생에서 어떤 처절한 말도 그를 감동시킨 적이 없었는데, 이 간단한 호칭 하나가 그를 떨게 만들었다. 그는 자신도 모르게 그녀에게 다가가며, 악몽에서 깨어난 것처럼 나지막하게 중얼거렸다.

"백생白笙……."

그러나 바로 그 순간, 여인은 갑자기 몸을 날려, 유성처럼 재빠르게 자신의 머리를 청동 솥에 들이박았다.

"백생!"

"어머니!"

사람들이 비명을 지르는 가운데, 여인은 이마에서 선혈을 뿌리며 거대한 솥을 잡은 채 힘없이 쓰러졌다.

"어서! 어서! 어의를 불러와라!"

몽전이 여인의 몸을 안았다. 완강하던 표정은 마침내 사라지고, 몽전은 어쩔 줄 몰라 하며 아래의 시위들에게 큰 소리로 외쳤다.

"어머니!"

연순이 비틀거리면서도 계단을 올라 여인에게 달려가, 사납게 장군을 밀쳐 냈다.

하늘과 땅이 모두 노하고, 초목이 함께 슬퍼하였다. 천둥소리가 끊임없이 울리고, 북풍이 슬프게 울부짖었다. 대설이 하늘 가득 흩날리는 가운데, 여인이 천천히 눈을 뜨고 연순의 얼굴을 보며 온화하게 미소 지었다. 그러나 미소와 함께, 더 많은 선혈이 흘러내렸다.

"어머니!"

연순의 두 눈에서 눈물이 흘러내렸다. 그의 손이 닿는 곳마다 모두 피, 피였다. 그는 절망하여 외쳤다.

"왜인가요? 무엇 때문에 이러시나요? 부친은 이미 계시지 않고, 큰형도 이제 없어요. 모든 가족이 다 떠나 버렸는데, 어째서 어머니마저 연순을 떠나려 하시는 건가요? 어머니! 어째서인가요?"

여인의 눈에서도 눈물이 흐르고 있었다. 그녀는 힘겹게 손을 들어 아들의 손을 잡았다.

"순아…… 약속해 다오. 살아남아야 한다. 사는 것이 죽느니만 못하더라도, 살아남아야 해. 잊지 마라. 너에겐 아직 하지 못한 일이 아주 많단다."

"어머니!"

여인의 눈이 갑자기 흐려졌다. 그녀는 어두운 묵란석 위에 누워 있었는데, 그녀가 입고 있는 흰 옷에 피가 꽃처럼 점점이 피어나 마치 추운 겨울에 활짝 핀 매화 같았다. 난초 같은 새하얀 얼굴은 투명하게 질려 있었지만, 그녀는 미소 지으며 거의 들리지도 않을 정도로 작게 속삭였다.

"나는 계속 내가 변당의 푸른 물을 사랑한다고 생각했지. 그곳은 겨울도 없고 눈도 내리지 않으니까, 가을도 겨울도 없는 곳이니까. 하지만 지금에야 알겠어. 내가 가장 사랑하는 곳은 바로 연북이었어. 내가 사랑한 모든 것이 연북에 있으니까. 나는 이제 그들을 찾으러 갈 거야."

여인의 눈이 겹겹이 쌓인 검은 구름을 넘어 맑은 하늘을 바라보고 있었다. 아득한 연북의 초원, 눈이 맑은 남자가 먼 곳에서 그녀에게 달려오고 있었다. 햇빛처럼 찬란한 그의 목소리가 푸른 목초 위로 울려 퍼지고, 멀리 있는 산까지 메아리치고 있었다.

'아생阿笙……'

'아생, 세상에서 좋은 것들이라면 전부 다 너에게 주겠다. 말해 봐. 무엇을 좋아하지?'

남자가 말 위에 앉아 쾌활하게 웃고 있었다.

바보, 세상에서 가장 좋은 것들을 나는 이미 모두 가졌는걸. 우리의 집, 우리의 아이들, 그리고 우리의 연북.

여인의 손목이 힘없이 미끄러졌다. 북풍이 칼날처럼 진황의 상공을 스쳐 가고, 검은 날개를 퍼덕이던 매들이 흰 눈을 따라 울부짖으며 하강했다.

"어머니!"

연순이 여인을 끌어안았다. 그의 두 눈도 피로 얼룩져 있었다. 그는 순식간에 끝이 없는 기나긴 어두운 밤에 빠져 버린 것 같았다!

초교는 여전히 연순의 곁을 지키고 있었다. 하얗게 질리다 못해 혈색이라고는 전혀 없는 얼굴로, 초교는 두 주먹을 꽉 쥔 채 사나운 눈길로 북쪽의 성금궁을 바라보았다. 장엄하고 우아한 그곳, 산을 밀어 버리고 바다를 메울 만한 위엄이 충만한 황제의 궁. 차가운 바람이 초교의 머리카락을 흩날렸다.

그날, 초교의 마음 깊은 곳에 날카로운 가시 하나가 단단히 박히고 말았다. 초교는 주먹을 쥐고 오래도록 아무 말도 하지 않았다. 그녀의 머릿속에 씨앗 하나가 단단히 뿌리를 내리고 자라기 시작했다. 그녀는 이 씨앗을 자라게 할 것이다. 세월을 견디고, 비바람을 버티며. 그녀는 언젠가 이 씨앗을 나무와 잎이 무성한, 하늘을 찌를 만한 고목으로 키워 낼 것이다.

눈보라 속에서 상을 알리는 종소리가 끊임없이 울렸다. 우뚝 솟은 성금궁의 승광조묘 안에서 누군가의 그림자가 천천히 몸을 돌렸다. 그는 기나긴 통로를 따라, 한 걸음 한 걸음 대하의 심장을 향해 걸어 들어갔다. 그의 등 뒤에서 등불이 흔들리며, 그의 그림자를 길게 늘리고 있었다.

백창력 771년 4월 19일은 모든 이에게 잊기 힘든 날이었다. 인질이 되어 진황성에서 생활하던 연순 세자를 제외한 연북왕 일가는 전원 비참하게 학살당했다. 망자들은 죽은 후에도 안식을 얻지 못하고, 성금궁 앞 구유대에서 화형을 당하고 남은 뼛조각은 재로 뿌려졌다.

북쪽 변경에서 위세를 떨치던 연북의 사자기는 기나긴 침묵에 빠져들었다. 제국의 귀족들이 연북의 땅을 나눠 가질 꿈을 꾸며 서로 기뻐하는 동안, 서북 초원에서는 성대한 경축 의식이 거행되었다. 견융의 열한 개 부락이 한곳에 모두 모여, 대한大汗 왕납안명렬王納顔明烈이 주관하는 가운데 연북의 사자 일족이 몰락한 것을 경축하였다. 그들은 연세성이 편안한 죽음을 맞지 못한 것과 대하 황조의 황제가 견융족에게 비옥한 북방의 영토로 향하는 길을 열어 준 것을 축하하였다. 그들은 위대한 견융의 천신이 자신들에게 복을 내려 주었다고 믿었다. 그리고 또한 굳게 믿고 있었다. 이제 더 이상 제국에 자신들의 칼을 막아 낼 이는 없으리라고.

그리고 바로 그때, 건문소乾門所의 한 구석진 좁은 방 침상 위에 한 소년이 누워 있었다. 허술한 벽 사이로 차가운 바람이 새어 들어오고, 지붕에서는 눈이 떨어지는 가운데 화로도 구들도 없는 방이었다. 소년은 더럽고 악취 나는 낡은 이불만 한 채 덮고 있었다.

문밖의 병사들은 술을 마시며 주먹을 휘두르고 고함을 질렀다. 고기 냄새가 방 안까지 스며들었다. 소년의 얼굴은 창백했다. 고열로 인해 입술이 희게 갈라지고, 날카로운 눈썹도 고통으로 찡그리고 있었다. 커다란 땀방울이 소년의 귀밑머리를 타고 흘러내려 검은 머리카락 전체를 적셨다.

초교는 의자를 들어 땅에 세게 내려치고 있었다. 쾅, 쾅, 한 번, 또 한 번 내려쳐서 마침내 그녀는 의자를 한 무더기의 장작으로 만드는 데 성공했다. 초교는 땀을 닦으며 불을 피웠다. 장작불이 타다거리는 소리와 함께, 방 안은 따뜻해지기 시작했다.

초교는 물을 끓인 후 소년에게 속삭였다.

"연순, 일어나, 물을 좀 마셔 봐."

그러나 연순은 아무 소리도 들리지 않는 듯 아무 반응도 보이지 않았다.

초교는 미간을 찌푸리며 탁자 위의 그릇에서 엉성한 젓가락 하나를 꺼내 직접 소년의 꽉 다문 이를 비틀어 열고, 따뜻한 물을 그 안으로 흘려보냈다. 연순의 가슴이 격렬하게 떨리더니, 그가 큰 소리로 기침하며 물을 전부 토해 냈다. 물에는 희미하게 핏자국이 서려 있었다.

초교는 답답한 마음으로 입술을 앙다물고 코를 훌쩍이다가, 다시 침상 아래로 내려가 계속 물을 끓였다.

"연순?"

밤의 장막이 내려앉았다. 방 안은 도저히 견딜 수 없이 추워졌다. 초교는 모피며 솜이불을 전부 연순에게 덮어 주고, 자신은 얇은 옷 한 벌만을 걸치고 있었다. 그녀는 백자 그릇을 하나 들고 다시 연순에게 소곤거렸다.

"밥에 물을 섞어 죽을 만들었어. 일어나서 좀 마셔 봐."

소년은 대답하지 않았다. 얼핏 보기에는 잠이 든 것 같았지만, 달빛 아래 감은 두 눈에는 여전히 눈물의 흔적이 있었다. 초교는 연순이 잠을 자고 있는 것이 아니라 그저 눈을 뜨고 싶지 않다는 것을 알고 있었다.

초교는 천천히 한숨을 토해 내고 그릇을 내려놓았다. 그리고 무릎을 끌어안고 벽에 기대앉았다. 낡은 창 밖, 나무에 창백한 달이 걸려 있었다. 초교는 분분히 흩날리는 눈을 바라보며 나지막하게 말하기 시작했다.

"연순, 나는 가진 것이 아무것도 없어. 나는 내 의지와 상관없이 낯선 곳에 와 버렸고, 힘도 없고 아는 이도 없어. 내 가족들은 모두 살해당했지. 그들 중에는 머리가 베인 경우도 있고, 유배당한 경우도 있고, 또 살아 있는 채로 맞아 죽은 경우도 있어. 손목이 잘려 호수에 던져져 악어 밥이 된 경우도 있고, 아주 어린 나이에 누군가에게 강간당한 후 시신이 쓰레기처럼 수레 위로 던져진 경우도 있지. 연순, 이 세상은…… 반드시 공평해야 해. 노비라 해도, 비천한 혈통을 타고났다 해도 생존할 권리는 있는 거야. 어째서 사람이 태어나면서부터 등급이 나뉘는지, 나는 예전에는 도저히 이해할 수 없었지. 어째서 늑대는 토끼를 먹고, 토끼는 반항할 수 없도록 운명 지어져 있는 걸까? 하지만 지금 나는 그 이유를 알고 있어. 그건…… 토끼가 충분히 강하지 않기 때문이야. 토끼에게 날카로운 발톱과 이가 없기 때문이라고. 연순, 다른 이에게 지배당하지 않으려면 스스로 일어나는 수밖에 없어. 나는 아직 어리지만, 나에겐 인내심도 있고 시간도 있지. 나는 나에게 빚을 진 이들을 단 한 명도 도망치게 두지 않을 거야. 나는 반드시 살아남아서 그들이 저지른 죄악에 대한 대가를 치르는 것을 보고 말겠어. 그들에게 벌을 내리지 않는다면, 나는 죽어서도 눈을 감지 못할 테니까."

소년의 속눈썹이 떨리고 있었다. 연순은 입술을 꼭 다물었다. 창밖에서는 여전히 눈이 날리고 있었고, 차가운 바람이 소리 내며 불어왔다.

초교의 목소리는 점점 더 낮아졌다.

"연순, 어머니께서 돌아가시기 전에 했던 말을 기억해? 어머니께서는 당신에게 꼭 살아남으라고 하셨어. 사는 것이 죽느니만 못하다 해도 반드시 살아남으라고. 왜냐하면 당신은 아직 하지 못한 일이 많으니까. 그게 어떤 일들인지 알고 있어? 당신은 치욕을 참아 가며 무거운 짐을 지고 버텨야 해. 와신상담하며 기회를 기다리다가, 당신의 가족을 죽인 이들에게 복수하고 원한을 씻어야 하지. 수많은 이들의 피가 당신에게 묻어 있고, 그들은 모두 당신에게 기대를 걸고 있어. 그들이 하늘에서 당신을 지켜보고 있는데, 그들을 실망시킬 참이야? 그들이 죽어서도 눈을 감지 못하는 것을, 당신이 참을 수 있겠어? 당신 부친께서 쌓아 올린 모든 것이 하루아침에 무너지는 것을 견딜 수 있겠어? 이렇게 낡은 침상에서 이런 식으로 죽어 가는 것이 즐거운 것은 아니지? 당신의 가족을 죽인 자들은 베개를 높이 베고 걱정이라고는 전혀 없이 즐거워하고 있겠지. 그런 것들을…… 정말로 견딜 수 있겠어?"

초교의 목이 갑자기 잠겨 왔다. 그러나 그녀는 칼로 얼음을 그어 아주 얇은 살얼음을 벗겨 내듯, 한 글자 한 글자 또렷하게 말했다.

"연순, 살아남아야 해. 개처럼 비굴하게 굴면서라도 살아남아야 하는 거야. 살아 있기만 하면 희망이 있으니까. 살아 있어야 당신의 바람을 이룰 수 있고, 살아 있어야만 원래 당신에게 속했던 것들을 돌려받을 수 있어. 이 세상에서, 결국은 다른이들에게 희망을 걸 수는 없어. 당신이 희망을 걸 수 있는 것은스스로뿐이야. 바로 당신 자신."

무거운 호흡 소리가 들려왔다. 초교는 소년에게 그릇을 내밀었다. 그녀의 두 눈 안에서는 뜨거운 불길이 타오르고 있었다. 그녀가 힘차게 말했다.

"연순, 살아남아! 살아남아서 그들을 전부 죽여 버려!"

소년의 눈이 날카롭게 빛났다. 하늘과 땅을 훼멸할 수 있을듯한 원한의 빛이었다. 연순은 무겁게 고개를 끄덕이며, 악몽에서 깨어난 듯 중얼거렸다.

"살아남아서, 그들을 전부 죽여 버리겠어!"

차가운 바람이 불어왔다. 얼어붙은 낡은 방에서 두 아이는단단하게 주먹을 쥐었다.

아주 오랜 세월이 흐른 후, 어른이 된 연순은 종종 초교를처음 보았던 날을 떠올렸고, 그때마다 두려움을 느꼈다. 그날사냥터에서 마음이 약해진 그가 고집 센 눈길의 어린 노비를살려 주지 않았다면, 그가 한순간의 호기심으로 몇 번이나 초교에게 손을 내밀지 않았다면, 그리고 그가 진황성을 떠나기전날 밤 초교에게 이별을 고할 마음이 들지 않았더라면……. 어른이 된 연순이 이룬 모든 것은 거울 속의 꽃과 물에 비친 달처럼 존재하지 않았을 것이다. 평생 호사스럽게 생활하던 귀족 소년은 일가의 죽음을 본 후 그저 무너져 내려, 마음속 가득 비애를 품고 나약하게 죽음을 맞이했을 것이다.

그러나 이 세상엔 그렇게 많은 만약은 존재하지 않는다. 그러므로 이날 밤, 아무것도 가진 것 없는 두 아이는 차가운 하늘 아래 서로에게 맹세했다. 살아남겠다. 개처럼 비굴하게 굴면서라도, 반드시 살아남는다!

기나긴 밤이 지나가고 여명이 밝아 오기 전, 성금궁에서 사자를 보내왔다. 아무 죄도 없는 연북의 세자 연순이 연북왕의 왕위를 물려받는 것으로 결정되었다. 이유는 알 수 없었다. 장물의 분배가 고르지 않아 서로 간에 다툼이 있었는지, 혹은 공포심을 느낀 제국의 다른 번왕들이 압력을 행사했기 때문인지, 그것도 아니면 다른 비밀스러운 사정이 있기 때문인지. 어찌되었건 연순은 연북의 계승자 지위를 유지하게 되었다.

그러나 연순이 연북의 왕위에 오르는 것은 스물이 되어 관례를 치른 후로 결정되었다. 연순이 성년이 되기 전, 연북은 성금궁과 각지의 번왕들이 돌아가며 관리하게 되었고, 연순은 계속 진황성에 남아 황실의 보살핌을 받도록 정해졌다.

연순이 성년이 될 때까지는 8년이 남아 있었다. 8년만 더 버티면 된다.

4월 21일, 연순은 질자부에서 나와 대하 황조에서 경비가 가장 삼엄한 성금궁 안으로 들어갔다.

그날 아침, 흰 눈이 분분히 흩날리는 가운데 연순은 연북의 검은담비 모피를 입고 휘황찬란한 자금광장에 서 있었다. 멀지 않은 곳에 구유대와 자금문이 보였다. 자금문을 넘으면 제국의 서북, 그의 집으로 갈 수 있었다. 그가 태어나 자란 땅, 그가 진심으로 사랑하던 가족들이 살던 곳.

지금 그들은 모두 그의 곁을 떠났다. 그러나 그들은 분명 하늘에서 조용히 그를 지켜보고 있을 것이다. 연순은 굳게 믿고 있었다. 그들은 연순이 연북의 땅을 밟을 때를 기다리고 있을 것이다. 연순이 상신尙慎으로 나아가, 하동산賀彤山까지 답파하는 순간을!

그날은 제국의 서정군단이 출병한 지 막 넉 달이 되던 날이기도 했다. 서북병은 일처리는 엉망진창이었지만, 재난의 주요 원인을 찾아낼 때만은 과감했다. 연북왕 일가가 재난의 원인으로 지목되어 학살당하고, 대하 황조의 철혈 군대는 다시 한 번 벽력같은 수단으로 제국의 위엄을 지켜 낸 것이다.

그러나 후세의 사관들은 이날의 일을 기록하며 자신도 모르게 탄식하곤 했다. 바로 이날, 이 순간부터였다. 대하 황조는 멸망의 화근을 제 안에 품었다. 훗날, 죽음의 늪에서 부활한 불꽃이 활활 타오르며, 거리낌 없이 잔학한 짓을 저지를 것이다. 그 불꽃은 모든 것을 거부하며 단호하고 잔인하게 불태울 것이다. 요행히 살아남은 소년의 마음속에 세상을 훼멸시킬 칼날이 혈흔을 남기며 자라나고 있었다. 소년의 마음은 그 칼날에 베여 끊임없이 피를 흘리며, 언젠가 이 부패한 왕조를 철저하게 무너뜨리고 말 것이다.

연순은 곁에 있는 초교의 손을 잡고 두꺼운 궁문 안으로 걸어갔다. 대문이 천천히 닫혔고, 그들이 품어 왔던 모든 빛이 그 안에 함몰되고 말았다. 거센 바람이 불어오는 가운데 높은 성벽이 문밖의 풍경을 막아 버렸고, 하늘에서 날갯짓하는 매는 날카롭게 두 아이의 신영을 내려다보고 있었다. 피와 같은 석양 아래, 넓은 궁전의 누대 위 그들의 그림자는 너무나 작아 보였다. 그러나 그들은 몸을 곧게 펴고 있었다.

언젠가는, 그들은 어깨와 어깨를 나란히 하고 혈로를 뚫을 것이다. 이 붉게 칠한 대문 밖으로, 고개를 들고 걸어 나갈 것이다.

창천에 맹세코, 언젠가는 반드시!

2부

대하大夏

제1장 흰 말이 지나가는 것을 문틈으로 보는 것처럼*

"제군들, 오늘 작전은 다음과 같다."

초라한 막사 안, 푸른 옷을 입은 여자가 뾰족한 턱을 살짝 치켜들었다. 그녀는 호리호리한 손가락으로 서탁에 놓여 있는 상세한 지형도를 가리키며, 주위 병사들에게 낮은 목소리로 설명했다.

"축시 3각에, 하집夏執이 제1소대를 이끌고 소호巢湖와 적수 사이에 있는 적소교赤巢橋에서 매복한다. 혜예兮睿와 변창邊倉은 각각 다섯 명을 데리고 다리 아래로 잠수해 들어가 강을 건너는 초선을 부수고 갈고리와 자물쇠를 파괴하도록. 그 후 하집이 공격을 시작해서 다리 위 효기영의 방어 거점을 제거한

---

* 시간이 나는 듯 빨리 흐른다는 의미의 중국 속담.

다. 전투가 크게 벌어져도 상관은 없지만, 향 하나 피울 시간 내로 해결해야 한다. 알겠나?"

"알겠습니다!"

하집, 혜예, 그리고 변창 세 사람 모두 고개를 끄덕이며 대답했다.

여자의 손가락이 지도 위 서쪽 선을 따라 움직였다.

"아도阿都는 제2소대를 이끌고 쇄하촌鎖河村의 오솔길에 매복하고 있다가, 하집이 움직이면 합류하도록. 가장 중요한 임무는 효기영이 하집에게 기습을 당했을 때, 적소교로 구원병을 보내지 못하도록 막는 것이다. 즉, 효기영과 북뇌 사이의 통신선을 끊고, 어떤 방법을 쓰더라도 대군을 한 시진 동안 잡아 두어야 해."

얼굴이 검은 아도가 무겁게 고개를 끄덕였다.

"아가씨, 안심하십시오."

여자는 고개를 끄덕이며 손가락으로 지도 위에 원을 하나 그리고는 힘차게 두드리며 말했다.

"제군들의 임무는, 북뇌 지하 병영에 잠입해서 서북쪽 감옥에 갇혀 있는 목穆 선생과 주朱 부자를 구출하는 것이다. 그리고 남쪽 천원탑天元塔에 있는 형제 스물여덟도. 형제들 중에는 아마 걷지 못하는 자들도 있을 거야. 날이 밝기 전에 그들을 구출하여 서남쪽 15리 밖에 있는 팽정촌彭定村으로 데려가야 한다. 후속 부대가 마차로 맞으러 갈 거야. 그러니 우리는 위험하더라도 날이 어두워지기 전에 움직여야 해."

막사 안은 소리 없이 조용했다. 모두 정신을 집중하여 여자의 설명을 듣고 있었다.

여자는 냉정한 얼굴로 계속했다.

"북뇌 앞 300장 밖은 모두 밀림이다. 하지만 100장 정도는 이미 깎아 평지로 만든 상태지. 그래서 엄폐물이 전혀 없다. 군영의 사방으로 각루가 여덟 있고, 하루 종일 누군가가 감시하고 있어. 그러니 포복해서 전진할 수밖에 없다."

여자가 다른 지도를 한 장 꺼냈다.

"자, 이게 북뇌 내부의 지도다. 여기가 군수 창고고, 여기가 양식 창고지. 여기가 병기고, 그리고 여기가 병사들이 휴식을 취하는 곳이다. 우리의 목적지는 바로 이곳이다. 천원탑과 서북의 수뇌. 임무를 수행할 수 있는 시간은 두 시진뿐이니, 조금이라도 착오가 있어서는 안 된다. 너희들은 양쪽에서 함께 임무를 수행하게 될 것이다. 축시 3각에 하집이 공격을 시작할 때, 승양承陽도 제3소대와 제4소대를 이끌고 공격을 시작해야 한다. 그리고 아력阿力과 아성阿城은 궁수조를 이끌고 참호를 따라 북뇌의 군영으로 돌아가도록. 활로 각루 위의 감시자를 제거하는데, 반드시 일격에 명중시켜야 한다. 계획대로 되면, 승양은 주력 소대를 이끌고 대문을 열고 서쪽으로 밀고 들어가도록. 군수 창고와 양식 창고를 공격하는 척하면서 순라를 돌고 있을 병사들을 유인해서 혼란한 상황을 만들어야 한다. 다른 한 소대는 불화살로 병사들이 휴식하는 군영 쪽을 공격하는데, 사람을 죽이는 것이 목적이 아니라 시간을 끄는 것이 목적이다. 안쪽에 있는 병사들이 나오지 않도록만 해 주면 되는 거야. 기억해라. 휴식을 취하던 북뇌 병사들이 모두 군영 밖으로 나오게 되면 작전은 실패하는 거나 마찬가지야. 모두 정확하게 일을 처리하는 동시에 상황에 따라 기민하게 행동해야 한다. 소경小炅이 밖에서 너희들과 공조하면서, 말들을 밀림에 풀어 적들을 교란시킬 것이다."

소경은 아직 열예닐곱의 나이였지만, 어두운 피부에 근육질의 몸, 팔에 있는 수많은 상처가 그가 이미 수많은 전투를 경험한 전사임을 증명하고 있었다. 소경은 싱글거리며 승양에게 말했다.

"승양 형, 지난번처럼 내가 기다리고 있다는 걸 잊어버리면 안 돼. 지난번에 나를 적으로 오인해서 활을 쏘았잖아."

모두 소리 내어 웃었고, 엄숙하던 분위기도 조금은 가벼워졌다. 승양도 소경을 살짝 밀며 웃었다.

"그런 건 정말 잘도 기억하는군."

여자가 가볍게 기침 소리를 내자 모두 다시 진지한 표정을 지었다.

"아력의 궁수 부대는 감시대와 각루에 있는 병사들을 제거한 후 정식으로 임무를 시작한다. 승양이 주력 소대를 이끌고 군영으로 밀고 들어갈 때, 5장마다 궁수를 한 명씩 배치하여 엄호하면 된다. 너희들의 임무는 형제들을 구출하는 것이니, 다른 것은 신경 쓸 필요 없다. 먼저 서북 감옥에 들어가 주 부자와 목 선생을 구출한 후 다시 천원탑으로 가는데, 그곳에 이미 우리 사람을 심어 두었으니 너희가 도착할 무렵에는 아마 다른 감시자는 제거되어 있을 것이다. 형제들을 구한 후, 신속하게 서남부의 참호를 따라 철수하면 된다. 아력이 우익에서 적을 공격하고 아성이 후방에서 엄호할 테니, 승양은 누락된 사람이 없는지 확인한 후 녹색 신호를 쏘도록. 인시 3각까지 지정된 장소로 오면 초구肖久가 안전하게 철수하도록 도와줄 것이다."

여자는 맑고 투명한 눈동자를 빛내며 방 안의 사람들을 하나하나 훑어본 후 물었다.

"이해가 안 되는 부분이 있나?"

아무도 대답하지 않자 여자는 고개를 끄덕였다.

"좋다. 지금 가서 무기와 장비를 준비하고, 행군 지도를 외워 두도록. 반 시진 후 내가 임무의 순서를 하나하나 물어볼 것이다. 문제가 없으면, 한 시진 후에 출발하면 된다."

"예."

남자들이 이구동성으로 대답하고 우르르 몸을 일으켰다. 좁은 막사 안이 갑자기 붐비는 것 같아 보였다.

푸른 옷을 입은 여자도 몸을 일으켰다. 허약해 보이는 몸매에, 안색 역시 어딘가 아픈 것이 아닌가 싶을 정도로 창백했다. 그러나 여자의 가늘고 긴 눈에는 날카로운 빛이 감돌고 있었다.

여자가 오른손을 내밀어 주먹을 쥐고 자신의 심장에 가져다 댔다. 그리고 한 글자 한 글자 또렷하게 말했다.

"대동은 멸망하지 않는다."

"멸망하지 않는다!"

모두의 목소리가 함께 울려 퍼졌다. 여자가 고개를 끄덕이자, 모두 물러 나갔다.

장막 안이 일시에 조용해졌다. 밖에서 불어오는 바람 소리만 크게 들려왔다. 오늘 또 한바탕 눈이 내렸다. 상서로운 눈은 풍년의 징조라 했던가. 그렇다면 내년에는 백성들이 조금은 나은 생활을 할 수 있을지도 모른다.

여자가 막 차를 한 모금 마셨을 때, 회갈색 옷을 입은 소년이 막사 안으로 들어와 여자에게 말했다.

"아가씨, 오烏 선생께서 오셨습니다."

여자가 눈썹을 치켜세웠다. 찻잔을 들고 있던 손이 자신도 모르게 가볍게 떨렸지만, 그녀는 평온한 목소리로 답했다.

"들어오시라 해라."

막사 밖 상쾌한 바람이 갑자기 밀려 들어왔다. 남자가 삿갓을 벗었다. 스물일고여덟 정도 되어 보이는 그는 준수한 얼굴에, 푸른 장삼을 걸치고 있었다. 눈가에는 가느다란 주름이 잡혀 있었지만, 그것이 그의 몸에 흐르는 풍채와 기백을 손상시킬 수는 없었다. 남자는 손에 들고 있던 물건을 내려놓고 미소지었다.

"우羽."

중우仲羽는 자연스럽게 오도애烏道涯의 외투를 받아 들고 담담하게 웃었다.

"언제 온 거예요? 연북으로 돌아간 게 아니었나요?"

"잠시 일이 있어서. 곧 진황성에 한번 다녀와야 해."

오도애는 낮은 걸상에 앉은 뒤 장화를 벗어 거꾸로 뒤집었다. 살얼음이 잔뜩 떨어져 내렸다.

우는 눈썹을 치켜세우고 물었다.

"빙렬원冰洌原에서부터 온 건가요?"

"그럼 어찌하겠어?"

오도애가 고개를 들었다.

"성금궁의 그분이 탄신일을 맞아, 삼국의 사신들을 초청해 연회를 베푼다는군. 덕분에 검문이 너무 삼엄해졌어. 바람 소리나 학 울음소리만 들어도 의심을 해 대니, 조심할 수밖에 없지."

"신중해야지만 천년만년 배를 띄울 수 있지요. 사형 말이 맞아요."

"아, 그리고."

오도애가 미간을 찌푸리며 말했다.

"서화西華가 보낸 서신을 읽었는데, 진황성의 거점 두 군데를 들켰다더군. 그게 사실인가?"

"사람의 이목을 돌리려는 것뿐이에요."

우는 담담하게 미소 지으며 오도애에게 찻잔을 건넸다.

"최근 진황성의 검문이 삼엄한 데다, 설을 쇠면 분위기가 더욱 살벌해질 것 같더군요. 새로 부임한 목합서풍은 아주 기세등등해요. 여기저기 날뛰는 것이 편히 살기는 틀린 성격 같더군요. 그래서 일부러 곧 버릴 예정이었던 거점 두 곳을 드러내서 그에게 공을 세우게 해 주었죠. 그래야 그가 조금 잠잠해질 테니까. 거점 안에 실제로 쓸 만한 정보도 없고, 참과 거짓을 뒤섞어서 변별하기 어렵게 해 두었죠. 우리 쪽 사상자도 없고요."

"십중팔구 그럴 거라 생각했지."

오도애가 웃으며 말했다.

"위씨 문벌은 당분간 기세가 꺾일 거야. 위경이 남쪽에서 일처리를 제대로 끝내지 못했고, 위서엽도 관련이 있지. 그래서 위서엽은 제도부윤, 그 좋은 보직을 그대로 목합씨에게 넘길 수밖에 없었던 거고. 보아하니 장로원에 다시 한 번 피바람이 불 것 같더군."

"위광은 치밀하고 교활한 노인이죠. 내 생각엔 십중팔구 그가 어떤 의도를 갖고 안배한 결과인 것 같아요."

오도애가 눈썹을 치켜세우며 나지막하게 물었다.

"무슨 의미지?"

우가 한숨을 쉬었다.

"사형, 이미 7년이 지났어요. 이제 주군께서 관례를 치르시기까지 6개월도 남지 않았어요. 성금궁의 그분, 장로회의 원로들, 그리고 서북의 파도합 가문이 주군을 그대로 내버려 둘까요? 그들 모두 주군이 안전하게 연북으로 돌아가 왕위를 계승하는 걸 바라지 않을 거예요. 최근 암살 기도가 여러 번 있었고, 음모와 함정도 끊임없었죠. 주군을 사지에 밀어 넣고 싶어 하지 않는 자가 없어요. 다른 번왕들의 시선을 의식하지 않았다면, 그들은 이미 예전에 악랄한 수를 썼겠지요. 그들 입장에서는 이제 최후의 시도를 해야 할 시기예요. 이제 그들은 결코 손에 사정을 두지 않겠지요. 게다가 황제의 탄신일에 삼국이 모두 모이고, 번외의 군소 귀족들까지 모두 배알하러 올 테니, 진황성에 다시 대란이 일어날 가능성이 높아요. 최후의 결과가 어찌 되건, 반드시 한 번 더 피비린내를 맡게 되겠죠. 제도부윤은 진황성을 총괄하는 자리이니, 일이 끝난 후에 책임을 지게 될 가능성도 높아요. 위광, 그 교활한 늙은이가 이런 판세를 읽어 내지 못할 리 없지요. 위씨 문벌은 이번에도 자신들의 몸을 보전하는 것을 우선으로 하기로 정한 거예요."

오도애가 고개를 끄덕였다.

"네 생각이 주도면밀한 것 같다. 보아하니 목합운정穆合雲亭이 죽은 후로, 목합씨는 더 이상 자손을 일으킬 능력이 없는 것 같다. 오는 길에 제갈목청이 제갈회를 동남쪽으로 보내 회송과의 협의를 맡게 할 생각이라는 소문을 들었는데, 그것도 역시 화를 피하려는 술책이겠군."

"사형이 오랫동안 수도에서 떠나 있었기 때문에 그 안에 숨어 있는 관계를 파악하지 못한 것뿐이죠. 사활을 걸고 움직이는 목합씨와, 결사의 각오로 연씨 가문에 대항하는 파도합 가문을 제외하면, 다른 오대세가는 모두 난을 피하려고 할 거예요. 목沐씨는 아예 목 소공자를 영남으로 직접 불러들였다더군요. 목 소공자가 혹시라도 난리에 끼어들지 않도록 말이에요. 그러니 이번 전투도 결코 쉽지 않을 거예요."

오도애는 무겁게 고개를 끄덕이며 탄식했다.

"이날을 위해 연북 20만 병사들은 전투를 준비해 왔다. 이미

7년을 기다렸어. 어쨌든, 우리는 주군을 지킬 것이다. 그해 연왕 전하께서는 대동을 위해 온 가문을 희생하셨지. 우리는 결코 그분의 유일한 혈맥을 포기하지 않을 것이다."

우가 오도애의 어깨를 두드렸다.

"병사가 오면 장군을 내보내 막고, 물이 오면 흙으로 막으면 되지요. 상황에 따라 대처하면 될 일이니, 너무 걱정하지 말아요. 게다가 어찌 되었건 주군께 생명의 위험은 없을 듯하니, 그것만으로도 큰 기쁨이지요."

우의 말을 들은 오도애가 자신도 모르게 활짝 웃었다.

"그래, 너도 그 아이를 좋게 생각하는구나."

"그럼요."

우가 고개를 끄덕였다.

"나이는 아직 어리지만 사려 깊고 신중한 성격을 타고났어요. 처음에 그 애가 나를 믿게 하려고, 정말 시간을 많이 들였죠. 근 몇 년 동안 그 애가 주군의 곁에서 지켜 주지 않았다면, 연북의 일맥은 예전에 이미 끊겼을지도 몰라요. 그 애는 정말 키워 볼 만한 인재예요. 그러니 당연히 관심을 갖고 지켜보는 중이지요."

"네가 계속 신경 쓰고 있으니 나는 그저 안심이다. 나는 이번에 진황성에 오래 머물 수는 없다. 춘세를 징수해서 상납해야 하니, 어서 연북으로 돌아가야 해. 내가 없으면 조정이나 늙은 파도가 너무 많이 챙기려 들 거다. 아직 정식으로 직무를 이어받지는 못했지만, 연북은 연씨 가문의 땅이다. 연북을 과거처럼 풍요롭게 만들 수는 없지만, 주군께서 왕위를 계승하실 때 난장판이 된 연북을 드리지는 않을 것이다."

우는 가볍게 미소 지었다.

"안심해요. 주군은 내가 전력을 다해 지켜 드릴 테니까."

"아가씨, 시간이 되었습니다!"

밖에서 우를 부르는 소리가 들렸다. 오도애가 몸을 일으켰다.

"나는 그저 네가 여기 있다고 하기에 들러 본 거다. 곧 연북부로 가야 하지. 지난 계절 걷은 세금은 이미 진황성으로 보냈다. 주군께서 얼마나 상납하셨는지 살펴봐야겠구나."

우가 고개를 끄덕이고, 밖으로 따라 나가 배웅하려 했다. 그러나 오도애가 손을 내밀어 우를 막았다.

"바깥바람이 차다. 너는 몸이 좋지 않으니 나오지 말거라. 이만 가마."

말을 마친 후, 그는 삿갓을 쓰고 밖으로 나갔다.

우는 그대로 서서 살짝 멍한 표정으로 흔들리는 발을 바라보았다. 한참 후에야 그녀는 다시 서탁 앞에 앉아 작전 계획 초안을 집어 들었다.

"우."

갑자기 나지막한 목소리가 들렸다. 오도애가 다시 발을 걷고 머리를 들이밀었다. 우는 궁금한 표정으로 그를 바라보았다.

오도애는 한참 동안 말없이 생각에 잠겨 있더니, 마침내 나지막하게 말했다.

"날이 점점 추워지니, 너 스스로도 건강에 유의하도록 해라.

모든 일을 혼자 할 필요는 없다. 만사에 신중하고, 몸조심하고."

말을 마친 그는 몸을 돌려 가 버렸다. 거센 바람이 울부짖는 가운데 그의 발걸음이 멀어지는 소리가 들려왔다. 그리고 잠시 후, 말 울음소리가 들렸다. 우는 막사의 발을 멍하니 바라보다가 속삭이듯 말했다.

"당신도요."

세월은 흐르는 물처럼 덧없이 흘러갔다. 눈 깜짝할 사이에 이미 7년이 지나 있었다.

◆━━━━▶

대하 황실은 유목 민족 출신이었다. 300년 전, 그들의 조상은 견융과 마찬가지로 홍천 평원을 누비며 물과 풀을 쫓아다니는 유목 생활을 했었다. 그러나 영웅 배라진황이 나타났고, 그의 영도하에 이 용맹한 민족은 한 걸음 한 걸음 동부 정통 씨족들의 시야로 들어갔다. 문화를 발전시키고, 상업과 무역을 시작했으며, 농경도 익혔다. 100년에 걸친 노력 끝에, 예전의 이 민족 정권은 바람에 흩날리는 먼지처럼 사라지고 마침내 장엄한 황조로 거듭나게 되었다.

과거 눈 쌓인 불모지에서 살던 대하 사람들은 고유의 정취와 정체성을 그다지 중요시하지 않았다. 상대적으로 유약한 변당, 그리고 실속 없이 화려한 회송에 비한다면 대하는 오히려 강대국다운 대범한 도량과 장중함을 지니고 있었다.

물론 대하 황조가 과거의 모든 것을 잊은 것은 아니었다. 그들의 핏속에는 결코 사라지지 않는 초원에의 희구가 흐르고 있었다. 그들은 땅에 집착하지 않았지만 권력에 대해서는 열정적이었다. 대하는 포용력 있는 대국의 도량과 온 세상을 삼킬 듯한 욕망을 동시에 지니고 있었다. 그들은 바다가 100개의 하천을 받아들이듯 관용적으로 타민족의 문화를 흡수했고, 그 결과 여러 민족이 오랜 세월에 걸쳐 부단히 융합하고 함께 지내게 되었다. 대하의 문화와 풍속은 찬란하게 변해 가며, 대륙의 독특한 풍경을 이루게 되었다.

　성금궁은 아주 넓은 땅 위에 지어진 궁으로, 서몽 대륙 각 민족의 문화를 융합하여 집중시켰다는 특색이 있었다. 강남의 안개비와 흐르는 물, 작은 다리며 누각에 서북 특유의 대범함과 장엄함을 더해, 견실한 외성은 붉은 담벼락과 금빛 기와, 그리고 먹빛 돌계단으로 이루어져 있었다. 또한 성을 보호하는 해자는 매우 깊었고, 언제라도 검을 뽑고 활을 당길 수 있을 만큼 긴장한 상태로 황궁을 지키고 있는 병사들의 갑옷은 차갑게 빛나고 있었다.

　중성은 백관들이 나랏일을 의논하는 곳으로, 홍목으로 만든 대전, 금문과 고층 건물, 호화로운 전각들이 당당하고 웅장하게 늘어서 있었다. 그리고 후성은 비빈과 황자, 공주들이 사는 곳이었다. 산수와 초목, 누대와 정자에 무지개다리까지, 모든 풍경이 섬세하고 아름다웠다. 또한 애랑산崖浪山 꼭대기에서 온천을 끌어와 지하로 통하게 설계했기 때문에, 후성은 언제나 따뜻했다. 사계절 모두 화초가 화려하게 피어나고, 푸른 대나무는 여유롭게 흔들렸으며, 호수의 빛이며 산의 빛깔은 언제나 남방의 봄처럼 아름다웠다. 그런 까닭으로 후성은 소남당小南唐이라는 별칭을 얻고 있었다.

대하 황조는 유목민의 천성을 지니고 있었기에, 변당, 회송과 달리 여인의 지위가 상당히 높았다. 오랜 역사에 걸쳐 여걸이 모자라지 않았으며, 여성이 조정의 관리가 되거나 후궁이 수렴 뒤에서 정치에 개입하는 경우도 제법 있었다. 남녀 사이의 예절 역시 상대적으로 느슨한 편이었기에, 후성 안에는 황제의 비빈과 공주들 외에도 수많은 시위들이 상주하며 지키고 있었고, 아직 왕에 봉해지지 않은 황자들도 함께 살고 있었다.

그러한 후성의 앵가별원鶯歌別院 안 그윽한 대나무 숲, 흑포를 입은 젊은 공자가 앉아 있었다. 스물이 넘지 않아 보이는 그는 얼굴이 유난히 아름다웠다. 별과 같은 눈동자에 곧은 콧날, 검과 같이 날카로운 눈썹에 먹처럼 검은 머리까지.

등으로 늘어뜨린 머리를 느슨하게 묶은 검은 비단이며 검은 장포는 점잖으면서도 품위 있어 보였다. 장포에는 붉은 금빛으로 기린을 수놓은 후, 그 주변에 상서로운 구름을 그린 후 회송의 비단을 덧대어 두었다. 또한 사슴 무늬를 그린 가죽 장화를 신고 있었는데, 장화의 아랫부분에도 푸른 구름무늬가 있었다.

청년은 청석으로 만든 작은 탁자 앞에 여유롭게 앉아 있었다. 그의 곁에서 향이 모락모락 피어오르고, 탁자 위에는 칠현금과 서책 몇 권, 그리고 청옥으로 만든 술병과 유리잔 하나가 있었다. 유리잔 양쪽으로는 두 마리 용이 여의주를 희롱하고 있었는데, 한눈에도 귀한 물건임이 분명했다.

겨울이었지만 온천이 흐르는 애랑산 주위는 따뜻했다. 한바탕 맑은 바람이 불어와 청년의 얼굴을 스치고는 한적한 대숲으로 향했다. 청년은 백옥같이 흰 손가락으로 유리잔을 들어 입가에 가져다 대었지만, 마시지는 않았다. 대신 별과 같은 두 눈을 살며시 가늘게 뜨고 담담하게 말했다.

"나오시지요."

"얄미워."

여릿한 소녀의 목소리가 갑자기 들려왔다. 곧 예쁘장한 소녀가 대숲에서 걸어 나왔다.

"매번 들켜 버리니까 재미라고는 전혀 없잖아!"

소녀는 열여덟이나 열아홉 정도로 보였다. 연자줏빛 바탕에 금박을 박은 웃옷을 입고, 비단 치마에는 하얀 나비들이 자유롭게 날아다니고 있었다. 연푸른 요대에는 청록빛 난초 모양의 옥패가 달려 있었고, 구름처럼 넘실거리는 머리는 둥글게 말아 매듭을 지어 술을 늘어뜨리고 있었다. 미간에 달아 놓은 붉은 옥이며 난초 모양 귀걸이에 마노 목걸이까지, 화려하면서도 속된 느낌은 전혀 없었다. 소녀는 겉에 걸치고 있던 흰 모피 외투를 벗으며 명랑하게 말했다.

"부황께서는 역시 오라버니를 제일 아끼신다니까. 지금 난산원蘭珊院에서 오는 길인데, 그쪽은 추워 죽을 지경이거든. 그런데 여기는 눈이 땅에 떨어지기도 전에 녹아 버리잖아."

청년은 평온한 안색으로 담담한 미소를 지었다.

"성상께서 특별히 보살펴 주신 덕입니다."

"흥."

소녀가 코웃음을 쳤다.

"어째서 나는 특별히 보살펴 주지 않으실까? 나는 부황의 친딸인데."

"공주 마마."

"또 공주라 부르네!"

소녀는 모피를 곁에 있는 하인에게 내던지고는 청년의 앞까지 달려와 큰 소리로 외쳤다. 청년은 어쩔 수 없다는 듯 웃으며 말했다.

"순아淳兒."

"그렇게 슬쩍 넘어갈 생각은 하지 않는 게 좋을걸."

순아는 건너편 돌 의자에 앉아 볼을 두드리며 퉁명스럽게 말했다.

"어째서 연회가 끝나지 않았는데도 가 버린 거야? 내가 모든 손님을 버리고 여기까지 쫓아오게 만들다니."

청년이 잔잔하게 웃으며 말했다.

"일이 있었습니다."

"오라버니에게 일은 무슨 일?"

순아가 큰 소리로 외쳤다. 그러나 말을 마치자마자 바로 자신이 경솔했다는 것을 깨닫고 조심스럽게 청년을 곁눈질했다. 그러나 청년이 별다른 반응을 보이지 않자 재빨리 말을 이었다.

"위경을 보고 물러 나온 거지? 위경은 막 남쪽에서 돌아왔다던데, 나도 위경이 연회에 올 줄은 몰랐어. 그러니까 나에게 화내지 마."

청년은 천천히 고개를 저었다.

"공주 마마께서 너무 신경 쓰실 필요는 없습니다. 연순으로서는 감당하기 어렵습니다."

"나를 또 공주라 부르네."

순아는 미간을 찌푸리더니 갑자기 몸을 일으켜 연순의 옷자락을 잡고 화를 내며 말했다.

"오라버니, 나를 오라버니의 사람으로 생각하긴 하는 거야?"

연순이 고개를 숙였다. 그는 자신의 옷을 잡고 있는 소녀의 새하얀 손을 언짢은 기분으로 바라보았다. 연순은 순간적으로 미간을 살짝 찌푸렸지만, 곧 불쾌한 기분을 드러내지 않고 살며시 옷을 빼냈다.

"공주 마마께서 지나치십니다. 존비의 구분은 주의해야지요."

"그 죽일 놈의 존비의 구분. 우리 어렸을 때는 사이가 좋았잖아. 내가 아홉 살이던 그해를 기억하고 있어? 오라버니가 나를 기원에 데려가고, 거기서 다른 이들과 싸우기도 했었잖아. 그런데 지금은 내 이름을 부르는 것조차 피하려고 하니."

"그때는 소신이 어려 아는 것이 없었습니다. 경솔했지요."

"얄미워!"

순아는 술병을 들어 바닥에 내던지고 큰 소리로 외쳤다.

"정말이지 미워 죽겠어!"

그녀는 화가 난 나머지 몸을 돌려 자리를 떠나려 했다.

"공주 마마께서는 잠시 발걸음을 멈추시지요."

연순이 그녀를 부르며 연보랏빛 비단으로 감싼 상자를 내밀었다. 순아가 눈썹꼬리를 치켜세웠다.

"이건 뭐야?"

"공주 마마의 생신을 맞아 준비한 작은 성의일 뿐입니다. 부디 받아 주시지요."

순아의 작은 얼굴에 갑자기 즐거운 기색이 어렸다. 그녀가 소리 내어 웃으며 상자를 열자 그 안에는 새하얀 토끼 꼬리가 하나 들어 있었다. 그녀는 눈을 크게 뜨고 큰 소리로 외쳤다.

"이건…… 이건 염염炎炎의 꼬리?"

연순이 고개를 끄덕였다.

"며칠 전에 염염이 공주 마마의 손을 물어 상처를 입혔다는 이야기를 들었습니다. 황후 마마께서 염염을 죽여 내버리라 하셨고, 공주 마마께서 오랫동안 우셨다고요. 제가 사람에게 명해 이 꼬리를 잘라 오라고 했습니다. 기념으로 가지고 계시지요. 아무 가치가 없는 물건입니다만, 너무 탓하지 말아 주십시오."

순아의 눈에 물기가 어렸다. 그녀는 고개를 흔들며 소곤거렸다.

"금은보화 따위는 이미 많이 가지고 있는걸. 이것이, 이게 나에게는 제일 기쁜 선물이야. 오라버니, 고마워, 순아는 정말 기뻐."

말을 마친 소녀의 얼굴이 갑자기 붉어지기 시작했다. 순아는 토끼의 꼬리를 들고, 외투조차 제대로 걸치지 않고 대숲을 향해 달려갔다.

연순은 한참 동안 그 자리에 계속 서 있었다. 순아의 그림자가 사라지며 연순의 얼굴에 서려 있던 웃음기도 점차 소실되었다.

"세자 저하, 공주 마마께서 가셨습니다."

연순은 소녀가 만졌던 자신의 외투를 벗어 탁자 위에 내던지고 나지막하게 시종에게 분부했다.

"태워 버려라."

"예."

시종이 고개를 숙이며 묵직하게 대답했다. 시종이 다시 고개를 들었을 때, 연순의 신영은 이미 보이지 않았다.

오후의 햇빛이 무척 좋았다. 연순은 서재에 앉아 막 받은 세금과 관련된 문서를 읽으며 세세하게 지시를 남기고 있었다. 풍치風致가 세 번이나 식사 시간을 알리러 왔다가 문을 지키던 아정阿精에게 쫓겨나, 억울한 표정으로 문밖에서 기다리고 있었다.

바람이 부드럽게 불어와 서탁 위 향로의 훈향이 느긋하게 피어올랐다. 갑자기, 훈향과 다른 냄새가 전해져 왔다. 궁정 여인들의 지분 냄새도 아니고, 앵가별원의 난초 향도 아니고, 대숲 녹죽의 향도 아니었다. 아주 독특한 냄새였다. 모래 먼지와 진흙, 심지어 거센 칼날의 기운마저 품고 있는.

연순이 이맛살을 찌푸리며 고개를 들었다. 문가에 서 있는 사람을 발견한 그의 눈길이 즉시 부드러워졌다. 무슨 말인가 하려다가, 또 조금은 우습게 느껴진 듯 입을 다물고, 즐거운 심정을 얼굴에 드러내지 않고 참으려 하면서도 입꼬리가 점차 둥글게 위로 올라갔다.

"웃고 싶은 만큼 다 웃었어?"

열대여섯 살을 넘지 않아 보이는 젊은 소년이었다. 피부는 새하얗고, 눈은 물과 같이 깊었다. 온몸에 푸른 가죽 갑옷을 입고 있었는데 용맹한 기운이 서려 있었다. 소년은 문틀에 기댄 채 팔짱을 끼고, 웃음기 서린 눈을 반짝이며 고집스럽게 말했다.

"밖이 아주 추워."

"언제 돌아온 거야?"

연순은 물처럼 온화하게 물었다. 그의 주위를 떠돌던 모든 날카로움이 삽시간에 사라져 버린 것 같았다. 소년을 바라보는 연순의 눈은 따뜻하기만 했다.

소년 역시 웃으며 대답했다.

"지금 막."

"왜 들어오지 않는 거지?"

소년이 무시하듯 입술을 비죽거렸다.

"누가 그러던데. 아주 중요한 일을 하고 계시니 아무도 들이지 말라고 했다고."

연순이 고개를 끄덕였다.

"그래? 내가 비록 그런 말을 하기는 했지만, 그렇다고 너마저도 들이지 않다니, 아주 괘씸하군. 다들 죽여 버려야겠다."

"그래서 내가 여기 문가에 서 있잖아?"

소년이 눈썹을 추켜세웠다.

"누가 감히 세자 저하의 말씀을 어길 수 있겠어."

연순이 입을 열어 말하려고 했을 때, 식합을 받쳐 든 서동 풍치가 마침내 참지 못하고 이야기했다.

"초 아가씨, 저하께 그럴싸하게 거짓말하지 마세요. 저하, 식사를 열 번도 넘게 다시 데워 오게 했습니다. 얼마라도 좋으니 제발 먼저 한입 드세요."

"좋아."

초교가 식합을 받아 들고 성큼성큼 들어와 생긋 웃었다.

"풍치의 체면을 세워 주지."

서동이 땀을 닦으며 물러났다.

연순이 초교에게 다가가 그녀의 바람막이를 벗겨 준 다음 의자 위에 놓고, 다시 탁자 앞으로 돌아와 초교가 요리를 하나하나 탁자 위에 늘어놓는 것을 바라보았다. 그러더니 눈을 감고 음식 냄새를 맡으며 도취된 것처럼 말했다.

"향기롭군. 어째서 방금까지는 이 냄새를 맡지 못했을까."

"당신 코는 쓸모가 없다니까. 내가 돌아오지 않았으면 살아 있는 채로 굶어 죽었겠지."

초교는 밥을 담은 그릇을 연순에게 주고, 그의 곁에 앉아 자신도 크게 입을 벌려 한입 먹었다.

"역시 우 아가씨가 지은 밥이 제일 맛있다니까."

연순의 안색이 살짝 변하며, 평소에는 드러내지 않는 안타까운 심정을 드러냈다. 그는 초교를 보며 속삭였다.

"고생했지?"

"괜찮았어."

초교는 고개를 저었다.

"그저 추워서 견딜 수가 없더라고."

"발이 또 얼었어?"

"아니, 당신이 준 장화가 아주 따뜻해서. 그리고 굉장히 편했어."

연순이 고개를 끄덕이고 나지막하게 말했다.

"앞으로 이런 일은 아정, 그들에게 하라고 맡겨. 네가 계속 동분서주하지 말고."

"나도 방에 틀어박혀 나가지 않으면 좋겠어. 하지만 그러면 마음이 놓이겠어?"

초교가 길게 한숨을 쉬었다.

"다행히도 얼마 남지 않았어. 반년만 있으면, 우리도 이렇게 고생할 필요가 없을 거야."

연순의 눈이 빛났다. 바깥에 있던 바람이 살짝 열린 창틈으로 들어와 먼 곳 대숲의 그윽한 향기를 전해 주었다.

"오 선생을 만났어?"

"아니."

초교는 고개를 저었다.

"대신 서화를 만났어. 서화 말이, 오 선생은 이미 수도에 들어와 동세를 걷는 일을 총괄하게 되었다고, 당신에게 너무 걱정하지 말라고 했어."

연순은 고개를 끄덕이고 길게 한숨을 쉬었다.

"그리되면 좋지. 나는 이미 몇 밤이나 잠도 제대로 자지 못하고 이 일에 매달려 있었어. 오 선생이 오면, 나도 힘을 상당히 아낄 수 있을 거야."

"궁 안은 모두 여전히 평안해?"

연순은 차갑게 조소했다.

"여전히 그 모양이야. 네가 소식을 들었는지 모르겠다만, 위경이 돌아왔다. 오늘 그와 우연히 마주쳤지."

"들었어."

초교도 고개를 끄덕이며 대답했다.

"남길산南吉山의 능이 무너져 내렸다던데. 위경은 책임을 회피하기 어려운 상태고. 이미 감독 임무에서 파면되었다고 하더군. 하지만 그가 이렇게 빨리 돌아올 줄은 몰랐어."

연순은 젓가락을 내려놓고, 찻잔을 들어 차를 한 모금 마셨다.

"네가 문제를 근본적으로 해결해 주었어. 위서엽은 위경과 연루되어 지금 이미 부윤의 자리에서 파면된 상태야. 지금 궁도처에 위광이 일부러 위서엽을 난리에서 빼내기 위해 그런 일을 저질렀다는 소문이 떠돌고 있어. 그분은 비록 어떤 태도도 표명하고 있지 않지만, 장로회의 다른 원로들은 위광에 대한 불만이 상당하지. 얼마 전 토지 구획을 새로 하면서 다 함께 위가의 저택 앞길을 막아 버리기도 했으니까. 목합서풍은 쓸모없는 인간이지만, 목합영정穆合嶸呈은 호락호락한 상대가 아니야.

그가 서릉에서 돌아오면 장로회도 시끄러워질 테지."

초교는 입 안 가득 요리를 우물거리면서도 진지한 표정으로 말했다.

"상황을 보며 따라가야 해. 결코 경계심을 늦추면 안 돼. 어쨌든 안심해도 좋아. 내가 적절하게 처리할 테니까."

연순이 고개를 끄덕였다.

"네가 일을 처리해 준다면 나도 안심이지."

말을 마친 후 그가 갑자기 웃기 시작하더니, 긴 손가락을 들어 초교의 얼굴을 가볍게 쓸어내렸다. 옥처럼 새하얀 그녀의 얼굴은 아직 바깥의 한기를 품고 있었다. 연순은 따뜻한 손가락으로 그녀의 매끈한 피부를 쓸어내렸고, 초교는 당황한 나머지 자신도 모르게 얼굴을 붉혔다. 그녀는 어색하게 연순의 손가락을 밀어내며 미간을 찡그렸다.

"뭐 하는 거야?"

"이거."

연순의 손가락에는 투명하게 빛나는 쌀이 한 알 붙어 있었다. 그가 웃으며 말했다.

"아초, 밖에서 많이 굶은 모양이구나. 당분간 내가 아주 잘 먹여 줘야겠다."

초교는 말없이 연순의 손을 응시했다. 옥처럼 하얗고 유난히 긴 그의 손가락, 그러나 새끼손가락은 한 마디 잘려 나가 있었다.

초교의 눈길이 차가워졌다. 그녀는 천천히 그릇 안 밥을 그러모으며 속삭였다.

"이번 일이 성공하면, 위경은 영원히 기어오를 수 없게 될 거야."

공기가 갑자기 가라앉았다. 연순이 초교를 바라보며 그녀의 어깨를 두드렸다.

"아초, 너무 많이 생각하지 마."

"연순, 경솔하게 굴 수는 없어. 나는 최선을 다할 뿐이야."

초교의 목소리가 조금 가라앉았다.

"우린 이렇게 오래 기다려 왔잖아. 내가 그렇게 인내심이 없을 리는 없지."

오후의 햇빛이 격자창을 통해 두 사람의 몸에 쏟아져 내렸다. 공기 중에 봄날의 향기가 떠도는 것 같았다.

시간은 빠르게 흘러갔고, 어렸던 그들은 예전에 이미 어른이 되었다. 밖에서 쏟아지는 햇빛은 밝고, 세상은 언제나 변하기 마련. 그러나 어떤 것은, 마치 술처럼 오래 묵을수록 향기로워지기도 한다.

"아초, 이번에 돌아오면 다시는 나가지 마라. 한동안 쉬도록 해."

초교가 고개를 들었다. 비록 나이는 많지 않지만, 작은 얼굴에 이미 미인의 틀이 잡혀 가고 있었다. 둥글게 휘어진 눈매에 보통 소녀들과는 달리 영민함과 용맹스러움이 서려 있었다. 초교가 살며시 이마를 연순의 가슴에 기댄 채 고개를 끄덕였다.

"응."

연순은 초교의 어깨를 끌어안고 그녀의 등을 가볍게 문질러 주었다.

"우리가 연북에 도착할 때쯤이면 봄일 거야. 화뢰원에 데려가 줄게. 함께 야생마를 사냥하자."

"그래."

초교가 속삭였다.

"우리는 분명 갈 수 있을 거야."

시간이 천천히 흘러갔다. 연순의 어깨가 뻐근해졌지만, 초교는 미동도 하지 않았다. 연순이 고개를 숙여 보니 초교의 긴 속눈썹이 눈꺼풀 아래로 그림자를 만들고 있었다. 햇빛 아래 그녀는 더욱 아름다워 보였다.

"아초?"

연순이 가볍게 불러 보았지만 그녀는 반응을 보이지 않았다. 연순은 자신도 모르게 낮은 소리로 웃었다. 초교가 나에게 기대 잠이 들다니.

연순은 초교를 들어 올려 품에 안았다. 초교는 상황을 아는 것 같았지만 자신이 안전한 곳에 있다는 것을 아는 것처럼, 가만히 안겨 있었다.

연순이 서재에서 나가자 아정이 달려왔다. 연순이 눈썹을 세우자 아정과 하인들은 숨도 크게 쉬지 못하고 뒤로 물러났다. 연순은 남장을 한 초교를 안은 채 침실로 들어갔다.

잠시 후, 연순이 방에서 나오자 아정이 달려왔다.

"대체 어찌 된 일이냐?"

"아가씨께서 여야呂耶에서 사람들을 이끌고 돌아오시는 길에 매복을 만나 먼 길로 돌아오셨습니다. 세자 저하께서 걱정하실까 봐 사흘 동안 안장에서 내려오지 않고 그대로 달려오셨다고 합니다. 그래서 많이 피곤하신 듯합니다."

연순은 이맛살을 찌푸린 채 나지막하게 물었다.

"그자들은?"

"현재 진황성에서 서쪽으로 80리 떨어진 곳 양산진涼山鎭에 있습니다. 우리가 보낸 이들이 이미 주시 중입니다. 저하, 손을 쓸까요?"

"그리하도록."

연순은 고개를 끄덕이고, 평온한 안색으로 서재로 향했다.

"그럼."

아정이 살짝 머뭇거리더니 다시 물었다.

"아가씨가 매수하신 석재 상인들은 어찌할까요?"

연순도 잠시 망설이다가 말했다.

"쓸모가 없어졌으니 함께 제거하도록."

"예, 속하가 명을 받들겠습니다."

애랑산 방향에서 차가운 바람이 서서히 불어왔다. 깃털도 채 자라지 않은 하얀 새가 북풍 속을 배회하다가, 연순의 몸에서 풍기는 향기에 이끌린 듯, 두려워하는 기색 없이 연순의 머리 위를 맴돌며 지저귀었다. 아정이 기뻐하며 외쳤다.

"창오조蒼梧鳥가 아닙니까! 세자 저하, 길을 잃은 창오조 새끼입니다. 이 새는 낯가림 없이 사람의 마음과 통하는 진귀한 새라고 하더군요. 아주 많은 이들이 길들여 키우는 새입니다!
이렇게 작은 창오조는 처음 봅니다."

"그러한가?"

연순은 공중에서 돌고 있는 작은 새를 바라보며 손을 내밀
었다. 작은 새는 지저귀며 궁금한 듯 몇 번 날갯짓을 하더니,
연순의 손가락 위로 내려앉았다. 그리고 보드라운 작은 부리로
가볍게 연순의 손바닥을 쪼았다. 붉은 눈알을 굴리는 것이 이
미 연순을 친숙하게 여기는 태도였다.

아정이 신기해하며 감탄사를 내뱉으려는 순간, 갑자기 우지
끈 소리가 들렸다. 연순이 주먹을 꽉 쥐고 있었다. 진귀한 작은
새는 울음소리 한 번 내지 못하고 땅에 떨어졌다.

"이리 쉽게 사람을 믿다니. 내가 죽이지 않는다 해도 너는
언젠가 다른 이의 손에 죽었을 것이다."

연순이 몸을 곧추세우고 검은 장포를 펄럭이며 누각과 정자
사이로 사라졌다. 거센 바람에 눈이 분분히 흩날려, 작은 새의
시체는 곧 보이지 않게 되었다.

제2장 깊은 밤 짙은 안개

초교가 눈을 떴을 때는 이미 깊은 밤이었다. 탁자 위 바구니 속에는 평소처럼 따뜻한 우유가 한 주전자 들어 있었다. 초교는 작은 잔에 우유를 따라 한 모금 마셨다. 바로 몸이 따뜻해지기 시작했다.

창밖으로 보이는 달은 유난히도 커 보였다. 밝은 달빛이 앵가별원을 새하얗게 비추고 있었다. 초교는 몸을 일으켜 창을 열고, 의자에 앉아 창틀에 엎드린 뒤 긴 한숨을 토했다.

지금까지 셀 수 없이 많은 밤을 창밖의 정원을 바라보며 보냈다. 그럴 때마다 그녀는 눈앞에 펼쳐진 모든 것이 꿈속의 풍경인지 아니면 전생의 기억이나 환상인지 구분하지 못했다. 이 세계에 온 지 벌써 8년이나 지났다. 8년이라는 시간은 아주 많은 것이 변하기에 충분한 시간이었다. 한 사람의 사상, 신념,

동경과 분투, 그리고 이상까지도.

정원에는 말뚝 두 개가 박혀 있었다. 이미 7년이 넘는 동안
그 자리에 있었던 말뚝이었다. 희게 빛나는 달빛이 말뚝 위 깊
고 얕은 칼자국을 똑똑하게 비춰 주었다.

이 정원에서 그녀와 연순은 무예를 연마했다. 처음 몇 년 동
안, 낮에는 감히 수련을 할 생각조차 하지 못했다. 초교가 여러
나라 무술의 정수라 할 만한 것을 융합한 도법을 몰래 그렸고,
두 사람은 깊은 밤마다 살그머니 칼을 들고 정원에 나가 한 사
람이 망을 보는 사이에 다른 한 사람이 수련하는 방식으로 무
예를 익혔다. 궁인들이 지나갈 때마다 그들은 긴장해서 숨조차
멈췄고, 그 사람이 지나간 다음에야 차가운 한숨을 길게 토해
내곤 했다.

곁채 서난방西暖房에는 항상 두 채의 이불이 준비되어 있었
다. 그들은 아무도 믿을 수 없었기에, 항상 도검을 끌어안은
채 한방에서 지냈다. 한 사람이 잠을 잘 때는 다른 하나가 깨
어 있었다. 그리고 문의 빗장에 항상 가느다란 실을 묶은 다
음, 실의 끄트머리를 두 사람의 손발에도 묶어 두었다. 문이
아주 약간 열리더라도, 두 사람은 바로 칼을 빼 들고 침상에서
뛰어올랐다.

서재 책장 위 화병 안에는 항상 각종 약이 들어 있었다. 불
시에 필요할 때를 대비하기 위해서였다. 그들이 약을 사용하는
일은 거의 없었지만, 그들은 이런 습관을 아주 많이 만들었다.
심지어 식사를 할 때 수저도 은으로 된 것만 사용하였다. 두 사

람은 한동안 작은 토끼들을 많이 키웠다. 그리고 식사를 하기 전, 항상 토끼에게 먼저 먹이고 한나절이 지나도 토끼에게 아무 문제가 없는 것을 확인한 다음에야 음식을 입 안에 넣었다. 처음 몇 년 동안, 그들은 따뜻한 식사를 거의 하지 못했다.

더운 여름이건 추운 겨울이건, 내의 안에는 항상 부드러운 갑옷을 입고 있었다. 식사를 할 때도 잠을 잘 때도, 항상 손에 익은 무기를 지니고 있었다. 그렇게 시간이 흘렀고, 그들은 어깨를 나란히 하고 점점 자라났다. 막연한 희망은 점차 구체화되었고, 가망 없어 보이던 미래도 점차 현실이 되어 갔다. 두 사람의 마음속에 열렬한 기대가 생겨나고 있었다.

초교는 희미하게 입꼬리를 들어 올렸다. 이런 것이 소위 소속감이라 하는 것일까? 오랜 시간을 함께 보내며, 수많은 죽음을 함께 보고, 또 그리도 많은 음모를 함께 파해하고. 그녀는 이제 더 이상 이 세계에서 도망치고 싶다고 생각하지 않았다. 이제 자신은 외부인이 아니었다. 초교가 황성에 들어온 그 순간부터, 두 사람의 운명은 단단하게 함께 묶여 버린 것이다.

초교는 자신도 모르게 서북쪽 하늘을 바라보았다. 바로 회회산과 화뢰원이 있는 곳이었다. 연순이 몇 번이나 묘사해 주었던 곳, 그들이 항상 그리워하는 연북의 초원. 추운 밤마다, 굴욕을 맛보는 순간마다, 그들이 힘들게나마 계속 나아갈 수 있도록 지탱해 주는 곳이었다.

초교는 심호흡을 한 후 창을 닫고 서탁 앞으로 다가가 도표를 한 장 펼쳤다. 그때, 방문이 삐걱 소리를 내며 천천히 열렸다. 연순이 목에 촘촘한 낙타털을 두른 흰 장삼을 단정하게 입고 방 안으로 들어왔다.

초교가 살며시 미소 지으며 앉은 채로 인사했다.

"이렇게 늦었는데, 아직 자지 않은 거야?"

"너도 자고 있지 않으면서."

연순이 식합의 뚜껑을 열었다.

"한밤중까지 정신없이 자더군. 저녁도 먹지 않았는데, 배고프지 않아?"

그의 말이 떨어지자마자 초교의 뱃속에서 북을 치는 듯한 소리가 울려 퍼졌다. 초교는 배를 문지르며 민망한 듯 웃었다.

"말을 하지 말지. 갑자기 배가 반란을 일으키잖아."

"일단 좀 먹어. 입맛에 맞을지 모르겠네?"

"응."

초교는 종이와 붓을 내려놓고, 식합을 들여다보고는 기뻐하며 외쳤다.

"와! 이화교자잖아!"

"네가 좋아하니까 한참 전부터 준비해 두라고 했지. 네가 오지 않아서 며칠이나 밖에서 얼어 있었다고. 네가 돌아온 걸 보고 나서야 솥에 넣었지."

"하하."

초교는 눈을 실처럼 가늘게 뜨고 생글거렸다.

"이걸 먹을 때면 꼭 집에 돌아온 느낌이 들어."

그녀는 입을 크게 벌려 교자 몇 개를 삼켰다. 연순이 사슴 젖을 따르며 조용히 그녀가 먹는 것을 바라보았다. 창밖의 달빛이 창을 통해 두 사람에게 밝은 빛을 흩뿌려 주었고, 촛불이 타닥거리는 소리는 방 안의 모든 것을 더욱 평온해 보이게 했다.

"아초."

초교가 다 먹고 나자 연순은 흰 비단 손수건을 꺼내 그녀의 입가에 묻은 기름기를 닦아 주며, 낮은 목소리로 말했다.

"그, 네가 매수했던 석재 상인들……"

"연순, 당신 마음대로 해. 나에게 설명할 필요 없어."

그가 말을 끝내기도 전에 초교가 말했다.

"이번 일은 내 생각이 신중하지 못했어. 그렇다고 내가 모질게 마음을 먹은 것도 아니고. 하지만 이런 이들을 남겨 두어 봤자 결국은 우환이 될 뿐이야. 우리는 아직 성금궁, 장로회와 대항할 능력이 없으니, 이런 약점을 남겨 두는 것은 결코 현명한 일이 아니지. 사실…… 내가 그들을 데려온 이유는, 당신이 나 대신 이 결정을 내려 주었으면 해서야. 그러니까 나에게 설명할 필요는 없어."

연순은 온화한 눈빛으로 은은하게 미소 지었다.

"응, 나는 그저 너에게 아무것도 숨기고 싶지 않았을 뿐이야."

"그래."

초교가 웃으며 말했다.

"우리 약속했었지. 서로에게 어떤 일도 절대로 숨기지 않기로. 서로 간에 비밀을 가지면 오해하기도 쉽고 사이가 소원해지기도 쉬우니까. 우리의 동기가 선하건 아니건, 우리는 결코 서로 비밀을 가져서는 안 돼."

"하하."

연순은 가볍게 소리 내어 웃었다.

"좋아. 그럼 이제 네가 이번에 남길산에 다녀온 이야기를, 있는 그대로 나에게 말해 줘. 큰일이건 작은 일이건 상관없이 전부 다, 숨김없이."

"좋아."

초교가 웃으며 연순을 서탁 앞에 앉히고, 그 위에 있는 도표를 가리키며 열심히, 그리고 자세하게 설명하기 시작했다.

하늘에는 안개가 자욱하고, 사위는 고요했다. 초교는 마지막으로 붓을 내려놓고, 차를 마시며 도표를 가리켰다.

"몽가는 결국 몽전 장군이 가문을 책임지게 될 거야. 그러니 크게 걱정할 필요는 없어. 내가 보기에, 성금궁과 위씨 문벌보다는 제갈가를 조심하는 것이 옳아."

연순이 눈썹 끝을 치켜세우며 나지막하게 물었다.

"제갈회는 막 수도를 떠나지 않았나? 제갈목청은 근 몇 년 동안 서서히 장로회에 나오지 않고 있어. 집안의 크고 작은 일은 모두 제갈회에게 맡겨 처리하게 하고 있지. 이번에, 그도 손을 대려고 할까?"

"제갈목청, 그 늙은 여우를 소홀히 봐서는 안 돼."

초교가 고개를 흔들었다.

"제국에서 300년 동안, 장로회에 속한 가문들은 몇 번이고 바뀌었어. 지금 장로회에서 배라대제를 따라 초원에서 일어났던

개국공신은 제갈가밖에 없어. 제갈가는 권력의 균형이라는 것을 이해하고, 스스로를 풍랑이 이는 곳에 두지 않아. 목합씨처럼 자신을 과시하려 하지도 않지. 군왕이 권력을 회수할 때, 권력을 과시하던 자들부터 제거되기 마련이라는 것을 잘 알고 있는 거지. 그들 일족은 자신들을 보전하는 법을 알고 있어. 제국은 근 몇 년 동안 다툼이 끊이지 않았고, 제갈목청은 계속 중용을 지키고 있었던 것 같지만, 실제로는 누차 우환을 피한 것뿐이야. 그리고 그건 결코 운이 좋아서만은 아니지. 여기를 봐."

초교가 손가락으로 도표 위를 가리켰다.

"몇 달에 걸쳐 수집한 정보야. 제갈 일맥은 표면적으로는 움직이지 않고 있지만, 서북의 식량이며 건초, 소금, 철광을 소규모로 몇 번이나 이동시켰어. 움직임이 크지는 않지만 상당히 자주였지. 제갈식諸葛息은 서한성西寒城으로 토지세를 징수하러 가서 두 달 동안 돌아오지 않고 있지. 위에서는 제갈식이 우둔하다고 여겨 기용하지 않으려 하지만, 내가 보기에는 달라. 서한성은 비록 작지만, 그 이웃이 바로 안명관雁鳴關, 우리가 연북에 가려면 반드시 거쳐야 하는 길이지. 요수瑤水, 부소扶蘇, 그리고 적수 교통망의 중추가 되는 곳이니 전략적으로는 아주 중요한 곳이야. 결코 무시할 수 없어. 그리고 여기를 봐. 지난달 8일 장로회는 제갈연諸葛然의 종군을 비준했어. 제갈목청이 무엇 때문에 자신의 아들을 제갈가의 영향력이 큰 동남쪽 군영에 보내지 않고 서남쪽 군영으로 보냈을까? 서남은 서북과 이웃하고 있지. 서남의 군영은 파도합 가문의 영지 안에 있는데,

제갈가가 파도합 가문과 남몰래 내통하고 있는 것이 아니라면 파도합이, 제갈연이 제 심장에 진을 치러 오는 것을 내버려 두었을 리 없지. 그리고 가장 중요한 것은…… 당신도 제갈월이 곧 돌아올 거라는 사실을 알고 있겠지?"

연순이 고개를 끄덕였다.

"그건 나도 마음에 두고 있어. 그리고 며칠 전에 우도 사람을 보내 네가 이야기한 것과 같은 내용을 이야기하더군."

"오?"

초교의 눈이 갑자기 빛났다.

"우 아가씨가 뭐라고 했어?"

"그녀는 아직 이르다고 했어. 대하의 황제가 수연을 베풀기 때문에 곧 각국의 권문귀족들이 운집할 것이니 변수가 너무 크다고. 지금 우리는 상황을 봐 가며 상대의 수에 따라 수를 쓰는 수밖에 없다고."

초교가 이마를 찌푸리며 천천히 말했다.

"연순, 그렇게 해도 괜찮을까? 무슨 일이 벌어지지는 않을까 걱정스러워. 우리가 먼저 준비해서 만전을 기해야 하는 것 아닐까?"

"아초, 이 세상에 만전의 계책이라는 것은 존재하지 않아. 그리고 준비라면…… 우리가 몇 년에 걸쳐 준비한 것이 부족할까?"

연순은 초교의 눈을 바라보며 그녀의 손을 잡았다.

"아초, 나를 믿지?"

초교가 고개를 끄덕였다.

"믿어."

"그럼 일단 쉬도록 해."

연순이 담담하게 웃었다.

"이제 나에게 맡겨 둬. 이번에 남길산에 다녀오면서 네 체력 소모가 너무 컸어. 더 이상은 안 돼."

"연순……."

"나는 혼자 연북으로 돌아갈 생각은 없어."

연순이 속삭이듯 말했다.

"나는 이미 가족을 모두 잃었어. 아초, 너는 지금 나에게 가장 중요한 사람이야."

등불이 어둑한 가운데, 연순의 눈은 물처럼 온화했다. 그가 천천히 손을 들더니 손등으로 초교의 볼을 쓰다듬었다.

"아초, 성금궁에 막 들어왔던 그해를 기억하고 있어? 내가 중병에 걸려 약으로도 치료할 수 없었을 때, 네가 나에게 했던 말을?"

초교는 멈칫했지만, 계속 연순의 말에 귀를 기울였다.

"너는 나에게 안심하고 자라고 했지. 네가 계속 깨어 있겠다고. 내가 깰 때까지 말이야. 결과적으로 나는 나흘 내내 자 버리고 말았지. 그리고 너는 정말로 눈을 감지 않고 나를 돌봐 주었어. 아초, 지금은 내가 너를 돌봐 줄 수 있어. 그러니 너도 안심하고 자도록 해. 내가 계속 깨어 있을 테니까. 우리 두 사람이 함께 눈을 감고 편안한 마음으로 잠을 잘 수 있는 그날까지 말이야."

초교는 고개를 숙이고 살며시 입술을 깨물었다. 마음속에서 따뜻한 불꽃이 타오르고 있었다.

"좋아, 그럼 나는 이제부터 계속 당신 곁에 있을게. 당신이 나를 연북으로 데려가 줄 때까지."

연순이 눈을 빛내며 고개를 끄덕였다. 그의 마음은 봄이 되어 얼음이 녹아 버린 호수처럼, 몇 달 동안의 번뇌가 삽시간에 사라져 버린 것만 같았다.

아초, 우리가 함께 들어왔으니 함께 나갈 수도 있을 거야. 그러니 계속 나를 믿어 줘. 이 세상에서 우리가 신뢰할 수 있는 사람은 서로밖에 없으니까.

눈이 쌓인 한겨울, 긴 밤은 평온하고 진황성은 풍랑 없이 잔잔했다. 그러나 평온한 물 아래 어떤 격렬한 투쟁이 벌어지고 있는지 아는 이는 없었다. 예측할 수 없는 역류는 조용히 땅 아래 칩거하고 있었고, 기회를 보아 땅 위로 솟아올라 모든 것을 침몰시킬 예정이었다. 조용한 물가라면, 사람도 그저 옷이 젖지 않도록 노력하며 조용히 걸어갈 수 있다. 그러나 사람의 힘으로 대항할 수 없는 거대한 파도가 밀려오면, 사람도 더 이상 조용히 걸어갈 수는 없는 것이다. 사람이 할 수 있는 일은 그저 파도에서 멀리 떨어지는 것밖에 없었다.

연순은 초교의 방문을 닫았다. 그녀 방의 등불이 꺼지자, 연순의 눈빛이 차갑게 빛나기 시작했다. 그는 하화전夏華殿이 있는 방향을 바라보았다. 그의 손가락에 살짝 힘이 들어갔다. 연순은 마른 나뭇가지를 꺾어 들고, 두 눈을 감은 채 수년 전의 어느 밤을 떠올렸다.

그때 초교는 겨우 아홉 살이었고, 병에 걸린 연순을 위해 약을 찾고 있었다. 그런데 남몰래 연순을 감시하던 위경이 초교를 발견했고, 곧 스물이 넘는 장정들이 그녀를 둘러쌌다. 초교는 다른 이들이 연순을 벌할 핑계를 만들지 않기 위해 그들에게 대항하지 않았다. 그녀는 훔친 약을 손에 꽉 쥔 채, 그들의 채찍에 맞아 온몸에서 선혈을 흘렸다. 연순이 초교를 발견했을 때, 그녀는 사경을 헤매고 있었다.

그날, 그는 맹세했다. 다시는 소중한 사람을 자신의 곁에서 떠나보내지 않겠다고. 그리고 그의 이번 생에, 이 세상에 그에게 소중한 사람은 단 한 사람이었다. 결코 두 사람이 될 수 없었다.

어차피 올 거라면 빨리 와 다오.

연순은 이미 너무 오래 기다렸고, 이제 더 이상은 기다릴 수 없을 지경이었다.

연순이 천천히 눈을 떴다. 제갈월이 곧 돌아올 것이다. 7년 동안 보지 못한 옛 친우. 그동안 잘 지내고 있었을까?

제갈월의 화살에 맞은 어깨의 상처는 이미 아문 지 오래였으나, 원한은 여전히 마음속에 뿌리내리고 있었다. 연순은 냉소하며 어둠 속으로 성큼성큼 걸어갔다.

———————

연초, 진황성은 유사 이래 최대의 엄동설한을 맞이했고, 큰 눈이 열이틀 동안 연이어 내렸다. 차가운 바람이 세차게 불어오는 가운데, 검은 갑옷을 입은 기병 한 무리가 설원 위를 질주하고 있었다.

얼핏 보아서는 눈에 띄지 않는 무리였다. 남포와 가죽으로만든 갑옷을 입고 있었고, 타고 있는 말도 보통의 홍천마였다. 흘깃 보기에는 보통의 수비군에 불과했다. 그러나 눈썰미가 있는 이라면, 이들에게서 형언하기 어려운 날카로움이 배어 나오고 있는 것을 발견할 것이다.

기병들은 구외주 거리를 지나 적수 호반 뒤쪽으로 돌아 자미광장을 지났다. 마침내 그들이 멈춰 선 곳은 내성의 금군만이 주둔할 수 있는 백장문白薔門 앞이었다. 선두에 있던 자는 검은 갑옷에 검은 모피를 두르고 있었는데, 그가 몸을 가볍게 털자 쌓여 있던 눈이 모래처럼 흩어졌다. 그는 수하 몇 명과 함께 경비가 삼엄한 성금궁 안으로 들어갔다.

"칠황자님!"

조철이 눈보라 속에서 고개를 들었다. 그의 미간에는 고뇌가 가득했고, 날카로운 눈썹 아래 눈빛은 유난히도 차가웠다. 4년에 걸친 변경의 생활은 숫돌처럼, 날카로운 검을 더욱 날카롭게 갈아 버린 것만 같았다.

조철이 살짝 이마를 찌푸리며 나지막하게 물었다.

"여덟째는?"

"이미 국종부國宗府로 넘어갔습니다."

조철이 눈썹 끝을 치켜세우며 날카롭게 물었다.

"너희들은 대체 무엇 하고 있었던 건가?"

사람들은 즉시 공포에 질린 표정으로 무릎을 꿇었다.

"노비들은 죽어 마땅합니다."

조철은 여전히 말 위에 앉은 채 눈을 가늘게 뜨고 나지막이 말했다.

"죽어 마땅하다면 무엇 때문에 나를 보러 온 건가?"

말을 마친 조철은 몸을 돌려 건희위도乾熙圍道를 따라 앞으로 달려가기 시작했다. 그의 뒤에는 얼굴이 흙빛이 된 젊은 시위들이 눈보라 속에 무릎을 꿇고 있었다.

거센 바람은 제멋대로 불어 댔고, 눈보라는 점점 더 거칠어졌다. 조철 등은 바람막이를 여미고 모자를 단단히 쓴 채, 서둘러 붉은 담벼락 사이로 나아갔다.

"누구냐?"

시위가 갑자기 외쳤다.

앞에 걸어가던 인영이 발걸음을 멈췄다. 거대한 눈보라 때문에 그 그림자는 어딘가 몽롱해 보였다. 그 그림자는 키도 크지 않고 매우 연약해 보였지만, 상당히 영리한 듯 목소리를 듣자마자 재빨리 눈밭 위에 무릎을 꿇고 공손하게 고개를 숙였다.

"황자님, 후전의 궁녀인 듯합니다."

조철이 침착한 눈으로 상대를 한번 훑어본 후, 허리춤의 칼을 뽑아 휘둘렀다. 순식간에 무릎을 꿇고 있던 이의 모자가 벗겨졌고, 남자처럼 둥글게 말아 매듭을 지은 검은 머리카락과 새하얗고 섬세한 목이 보였다. 조철이 그녀의 모자를 짓밟으며 천천히 말했다.

"고개를 들라."

수려한 얼굴이 눈에 들어왔다. 고요한 눈매에 새까만 눈동
자, 비록 남장을 하고 있었지만 흔히 보기 어려운 빼어난 미모
였다. 초교의 얼굴을 들여다보던 조철이 마침내 생각해 낸 듯,
의미심장하게 냉소했다.

"한 사람이 권세를 잡으면 그 주변 사람들도 덕을 본다더니,
이제 너조차 성금궁에서 자유롭게 다닐 수 있는 것이냐?"

초교는 평온한 얼굴로 대답하지 않았다.

조철은 냉담한 눈길로 그녀를 훑어보더니, 밟고 있던 모자
를 초교 앞으로 차 준 후 한 마디 말도 없이 몸을 돌렸다.

눈보라는 여전히 거세게 몰아치고 있었다. 초교는 고개를
들었지만 눈에 들어오는 것은 희미한 그림자뿐이었다. 그녀는
어쩐지 가슴에 무거운 돌이 얹힌 듯한 기분이 들었다. 저 사람
이 어찌 진황성에 돌아온 것일까?

진황성의 판세는 부지불식간에 긴장 국면에 들어서고 있었
다. 연순이 연북으로 돌아가는 날까지는 아직 반년이나 남았는
데도.

그날 밤, 성금궁에서 성대한 연회가 열렸다. 공을 세우고 조
정에 돌아온 칠황자 조철 외에, 7년 전 와룡산臥龍山으로 요양
을 떠났던 제갈가의 넷째 공자 제갈월도 참석했다. 제갈월은
이미 군기처의 부지휘사통판의 직무를 맡은 상태였다.

대하 황제 조정덕趙正德은 연회에 참석하는 것을 좋아하지 않았다. 대신 황후 목합나운穆合那云이 상징적으로 연회에 참석했다. 어쨌든 칠황자 조철은 그녀가 직접 낳은 아들이었다. 연회 분위기는 화기애애했고, 술자리는 떠들썩했다. 모두 평화롭게 즐기고 있었다. 그리고 그들 중 누구도, 사흘 전 팔황자 조각이 황제의 노여움을 사서 조씨의 종묘에서 쫓겨나 서인으로 폄적된 사실에 대해서는 이야기하지 않았다.

"그러한 것들은 호수 속의 돌과 같은 거야. 모든 이가 그것들의 크기나 형상을 볼 수 있는 것도 아니고, 대담한 인재만이 호수에 들어가 살펴볼 수 있는 그런 것들이지. 하지만 물이 얼마나 깊은지, 호수에 들어간 후 살아서 나올 수 있을지는 장담할 수 없고."

초교는 여전히 연회에 참석할 자격이 없는 연순에게 낮에 있었던 일을 이야기했다. 연순은 분재를 다듬으며, 놀라는 빛 없이 이런 이야기를 늘어놓았다.

초교는 고개를 갸웃하다가, 가위를 연순에게 건네며 물었다.

"그럼, 조철이 이번에 돌아온 것이 조각을 돕기 위해서가 아니라고?"

연순이 담담하게 웃었다.

"목합나운에게는 아들이 셋 있지. 그리고 목합씨는 태자의 자리를 두고 위씨 문벌과 다투는 중이야. 목합나운 입장에서는 아들 둘 중 하나에게 힘을 쏟을 수밖에 없지. 조철은 진황성을 떠나 변경에서 4년을 보냈으니, 그의 마음속에 무엇이 도사리고 있을지 누가 알겠어. 조씨 황가, 그들에게 형제간의 정이라는 것은 대체, 하하."

난초의 줄기가 날카로운 가위에 잘려 나갔다. 이 난초는 극상품이라 할 만한 것으로, 남강의 대려에서 빠른 말로 진황성으로 가져와 막 온실에 들인 참이었다. 초교가 아깝다는 듯 가볍게 탄식했지만 연순은 조금도 주저하지 않고 묵란을 한옆에 치운 후 다른 화분을 계속 다듬기 시작했다.

"목합씨는…… 그들은 나와 같아. 그저 계속 다른 화분을 선택해서 다듬을 뿐이다."

연순이 희미하게 웃었다.

"누가 화초를 키우는 사람에게 오늘 궁에 화분을 두 개만 들여보내라고 했나?"

밖에는 눈보라가 자욱했고, 달빛도 별빛도 보이지 않았다. 그리고 초교는 갑자기 깨달았다. 4년 전, 자신과 연순이 조철을 모해했던 계획은 이미 철저하게 실패한 것이다. 당시 조철은 위씨 문벌의 분노를 샀고, 더 나아가 전 장로회의 분노를 샀다. 목합씨는 조철을 버렸다. 그러나 그 버림받은 황자가 진흙탕에서 기어 올라온 것이다. 마음 가득 원한을 품고, 이 진황성에 돌아왔다. 조철이 자신을 모해했던 이들이 누구인지 확실하게 알지 못한다 해도, 초교와 연순은 앞으로 더욱 살얼음 위를 걷는 것처럼 조심하고 또 조심해야 할 터였다.

"걱정 마라."

연순이 가볍게 초교의 어깨를 두드렸다.

"조철의 부활이 반드시 나쁜 일만은 아니다. 음험한 위경이나, 여우 같은 제갈월에 비한다면 조철의 약점은 아주 명확하니까."

바로 이날 밤, 황제가 가장 총애하던 팔황자 조각은 진황성 국종부 비밀스러운 곳에서 죽음을 맞이했다. 모든 일은 풍랑 없이 평온하게 진행되었다. 황자의 시신은 서안문으로 나가, 아무도 모르는 사이에 끝없는 어둠 속으로 사라졌다. 그가 대체 무슨 죄를 지었는지 아는 이도 없었고, 이 일의 시말을 알아보고자 하는 이도 없었다.

그리고 모두가 알고 있었다. 연씨 가문이 구유대에서 참수당한 후, 대하의 황제 조정덕이 직접 누군가를 죽이라고 지시한 것은 이번이 처음이었다. 그렇다면 조각은 죽지 않으면 안될 이유가 있었을 것이다. 연세성처럼, 죽지 않으면 안 될 어떤 이유가.

어쨌든 이 사건의 배후는 더 이상 중요하지 않았다. 누가 돛을 조종하고 노를 젓고 있는지, 누가 이러한 국면을 만들어 낸 것인지 알고 싶어 하는 이는 없었다.

이레가 지나면, 변당의 태자 이책李策이 대하를 방문할 예정이었다. 그는 대하 황조의 공주들 중 한 사람을 직접 골라 자신의 비로 맞이할 예정이었다. 이것은 변당의 태자가 목을 맨다, 건물에서 뛰어내린다, 독을 마신다와 같은 갖은 방법을 통해 스스로 쟁취한 권리였다.

이책은 변당 황제의 유일한 아들로, 변당 황실의 아름답고 진기한 꽃이었다. 그는 권세나 명리보다는 시와 사, 그리고 미인을 사랑했다. 이책에게는 태어나 단 한 번도 누군가와 다툴 일이 없었던 자 특유의 안온한 정취가 있었다.

대하의 황자들이 암암리에 날카롭게 다투기 시작한 이 순간, 자신이 변당 제일의 재인이라고 허풍을 떠는 태자 이책이 진황성으로 오고 있었다.

초교는 바둑알을 내려놓고 미소 지으며, 연순 앞에 놓인 마지막 과자를 집었다.

"내일 교무장校武場에서 누구 사냥감이 더 많을지는 모르겠어. 하지만 오늘 밤 당신은 배가 고프겠는걸."

연순이 슬며시 웃으며 창가를 바라보았다. 눈보라 속에 한 그루 배나무가 제법 굳세고 우아한 자태로 버티고 있는 것이 보였다.

"아초, 저 나무 아래에 묻은 옥란춘玉蘭春을 기억해?"

"당연하지."

초교도 미소 지었다.

"우리 약속했잖아. 연북으로 돌아가기 전날, 파내어 마셔 버리자고."

연순이 가볍게 눈을 감았다.

"그 술의 향이 나는 것 같아. 내가 너무 성급하게 구는 것일까?"

초교가 고개를 저었다.

"당신은 성급하게 군 적 없어. 당신은 너무 오래 기다려 왔지."

석양이 서쪽으로 넘어가며 아득한 설원이 붉게 물들기 시작했다. 북풍이 일어난 진황성에 다시 꽃샘추위가 찾아왔고, 땅에는 흰 서리가 깔리고 있었다.

"희아希兒."

한 무리의 인마가 힘겹게 먼 길을 가고 있었다. 화려한 마차 안, 비단옷을 입은 남자가 옥처럼 흰 손을 내밀고, 눈웃음을 치며 건너편에 앉아 있는 예쁘고 풍만한 여자에게 말했다.

"내 손이 차다."

희아가 웃으며 가볍게 옷자락을 풀어 헤쳤다. 새하얗고 말랑말랑한, 풍만한 가슴이 절반 이상 드러났다. 얇은 비단 너머로 새빨간 유두도 희미하게 비쳐 보였다. 희아가 간드러지게 말했다.

"희아가 태자 전하의 손을 따뜻하게 해 드릴게요."

남자는 손을 희아의 옷자락 속으로 집어넣어 가볍게 어루만지다가 "아이고!" 소리와 함께 외쳤다.

"희아, 이게 무엇이냐?"

여자가 신음 소리를 내며 갑자기 남자의 품 안에 쓰러지더니, 마치 고양이 같은 눈길로 웃음을 흘렸다.

"태자 전하, 난로랍니다."

"그래?"

남자가 미간을 찌푸리며 손가락으로 여자의 가슴을 쓰다듬었다.

"아주 고상한 난로로구나."

그의 목소리가 갑자기 가라앉았다.

"이 요부, 나를 더 따뜻하게 해 다오."

어두운 밤길, 귀족의 자제들은 모두 자신만의 방식으로 자기 전에 해야 할 일을 하고 있었다.

진황성은, 점점 더 흥성거리기 시작했다.

제3장 황가의 저녁 연회

이곳에 다시 돌아오기까지 8년이 걸렸다.

초교는 말 위에 앉은 채 광활한 설원을 바라보았다. 어지러운 기억이 마치 수문 열린 홍수처럼 머릿속에 쏟아졌다.

8년 전, 그녀는 바로 이 설원에서 처음으로 눈을 떴다. 하늘을 덮을 듯한 피비린내 속에서. 극도로 혐오스러운 살육이 온 천지를 뒤덮고 있었다. 그녀는 남루한 옷에 맨발로 이 넓은 광야를 뛰어다녔지만 도망칠 곳은 없었다. 그러나 눈 깜짝할 사이에 시간이 흘러갔고, 이제 그녀는 말 위에 앉아 우리에 갇혀 떨고 있는 아이와 마주할 수 있었다. 그녀의 손에 들린 활이 거의 조각조각 부서질 것만 같았다.

"아초."

연순이 초교의 표정을 보고 눈썹을 찡그렸다.

"무슨 일이야?"

"아무것도 아냐."

초교가 고개를 저었다.

"난 괜찮아, 정말로."

북소리가 들렸다. 추운 날씨인데도, 멀리 높은 대 위에서 팔을 훤히 드러낸 사내가 온 힘을 다해 북을 치고 있었다. 쿵쿵거리는 북소리는 대지 아래에서 뚫고 올라와 사람의 척수까지 스며들었다. 붉은 두건을 쓴 사내의 머리에 땀이 비 오듯 쏟아지고 있었다. 사내가 고함을 치면, 목합가의 하인들도 큰 소리로 화답했다.

목합가의 하인들은 모두 해사청 가죽으로 만든 고급 갑옷을 입고, 허리에는 금박 장식이 들어간 요대를 차고 있었다. 햇빛을 받아 반짝이는 요대는 형언할 수 없이 화려했지만, 벼락부자 같은 범속한 느낌이 드는 것은 어쩔 수 없었다.

"역시 장로회에서 세력이 제일 센 목합씨답군. 하인들에게까지 해사청 갑옷을 입히다니. 지위, 권력, 돈, 모든 것을 가졌다고 거만하기 짝이 없군."

문득 들려온 투덜거림에 초교가 힐긋 쳐다보았다. 깃발 아래 짙은 자색의 장막 안, 준수한 외모의 공자가 앉아 있었다. 나이는 열여덟에서 열아홉 정도, 옥처럼 하얀 얼굴에 머리카락은 먹처럼 검었다. 그는 남황우의 밝은 깃털로 만든 바람막이를 입고 있었는데, 옷깃은 눈으로 조각한 듯 새하얀 빛이었다. 전체적으로 온화하고 기품 있어 보였다.

초교는 그 공자를 잘 알고 있었다.

이 땅에 처음 왔을 때, 자신에게 활을 쏘려 했던 사람이었으니까.

위경은 차를 한 모금 마시고 싱글거리며 곁에 있는 영왕靈王의 작은아들에게 말했다.

"종언鍾言, 영왕 전하도 부유함에 있어서는 으뜸이라 할 만한데, 친위대에게 해사청을 입힌 적이 있나?"

조종언趙鍾言은 스물 남짓의 청년이었다. 그는 단정하고 품위 있게 화답했다.

"우리 영계靈溪는 변방의 작은 번국일 뿐인데, 어찌 그만한 씀씀이가 있을까? 위경, 나를 놀리지 말게."

그때 한 소년이 끼어들었다.

"해사청이 뭐 그리 대단한가. 나중에 나는 내 호위대에게 벽락사를 입힐 생각이야. 그래야 씀씀이가 크다고 할 만하겠지."

그 말을 들은 위경과 조종언이 소리 내어 웃었고, 낙형樂邢 장군의 장자인 낙의樂毅도 소년의 어깨에 손을 얹고 웃으며 말했다.

"십삼황자님, 황자님께서 호위대에게 정말로 벽락사를 입히신다면, 저 변당의 태자라 해도 황자님께 진심으로 승복할 것입니다."

조숭이 눈썹을 치켜세우며 반박하려다가, 갑자기 호위대 깃발 뒤로 비치는 마른 그림자를 발견하고는 눈을 빛냈다. 그는 의자에서 튀어 오르듯 일어나 밖을 향해 달리며 외쳤다.

"내가 돌아온 다음 다시 이야기하자고!"

"너도 왔구나!"

조승이 겹겹이 싸인 인영을 밀어제친 후, 한 소녀의 손을 잡아끌며 큰 소리로 외쳤다.

초교 뒤에 서 있던 연순의 눈이 살짝 가늘어졌지만, 순식간에 담담한 표정으로 고개를 숙이며 인사했다.

"십삼황자님."

"연 세자, 한동안 보지 못한 것 같은데 어디 갔었던 건가?"

연순이 미소 지으며 대답했다.

"저야 한가한 사람 아닙니까. 하루 종일 앵가원에서 한가로이 노닐 뿐입니다. 대단한 일은 없었습니다."

"하하, 너무 겸손하군."

조승이 새하얀 이를 드러내며 웃었다.

"며칠 전 부付 선생이 네 시문을 가져와 우리에게 본보기로 읽어 주셨단 말이지. 후, 네가 쓴 글귀가 너무 생소한 나머지, 한나절을 들여다봐도 이해가 어렵더라고. 그래서 네 글을 2백 번 베껴 쓰는 벌을 받았지. 지금도 궁에서 소덕자小德子가 나를 대신해서 열심히 네 글을 베끼고 있다고."

"아직 태학에서 수학 중이십니까? 저는 십삼황자님께서 이미 마치신 줄 알았습니다."

"아직 석 달 남았어."

조승은 계속 초교를 곁눈질하며 활짝 웃었다.

"석 달만 지나면 나도 열여덟 살이 되지. 그때가 되면 내 관아를 열고 저택을 지을 거야. 또 왕비도 맞을 수 있지."

"그렇군요."

연순이 말했다.

"정말로 축하드려야겠습니다."

"지금부터 그럴 필요는 없어. 그때가 되면 나에게 선물 하나만 주면 된다고."

조승은 웃으며 초교의 소매를 잡아끌었다.

"연 세자, 초교를 잠시 빌려도 괜찮을까?"

연순은 초교가 별다른 싫은 기색을 보이지 않자 담담하게 웃으며 고개를 끄덕였다.

"하하, 연 세자, 고마워! 초교, 이리 와!"

조승과 초교는 곧 수많은 인파 속으로 사라졌다. 연순의 바다와 같은 눈동자에 어려 있던 따뜻한 빛은 점차 사라지고, 그는 그저 먼 곳을 바라보고 있었다.

"아초, 봐, 이게 무엇인지 알겠어?"

조승이 조심스럽게 황금 상자를 내밀었다. 초교가 상자의 뚜껑을 열어 보니, 그 안에는 붉은 가루가 묻어 있는 긴 나무 조각이 들어 있었다. 유난히도 눈에 익은 물건이었다.

"성냥?"

초교가 살며시 미간을 찌푸렸다.

"불을 피우는 데 쓰는 건가요?"

"아, 아초, 넌 정말 대단하다니까!"

조숭이 혀를 내밀더니 엄지손가락을 치켜세웠다.

"넌 어떻게 모든 것을 다 알고 있지? 이것은 서방 불랑마살佛郎磨薩에서 온 사람이 부황께 조공한 물건이야. 나도 처음 보는 거라고. 봐봐, 이렇게 그으면 불이 붙어. 정말 신기하지 않아?"

초교가 미소 지으며 고개를 끄덕이고는 조숭의 이마를 튕겼다.

"그럼요, 아주 신기하지요. 이렇게 신기한 물건을 황자님께서 이렇게 잘 보관하고 있다니 말이에요."

"아초!"

조숭은 머리를 문지르며 울컥한 듯 외쳤다.

"내가 더 이상은 머리를 튕기지 말라고 했잖아."

초교가 어깨를 으쓱했다.

"그리 말씀하신다면 앞으로는 하지 말아야겠죠."

"아초."

조숭이 갑자기 정색하고 말했다.

"나는 중요한 일이 있어 널 찾은 거야. 오늘 왜 연순을 따라 사냥을 나온 거야? 제갈월이 돌아온 건 알고 있어? 만약 그가 너를 보면, 혹시 큰 낭패를 보게 되지는 않을까?"

초교는 마음이 따뜻해져, 조숭의 어깨를 두드리며 말했다.

"안심해요. 대책이 있으니까."

"후."

조숭은 한숨을 쉬었다.

"어쨌든 너는 항상 대책을 세워 놓고 있지. 내가 또 쓸데없이 마음을 졸였군."

"그럴 리가요."

초교가 웃으며 말했다.

"황자님께서는 저를 걱정해 주시고, 또 저를 친구로 여겨 주시 잖아요. 그것만 해도 저는 정말 대단한 은혜를 입은 셈인걸요."

"내 은혜에 고마워하긴 하는 거야?"

조숭은 갑자기 흥분하여, 싱글거리며 머리를 내밀었다.

"그럼 연순을 따라 연북으로 가지 말고 여기, 내 곁에 남아 있으면 안 돼?"

"그럴 수는 없어요."

초교가 일언지하에 거절했다.

"다른 것은 다 따를 수 있지만, 그것만은 어렵답니다."

조숭은 즉시 한숨을 내쉬며 어깨를 늘어뜨렸다. 마치 '내가 이럴 줄 알았지' 하는 태도였다.

그들은 족히 6, 7년을 알고 지냈다. 초교가 연순을 따라 궁 에 들어왔을 때, 모든 이들이 초교가 연순의 시녀이자 호위라 고 생각하며 신분을 의심하지 않았다. 그녀의 신분을 아는 이 들 중 연순 곁에 있던 이들은 이미 모두 죽었고, 제갈가의 하인 들은 궁에 들어올 기회가 없으니 그녀를 만날 수가 없었다. 형 월아라는 이름도 초교로 바뀌었다.

모든 것을 아는 유일한 사람은 제갈월뿐이었는데, 어인 연 유인지는 알 수 없지만 그는 모든 일이 벌어지고 한 달이 채 지나기 전에 말없이 진황성을 떠났다. 듣기로는 와룡산에서 요양하고 있다고 했는데, 지금까지 단 한 번도 돌아오지 않았던 것이다.

물론 황조의 귀족 소년들은 사냥터에서 초교를 본 적이 있었다. 그러나 그들이 더러운 어린 노비에게 제대로 눈길을 주었을 리 만무했다. 심지어 초교에게 원한이 깊은 위경조차 그녀를 연순의 하인으로 여겼을 정도였다. 위경이 몇 번이나 연순을 공격했지만, 초교와 관련하여 다른 문제가 생기는 일은 없었다.

그렇게 신분을 감추고 평온한 나날을 보내던 중, 초교는 조숭과 우연히 마주쳤다. 어린 황자는 자신을 몇 번이나 놀려 댄 제갈부의 어린 시녀를 한눈에 알아보았다. 그러나 조숭은 인의를 지켜 초교의 신분을 숨겨 주었고, 황실의 귀족들이 연순에게 위해를 가하려고 하면 남몰래 도와주기도 했다. 그야말로 조숭은, 연순과 초교가 진황성에서 얻은 유일한 친우였다.

그러나 조숭의 부친은 조정덕, 대하의 황제였고 조숭은 대하의 황자였다. 아마 연순은 영원히 이 사실을 마음속에서 지우지 못할 것이다.

"아초."

조숭이 황금 상자를 초교에게 내밀었다.

"너에게 줄게."

초교가 당황했다.

"어찌 그러시려고요? 이건 아주 귀한 물건이잖아요."

"쳇, 그냥 가져가라고."

조숭은 억지로 초교의 손에 쥐어 주었다.

"어차피 내가 가져 봤자 소용도 없다고. 나를 알잖아. 나는 잠깐 신기해하다가 바로 질려 버린단 말이야. 그럼 결국 다른 사람에게 줘 버리고 말 텐데, 그럴 바에는 그냥 먼저 너에게 주는 편이 낫지. 그나저나 막 북쪽에서 돌아왔다며? 연순은 정말 피도 눈물도 없는 녀석이라니까. 네 몸이 이리 약한데, 이렇게 추운 날씨에 동분서주하게 만들다니."

초교가 고개를 끄덕였다.

"북방에 가서 물건을 좀 사 왔어요. 세자 저하께서 연북에서 조그만 사업을 시작하셨거든요."

"내 궁에 서슬아西瑟俄 지방 사람이 보내온 모피가 있는데, 굉장히 따뜻해. 돌아가면 그걸 너에게 보내 줄 테니까, 꼭 입고 다녀야 해."

"그래요. 정말 고마워요."

초교는 웃으며 답했다.

"그럼 됐어. 나는 이만 궁으로 돌아갈게."

그 말에 초교가 멈칫했다.

"잠시 후 사냥에 참가하지 않으시고요?"

조숭은 고개를 저었다.

"사냥은 며칠이나 걸리잖아. 게다가 오늘은 인간 사냥이야. 다들 모여서 어린 노비들을 둘러싸고 화살을 쏘아 대겠지. 나는 그런 취미는 없어. 나는 그저 너를 만나러 온 거고, 이제 널 만났으니 돌아갈 거야."

초교가 고개를 끄덕였다.

그때 갑자기 날카로운 비명이 들렸다.

"아이고, 황자님, 노비는 절대로 그런 뜻이 아니었습니다요!"

초교와 조숭이 함께 돌아보았다. 조숭의 막사 앞에 열여섯에서 열일곱 정도로 보이는 소년 두 사람이 서 있었는데, 서로꽤 닮아 보였다. 그중 하나는 눈썹이 유난히 짙고 눈이 컸다. 파란 장포 위에 가죽으로 지은 바람막이를 걸치고 있는 모습이 마치 한 마리 건장한 어린 표범 같았다. 다른 소년은 낡아 보이는 회백색 가죽옷을 입고 있었는데, 넓적다리까지만 내려오는 것이 좀 짧아 보였다. 소년은 얼음처럼 차가운 눈길로 제 앞의 태감을 노려보고 있었고, 그들 뒤에 드문드문 하인들이 있었지만 수레나 말은 보이지 않았다.

파란 옷의 소년이 태감에게 차갑게 외쳤다.

"그런 뜻이 아니라면 무슨 뜻이란 말이냐?"

태감은 발에 채여 거의 팔이 떨어지기라도 한 것처럼 "아이고!" 소리를 내며 외쳤다.

"노비의 뜻은 그저, 이곳은 십삼황자님의 막사니, 십육황자님께서는 쓰실 수 없다는 것뿐입니다."

소년의 눈길이 삽시간에 차가워졌다. 그는 태감의 멱살을 잡고 노기에 가득 차 물었다.

"그럼 나는 어디로 가라는 말이냐."

"화, 황자님께는 서쪽의 숲 옆이 배분되었다고 들었습니다."

"그래?"

소년이 냉소했다.

"아주 좋은 곳이군. 내 기억이 틀리지 않다면, 그곳은 축생들을 가두어 두는 우리가 있는 곳 근처 아니냐."

"그건…… 그건…… 노비들이 조심하기만 하면, 그 축생들은 밤에 시끄럽게 굴지 않을 것입니다. 절대로 황자님을 꿈에서 깨지 않게 할 것입니다."

"우덕록于德祿."

소년은 눈을 크게 뜨고 외쳤다.

"담이 아주 세졌구나!"

그때 곁에 있던 회백색 옷의 소년이 파란 옷의 소년을 제지했다.

"열여섯째야, 일을 크게 만들지 말거라."

"제가 일을 크게 만든다고요?"

파란 옷의 소년이 노하여 말했다.

"열넷째 형, 저는 이해할 수 없습니다. 모두 같은 부친의 자식이건만, 대체 왜 누군가는 이렇게 뭇별들의 추앙을 받는 중앙 자리를 배정받고, 누군가는 변두리에서 축생들과 함께 있게 된다는 말입니까. 이런 개 같은 노비 놈들조차 감히 사람을 낮춰 보고 있지 않습니까!"

"그리 말하지 말거라."

십사황자가 고개를 돌려 우덕록에게 나지막하게 말했다.

"록 공공, 귀찮겠지만 길을 안내해 주게. 우리 영지에 막사도 세워 주고."

"예, 예."

우덕록은 마치 땅을 기어가기라도 할 것처럼 굽실거리며 길을 안내하기 시작했다.

"잠시만!"

조숭이 갑자기 외치며 몇 걸음 앞으로 나섰다.

십육황자가 그를 보더니 갑자기 눈을 휘둥그렇게 뜨고 앞으로 튀어나오려다가 십사황자에게 붙들리고 말았다.

"형님."

조숭은 고개를 끄덕이고 우덕록에게 말했다.

"록 공공, 오늘 나는 사냥에 참가하지 않을 것이다. 동생들에게 이 막사를 내주게."

우덕록이 멈칫하더니, 조심스럽게 조숭을 바라보며 물었다.

"그럼 내일은 어찌하실 것입니까? 모레는요? 십삼황자님께서는 계속 오지 않으실 예정이신지요?"

조숭은 소리 내어 웃었다.

"내일 일은 내일 이야기하지. 축생들과 이웃이 된들 뭐 그리 문제겠느냐. 잊지 말거라. 나는 어린 시절 마구간에서 잠을 잔 적도 있었다. 그러니 그쯤은 아무 일도 아니다."

"이건……."

우덕록이 무슨 말인가 하려 하는데, 십사황자가 갑자기 끼어들었다.

"형님의 아름다운 뜻에 감사드립니다. 열여섯째가 나이가 어리다 보니 세상 물정을 몰라 자꾸 실수하는군요. 이곳은 형

434

님을 위해 남겨 두겠습니다. 열여섯째야, 가자꾸나."

말을 마친 십사황자는 십육황자를 잡아끌고 몸을 돌려 걷기 시작했다. 우덕록이 당황하더니, 바로 재빨리 그 뒤를 쫓았다.

"저 아이가 열넷째야. 이름은 외자로 양颺 자를 쓰는데, 상대하기 어려운 성격이지. 너는 아마 저 애를 본 적 없겠지. 저 애와 열여섯째의 모친은 모두 상인들이 부황께 진상했던 미희였어. 모친의 출신이 비천하다 보니 항상 서오궁 근처에만 있어서 너희가 있는 곳으로는 잘 가지 않을 거야."

초교는 말없이 고개를 끄덕였다.

"됐다. 그럼 나는 이만 갈게. 연순에게 돌아가라. 제갈월을 조심하고. 어젯밤 연회에서 제갈월을 보았는데, 예전과는 많이 달라진 것 같더라. 조심하는 편이 좋을 거야."

초교가 고개를 끄덕였다.

"알겠어요."

조숭이 시위들을 거느리고 말 위에 올랐다. 그리고 다시 당부하는 것을 잊지 않았다.

"별일 없더라도 주변을 돌아다니지 말고. 그들 모두 너를 본 적 있으니, 정체가 드러나지 않도록 조심해야 해. 위경도 참가했다고 들었으니, 너와 연순은 불씨를 안고 있는 셈이야. 만약 무슨 일이 생기면 바로 나에게 연락해."

초교가 어쩔 수 없다는 듯 한숨을 쉬며 재촉했다.

"잘 알았으니 황자님, 어서 궁으로 돌아가세요."

"정말이야. 무슨 일이 있으면 바로 나에게 알려 줘야 해. 바보처럼 혼자 버티지 말고."

초교는 웃지도 울지도 못하고, 그저 이렇게 말할 수밖에 없었다.

"어서 떠나시지 않으면 날이 어두워지겠어요."

"흥."

조숭은 말 머리를 돌리며 중얼거렸다.

"그저 나를 보내려고만 하지. 좋은 마음이라고는 하나도 없고. 하지만 너도 곧 가장 인정미가 있는 사람이 누구인지 알게 되겠지."

이럇 소리와 함께 조숭은 무리들을 이끌고 떠나갔다.

초교는 떠나는 그의 뒷모습을 한참 동안 바라보았다. 서쪽 하늘 저녁노을이 갑자기 무척 따뜻해 보였다. 얼굴에 불어오는 차가운 북풍조차 거의 느끼지 못할 정도였다.

연순에게 돌아가는 길에 초교는 서쪽 숲을 지나게 되었다. 십사황자 조양趙颺과 십육황자 조상趙翔이 하인들을 지휘하여 막사를 세우고 있었다. 초교는 조숭의 말을 다시 한 번 떠올리고, 바로 연순의 영지로 향했다.

연순의 막사에서는 따뜻한 난향이 풍기고 있었다. 연순은 고개도 들지 않고 계속 붓을 움직이며 평온하게 물었다.

"조숭은 갔나?"

초교는 화로 옆에 앉아 손을 녹이기 시작했다.

"정말이지 영리하다니까."

연순은 한숨을 내쉬며 붓을 내려놓았다.

"조숭은 어린 시절부터 그런 놀이를 좋아하지 않았어. 그가 놀이에 참가하지 않으려고 궁으로 돌아갔다 해도 이상한 일은 아니지."

연순이 가볍게 뱉은 '놀이'라는 단어를 듣는 순간, 초교의 마음이 갑자기 얼어붙었다. 그녀가 고개를 들고 속삭이듯 물었다.

"조숭이 그런 놀이를 좋아하지 않았다면, 당신은?"

연순이 눈가를 찌푸렸다.

"예전의 나에 대해 묻는 건가, 아니면 지금의 나?"

"양쪽 모두."

"아초."

연순이 몸을 일으켜 초교 앞으로 다가왔다.

"내 부친께서 그런 결말을 맞게 된 이유를 알고 있어?"

초교는 대답하지 않았다. 연순은 그런 그녀를 바라보며 쓸쓸하게 웃었다. 그의 웃는 얼굴에서 희미한 피비린내가 풍겨 오는 것 같았다.

"부친께서는 마음이 너무 유하셨다. 그리고 사람의 도리를 중시하셨지. 부친께는 지금의 황제를 폐하고 당신께서 황제가 되실 기회가 있었어. 그랬다면 연씨 일맥이 다시 조씨의 족보로 들어가고, 그런 결말을 맞지도 않았겠지. 그러나 부친께서는 그러지 않으셨다. 대장군 몽전, 부친께는 그자를 죽일 기회도 있었지. 하지만 역시 그러지 않으셨다. 그러나 그 결과, 부친을 비롯한 나의 가족은 모두 황제에게 몰살당했다. 바로 몽전이 부친의 목을 베었다. 성금궁에 들어오던 그날, 나는 맹세했어. 나는 결코 부친처럼 살지 않을 거라고.”

젊은 연 세자가 몸을 일으켰다. 당당한 자태에 준수한 얼굴, 그의 눈길은 깊고 푸른 바다 같았다. 연순이 발걸음을 돌려 밖으로 향하다가, 손으로 장막을 들어 올린 채 나지막하게 속삭였다.

“도저히 견딜 수 없다면, 오늘 밤은 밖에 나오지 말고 막사에 남아 있어라.”

달은 둥글고 별은 보이지 않았다. 사냥터에서 가무를 벌이는 소리며, 사죽 연주가 끊임없이 들려왔다.

대하는 무를 숭상했다. 그들은 선조가 유목민이었다는 사실을 잊지 않기 위해 매년 봄과 가을, 두 차례에 걸쳐 사냥에 나섰다.

지금은 초봄이었다. 홍천 지역은 오뉴월이 되기 전까지도 눈이 그치지 않았다. 여름은 아주 짧고 겨울은 아주 길었다.

멀지 않은 숲에서 드문드문 인기척이 들려왔다. 병사들이 내일의 사냥이 위험하지 않도록, 겨울잠을 자는 호랑이며 곰 같은 맹수를 찾아다니는 소리였다.

초교는 눈처럼 새하얀 담비 털로 만든 짧은 웃옷을 걸치고, 다시 희푸른 가죽 외투를 입은 후 새하얀 신발을 신었다. 그 흰빛에 어우러져 칠흑 같은 눈동자와 먹빛 머리카락이 더욱 돋보였다. 형월아의 작은 얼굴은 아름다웠다. 아직 다 자라지 않은 소녀였지만, 초교에게서는 감출 수 없는 매력과 아름다움이 흐르고 있었다.

막사 안은 화로가 있어 따뜻했지만 초교는 이유 없이 답답했다. 그래서 홀로 서북쪽을 향해 걷기 시작했다. 먼 곳에서 사죽 소리가 끊임없이 들려왔고, 그녀의 심장은 점차 초조해졌다. 어쩐지 계속 무엇인가와 부딪치고 있는 것 같았다.

초교는 길게 한숨을 토해 내고, 평온하게 숨을 쉬려고 애썼다. 더 이상 아무것도 생각하고 싶지 않았다.

그때 갑자기 새하얀 비둘기 한 마리가 설원 위에 내려앉더니, 초교를 보고 고개를 갸웃거리며 천천히 다가왔다. 야생 비둘기였다. 사람이 길들인 전서구가 아니니 사람이 무서울 텐데도, 비둘기는 그녀에게 호기심을 느낀 것 같았다. 초교는 희미하게 미소 지으며, 주머니에서 말을 먹이는 보리를 한 줌 꺼내 바닥에 뿌려 주었다.

설원에서 먹이를 찾기 어려웠을 비둘기가 즉시 날카롭게 지저귀며 초교에게 날아왔다. 그러나 바로 그 순간, 먼 곳에서 화살 두 대가 동시에 날아와 잔혹하게 비둘기의 가슴을 꿰뚫었다. 푹, 선혈이 사방으로 튀었다. 마치 눈 위에 붉은 매화가 피어난 것 같았다.

갑자기 떠들썩한 말발굽 소리가 들려왔다. 두 마리 말이 다른 말들을 한참 뒤로 따돌리고 빠르게 달려왔다. 말 한 필은 붉고 한 필은 검었는데, 두 마리 모두 사람들의 눈을 끌 만큼 사나워 보였다. 붉은 말 위의 남자는 스물다섯 정도로 무척 방자해 보였다. 그는 눈 위에 앉아 있던 초교를 보자 아무 말도 없이 활에 화살을 메겼고, 화살이 초교의 가슴을 향해 날아왔다!

초교는 즉시 민첩한 표범처럼 한 손으로 땅을 짚고 몸을 회전시켰다. 마치 흐르는 물과 같은 빠른 동작이었다. 그리고 다른 손을 내밀어 날아오는 화살을 잡아챘다.

거친 바람에 옷이 펄럭여, 초교는 마치 날개를 퍼덕거리며 날아오르려는 흰 매처럼 보였다. 그녀는 차가운 눈으로 말 위의 남자들을 노려보았다.

"어느 집안의 하인이지? 무엇 때문에 깊은 밤에 사냥터에서 빈둥거리고 있는 것이냐?"

붉은 말을 탄 남자가 음산한 목소리로 말했다. 먼저 무고하게 사람을 해치려 해 놓고도 전혀 후회하거나 미안해하는 것 같지 않아 보였다. 그는 극북 지역의 눈담비 모피로 만든 옷을 걸치고 있었고, 온화해 보이는 얼굴 아래 희미하게 무어라 표현하기 어려운 차가움과 음산함을 내뿜고 있었다.

검은 말을 타고 있던 남자가 말에서 내렸다. 역시 스물다섯 정도로 보였는데, 구리 방울 같은 눈에 피부는 아주 검었다. 그가 비둘기 시체 앞으로 다가와 시체를 집어 들었다.

"목합서풍, 이건 어떻게 셈하지?"

붉은 말 위의 남자, 목합서풍이 차가운 눈으로 초교를 바라보더니, 그 남자에게 고개를 돌리고 말했다.

"찰로扎魯, 내 화살이 목을 꿰뚫었으니 자연히 내가 이긴 것이 아니냐."

찰로가 이맛살을 찌푸리며 말했다.

"네 화살이 목을 꿰뚫었는지는 어찌 안다고? 우리 화살에는 이름을 새겨 놓지 않았는데."

"내 손으로 쏜 화살이니 당연히 내가 알지."

"흥, 그럴 수는 없지. 다시 해 보자고."

찰로의 말에 목합서풍이 눈썹을 치켜들었다.

"뭘 할 생각이지?"

"음, 저 여자."

찰로가 초교를 가리켰다.

"여기 노비가 하나 준비되어 있잖아? 저 여자를 쏘면 되지."

초교가 천천히 미간을 찌푸리며 찰로를 노려보았다. 그러나 찰로는 전혀 눈치채지 못한 듯 말 위로 올라가더니 초교를 재촉했다.

"어서 뛰어라. 아주 멀리까지 뛰란 말이다."

초교는 두 사람을 훑어본 후, 목합서풍에게 나지막하게 말했다.

"저는 노비가 아닙니다."

초교의 말을 들은 목합서풍이 눈썹을 치켜세우더니, 자못 흥미롭다는 듯 이맛살을 찌푸리며 물었다.

"그래서 뭐 어떻다는 건가?"

그렇다, 그래서 뭐 어떻다는 걸까? 비록 노비가 아니더라도, 귀족들은 흥이 돋을 때면 그 누구라도 마음대로 베고 죽일 수 있다. 어떤 이유 없이도 말이다.

초교는 더 이상 대답하지 않고 연순의 막사가 있는 방향으로 걷기 시작했다. 그때 휙 하는 날카로운 소리가 들리더니, 화살 한 대가 그녀의 발꿈치 바로 곁에 와 박혔다. 찰로가 소리쳤다.

"뛰라고 했는데, 듣지 못했느냐?"

매서운 광풍 속에서 초교가 갑자기 고개를 돌렸다. 칠흑 같은 두 눈이 차갑게 찰로의 얼굴을 훑어보았다. 찰로의 마음 깊은 곳에 갑자기 한기가 스며들었다. 마치 초교에게서 저주의 말이라도 들은 것 같았다.

"제가 말을 타고 달려도, 두 분께서 저를 맞힐 수 있을까요?"

목합서풍이 살짝 입 끝을 올렸다. 그러나 그가 무어라 말하기도 전에, 찰로가 노한 목소리로 말했다.

"말을 내주어라."

검은 전마 한 필이 초교 앞으로 끌려왔다. 초교는 가볍게 말의 머리를 두드린 후 고개를 돌려 두 사람을 흘깃 보았다. 거센 밤바람이 땅 위에 쌓인 눈을 말아 올려 마치 작은 모래 알갱이처럼 얼굴을 아프게 때리고 있었다.

초교는 재빨리 말 위에 오르더니 허리춤에서 작은 비수를 꺼내 조금도 주저하지 않고 말의 엉덩이를 찔렀다. 전마는 비통한 비명을 지르더니 빠르게 질주하기 시작했다. 목합서풍과 찰로가 반응하기도 전에, 초교는 두 사람의 시선에서 사라지고 말았다.

찰로는 마치 소처럼 눈을 휘둥그렇게 뜨고 있더니, 한참 후에야 목합서풍에게 물었다.

"저 여자 이대로 가 버린 건가?"

목합서풍이 말 머리를 돌려 사람들의 소리로 시끄러운 방향으로 향하며 아무 일도 없었다는 듯 차갑게 코웃음 쳤다.

"네 생각에는 어떤데?"

찰로는 벌컥 화를 냈다. 그러나 목합서풍은 뒤에서 들려오는 찰로의 분노 섞인 소리에는 반응하지 않고, 두 눈을 날카롭게 빛내고 있을 뿐이었다.

초교가 연순의 영지에 도착하기도 전에 인마 한 무리가 빠르게 달려오는 것이 보였다. 초교가 전마를 세우고 눈을 가늘게 하고 살펴보니 바로 연순과 시위들이었다.

"아초!"

연순이 말고삐를 잡고 초교에게 다가와 나지막하게 물었다.

"아무 일 없었어?"

"괜찮아."

초교가 고개를 저으며 되물었다.

"사냥은 끝난 거야? 어째서 이리 빨리 돌아온 거지?"

연순은 초교의 호흡이 흐트러져 있는 것을 눈치챘다. 연순이 고개를 흔들며 말했다.

"일단 막사로 돌아가자."

연순은 매우 피곤해 보였다. 막사로 돌아온 그들은 일단 각자의 방으로 흩어지기로 했다. 그런데 두 사람이 막사의 문을 나서는 순간, 아정과 다른 시위들이 아이 몇 명을 데리고 영지로 들어오는 것이 보였다. 초교는 잠시 멈칫했다가, 아정에게 다가가 어찌 된 일인지 물어보았다.

아정이 공손하게 대답했다.

"세자 저하께서 사냥터에서 사 오신 노비들입니다."

초교는 당황하여 나지막하게 물었다.

"사냥터에서 사 왔다니? 그게 무슨 의미지?"

"오늘 세자 저하께서 술을 많이 드셔서 인간 사냥에 참가하지 않겠다고 하셨습니다. 그러나 위 둘째 공자가 승낙하지 않고, 영왕의 둘째 공자 등과 함께 세자 저하를 놀리기 시작했습니다. 세자 저하께서는 어쩔 수 없이 저하 몫의 우리에 있던 아이들을 한 명당 금 1백을 내고 사셨습니다."

"아아."

초교는 고개를 끄덕였다.

"알았으니 이만 일을 봐. 나는 먼저 돌아갈 테니."

초교는 평온한 얼굴로 몸을 돌렸다. 차가운 밤바람이 쌩쌩 불어왔다. 막사 안은 따뜻했고, 아까와 같은 답답함은 느껴지지 않았다.

초교는 외투를 벗고 오래도록 침상에 앉아 있었다. 마침내 그녀의 입가에 미소가 살며시 떠올랐다. 저녁노을처럼 부드럽고 아름다운 미소였다.

다음 날, 대하 황실은 사냥 대회를 거행하였다.

봄 사냥은 가을 사냥에 비해 규모가 작은 편이었지만 사냥에 참가한 이들은 아주 많았다. 황실 귀족, 왕공 대신, 대신들의 가솔과 친척들 외에도 근처 봉지에서 배알하러 온 사절들도 사냥에 참가할 자격을 부여받았다. 그들 모두를 수용해야 했기 때문에 황가의 사냥터는 매우 광활했다. 새하얀 눈이 희디희게 내리는 가운데, 각 가문의 자제들이 화려한 금포와 가죽옷을 걸치고, 등에 활을 진 용맹스러운 모습으로 모여들었다.

대하는 회송이나 변당과 달리 개방적이어서, 군데군데 여인들이 말을 부리며 달리는 것도 보였다. 그러므로 초교가 연순 곁에 있어도 유난히 눈에 띄지는 않았다.

"아초."

연순이 초교의 붉은 얼굴을 바라보며 물었다.

"추워?"

"아니."

초교가 고개를 들고 대답했다.

"이렇게 일찍 일어난 것도 오랜만인 것 같아. 공기가 정말 좋네."

연순이 웃으며 말을 받으려고 했을 때였다. 갑자기 인마 한 무리가 빠르게 달려왔다. 검은담비 외투를 입은 목합서풍이 준수한 모습으로 사람들의 시선을 모으고 있었다.

"연 세자 저하, 오랜만이군요. 그간 별고 없으셨는지?"

연순의 두 눈이 희미하게 가늘어졌다. 그러나 그는 담담하게 미소 지으며 목합서풍에게 대답했다.

"목합 공자께서 항상 병사들을 이끌고 나가 계시다 보니, 오랫동안 얼굴을 보지 못했군요."

"그렇지요."

목합서풍이 입 끝을 들어 올리며 가볍게 웃었다.

"최근 연북에 작은 민란이 있었지요. 연 세자께서는 진황성에서 한가로이 시간을 보내고 계시니 정말 다행입니다. 저는 그럴 수 없는데 말이지요. 아무래도 고생하도록 명을 타고난 모양입니다."

연순은 계속 담담한 미소를 띤 채 고개를 끄덕였다.

"본래 능력이 있으면 고생하기 마련이지요. 모든 것은 대하의 중흥을 위한 것이니, 목합 공자께서 하시는 모든 일을 천하의 백성들이 함께 지켜보고 있을 것입니다."

목합서풍이 소리 내어 웃었다.

"상서로운 말씀 받아 두지요."

그러더니 말을 몰아 초교의 곁을 지나다가 잠시 멈춰 그녀를 살펴보고, 여전히 웃는 얼굴로 기이하다는 듯 말했다.

"이 아가씨는 어쩐지 눈에 익군요."

초교가 공손하게 예를 표했다.

"목합 공자님께서 사람을 잘못 보신 듯합니다. 초교는 안복을 타고나지 못하여 이전에는 공자님의 훌륭한 모습을 뵐 기회가 없었습니다."

"인중교초[*], 초교, 좋은 이름이군."

목합서풍은 웃으며 말하더니 말을 달려 재빨리 떠나갔다.

---

[*] 인중교초는 '사람들 중 교초'라는 뜻으로, 교초는 '걸출한 인재'라는 의미이다. 교초의 '초'는 초교의 '초'와 같은 글자를 쓴다.

바로 이때, 북소리가 갑자기 급박하게 울려 퍼졌다. 일곱 번 길게, 다시 일곱 번 짧게. 멀리 바라보니, 대하의 황제가 무리에 둘러싸인 채 천천히 높은 대 위로 오르고 있었다. 1만 명이 넘는 금위군이 양측으로 나뉘어 황제와 주변 사람들의 거리를 벌려 놓고 있었다.

두툼한 황금 주렴 때문에 대하 황제의 얼굴은 전혀 보이지 않았다. 그저 그 주렴 안에서 무시무시한 한기가 배어 나오는 것만이 느껴질 뿐이었다.

모두 이구동성으로 '만세'를 외치고 땅에 엎드려 고개를 조아렸다. 30여 리에 걸쳐 길게 이어진 대오가 모두 함께 외치자 사람을 놀라게 할 만큼 거대한 소리가 울려 퍼졌다. 모든 이들이 대하의 사냥을 기대하고 있었고, 마침내 이제 그 서막이 시작되고 있었다.

적수 연안에 마치 파도처럼 깃발이 넘실거리고, 사람들이 끊임없이 오가고 있었다. 초교는 연순 곁에서 눈을 가늘게 뜨고, 군사들이 쳐 놓은 진이며 수십 리에 걸친 막사들을 바라보고 있었다.

대하의 위세는, 과연 범용하지 않았다. 그저 황가의 사냥에도 이 정도의 군사력을 동원할 수 있으니, 생각만 해도 오싹했다. 대하가 정말로 진을 치고 적을 상대한다면 그 얼마나 웅혼한 기세를 보여 줄 것인가.

황제의 장막은 진의 중앙에 있었다. 대하 사람들은 평원에서 가장 공격적인 방식으로 진을 치는 것을 선호했는데, 바로 중앙을 둘러싸는 방식의 진이었다. 진의 동서남북 네 방향에 금위군, 녹영군, 효기영, 그리고 경기군이 서로 맞물리는 방식으로 대오를 정비하고, 진의 양쪽 높은 산비탈 위에 높은 대를 설치하여 중앙의 거대한 장막을 호위하고 있었다.

동서남북의 네 군은 서로 꼬리를 무는 뱀의 형태로 진을 만들어 그 안의 중앙군을 지키고 있었다. 서른 걸음마다 통신병이 있었고, 백 걸음마다 백 명이 지키고 있었다. 황제의 영지 사방으로는 1천이 넘는 야전군단 병사들이 보초를 서며 물샐틈없이 방비하고 있었다. 누구라도 진 안으로는 침투할 수 없을 것 같았다.

한바탕 거친 바람이 불어오고, 전마의 긴 울음소리가 들리는 가운데 깃발들이 펄럭였다. 연순이 평온한 안색으로 천천히 말했다.

"아초, 돌아가 잠시 쉬도록 해."

초교가 고개를 돌려 그의 얼굴을 바라보았다. 연순의 뜻을 짐작한 그녀는 고개를 끄덕이며 속삭였다.

"조심하도록 해."

연순이 초교를 바라보며 담담하게 웃었다.

"얻기 어려운 기회가 온 거야. 정말이지 천재일우의 기회다. 아초, 좋은 소식을 기다려."

오후, 연순의 장막 안 모두는 극도로 긴장하고 있었다. 초교는 먹처럼 검은 장포를 걸친 채 장막 정중앙에 앉아 있었는데, 얼핏 보기에는 연순이 장막 안에 앉아 있는 것처럼 보였다.

초교는 지도 위에 마지막으로 표시한 후, 나지막하게 말했다.

"만사에 신중해야 한다. 결코 정체를 드러내서는 안 된다."

모든 이들이 응답했다.

"아가씨는 안심하시지요!"

그날 오후, 목합가의 젊은이 중 가장 뛰어나다는 목합서풍이 서북쪽의 울창한 숲 서백림에서 실종되었다. 목합가는 병사들을 동원하여 수색 작업에 들어갔으나 아무 실마리도 발견하지 못했다. 목합서풍은 대하의 황후 목합나운의 조카였다. 목합나운은 조카를 찾기 위해 효기영의 병사들까지 동원하려 하였으나, 효기영을 맡고 있는 칠황자이자 의정사인 조철은 규칙을 들어 거절하였다. 모자는 서로 불쾌한 표정으로 헤어졌다. 조철은 자신의 이 행동이 후일 그에게 거대한 재앙을 불러오리라고는 전혀 예상하지 못하고 있었다.

목합가를 제외하면 다른 황족들과 세가의 귀족들은 모두 사냥의 기쁨에 푹 빠져 있었다. 또한 속으로 목합가의 불행을 기뻐하기도 했다. 목합서풍을 동정하는 사람은 없었다. 목합서풍은 변경을 지키기 위해 진황성을 떠나 있어 친한 사람도 달리 없는 데다, 사람됨도 제멋대로에 음산하고 잔인하여 다른 이들의 인심을 얻지 못했기 때문이다.

또한 사람들은 이 일을 심각하게 여기지 않았다. 이런 엄밀한 포위를 뚫고 제국의 귀족을 해칠 자가 세상에 존재할 리 있겠는가. 목합서풍은 아마 숲에서 길을 잃고 헤매고 있을 것이다.

물론 그것은 그저 그들의 생각에 지나지 않았다.

서백림의 은폐된 동굴 안, 연순은 온몸에서 선혈을 흘리고 있는 목합서풍을 바라보며 입가를 차갑게 비죽였다.

"목합 공자, 안녕하신지?"

목합서풍이 재빨리 고개를 들더니, 마치 흉악한 야생 이리와 같은 눈으로 연순을 노려보며, 한 글자 한 글자 단호하게 말했다.

"연순, 오늘의 일은 반드시 그대로 돌려주마. 너는 이 세상에 태어난 것을 후회하게 될 것이다."

연순은 담담하게 조소했다.

목합서풍이 이를 갈며 광기 서린 눈을 번득이더니, 쉰 목소리로 이야기하기 시작했다.

"그래, 절대 너를 그대로 놔두지 않을 테다. 나는 이미 네 누이도 범한 적 있지. 장래 네 여인들도 모두 내 몸 아래 깔리게 될 것이다. 연북은 이미 망했고, 너희 일가는 개처럼 머리를 잘렸지. 그리고 바로 너, 유약하고 무능한 잡종 하나만이 남아 겨우 목숨을 부지하고 있지. 그런 네가 감히 나를 죽이겠다고? 너는 결코 나를 죽이지 못해. 내가 죽으면 이번 사냥은 중지될 것이고, 모두 추적해 올 것이다. 우리 목합가는 결코 너를 그대로 내버려 두지 않을 것이다. 네 목숨은 겨우 몇 달 남아 있을 뿐인데, 그 최후의 몇 달조차 살지 못하고 우리 목합가의 손에 죽게 되겠군. 그래, 그 여자 노비, 그 여자 노비를 좋아하지? 그때가 되면 그 계집이나 데리고 지하에 가서 네 가족들이랑 만나려무나. 너는 그저……."

악독한 말을 끝내기도 전에 목합서풍의 동공이 갑자기 커지더니, 핏줄기가 창백한 목을 따라 흘러내렸다. 연순은 공포에 질린 목합서풍의 얼굴을 바라보며 냉담하게 말했다.

"사로잡혀서도 여전히 허풍을 떨다니, 정말이지 물불 가릴 줄 모르는 인간이군."

쿵 소리와 함께, 목합서풍이 시체가 되어 쓰러졌다. 연순은 제 비수에 묻은 혈흔을 그의 옷에 문지르며 곁에 있던 시위에게 말했다.

"아정, 시체를 가져가 호랑이에게 먹여라. 목합가 사람들의 눈에 띄도록 실마리를 남겨 두는 것을 잊지 말고."

"아가씨께서 이미 준비해 두셨습니다. 조철과 위경을 함정에 빠트리겠다고 하셨습니다. 그래도 될까요?"

연순이 고개를 끄덕이며 동굴을 나가 말 위에 올라탔다.

"초교가 말한 대로 하면 된다."

말을 마친 연순은 말을 달려 자신의 영지로 향했다.

"아가씨."

가화嘉和가 막사 안으로 들어와 낭랑한 어조로 말했다.

"저하께서 돌아오셨습니다."

초교가 고개를 끄덕였다.

"일처리는 다 잘되었고?"

"모두 아가씨께서 분부하신 대로 하였습니다. 어떤 오차도 없습니다."

"그럼 됐다."

초교는 고개를 끄덕였다.

"모두 가서 쉬도록 하라."

"예."

막사의 발이 열리더니 머리 가득 흰 눈을 맞은 연순이 들어왔다. 초교가 앞으로 달려가 그의 모자에 쌓인 눈을 털어 주며 물었다.

"다 잘된 거야?"

"물론이지."

연순은 외투를 벗고 화로 앞에 앉아 불을 쬐기 시작했다.

"내일 아침이면 난리가 나겠지."

"그럼 뭐 어때?"

초교는 고개를 흔들었다.

"이 세상엔 이런 종류의 사람이 있지. 살해당한다 해도 누구에게 죽었는지 확신할 수 없는 사람. 그동안 나쁜 일을 너무 많이 저질러 왔기 때문이지. 우리가 표면적으로 세력이 미미하기도 하지만, 진황성에 있는 7년 동안 아무 일도 저지르지 않다가 하필 이렇게 다사다난한 시기에 모험을 할 거라고 생각하는 이들은 없을 거야. 하지만 조철과 위경은 막 진황성으로 돌아왔고, 그들의 은원이나 가문끼리의 원한을 고려하면 아주 유력한 용의자가 되겠지. 아마 우리가 목합서풍을 죽였다 외친다 해도 아무도 믿지 않을걸."

연순이 가볍게 웃더니 물었다.

"그가 어젯밤 너를 괴롭혔어?"

초교는 멈칫했지만 곧 고개를 저으며 웃었다.

"아니, 내가 다른 사람에게 괴롭힘당할 리가 있어?"

연순이 고개를 끄덕였다.

"그래, 그런 거라면 됐어."

창밖에 대설이 분분히 흩날리고 있었다. 연순이 누렇게 바랜 종이를 꺼내더니, 그 위에 적혀 있던 목합서풍의 이름을 지웠다. 연북의 적을 적어 놓은 명단에서 드디어 한 명이 사라진 것이다.

제4장 눈 오는 밤의 결루

사냥 대회 이틀째에 목합가 출신의 걸출한 인재, 목합서풍이 서백림에서 시체로 발견되었다. 그의 시신에는 호랑이에게 먹힌 흔적이 있었다. 배가 갈라져 내장이 드러나고, 머리가 박살나고, 가슴도 찢어진 상태로, 시체가 발견되었을 때 이미 몸의 절반 이상은 온전한 상태가 아니었다. 만약 목합서풍의 모친이 현장에 없었다면, 그 피범벅이 된 고깃덩어리가 평소 제멋대로 굴던 목합가의 젊은 공자라는 사실을 아무도 분별할 수 없었을 것이다.

사냥 대회의 분위기가 삽시간에 얼어붙었다. 목합서풍은 항상 병사들을 이끌고 변경에 나가 있었고, 무예가 출중하여 여러 사람이 함께 덤벼도 힘들 정도였다. 호랑이 한 마리에게 당한다는 것은 아무리 생각해도 불가능한 일이었다. 게다가 현장에는 싸운 흔적도 전혀 없었고, 목합서풍은 도검조차 뽑지 않은 채 죽어 있었다.

의심이 뭉게뭉게 커지는 가운데, 목합서풍의 부친을 비롯한 친지들은 황제에게 상소를 올려 목합서풍이 살해당했으니 상률원尙律院에서 이 일을 처리해 줄 것을 요구하였다.

상황은 삽시간에 통제할 수 없는 지경으로 치달았다. 목합씨는 하늘의 나는 새도 떨어뜨릴 정도로 권세가 커서 조정 세력의 반 이상을 장악하고 있었다. 장로회에 속한 가문 중 영남 목씨는 평소 진황성의 권력 투쟁에 말려드는 것을 좋아하지 않았고, 제갈가는 계속 소극적으로 세를 유지하는 선에서만 활동하고 있었으며, 혁련赫連가는 전대부터 몰락하기 시작하여 이미 장로회에서는 뒷전으로 물러난 처지였다. 또한 동악東岳 상商씨는 종교로 일어난 가문인지라 조정에 대한 영향력이 크지 않았고, 북방의 파도합 가문은 근거지가 서북이었기 때문에 진황성에서의 세력은 미약하여 계속 목합씨에게 의지해 왔다. 현재 목합씨에게 대항할 수 있는 유일한 세력인 위씨 문벌은 큰 잘못을 저질러, 관직조차 삭탈당한 상태였다. 그러니 황후와 세 명의 황비를 배출한 목합씨가 자연스럽게 천하의 권세를 쥐고 있었다.

관리들이 상세하게 조사를 벌였다. 서백림을 봉쇄하고 외부인의 출입을 엄격하게 금지하는 동시에 드나드는 서신조차 엄격하게 감시하기 시작했다. 모두 범인이 몰래 숨어 있다가 도망치지 못하게 하려는 조처였다.

황실은 목합가에게 지극한 동정을 표시하며, 전력을 다해 범인을 찾는 일을 지지하겠다고 표명했다. 그런 연유로, 사냥 대회 역시 중단되었다.

사냥터 서남쪽 연순의 영지, 어둡고 고요한 밤이었다. 곰 가죽으로 만든 두툼한 발이 열리더니 차가운 바람이 막사 안으로 들어왔다. 서탁 앞 등불이 깜빡이고, 달처럼 새하얀 장포를 입은 남자가 칠흑같이 검은 두 눈을 들었다.

"세자 저하, 아가씨께서 여기 계시는지요?"

아정이 막사 안을 둘러본 후 다시 나가려 했을 때, 연순이 긴 눈썹을 들어 올리며 물었다.

"무슨 일이냐?"

"방금 십삼황자님께서 아가씨께 예물을 보내오셨습니다."

연순이 미간을 찌푸리며 손에 들고 있던 서책을 내려놓았다.

"음, 일단 거기 놔두도록 해라."

"예."

아정이 물러 나갔다. 바람이 긴 울음소리를 내며 장막의 천장을 때리는 것이 마치 춤을 추는 것 같았다. 연순은 살짝 흔들리는 발을 보며 한참 동안 미동도 없이 앉아 있었다. 그는 미간을 좁힌 채 서탁 위에 놓인 예물을 바라보고 있었다.

예물은 비단 보자기에 싸여 있었다. 난호 지역의 비단에 맑은 달과 흰 연꽃이 소북 지역의 방식대로 수놓여 있었다. 양쪽 끝은 단단하게 매듭을 지어 놓아 안에 무슨 물건이 들어 있는지 전혀 보이지 않았다.

연순은 아무 일도 없었던 것처럼 계속 서책을 읽으려 했다. 막사 안은 조용했고, 바깥에서 오가는 병사들의 발걸음 소리조차 똑똑하게 들릴 정도였다. 그리고 왜인지 모르게, 연순은 어쩐지 초조한 마음이 들어 서책을 넘길 수가 없었다.

그는 몸을 일으켜 다탁 앞으로 다가가 찻잔에 차를 따랐다. 맑은 향이 퍼지기 시작했다. 이 차는 영남에서 막 보내온 공차*로, 황제는 차를 좋아하지 않아 주변 사람들에게 나누어 주곤 했다. 영남은 비단과 찻잎이 많이 생산되는 곳이었다. 이 차의 이름은 홍녀紅女라고 하는데, 듣기로는 아름다운 처녀가 새벽에 혀끝으로 채집한 찻잎을 사용해 만든 차로 지극히 진귀한 것이라고 했다. 차의 맛 자체는 보통의 차보다 대단히 좋을 것은 없었지만, 차를 마실 때의 그 느낌만은 확실히 좋았다.

연순의 신분으로는 당연히 공품을 사용할 만큼의 복은 없었다. 그러나 아무도 모르는 사실이지만, 지금 영남에서 차를 매매하는 상인들의 막후에 바로 이 깊은 궁에 은거하고 있는 연북 세자가 있었다. 이것은 영남의 토호인 목가조차도 알지 못하는 사실이었다.

연순은 찻잔을 든 채 서탁 앞으로 돌아왔다. 맑은 차의 그윽한 향이 그의 기분을 편안하게 만들어 주는 것 같았다. 연순은 담담한 표정으로 침착하게 걸었다. 그러나 그가 서탁 앞에 앉는 그 순간, 손바닥이 갑자기 기울면서 찻잔 안의 차가 흘러내

---

* 고대 중국에서 황제에게 진상되던 차.

렸다.

찻물은 주루룩 소리와 함께 보자기 위로 흘러내려 빠르게 스며들기 시작했다. 연순은 평온한 표정으로, 찻물이 조금씩 보자기를 물들이는 것을 바라보았다. 그리고 한참 후에야, 갑자기 중얼거렸다.

"나 때문에 젖어 버렸군. 내가 보자기를 풀어 말려 주어야겠어."

초교는 깊은 밤이 되어서야 돌아왔다. 아정의 이야기를 듣고, 그녀는 바로 연순의 막사로 왔다.

"연순, 나를 찾았다며?"

"오."

연순은 서책을 놓고 몸을 일으켰다. 달처럼 흰 장포가 등불에 비쳐 부드러운 빛을 사방에 흩뿌리고 있었다.

"돌아왔군. 밖이 춥지?"

"견딜 만해."

초교는 화롯가로 다가가 손을 감싸고 있던 여우 가죽을 내려놓고, 불을 쬐며 고개를 들었다.

"무슨 일이야?"

"별일 아니야. 막 우화전于禾田이 왔었어. 계속 어제 나의 행방을 탐색하더군."

초교가 냉랭하게 웃었다.

"우화전은 지금 뜨거운 솥 위의 개미 신세지. 그는 여러 해 동안 북쪽 변경에 있었고, 아주 낮은 계급인 참장에서 시작한 사람이야. 조철이 변성으로 유배나 다름없이 쫓겨 간 후 아마 서로 어느 정도 교류가 있었을 거야. 만약 조철이 부활하지 못한다면 그도 높은 자리로 오를 기회가 없어지는 셈이겠지. 지금 조철이 곤란한 상황이니, 그도 어떻게든 조철을 도우려고 하는 거겠지. 하지만 나는 조철이 그에게 당신의 동정을 살펴오라 시켰다고 생각하지 않아. 조철은 오만한 성격이니 결코 그런·일을 하려 들지 않을 거야."

연순이 고개를 끄덕였다.

"그가 북쪽 변경에 있을 때, 내 부친과 형들과도 교류가 있었지."

"우화전은 소인이야. 그때 진황성에 연북의 지형도를 바친 자가 바로 우화전이잖아. 그러고도 뻔뻔스럽게 지금 와서 당신의 동정을 살피러 오다니. 만약 그를 상대하고 싶지 않다면, 내가 대신 처리할게."

"응, 나는 그를 다시는 보고 싶지 않아."

희미한 등불 아래, 초교는 화로 가까이로 바싹 다가갔다.

"쉬울 거야. 적당한 방법을 찾아서 조철에게 우화전이 당신을 찾아왔었다는 사실만 알려 주면 될 거야. 조철은 오만한 동시에 의심이 많은 성격이니 속으로 우화전을 경계하게 되겠지. 하지만 그 오만한 성격 때문에 우화전이 왜 당신을 만나러 왔는지 알아보려 하지도 않을 거야. 이런 일은 직접 손을 쓸 필요가 없어."

"그래."

연순이 고개를 끄덕였다.

"네가 처리해 줘. 부탁해."

"알았어. 그런데 단지 이 일 때문에 나를 찾은 거야?"

"아니."

연순은 몸을 일으키더니, 백옥으로 만든 상자를 꺼냈다.

"문정文亭이 어제 옷을 한 벌 보내왔어. 그런데 아무래도 잘못 보낸 것 같아. 여자 옷이니 네가 입도록 해."

초교는 상자를 받아 들고 미간을 찌푸렸다.

"계문정季文亭은 항상 신중한 성격인데, 이번에는 어째서 실수를 저질렀을까?"

초교가 무심하게 상자를 연 순간, 자신도 모르게 눈앞이 밝아지는 것을 느꼈다. 상자 안에 들어 있는 것은 흰여우 가죽으로 만든 외투였는데, 여우 한 마리의 모피로 만든 것이 아니라 여러 마리의 꼬리털만 이어 만든 것이었다. 털의 빛깔은 윤이 나고 깨끗했으며, 잡스러운 색이라고는 하나도 섞여 있지 않았다. 소매 끝에는 백령설조의 가슴에 난 솜털을 달았고, 앞자락에는 흑해에서 나는 찬란한 진주를 장식했다. 누가 보아도 극상품이었다.

초교는 자신도 모르게 넋을 잃고 바라보다가 겨우 입을 열었다.

"계문정이 돈을 아주 많이 썼겠는데."

연순은 대답 없이 몸을 돌려 서탁 앞으로 돌아갔다.

"그럼 나는 이만 갈게."

"잠시만."

연순이 갑자기 잊고 있던 것을 떠올린 듯, 보자기에 싸인 물건 하나를 내밀었다.

"하마터면 잊을 뻔했네. 조숭이 보내온 예물이야."

초교는 보자기를 받아 들었다. 조숭과의 대화를 떠올리자 바로 무슨 물건인지 알 수 있었다. 초교가 그대로 막사를 떠나려 하자 연순이 물었다.

"열어 보지 않을 거야?"

"아마 서슬아 사람이 가져왔다는 가죽옷일 거야. 며칠 전에 나에게 보내 주겠다고 했거든. 그런데 여기로 보낼 줄은 몰랐네."

"그렇군."

연순이 고개를 끄덕였다.

"서슬아는 예전에 내 부친과 각별하게 교류했었지. 게다가 그들은 일전에 동란을 일으킨 전적이 있어. 비록 옷 한 벌이지만, 우리의 입장이 워낙 특수하니 의심받을 일은 피하는 것이 좋겠어."

"알고 있어."

초교가 고개를 끄덕였다.

"나도 그렇게 생각하고 있어. 그저 조숭의 체면을 구기는 것 같아 미안할 뿐이지. 그는 상당히 친절한 사람이야. 당신도 알고 있겠지만."

"너는 본래 어떤 일이건 합당하게 처리하니, 안심해도 되겠지. 너무 늦었다. 어서 가서 쉬어."

"응, 당신도 이제 쉬도록 해."

초교가 막사를 나갔다. 얼마 지나지 않아, 아정이 조급해하며 뛰어 들어와 연순에게 물었다.

"세자 저하, 어찌하여 아가씨께서 그 옷을 가져가신 겁니까? 그건 오 선생이 특별히 북명연에서 찾은 희귀한 물건인데요. 세자 저하께서는 본래 그 옷을 동악의 상 부인께 생신 예물로 보내실 생각이 아니셨습니까?"

연순이 고개를 숙이고 서책을 읽으며 담담하게 말했다.

"다시 하나를 찾아보면 되겠지. 만약 찾지 못하면 보내지 않으면 되고."

아정은 눈을 휘둥그렇게 뜨고 말았다. 그가 정신을 차렸을 때 연순은 이미 서탁을 떠나 장막 안으로 들어가 잠을 자고 있었다.

대설이 분분히 흩날리는 밤이었다. 이 밤, 연순의 영지를 제외하고 봄 사냥에 참가했던 사람들 누구도 잠을 제대로 이루지 못하고 있었다.

비록 목합서풍이 시신으로 발견되는 불상사가 있었으나, 대하 황실의 사냥 대회는 다시 질서정연하게 진행되기 시작했다.

홍천에 위치한 진황은 적수 일대의 강줄기가 뒤얽혀 있고, 대단히 광활한 평원이 100리에 걸쳐 있어 말을 달리며 사냥하기 좋은 곳이었다. 달빛 아래 광활한 설원 곳곳에 모닥불을 피우니, 몇 리에 걸쳐 이어진 평원이 붉게 타오르는 듯했다.

하늘이 도운 것인지 오늘 밤은 바람도 없고 눈도 내리지 않았다. 날도 꽤 따뜻해져, 수많은 대하의 귀족들이 곳곳에 흩어져 고기를 굽고 무예를 겨루며 흥겹게 즐기고 있었다. 술과 춤도 빠지지 않았고, 모두 들뜬 분위기로 흥성거리고 있었다. 귀에 들려오느니 꼬리음을 길게 빼는 대하의 민요와 피리 소리였고, 코를 가득 채우는 것은 사냥한 동물을 요리하는 고소한 냄새였다.

초교는 눈과 같이 새하얀 가죽옷을 입고 하얀 장화를 신고 있었다. 긴 머리는 간단하게 묶어 올려 다시 흰 담비 털로 만든 모자를 썼다. 드러내고 있는 것은 섬세한 작은 얼굴뿐이었는데, 등불이 휘황한 가운데 두 눈이 별처럼 찬란하게 반짝이고 있었다.

연순이 담담한 눈길로 초교를 한번 살펴보더니 웃으며 말했다.

"아초도 다 자랐군."

소녀가 눈썹을 치켜세우고 연순을 바라보았다.

"당신이 나보다 크면 얼마나 크다고? 내 앞에서 늙은이 행세라도 하려는 거야?"

연순이 웃으며 무슨 말인가 하려 했을 때였다. 그때 갑자기 그들 근처로 다가오는 말발굽 소리가 들렸다. 고개를 돌려 보니, 푸른 비단 바람막이를 걸친 조숭이 소리치며 번개같이 빠르게 달려오고 있었다.

"아초, 아초!"

연순은 미간을 찌푸리며 분노 서린 목소리로 물었다.

"어째서 그가 너를 아초라 부르는 거지?"

초교가 가볍게 코웃음 쳤다.

"당신을 따라 하는 거지."

조숭이 스물이 넘는 하인들을 이끌고 마치 바람처럼 뛰어오더니, 싱글거리며 다가왔다.

"너희들도 있었군."

"곧 저녁 연회가 열릴 터이니, 함께 있을 수밖에 없지요."

연순의 목소리는 여전히 온화했지만, 그의 말투에는 사람을 천 리 밖으로 밀어내는 듯한 차가움이 배어 있었다.

초교는 의심스러운 듯 그를 바라보며 미간을 가볍게 찡그렸다. 다행히도 조숭은 아무것도 느끼지 못한 듯 초교를 바라보며 물었다.

"아초, 어째서 내가 보낸 옷을 입지 않은 거야? 따뜻하지 않아?"

초교는 고개를 끄덕이며, 온화하게 미소 지었다.

"아주 따뜻해요. 하지만 오늘 밤은 그렇게까지 춥지 않아서 입지 않았어요."

"아."

조숭은 계속 고개를 끄덕이며 찬미하듯 말했다.

"하지만 네가 지금 입고 있는 이 옷도 아주 예뻐."

"아정에게 들으니, 아래쪽에서 지금 활을 겨루고 있다고 하더군요. 십삼황자님께서는 보러 가시지 않는지요?"

곁에 있던 연순이 갑자기 입을 열었다. 조숭은 멈칫하더니 얼굴이 갑자기 붉게 달아올랐다. 경기를 보다가 초교를 보자마자 급하게 뛰어왔다고 말하기는 민망했던 것이다. 조숭은 이런 저런 말로 얼버무리려 했다.

"별로 재미가 없을 것 같아서. 그런 거야 이미 질리도록 봤으니까. 차라리 여기서 아름다운 경치를 감상하느니만 못하지. 그래서 이리로 올라온 거야."

"그러시군요."

연순이 웃으며 말했다.

"정말 공교롭게 되었습니다. 저희는 막 내려가 떠들썩한 분위기를 즐겨 보자고 하고 있던 참입니다. 본래 십삼황자님께 함께 가시자 청하려 했으나, 황자님께서는 경치를 보신다니 아쉽습니다."

"아?"

조숭은 당황하여 말문이 막히더니, 겨우 초교에게 물었다.

"너도 내려갈 거야?"

초교는 민망한 나머지 몰래 소매 아래로 연순의 소매 끝을 잡아당겼다. 그러나 연순은 오히려 그런 초교의 손을 잡더니 꽉 쥐었다. 그러더니 다른 손으로 말고삐를 잡고 웃으며 말했다.

"십삼황자님의 고요함을 저희가 방해해서는 안 되겠지요."

말을 마친 그는 초교를 잡아끌고 말을 달리기 시작했다.

"잠깐! 이봐!"

조숭이 몇 번 소리쳤지만, 결국 두 사람이 나는 듯 달려가는 것을 멍하니 보고 있을 수밖에 없었다.

"대체 왜 그러는 거야?"

연순은 대답 없이 그녀를 쳐다보기만 했다. 그의 그런 모습은 뜻밖에도 의기양양하게 기뻐하는 것 같았다. 그런 연순을 보자, 초교의 마음속 조숭에 대한 미안함도 점차 옅어졌다. 그래, 뭐 어때. 연순이 이렇게 아이처럼 즐거워하는 것도 오랜만인데.

초교는 한숨을 쉬며 연순의 뒤를 따랐다. 이때, 듣기 좋은 말발굽 소리가 다시 들려왔다. 초교와 연순이 동시에 멈칫했다. 두 사람이 함께 고개를 돌려 보니, 조숭이 사람들을 이끌고 먼 곳에서 달려오는 것이 보였다. 조숭은 일부러 놀란 척 말했다.

"아니, 너희들도 여기 있었나? 위쪽은 바람이 너무 세더라고. 불이나 쬐려고 내려왔지. 이렇게 우연히 만났으니, 함께 가지."

언제나 품위를 지키는 연순도, 이때만큼은 자신도 모르게 안색이 어두워졌다. 초교는 그만 피식 소리를 내며 웃어 버리고 말았다. 조숭도 자신의 이 변명이 너무 억지라는 것을 아는 듯 마른 웃음소리를 내더니 앞으로 달려와 두 사람의 길안내를 맡았다.

넓은 영지는 이미 환호성이며 웃음소리로 가득 차 있었다. 곳곳에 모닥불이 타오르고, 고기 굽는 냄새가 진동했다. 세 사람은 친위대 몇 명만을 거느린 채 인파 사이를 걸어 다녔다.

황제의 막사가 차지하고 있는 땅은 아주 넓었다. 서북의 눈사슴 가죽과 털로 만들고, 그 위에 흑해에서 나는 금가루를 칠한 후, 다시 진주로 장식한 막사였다. 또한 위에는 색색으로 용을 수놓았는데, 진주로 용의 눈을 만들고 붉은 칠을 해 놓으니 날카로운 발톱이 더욱 사나워 보였다.

커다란 장막 앞에 거대한 기름 항아리 두 개가 있었고, 횃불은 눈부시게 번쩍이고 있었다. 깃발은 높은 곳에서 펄럭이고, 황성의 금군이 그 사이를 빙글빙글 돌며 지키고 있었다. 멀리서 바라보면, 밝은 노란빛의 황제의 군영은 마치 어둠 속에서 겨울잠을 자는 동해의 신룡처럼 보였다. 그 무엇과도 비교할 수 없는 위엄을 내뿜고 있었는데, 주변의 방자한 환호성이며 음악 소리와도 멀리 떨어져 있는 듯했다.

갑자기 사람들의 환호성이 들렸다. 체격이 우람한 사내들 여럿이 상의를 벗고 팔을 훤히 드러낸 채 눈 위에서 뒹굴며 씨름을 하고 있었다. 그리고 그 곁에 불처럼 붉은 기마복에 붉은 가죽 외투를 입은 예쁘장한 소녀가 말 위에 앉아 그 장면을 보고 있었다. 소녀의 활에서 날아간 세 대의 날카로운 화살이 전부 30장도 넘는 거리에 있는 과녁의 중심을 맞혔다.

소녀를 둘러싸고 있던 사람들 사이에서 즉시 우레와 같은 박수가 터져 나왔다. 소녀가 활을 내려놓고 의기양양하게 주변을 둘러보더니, 갑자기 말 위에서 몸을 튕기듯 일어나 한 발로 한 남자의 어깨를 밟고, 손 안의 채찍을 휘둘러 다른 남자들의 등을 때리며 큰 소리로 웃었다.

"내가 그와 한패가 될 테니, 너희들 함께 덤벼라!"

"찰마扎瑪?"

초교가 즉시 미간을 찌푸리며 연순을 바라보았다.

연순이 초교와 수년 간 호흡을 괜히 맞춰 온 것이 아니었다. 연순은 초교가 무엇을 걱정하는지 깨닫고 바로 고개를 끄덕였다. 두 사람은 동시에 몸을 돌려 그 자리를 떠나려 했다.

"멈춰!"

갑자기 고운 외침 소리가 들려오더니, 마치 뱀이 혀를 날름거리듯 붉은 채찍이 순식간에 그들의 눈앞에서 번뜩였다.

초교는 재빠르게 한 손으로 채찍을 꽉 잡고, 손바닥을 몇 번 뒤로 당겨 채찍을 아예 자신의 팔목에 감아 버렸다. 가늘고 긴 채찍 양쪽에서 잡은 이들이 모두 힘을 주니, 채찍은 팽팽하게 직선을 그리며 늘어났다.

"오자마자 떠나려 하다니, 연 세자, 거북이도 아니고 말이야."

찰마가 몸을 튕기더니 땅 위로 내려앉았다. 모두 비켜섰다. 각 가문과 씨족의 자제들 중에 타인의 재앙을 보고 기뻐하지 않는 이가 없어, 다들 재미있는 구경이라도 하는 듯 흥분하여 큰 소리로 웃기 시작했다.

서북의 파도합 가문과 연북의 연씨 일맥은 대대로 원수 사이였다. 이 소녀는 파도가 가장 총애하는 딸이었고, 서북에서 찰로 세자보다도 높은 지위에 있었기 때문에 항상 전횡을 일삼으며 제멋대로 굴었다. 그러나 지금 그녀가 가족을 잃은 연북 세자에게 왜 불꽃을 터뜨리려 하는지는 정말 모를 일이었다.

"찰마 군주."

연순은 담담한 표정으로 말했다.

"오랜만입니다."

"그러니까."

찰마는 득의만만해하며 웃었다.

"연북의 일맥이 멸절된 후 당신을 보지 못했으니까. 듣자 하니 진황성 성금궁 안에서 거북이처럼 웅크리고 나오지 않는다기에, 평생 연 세자를 다시 볼 기회는 없으리라 여기고 있었거든. 오늘 하늘이 도우셔서 예전에 북방에 위엄을 떨치던 연가의 후예를 다시 보게 되었네."

"찰마! 말을 주의하라!"

조승이 갑자기 앞으로 한 걸음 나서더니 나지막하게 말했다.

"이렇게 수많은 사람들이 보고 있는데, 여자아이가 그렇게 각박한 말을 하다니, 대체 파도는 너를 어찌 가르친 것이냐?"

"우리 부친께서 저를 어떻게 가르쳤는지는 십삼황자님께서 참견할 일이 아니랍니다. 위씨 문벌이 황자님께 버팀목이 되어 주고 있다고 해서 저에게 야단법석을 떨 생각은 하지 않으시는 게 좋을 거예요!"

"찰마, 누가 너를 괴롭히고 있니?"

갑자기 뒤에서 우렁찬 목소리가 들리더니, 찰로가 성큼성큼 앞으로 걸어왔다. 그의 덩치는 마치 작은 산 같아, 찰마와 같은 어머니 밑에서 태어났다고는 믿기 어려운 모습이었다.

"아니야."

찰마가 큰 소리로 외쳤다.

"저들 능력으로 어떻게 나를 괴롭힐 수 있겠어."

"너……."

"십삼황자님, 연회 시간이 다 되어 갑니다. 가시는 것이 좋겠습니다."

연순이 화가 머리끝까지 오른 조승의 몸에 손을 얹고, 평온한 눈길로 천천히 말했다. 그리고 자신도 몸을 돌려 그 자리를 떠나려 했다.

"가겠다고?"

찰마가 냉소하더니 큰 소리로 외쳤다.

"가기 전에 내 화살이 동의하는지 물어봐야겠지!"

찰마의 가느다란 허리가 살짝 비틀리는가 싶더니, 어느새 그녀가 활에 화살을 메겨 시위를 당기고 있었다. 화살은 순식간에 마치 유성처럼 연순의 등 중앙을 향해 날아왔다.

눈 깜짝할 사이에, 연순의 곁을 지키고 있던 초교가 회오리바람처럼 빠르게 몸을 돌렸다. 새하얀 외투가 바람을 맞아 춤을 추었다. 그녀는 마치 환영처럼 손을 내밀었고, 다섯 손가락은 그물이라도 된 것처럼 단숨에 날카로운 화살의 끄트머리를 잡았다. 초교는 화살을 잡자마자 바로 그것을 휙 던져 버렸다. 그녀의 동작은 신속하고, 군더더기라고는 하나 없이 깔끔했다.

초교가 던져 버린 화살은 뜻밖에도 찰마가 있는 곳까지 날아가 우지끈 소리와 함께 찰마의 활 위에 단단히 박혔고, 단단한 나무로 만든 장궁이 순식간에 반으로 쪼개져 땅에 떨어지고 말았다.

모두 대경실색하여 침묵했다. 쥐 죽은 듯한 적막이 내려앉았고, 아무도 미동조차 하지 않았다.

초교는 평온한 눈길로 얼굴이 흙빛이 된 찰마 군주를 바라보며 살며시 고개를 숙였다.

"도검에는 눈이 없는 법이니, 군주 마마께서는 조심하시지요."

말을 마친 초교는 바로 몸을 돌려 연순에게 다가갔다.

찰마는 스스로 자랑거리로 여기던 궁술로 제압당하고 한참 얼이 빠져 있다가 겨우 정신을 차렸다. 그녀가 얼굴이 새빨갛게 달아올라 큰 소리로 외쳤다.

"너! 거기 서지 못해!"

"찰마."

찰로가 찰마를 잡고 낮은 소리로 말했다.

"연회가 시작된다. 우리, 이 빚은 나중에 다시 계산하기로 하자."

등불은 휘황찬란한 가운데, 봄 사냥의 첫 번째 연회가 마침내 시작되었다.

그들이 장막 안으로 들어가려고 할 때, 아정이 슬며시 다가오더니 연순의 귓가에 속삭였다.

"누군가 몰래 영지에 접근하고 있습니다. 손을 쓸까요?"

연순은 눈꼬리를 살며시 올리며 물었다.

"어떤 사람이냐?"

"모르겠습니다. 그러나 보아하니 목합씨 쪽 사람은 아닌 것 같습니다."

"내가 가서 보고 올게."

초교가 앞으로 나서며 속삭였다. 연순이 고개를 끄덕이며 나지막하게 말했다.

"조심하도록 해. 꼭 필요한 상황이 아니면 절대로 무술을 쓰지 마. 곧장 연회장으로 오도록 해. 기다릴 테니까."

"안심해. 아마 찰로 쪽 사람이 와서 귀찮게 구는 거겠지. 가서 슬쩍 보고 돌아올게."

말을 마친 초교는 아정을 따라 영지 쪽으로 발걸음을 옮겼다.

"아초!"

초교가 떠나는 것을 본 조승이 당황하여 갑자기 큰 소리를 치며 쫓아갈 자세를 취했다.

"십삼황자님."

연순이 조승의 팔을 잡아끌며 담담하게 웃었다.

"아초는 일이 있습니다. 잠시 기다리시면 곧 돌아올 테니, 저와 먼저 가시지요."

조승은 결국 울며 겨자 먹기로 연순에게 끌려갔다. 가면서도 계속 참지 못하고 고개를 돌려 뒤를 바라보았다.

차가운 바람에 눈이 드문드문 섞여 얼굴을 때렸다. 연순의 영지 방향으로 이동하노라니, 길 양편의 횃불이며 밝은 등이 점차 줄어들었다. 한없이 어둡고 깊은 하늘 아래, 차가운 달은 칼과 같았고, 별들은 쓸쓸했다. 때때로 매가 스쳐 가며 길게 우는 소리가 들렸다.

이 미지의 세계로 온 지 이미 8년이었다. 삶은 그녀에게 아픈 봄과 슬픈 가을을 주었고, 또한 사람들 사이에서 유희를 벌일 기회와 권리를 주었다. 삶이 그녀에게 부여한 가혹한 환경과 끝없는 살육, 참혹한 피비린내는 그녀를 멈출 수 없도록 했다. 그녀는 끊임없이 전투를 벌이거나 도망쳐야 했다. 인생에는 알 수 없는 변수가 너무 많았고, 그녀가 통제할 수 없는 함정과 음모가 도처에 숨어 있었다. 그녀는 한 번, 또 한 번의 고비를 겪으며 계속 앞으로 나가야 했고, 그 누구도 그녀가 발걸음을 쉬는 것을 허락하지 않았다.

초교는 결코 학살을 즐기지 않았고, 누군가에게서 무엇을 빼앗고자 하는 성정을 타고난 것은 더더욱 아니었다. 그녀는 생존을 우선으로 하고, 그 다음에야 간단하게나마 선악을 구분할 수 있었다. 이 세상은, 하늘도 땅도 인의를 저버렸다. 만물은 보잘것없는 존재가 되어 버린 세상. 그리고 이 세상을 멸할 수 있는 칼끝은 거꾸로 매달려 있었다.

그러나 그 칼을 쥘 수만 있다면, 천하를 전복하고 세상을 구할 수 있을 것이다.

"이랴!"

초교가 큰 소리로 외치며 광활한 설원을 빠르게 질주했다.

멀리서 말발굽 소리가 들려왔다. 검은 옷을 입은 남자 하나가 홀로 아득한 설원 위를 달려오고 있었다. 초교와 다른 사람들이 말을 멈춰 세웠다. 아정이 이맛살을 찌푸리며 살펴보더니, 낮은 목소리로 말했다.

"아가씨, 심상치 않습니다. 저자가 우리 영지 방향에서 오고 있습니다."

시위 하나가 앞으로 한 걸음 나가 그자에게 큰 소리로 외쳤다.

"여봐라! 너는 누구냐?"

말이 떨어지자마자, 숨 한번 돌릴 틈도 없이 차가운 비수가 갑자기 차갑고 적막한 밤하늘을 가르며 날아왔다. 비수의 살기가 어찌나 날카로운지, 보고 있던 이들 모두 깜짝 놀랄 정도였다.

칼이 서로 맞부딪치는 소리가 울려 퍼졌다. 아정이 검을 뽑아 날아오는 비수를 막아 내고, 활시위를 당기며 외쳤다.

"대체 누구냐? 누군데 이리 막무가내로 구느냐!"

그자는 이제야 초교의 일행 수가 많다는 것을 깨달은 듯, 교활하게 몸을 돌려 서쪽으로 말을 달리기 시작했다. 초교가 그 모습을 보고 눈썹을 치켜세우며 낮은 소리로 외쳤다.

"쫓아라!"

모두 이구동성으로 대답하고 말을 달려 그 뒤를 쫓기 시작했다.

칠흑같이 어두운 산에, 밀림은 먹과 같은 빛깔이었다. 거대한 설원 위를 무수한 말발굽이 내달렸고, 눈꽃이 사방으로 튀어 훨훨 날아다녔다.

초교 일행이 쫓아가던 인영 앞으로 갑자기 수많은 인마가 나타났다. 말들이 소리 없이 조용하게, 정제된 걸음걸이로, 형언할 수 없는 한기와 살기를 내뿜으며 다가오고 있었다. 초교는 깜짝 놀라 즉시 작게 소리치며 말을 멈췄다. 그러나 이미 때는 늦었다. 초교 일행에게 쫓기던 검은 옷의 사내가 갑자기 활을 들더니, 그 인마를 향해 활을 쏘았다!

"누구냐?"

커다란 외침이 들려왔다. 깊은 밤인데다 거리까지 멀다 보니, 단숨에 상대가 누구인지 알아볼 수 있을 리 만무했다. 습격을 받은 건너편의 인마는 활을 쏜 검은 옷의 사람과 초교 일행이 동료라고 생각했다. 칼을 뽑는 소리가 들려왔다. 무시무시한 도검이 번쩍이는 가운데, 화살들이 공중을 날아오기 시작했다. 상대방의 반격 능력은 정말이지 놀랄 정도로 빨랐다!

"멈춰라!"

아정이 소리쳤다.

"우리는 아니……."

말을 마치기도 전에 날카로운 화살이 날아오는 것이 보였다. 초교가 재빨리 한 손으로 말의 등을 짚고 몸을 날려, 발로 아정의 아랫배를 찼다. 아정이 고통에 몸을 구부렸고, 휙 소리와 함께 화살이 그의 몸에 박혔다. 비록 심장이나 급소는 피했지만, 어깨에 화살이 단단하게 박힌 것이 보였다.

초교가 이맛살을 찡그렸다. 상대는 불문곡직하고, 사정을 제대로 알아보지도 않은 채 살수를 쓰고 있었다. 초교는 말 아래로 뛰어내려 한 무릎을 꿇은 채 착지했다. 그리고 손에 거대한 활을 든 채, 마치 표범처럼 냉랭한 눈으로 건너편을 노려보았다. 그녀의 귓바퀴가 살짝 움직이고 있었다. 차가운 바람이 머리카락을 불어 넘겼고, 초교의 눈빛은 예리하게 반짝이고 있었다.

초교가 한껏 활을 당겼다. 곧이어 화살이 번개처럼 한 줄기 희고 밝은 빛을 남기며, 공기와 마찰하여 불꽃이라도 피워 낼 기세로 날아갔다.

거의 동시에, 건너편 어둠 속에서도 활이 떨리는 소리가 들리더니 날카로운 화살 한 대가 현을 떠나 초교가 있는 방향으로 덮쳐 왔다.

두 줄기 번쩍이는 빛이 같은 궤적을 그리며 날았다. 그리고 곧 서로 부딪치는 소리가 들렸다. 두 대의 화살이 허공에서 서로 부딪침과 동시에 부러져, 조각이 난 채 광활한 설원 위로 떨어지고 말았다.

초교는 부단히 위치와 자세를 바꿔 가며 화살의 궤도와 힘을 변화시켰다. 그녀가 일곱 대의 화살을 연달아 쏘자, 상대방 역시 신출귀몰한 솜씨로 하나하나 반격했다.

허공에 활을 떠난 화살끼리 부딪쳐 부서지는 소리가 끊임없이 들려왔다. 바늘 끝과 바늘 끝이 마주하고 있는 것처럼, 막상막하의 솜씨였다!

화살들이 모두 땅에 떨어진 후, 설원에 적막이 내려앉았다. 초교는 눈을 가늘게 뜨고 예리하게 전방을 주시하며 화살통 안에 남은 세 대의 화살을 어루만졌다. 화살을 쏘기 좋은 순간을 조용히 기다리는 중이었다.

갑자기 거센 바람이 불어와 땅 위의 흰 눈을 말아 올렸다. 모든 이들이 자신도 모르게 바람을 막기 위해 두 눈을 가렸다. 그러나 어둠 속의 두 사람은 동시에 재빨리 자리에서 일어나 온 힘을 다해 질주하며 한 발 또 한 발, 화살을 쏘기 시작했다. 마치 유성이 달을 쫓는 것처럼, 어두운 하늘 아래 사람의 혼을 앗을 듯한 빛이 차갑게 번쩍였다.

날카로운 소리와 함께 화살 네 대의 화살촉이 다시 조각났다. 거센 바람이 불어오는 가운데, 최후의 화살이 눈이라도 달린 것처럼, 한 줄기 눈을 찌르는 듯한 불꽃을 남기며 서로를 스쳐 몸을 숨기고 있는 상대를 향해 몰아치고 있었다!

초교는 맹렬한 야수처럼, 손에 들고 있던 활을 집어던지고 오른손으로 땅을 짚은 채 몸을 튕겨 허리 힘으로 몸을 일으켰다. 그러나 휙 소리와 함께 화살은 불처럼 뜨겁게 그녀의 목을 스쳐 갔고, 그녀의 목에는 붉은 혈흔이 생겨났다.

"아가씨!"

연의 시위들이 대경실색하여 앞으로 달려 나왔다. 초교는 손으로 선혈이 배어 나오기 시작한 목을 누르며 말없이 차가운 눈길로 칠흑 같은 어둠 저편을 바라보았다. 그녀는 알 수 있었다. 건너편의 상대방도 그녀가 쏜 화살을 피했을 것이다. 그러나 그녀와 마찬가지로 상처를 입었을 것이다.

사방은 조용하고 아무 소리도 들려오지 않았다. 대설이 분분히 흩날리며 무거운 어둠 속으로 스며들고 있었다. 초교는 여전히 그 냉혹한 시선을 느낄 수 있었다. 차갑고 예리한, 먼 곳에서 여전히 그녀를 쏘아보고 있는 그 시선.

매 한 마리가 날카롭게 울며 상공 위를 스쳐 갔다. 중앙의 어둠 속에서 갑자기 그림자 하나가 땅에서 기어오른 듯 몸을 일으켰다. 방금까지 계속 땅에 엎드려 있던, 이 모든 일을 만들어 낸 검은 옷의 사람이었다. 그는 즉시 화살처럼 재빠르게 달리기 시작했다. 바로 이 분쟁의 소굴에서 도망치려는 것 같았다.

거의 동시에, 초교와 건너편에서 화살을 쏘던 사람은 각자 허리춤에 차고 있던 패검을 뽑아 들고 벼락같이 내던졌다. 달려가던 남자의 몸이 떨리더니, 두 눈이 화들짝 커지며 고개를 떨궜다. 남자의 눈에 비친 것은 제 가슴을 꿰뚫은 두 자루 검의 끄트머리뿐이었다. 쿵 소리와 함께, 남자는 설원 위에 무겁게 쓰러졌다.

시간이 서서히 흘렀다. 양쪽 모두 소리를 내지 않았다. 연의 시위 하나가 조심스럽게 앞으로 몇 걸음 나갔다. 상대방은 여전히 반응이 없었다. 시위가 그제야 외쳤다.

"건너편의 친우여, 우리는 도둑을 쫓고 있었을 뿐이오. 방금 있었던 일은 오해에서 비롯된 일이었소."

건너편에서는 여전히 아무 반응도 돌아오지 않았다.

연의 시위 좌당이 말을 타고 앞으로 나갔다. 얼마 지나지 않아 건너편에서도 말발굽 소리가 들려왔다.

"아가씨."

시간이 흐른 후, 다시 돌아온 좌당이 말에서 내려 초교의 패검을 돌려주었다.

"아가씨의 검입니다."

초교가 눈썹을 치켜세웠다.

"상대는 어디서 온 자들이지?"

"모르겠습니다."

좌당은 본 대로 보고했다.

"상대는 모두 검은 가죽옷을 입고 있었는데, 일반적인 양식이고 특별한 표지는 없었습니다. 그러나 모습이 눈에 익지 않은 것을 보니 지금까지 본 적이 없는 자들 같습니다."

초교는 말없이 고개를 끄덕이며 패검을 받더니, 갑자기 미간을 찌푸렸다.

보기 드문 보검이었다. 고전적인 형태였지만, 검의 날이 아주 얇고 가벼운 데다 예리하게 빛나고 있었다. 검날에 대춧빛 혈흔이 희미하게 보였다. 창백한 달빛 아래, 검이 발하는 광채가 빠르게 흘러내리는 수은처럼 찬란하게 반짝였다. 금빛 비단 실로 감아 둔 자루 위에 조그만 글자가 수놓여 있었다.

파월破月.

초교가 미간을 찌푸리며 손가락으로 검의 손잡이를 쓸어 보고는 나지막하게 말했다.

"내 검이 아니다."

좌당이 깜짝 놀라 서둘러 말했다.

"제가 가서 바꿔 오겠습니다."

그러나 말이 떨어지자마자 건너편에서 말발굽 소리가 들렸다. 상대편 인마는 눈보라를 일으키며 눈 깜빡할 사이에 사라져 버렸다.

"쫓아가기 어려울 것 같군."

초교가 천천히 말하며 휙 소리가 나도록 검을 검집에 넣었다. 놀랍게도 그 검은 초교의 검집에 딱 맞았다.

"그자의 시체를 옮기도록. 아정은 돌아가 상처를 치료하고, 다른 사람들은 나와 함께 광장으로 가자."

초교는 낭랑하게 말하고 말 머리를 돌려 무리들을 이끌고 가기 시작했다.

황제의 막사 앞 광장에 도착하니, 마치 완전히 다른 세계에 들어온 것 같았다. 도처에 고기를 굽는 냄새며 환호성과 웃음소리가 가득했다. 초교는 무기를 풀어 시위에게 건네고, 금군의 안내를 받아 커다란 막사 안으로 들어갔다.

<특공황비 초교전> 2권에서 계속